Knaur.

Knaur.

Im Knaur Taschenbuch Verlag ist bereits folgender Titel der Autorin erschienen:
Dritte Sonnenblume links

Über die Autorin:
Christine Vogeley, geboren 1953, Jazzerin, Kabarettistin und Kunsthistorikerin, hat lange Zeit für den WDR gearbeitet. Jetzt lebt sie als freie Autorin in Berlin.

Christine Vogeley

Sternschnuppen-sommer

Roman

Knaur Taschenbuch Verlag

Dieser Titel erschien im Knaur Taschenbuch Verlag
bereits unter der Bandnummer 62948.

Besuchen Sie uns im Internet:
www.knaur.de

Vollständige Taschenbuch-Neuausgabe 2006

Umschlaggestaltung: ZERO Werbeagentur, München
Umschlagabbildung: Getty Images
Satz: Ventura Publisher im Verlag
Druck und Bindung: Clausen & Bosse, Leck
Printed in Germany
ISBN-13: 978-3-426-63325-0
ISBN-10: 3-426-63325-6

2 4 5 3 1

Für Georg

I

Wenn ich Sie sehe, bin ich immer ganz chloroformiert, Frau Kuhl!« Der kleine dünne Mann griff nach der gestreiften Plastiktüte, die ihm Zilli Kuhl über die Ladentheke reichte. »Wann gehen Sie mal mit mir essen?«

»Ach, irgendwann. Bestimmt, Herr Zerres.«

»Das sagen Sie jetzt schon seit einem Jahr, Frau Kuhl!«, beschwerte sich der Kunde und wandte sich zum Gehen. Im Bewusstsein der Chancenlosigkeit seufzte er: »Oder haben Sie schon einen Freund? Einen heimlichen?«

»Vier, Herr Zerres!«, entgegnete Zilli.

Er machte eine resignierte Handbewegung. »Sie nehmen mich nicht ernst!«

»Nein, das sehen Sie falsch. Ich nehme *mich* nicht ernst! Und jetzt beeilen Sie sich, sonst fährt Ihnen der Zehner vor der Nase weg!«

Der Finanzbeamte nickte traurig und verließ den Delikatessenladen. Draußen blickte er noch einmal durch die Schaufensterscheibe. Zilli Kuhl winkte ihm hinterher.

Er seufzte wieder. Da stand sie, die Tüchtige, in blauweiß gestreifter Leinenschürze, rotblonde Regentin über exotische Marmeladen, Trüffelöl und exquisite Weine. Eine

appetitliche, handfeste Frau in den zweitbesten Jahren. Stand da, winkte und verschmähte seine Zuneigung. Und seine Pension. Der Bus mit der Nummer 10 verschluckte ihn eine Minute später.
Zilli Kuhl beobachtete noch einen Moment lang die Straße, die jetzt, am Spätnachmittag, sommerlich ruhig zu dösen schien. Das Türsignal summte wieder.
Die Dame gehörte nicht zur Stammkundschaft. Sie war füllig und groß, trug die grauen Haare in kurzem Garçonschnitt, der ihre Römernase besonders inszenierte. Alles an ihr war in Bewegung: der Silberschmuck, die Ohrringe, das weite, dunkelviolette Hemd, die Flatterhosen mit dem auffälligen Zebramuster. Und sie war mindestens siebzig Jahre alt. Sie musterte die wohlsortierten Regale, schien nichts Bestimmtes zu suchen, machte ungeduldige Handbewegungen, griff nach einem Glas Konfitüre, studierte den Preis, stellte es wieder zurück und blickte unwirsch.
»Kann ich Ihnen helfen?«, fragte Zilli.
»Ich habe mein Gastgeschenk in der Schweiz liegen lassen und Blumen sind ziemlich sinnlos bei der Hitze. Außerdem hat sie den Garten voll davon!«
Sie hätte die Schweiz nicht erwähnen müssen, man hörte es.
Zilli kam hinter der Theke hervor. »Ein Geschenk soll es also sein. Wie wäre es mit einer Flasche Rotwein, und daran könnte man diesen Kringel französischer Salami binden? Mit einer karierten Schleife. Oder ist Ihre Freundin eher der Proseccotyp?«

Die alte Dame lachte. »Proseccotyp ist ein schönes Wort. Wie sieht denn so was aus?«
Statt einer Antwort deutete Zilli nach draußen auf das Trottoir, wo eben ein gelbes Sportauto parkte. Eine blonde Frau mit Samtschleife um den Pferdeschwanz schob ihre Sandalettenfüßchen aus dem Wagen.
»Das ist ja interessant. Erstellen Sie Kundentypologien anhand der Getränke?«
»Nicht nur anhand der Getränke.« Zilli grinste. »Sage mir, was du einkaufst, und ich sage dir, wer du bist! Wer Samstag Mittag eine Strumpfhose Größe 36, eine Schachtel Kleenex und Pfefferminzdrops gegen Mundgeruch kauft, ist unter dreißig und fährt mit seinem Freund ins Wochenende. Kauft dagegen eine ältere Frau kurz vor Ladenschluss eine Flasche Doppelkorn und drei Grableuchten, verwickele ich sie in ein Gespräch, wenn die Zeit es erlaubt.«
Die Schweizerin musterte die Frau hinter der Theke aufmerksam. Sie mochte vielleicht Mitte vierzig sein, der Mund mit den vollen Lippen signalisierte Lachbereitschaft. Das freundliche Gesicht trug Spuren von Leid und Anstrengung, aber der Blick war klar und wach, das ungeteilte Interesse am Gegenüber echt. Den Wunsch, von ihr gemocht zu werden, weckte Zilli in fast jedem Menschen.
»Tatsächlich?«
Zilli nickte.
»Und warum machen Sie das?«
»Alles andere würde mich langweilen.«
Diese Antwort schien der Schweizer Dame zu gefallen.

Weitaus besser als: »Oh, das Wohl meiner Mitmenschen liegt mir am Herzen!«

»Also Prosecco oder Rotwein?«, fragte Zilli Kuhl.

»Meine Freundin Claire ist eher ein Bierdosentyp«, entgegnete die alte Dame. »Und dazu eine frisch gekochte Languste, aber direkt aus dem Papier.«

Zilli stutzte. »Reden Sie etwa von Claire Sandmann?«

»Ja! Aber wie kommen Sie denn darauf?«

»Die Einordnung ist absolut treffend«, sagte Zilli anerkennend. »Das konnte nur Claire sein. Und Sie sind Gertrude aus der Schweiz, ja?«

Die Schweizerin nickte und war höchst erstaunt.

»Sie hat mir gesagt, dass sie Besuch aus der Schweiz erwartet. Claire ist Stammkundin«, erklärte Zilli. »Und wir sind ein bisschen befreundet.«

Gertrude fand diese Formulierung auffallend vorsichtig.

Zilli griff ins Weinregal. »Dann rate ich Ihnen zu diesem australischen Chardonnay, den gibt es bei mir auch aus dem Kühlschrank.«

»Aber Claire steht nicht so auf Weißwein, auch nicht im Sommer!«, wandte Gertrude ein.

»Verlassen Sie sich auf mich! Den hat sie hier vor drei Wochen entdeckt. Seitdem säuft sie langsam, aber sehr zuverlässig die paar Kartons leer, die ich auf Lager habe. Übrigens sitzt sie heute in einer Konferenz, es wird bestimmt spät. Möchten Sie so lange hier warten?«

Noch bevor Gertrude eine Antwort geben konnte, stürzte ein Kunde in höchster Eile in den Laden. »Erlauben Sie, dass ich mich vordränge? Ich muss meine Tante am Bahnhof abholen, und meine Frau reißt mir den Kopf ab, wenn ich ihre Bestellung nicht mitbringe. Frau Kuhl, haben Sie die Sachen schon gepackt?«

»Habe ich, Herr Doktor. Aber Ihre Frau hat die dänische Orangenmarmelade nicht geordert. Die isst Ihre Tante doch am liebsten! Oder kommt diesmal nicht die Tante aus Rostock?«

»Doch. Wird meine Frau vergessen haben. Nehme ich also noch eine Marmelade mit.«

Der Herr Doktor schien nicht im Mindesten erstaunt zu sein über die Detailkenntnisse der Einzelhändlerin. Er zahlte, packte die Streifentüte und stürzte wieder hinaus.

Zilli wiederholte ihre Frage. »Möchten Sie hier auf Claire warten? Die Zeitung von heute liegt in der Küche.«

»Danke, das ist sehr freundlich von Ihnen. Aber ich weiß, wo sie ihren Haustürschlüssel versteckt hat.«

»Unter dem Terracottakasten mit dem Lavendel«, sagte Zilli. »Wollen Sie vielleicht diese frischen Ravioli mitnehmen? Nach Konferenzen gibt es bei Claire fast immer Nudeln.«

Gertrude lachte. »Gibt es irgendetwas von Ihren Kunden, das Sie nicht wissen?«

*

Claire Sandmann bemühte sich, den Worten des Schuldirektors zu lauschen. Aber allein der Begriff »ordnungsgemäß«, den der Chef in jedem dritten Satz verwendete, war zuverlässig einschläfernder Sprühnebel. Die Luft war verbraucht und zum Würfeln dick. Sie schaute verstohlen auf ihre Armbanduhr. Schon fast fünf. Und noch vier von sieben Tagesordnungspunkten. Claire begann, kleine Männlein auf die Zeitung zu malen, die sie schon längst heimlich gelesen hatte. Nebenan unterhielten sich zwei Kolleginnen, die zur gleichen Zeit aus dem Erziehungsurlaub zurückgekehrt waren, halblaut über Schwangerschaftsstreifen. Vom mittleren Tisch aus registrierte eine Englischlehrerin missbilligend, dass Claire begann, sich mit ihrem Taschenmesser die Fingernägel zu reinigen. Ihre Hände trugen noch deutliche Spuren der letzten Unterrichtsstunde, in der sie mit einer zehnten Klasse aus rotem Ton lebensgroße Portraitköpfe modelliert hatte. Die Kollegin betrachtete Claires weiten, smaragdgrünen Satinrock, der ihr das Aussehen einer mittelalterlichen Marketenderin verlieh. Der Rocksaum hing an einer Stelle herunter. Der Rock selbst war verknittert und voller roter Tonschlieren. Die Anglistin zupfte an der Manschette ihrer Batistbluse und räusperte sich, wobei sie die Hand vor den Mund hielt. Claire hob den Kopf. Ihre Blicke trafen sich, und der missbilligende Gesichtsausdruck der Englischlehrerin verwandelte sich im Bruchteil von Sekunden in ein strahlendes Lächeln. Claire erwiderte es mit einem Kopfnicken.

Die Dame war ihr unangenehm, aber sie bedauerte sie. Wann immer das Lehrerzimmer nur schwach besetzt war und sie eine gemeinsame Freistunde hatten, nahm diese

Kollegin unaufgefordert neben Claire Platz und erzählte mit erstaunlicher Offenheit über die Misere ihrer Ehe. Sie war mit einem Mann verheiratet, der verlangte, dass das Dotter bei einem Spiegelei genau in der Mitte zu liegen habe.

Das begriff Claire ganz einfach nicht. Sie verstand auch nicht, warum diese Frau, die aussah, als wäre Bügeln eine ihrer Lebensleidenschaften, sich ihr überhaupt anvertraute. Das allerdings wusste die Kollegin auch nicht. Claire Sandmann strahlte genau das aus, was die Englischlehrerin eigentlich immer bekämpfte: Wildwuchs. Wildwuchs der Haare, des Unkrauts, der Gedanken und Gefühle. Aber wenn ihr Claire mit flatternder roter Mähne, bunten Kleidern, nassen Schnürstiefeln, umtobt von zwei Hunden am Rheinufer begegnete, symbolisierte sie alles, wonach man sich heimlich sehnte, wenn man mit einem Dottermaniker verheiratet war.

Claires Kostümierungen und ihre nicht immer diskreten Umgangsformen wurden allgemein toleriert, denn sie bewohnte in den Köpfen ihrer Kolleginnen und Kollegen die Schutzzone »Kunstlehrerin«. Und die durften bekanntermaßen geistig etwas kariert sein. Das Fach konnte ohnehin kein Mensch ernst nehmen. Warum dann seine Vertreter?

»Ich komme zum Tagesordnungspunkt vier, Kopierkosten! Herr Taucher, bitte!« Der Chef wischte sich mit dem gebügelten Taschentuch über die Stirn und lehnte sich zurück. Herr Taucher, Liebhaber griechischer Vasenmalerei und punktgenauer Abrechnungen, schaffte es mühelos, innerhalb von Sekunden das fast leblose Kollegium in einen tobenden Hexenkessel zu verwandeln. Bei den meisten Studienräten war die Brieftasche so empfindlich wie die Halsschlagader. Herr Taucher schlug nämlich vor, dass die Kollegen das Defizit des Fotokopieretats – etwa ein Euro pro Nase – aus der eigenen Tasche begleichen sollten.

»Wenn ich sehe, wie die Kunstlehrer mit dem Kopierpapier aasen, dann wundert mich nichts mehr.« Das kam von Guntram, dem Sportlehrer.

Claire setzte sich wie elektrisiert gerade. Ihr Herz begann zu klopfen. Sie wusste, worauf Guntram anspielte. Gestern hatte sie ganze Stapel von Zeichenvorlagen, Architekturgraphiken und Klausurtexten kopiert, für insgesamt fünf Kurse.

Guntram war zwischen Kopierraum und Kaffeeküche hin- und hergetänzelt und hatte sich geärgert, dass Claire den Kopierer blockierte, denn er musste dringend seine Steuererklärung ablichten. Ab und zu schaute er Claire über die Schulter, fragte: »Immer noch nicht fertig?«, und schlug aus nahe liegenden Gründen ihr Angebot aus, seine Unterrichtsunterlagen dazwischenzuschieben. Privatkopien waren nämlich verboten oder mussten bezahlt werden. Aber Guntram war nicht der Mann, der elf Kopien à fünf Cent aus der eigenen Tasche zahlte.

»Die Vermittlung eines Kupferstiches von Rembrandt ist ohne Vorlage ein bisschen schwierig. Für die Vermittlung einer Rolle rückwärts braucht man nur Guntrams Hintern.«

Claires Stimme klang ungebremst wütend. Alles lachte und Guntram lief rot an.
»Reg dich ab«, flüsterte ein Fachkollege. »Sie hat Haare auf den Zähnen, weißt du doch!«
Eine kleine Blondine lächelte den Sportlehrer an. »Wenn dein intellektuelles Potenzial dazu ausreichen würde, dann würde ich dir mal was erzählen, Guntram.«
Er stierte sie wütend an. »Was willst du denn, Edda?«
»Von dir nichts, du kleiner Depp, aber genau das ärgert dich ja so.«
Zwei Kolleginnen hielten sich die Hand vor den Mund. Die blonde Dame lächelte charmant, zwinkerte Claire zu und wandte ihren Blick wieder zum Chef. Edda war Claires Freundin. Edda Rabl, vierzig und somit sechs Jahre älter als Claire, stammte aus Bayern und unterrichtete Chemie und Physik. Sie hatten sich auf Anhieb verstanden, was umso erstaunlicher war, als Claire nur mit Mühe drei Zahlen im Kopf addieren, dafür aber problemlos achthundert verschiedene Kleinteile an einem griechischen Tempel identifizieren konnte. Edda dagegen war ein wandelnder Taschenrechner. Claire sah manchmal aus wie die Wahrsagerin vom Rummel, Edda erweckte den Eindruck einer vollkommenen Businessfrau.
Wenn Edda aus ihrem soliden Mittelklassewagen stieg und über den Schulhof zum Hauptportal stöckelte, hätte man sie eher für eine dynamische Managerin gehalten. Sie war perfekt gekleidet, gepflegt, organisiert. Mit einem Wort, nein, mit zweien: gelackt und angepasst. Das hatte Claire

bei ihrer ersten Begegnung auch gedacht. Aber dann machte Edda den Mund auf. Bei ihrem Dienstantritt vor zwei Jahren, bei der Vorstellung der neuen Kollegen, hatte der Direktor einen blassen jungen Physiklehrer mit den Worten präsentiert: »... und dieser tüchtige Kollege hat gerade sein Examen mit Eins bestanden.« Dann wandte er sich der kurzberockten Edda zu. »Schön, dass wir diesmal auch eine neue Kollegin begrüßen dürfen. Der Anblick hübscher Damen frischt unser Kollegium doch immer wieder auf, nicht wahr?«

Edda wechselte vom Standbein aufs Spielbein und grinste. »Ich danke tief beglückt für das Kompliment. Mit diesem ulkigen Ding, auf dem meine Dauerwelle sitzt, kann ich übrigens auch tatsächlich *denken,* Herr ... äh ... wie war noch mal Ihr Name?«

Seitdem hatte Edda keine einzige Nessel versäumt, die sich zum Hineinsetzen anbot. Und sich mit dem Sportlehrer anzulegen war Eddas tägliches Privatvergnügen.

»Wir sprechen uns noch!« Guntram knallte seine Füße auf den Tisch und blickte verbittert aus dem Fenster.

»Herr Kollege, bitte, wir sind hier nicht im Saloon!« Das kam von oben. Der Chef legte Wert auf Einhaltung bürgerlicher Etikette. Guntram nahm seine Füße vom Tisch. Ein perfekt gefalteter Flieger landete auf Claires Knien. Sie blickte auf. Kollege Burkhard zwinkerte ihr zu. Der wuchtige Oberstudienrat für Französisch und Sozialwissenschaften sah aus, als könne er Nägel mit dem Daumen in die Wand drücken. Dass er die kleine Spinne, die vielleicht daneben krabbelte, behutsam an die Luft setzen würde, traute man ihm nicht zu. Burkhard war der Prototyp des freundlichen Riesen, der erst einmal ungewollt Schrecken verbreitete. Claire faltete das Flugzeug auseinander.

»Lust auf ein, zwei oder fünf Bier? Bei uns gibt's heute Reibekuchen!«, stand auf dem Blatt, auf dessen Rückseite sich irgendeine gedruckte Schulverordnung befand.

»Ich krieg Besuch aus der Schweiz. Schade! Gruß zu Hause! Aber kommt ihr am Samstag wieder mit auf den Flohmarkt?«

Der Flieger segelte über den Tisch und wäre fast auf Burkhards kahlem Schädel gelandet. Burkhard las, blickte hinüber zu Claire und hob den Daumen.

»Sind wir schon auf dem Niveau gelandet, dass ausgewachsene Lehrer mit Papierseglern spielen?«

Burkhard und Claire nickten ernsthaft.

Der Chef war erschöpft. »Ich muss doch sehr bitten, liebe Kollegen! Herr Taucher, kommen Sie zum Ende Ihrer Ausführungen. Wir können doch nicht stundenlang solche Marginalien diskutieren.«

Jetzt regte Herr Taucher sich auf. Er hatte gestern Abend, nach den Unterrichtsvorbereitungen, noch bis Mitternacht an der Abrechnung der Kopierkosten gesessen. Als er dann bei seiner Gattin im Wohnzimmer vorsprechen wollte, fand er sie schnarchend vor einer geleerten Flasche Ahrweiler Rotwein, und das Videoband mit der Verleihung des Ordens »Wider den tierischen Ernst« hatte sie sich auch alleine angesehen. Das hatte ihn verbittert. Marginalien!

»Wenn Sie meinen, das seien unwichtige Dinge, dann stelle ich diesen Posten sofort zur Verfügung.«
»Schon gut, Herr Taucher. Ich weiß Ihren Einsatz zu schätzen. Aber wir müssen doch mal zum Ende kommen!«
»Nein, das lasse ich mir nicht sagen. Wissen Sie, wie viel Zeit ...«
Claire glaubte dem Zeiger ihrer Uhr nicht. Verdammt, in einer Stunde kam ihre Freundin Gertrude aus der Schweiz. Sollte diese Konferenz nicht bald zu Ende sein, würde sie einen Übelkeitsanfall mimen müssen. Plötzlich hielt sie es auf ihrem Stuhl nicht mehr aus, erhob sich, tat, als wolle sie zur Toilette. Im Vorraum stieg ihr der unangenehme Geruch in die Nase, der seit einigen Tagen von der Herrentoilette ausgehend durch Garderobe und Teeküche zog. Es roch manchmal wie in der Bahnhofsunterführung.
In der Küche brutzelte noch ein Rest tiefschwarzen Kaffees auf der Warmhalteplatte der Maschine. Sie nahm einen Schluck, schüttelte sich und spülte mit Leitungswasser nach. Sie blickte auf den Küchenkalender, den jemand Jahr für Jahr pünktlich an derselben Stelle aufhängte. Der abgebildete Dom von Siena hatte sein Verfallsdatum überschritten, heute war der 1. Juni. Claire riss das Blatt herunter und wollte sich gerade in die umseitig aufgelisteten toskanischen Weinsorten vertiefen, als ihr Blick auf das Junifoto fiel.
Ein leeres Boot dümpelte auf einem leicht gekräuselten Fluss, den eine Brücke aus hellem Kalkstein überspannte. Trauerweiden und Wasserlilien säumten das Ufer, der blaue

Himmel war überzogen mit Wattewolken. Eine heitere Landschaft, gleichzeitig melancholisch und unbestimmte Sehnsucht weckend. Claire trat noch etwas näher, um die Unterschrift lesen zu können: »In der Touraine.«
Einen Moment lang bewegten sich die Weiden im Wind, das Sommersonnenlicht tänzelte auf den Wellen, das Boot schaukelte. Claire lehnte sich an den summenden Kühlschrank und konnte ihre Augen nicht von diesem Foto wenden. Besonders spektakulär war es nicht, aber es berührte sie eigenartig. Vor Jahren, als sie mit einem Freund durch die einsame Großartigkeit Nordnorwegens gewandert war, hatten ihr die Steine, die wilden Wasserfälle und die Weite des Raumes den Atem genommen. Das karge, schöne Land gab ihr das Gefühl, sie nur zu dulden. Diese Landschaft hingegen schien darauf zu warten, die leere Bank im Boot besetzt zu sehen, den sommerlichen Träumer Willkommen zu heißen, in sich aufzunehmen.
Jemand fasste sie am Arm. Claire blickte Edda verwirrt an. Edda klapste ihr auf die Wange. »Komm wieder rein, du wirst vermisst. Ist was?«
»Nein, ich bin bloß mal weggetaucht. Es war so stinklangweilig.«
»Ach, sag doch nicht so was. Vor drei Minuten hast du einen Auftritt verpasst. Der Chef hat zwei Tagesordnungspunkte in vier Minuten durchgezogen, weil er zu einer Soiree bei irgendeinem Grafen eingeladen sei und dringend fortmüsse. Natürlich zum Wohle der Schule, der Graf soll in den Förderverein. Unser lieber Chef kennt

doch nur Menschen von Stand. Soireeeh! Als er das aussprach, wehte ihm ein Tüllschleier aus dem Hals. Los, komm zurück, wir sind schon beim letzten Punkt.«

»So, hätte jetzt noch jemand irgendetwas zum Punkt ›Verschiedenes‹ zu sagen? Nicht?«
Die Musiklehrerin, Frau Turm, hob den Arm und wurde versuchsweise niedergezischt. Der Chef konnte seine Ungeduld kaum verbergen, war aber pflichtbewusst bis zum letzen Atemzug. »Also, Frau Turm?«
»Ich wollte mal fragen, wieso aus der Herrentoilette immer so ein Gestank kommt. Drücken sie nicht richtig ab oder was machen die Kollegen?« Dröhnendes Gelächter. Die allgemeine Erschöpfung, die Aussicht auf Spätschicht am Schreibtisch, weil der morgige Unterricht noch vorbereitet werden musste, begünstigten eine anarchische Stimmung mit leicht irren Unterströmungen.
»Also, Frau Turm, glauben Sie nicht, dass Ihre Ordnungsliebe sich jetzt vielleicht einem Objekt zuwendet, das mir doch …«
»Sie hat vollkommen Recht. Es stinkt bestialisch aus der Herrentoilette.« Edda richtete sich auf und reportierte: »Da die benachbarte – geruchsfreie – Damentoilette vermutlich an dieselben Abflussrohre angeschlossen ist, kann man nur den Schluss ziehen, dass die Herren Kollegen die Spülung tatsächlich nicht ausreichend bedienen oder danebenpinkeln.«
»Menschen, die keine Mehlschwitze zustande bringen,

wissen vielleicht auch nicht von der Klobürste Gebrauch zu machen?«, rätselte Kollege Burkhard. Edda kicherte. Es uferte aus. Claire schaute verzweifelt auf die Uhr.

Plötzlich erhob sich Frau Sebald, die graue Eminenz der Schule. Sie war Lateinlehrerin, war äußerst beliebt, sagte trotzdem immer, was sie dachte, und behielt dabei stets ihren morbiden Charme, denn sie stammte aus Wien. Ihren Akzent hatte sie niemals abgelegt, und wenn sie »… Carthaginem esse delendam« sagte, hörte es sich an wie irgendeine österreichische Schokoladenspezialität mit Trüffelfüllung.

Sie strich sich eine Strähne hinter das rechte Ohr, legte dabei einen Einkaräter frei und strahlte den Chef an. »Es ist in der Tat etwas unerfreulich, den Vorraum zu den Toiletten, sprich: unsere Garderobe, zu betreten. Es riecht degoutant, da gebe ich Ihnen Recht, Frau Turm. Auch unserer Frau Rabl stimme ich in allen Punkten zu. Ich ersuche die betreffenden Kollegen, ihre Grundtechniken der Erleichterung noch einmal zu überprüfen und sich zu Hause von der Gattin gegebenenfalls in den Gebrauch einer Toilettenbürste einweisen zu lassen. Und jetzt, Herr Doktor«, sie verfiel in ihren Heimatdialekt, »san's fesch und lassen's uns gehn.«

Womit sie die Lacher auf ihrer Seite hatte. Der Chef nickte ergeben. Die Vision seines zölibatären Schlafzimmers, in dem sein guter Anzug darauf wartete, zum gräflichen Empfang abgeholt zu werden, beschleunigte seine Abschlussrituale, und er konnte im geräuschvollen Aufbruch von fast achtzig Pädagogen noch so eben die Worte: »Bis morgen also« unterbringen.

Als sie den Schlüssel herumdrehte, hörte Claire die Hunde winseln, die sie kurz darauf mit all ihrer aufgestauten Energie und Freude begrüßten. Lotte, eine große, mokkabraune Promenadenmischung mit Augen wie Lola Montez, und Huli, ein junger Leonberger.

»Ja, da seid ihr ja, liebe kleine dicke Tiger! Hulihuli! Lottimotti!« Claires Sprache regredierte in Sekunden. Sie umarmte die Hunde, und Huli riss ihr verzückt ein Dreieck in den weiten Rock.

»Ach, du Blödeimer! Aus!« Sie packte seine Ohren und presste ihr Gesicht in sein dichtes Fell. Das war als Erziehungsmaßnahme gänzlich ungeeignet, denn jetzt verbiss sich Huli in Claires Schultasche.

»Die Ravioli sind zu weich geworden, aber dafür habe ich vergessen, den Chardonnay richtig kühl zu stellen!« Gertrude stand in der Tür und breitete die Arme aus.

Claire erschrak und freute sich gleichzeitig. »Ach, Gertrude! Wartest du schon lange? Diese blöde Konferenz hat ewig gedauert!«

»Wie war's denn in der Schule, Kind?«

»Schön, Mama. Ich hab sie angezündet!«

»Brav, Kleines. Aus dir wird mal was!«

Sie alberten herum, deckten den Tisch auf der sommerlich warmen Terrasse und vertilgten die Nudeln.

»Sag mal«, Gertrude hielt den zitronenfarbenen Wein gegen die Abendsonne, »deine Lebensmittelhändlerin ist ja eine bemerkenswerte Person!«

Claire stellte ihr Glas ab. »Das kann man wohl sagen. Solltest du in drei Jahren wieder bei ihr einkaufen, wird sie sich noch genau daran erinnern, dass du mir heute Ravioli mit Pilzfüllung mitgebracht hast, und wird dir welche mit Artischocken andrehen wollen. Zur Abwechslung. Sie hat ein Gedächtnis wie ein Elefant. Eher wie zwei Elefanten. Sie macht viele Spezialitäten übrigens selbst, und sie macht es wirklich gut.«

»Und ist teuer!«, ergänzte Gertrude und lachte. »Bei den Preisen für ihre Konfitüren musste ich zweimal hinschauen!«

»Wenn ich spätabends noch mit den Hunden unterwegs bin, sehe ich sie oft in ihrer Küche. Sie kocht ihre Marmeladen und Chutneys manchmal bis nachts um eins, zwei. Und morgens ist ab sieben Uhr geöffnet, weil sie auch Croissants und frische Brötchen verkauft.«

»Hat sie überhaupt kein Privatleben?«

Claire trank und schüttelte den Kopf. »Nein. Diese Frau ist ein Phänomen. Sie weiß alles über ihre Kunden, aber niemand weiß etwas über sie. Ich bin sicher, dass sie aus dem Ruhrgebiet stammt. Aber ich habe sie mal gefragt, wo sie geboren ist, und da sagte sie: Och, hier in der Gegend. Sie lebt einsam wie eine Eremitin, weicht Fragen zur Person immer aus. Eines Tages war sie einfach da. Sie hat die Ärmel hochgekrempelt und aus dem trüben kleinen Lebensmittelgeschäft vom alten Herrn Windisch einen Geheimtipp gemacht.«

Gertrude schnupperte an dem überseeischen Weißwein. »Vielleicht hat sie mal im Gefängnis gesessen, wenn sie etwas verbergen will?«
»Möglich. Das wäre mir egal. Ich mag sie.«
»Seltsam, ich hätte gedacht, dass sie eine große Familie und mindestens drei Kinder hat. Sie ist so ein Typ, finde ich.«
Claire schüttelte den Kopf. »Sie hat eine Schwester in Köln, mit zwei Kindern. Ich sehe die beiden Kleinen ab und zu mal bei Zilli. Niemals ihre Schwester.«
Claire wusste alles über Zilli Kuhls Schwester. Wenn sie nicht über sich selbst sprechen sollte, war Zilli durchaus mitteilsam. Ihre Schwester Marlene war Alkoholikerin, hatte zwei Kinder von zwei verschiedenen Männern und wohnte in einem zugesprühten Kölner Hochhaus mit verdrecktem Aufzug. Ab und zu durften der kleine Simon und seine Schwester Käthi zu Tante Zilli, wo sie sich dann drei Tage lang in der Küche voll stopften und ab dem vierten Tag anfingen, die Fußmatte vor dem Laden anzuzünden oder vom Obergeschoss aus wassergefüllte Kondome auf die Kundschaft zu schmeißen. Es war nicht so einfach für Zilli Kuhl, aber sie schien die Kinder zu mögen.
Turnschuhe, die neue rote Nickelbrille oder der richtige Malkasten wurden von ihr finanziert, aber darüber sprach sie nicht. Claire hatte nur einige Male registriert, dass die Kinder immer anders aussahen, wenn sie wieder zur Mutter zurückgebracht wurden.
»Jedenfalls ist sie aus der Siedlung nicht mehr wegzudenken. Weißt du, was sie gestern Morgen gebracht hat?«

Claire lachte. »Sie deutete auf eine Geschenkpackung mit Lübecker Marzipan und erinnerte mich an den Geburtstag meiner Mutter. Und wie gut! Ich hätte ihn glatt vergessen!«

Claires Mutter lebte nach dreißig Jahren wieder in Südfrankreich. Sie stammte aus Cambo-les-Bains in den Pyrenäen. Wenn Claire sprach, hörte man nicht, dass sie zweisprachig erzogen und halbe Französin war. Wenn man Claire betrachtete, kam man noch viel weniger auf den Gedanken. Claire hatte die roten Haare und die helle Haut ihres Vaters geerbt. Und sowohl seine als auch ihre Wiege hatten in Hamburg-Eimsbüttel gestanden.

»Gott sei Dank ist Maman an meine Vergesslichkeit gewöhnt. Außerdem ist sie vollauf beschäftigt mit ihrer neuen Liebe und seiner Familie. Ich bin so froh, dass sie noch einmal Glück gehabt hat.«

»Wie alt warst du eigentlich, als dein Vater starb?«

»Drei. Ich kann mich nicht an ihn erinnern, er ist für mich nur ein schwacher Schatten. Dafür hatte ich eine geballte Ladung Hamburger Opa und Oma.«

»Muss ja verflucht schwierig gewesen sein für deine Mutter, als Südfranzösin bei steifen Hanseaten.«

»Ach, so steif sind die gar nicht. Und mein Opa ist absolut stolz auf meine Mutter: Unsre Schwiegertochter is so eine mit Avec, die hat was, die Deern.« Claire traf den Hamburger Slang genau. »Ging ja auch nicht anders. Ich musste irgendwo verwahrt werden, wenn meine Mutter mit ihren Reisegruppen unterwegs war.«

Gertrude genoss den Blick auf die wuchernden Heckenrosen, die Claire niemals zurückschnitt. Sie beugte sich vor und kraulte Lotte hinter den Ohren. Lotte legte ihren Kopf auf Gertrudes Knie und blickte sie an. »Wenn dieser Hund sprechen könnte und mich mit diesem Blick fragte, ob ich ihm hunderttausend Franken gäbe, bekäme er das Geld.«

»Ich versuche seit Jahren, diesen Blick zu kopieren, Gertrude.«

Gertrude räusperte sich.

Claire beobachtete sie. »Gertrude, jetzt haben wir über Zilli Kuhl, über meine Mutter und über Lottes Kreditrahmen gesprochen. Willst du mir nicht endlich sagen, warum du gekommen bist? Denn du willst etwas.«

Gertrude lachte. »Ich muss meine deutsche Galeristin besuchen!«

»Die Wahrheit!«, mahnte Claire. Gertrude lachte gleich noch einmal. Einen Ehemann zu belügen war kein besonderes Kunststück für eine kreative Frau, aber eine Freundin?

»Na gut, ich habe etwas auf der Seele. Also: ich wollte dich um etwas bitten. Ich möchte umziehen und brauche Hilfe.«

»Aber keine Frage!«, entgegnete Claire sofort. Dann fügte sie erstaunt hinzu: »Willst du näher an die Stadt ziehen? Ich dachte, du fühlst dich wohl auf deinem Hof?«

»Das stimmt auch. Aber ich möchte nicht in die Stadt ziehen, ich werde die Schweiz verlassen.«

Claire erschrak. »Wohin willst du gehen?«
»Nach Frankreich. Für den Rest meiner Tage. Du weißt, dass ich dort ein Haus habe.«
»Aber warum? Warum verlässt du deine Freunde und dein Atelier?«
»Also zunächst einmal: in Florifère habe ich auch Freunde. Und ein Atelier. Ich versuche es dir zu erklären, aber so ganz werde ich es nicht können. Es ist halt etwas Unerklärliches dabei. Du kennst Florifère noch nicht.«
»Ich habe es nur auf einem Foto gesehen, das in deiner Küche hängt. Das Bild mit den vielen Sommergästen auf der Holzveranda.« Claire füllte die Gläser erneut und blickte Gertrude erwartungsvoll an.
Gertrude schwieg einen Moment. Sie griff nach einer Silberperle ihrer langen Kette und spürte mit dem Zeigefinger der regelmäßigen Rundung nach. »In Florifère wohne ich Tür an Tür mit meiner Haushälterin Josette und ihrem Mann Armand. Das sind liebenswürdige Menschen. Ich kann gut allein sein, aber es ist doch schöner, wenn man es nicht so ganz ist. In der Schweiz habe ich zwar Freunde, aber mein Hof ist abgelegen. Und ich werde nicht jünger.«
Gertrude öffnete eine neue Flasche Chardonnay. »Aber der wichtigste Grund ist ein anderer. Ich möchte an unseren Ort zurück. An Jacques' und meinen Ort. Ich habe eine noch ungeformte Idee im Kopf, einen Bilderzyklus, der vielleicht der letzte große Akt in meinem Leben sein wird. Dazu brauche ich das Licht, die Räume und die ganze Liebe von Florifère.« Sie nahm ihr Glas und prostete Claire zu.

»Als wir – ich meine, du und ich – uns trafen, wäre Jacques achtzig geworden. Es war übrigens so eine Art Zeichen für mich, dass ich dich an diesem Tag kennen gelernt habe, weißt du noch?«

Natürlich wusste Claire noch. Claire hatte einen Freund in München besucht. Gertrude und Claire standen nebeneinander an der Garderobe des Lenbachhauses. Beide trugen, unter dem Arm eingeklemmt, ein zusammengerolltes Plakat der Expressionistenausstellung, beide hielten gleichzeitig ihre Garderobemarke hin, beiden fiel in diesem Moment die Handtasche zu Boden. Als sie sich gleichzeitig bückten, sahen sie sich an und kicherten. Dann, als sie sich wieder aufgerichtet hatten, fasste die fremde, ältere Frau Claire an das rechte Ohr und sagte: »Meine Güte, das ist der schönste Ohrring, den ich je gesehen habe. Er leuchtet wie das Mittelmeer! Wo haben Sie den her? Ich bin verrückt nach Ohrringen!«

Claire blickte der Fremden in die Augen und hatte das seltsame Gefühl, in ein bekanntes Gesicht zu blicken. »Der ist aus einem kleinen Bonner Friseurladen. Wenn Sie mir Ihre Adresse geben, schick ich Ihnen ein Paar. Gibt's in allen Farben.«

»Nein, dieses Blau muss es sein.«

Die ältere Dame zog eine Visitenkarte aus ihrem Stoffbeutel.

»Gertrude Birnbaum«, las Claire. Sie blickte auf. »Sie sind doch nicht etwa *die* Gertrude Birnbaum?«

»Na ja, ich weiß nicht, welche Sie mit *die* meinen, aber ich

heiße nun mal so.« Das kam mit schlecht verborgener, aber liebenswerter Eitelkeit.
»Ich liebe Ihre Bilder!« Claire war ganz aufgeregt. »Ich habe in der letzten Ausgabe von ART & MORE den Artikel über Ihre Retrospektive in der Bremer Kunsthalle gelesen. Halleluja … da trifft eine popelige Kunstlehrerin auf die leibhaftige Gertrude Birnbaum. Ich bin hingerissen.«
»Und ich bin hungrig. Kommen Sie, ich kenne da ein sehr gutes Café, in dem man nichts so schnell vergisst wie seine letzte Kleidergröße.«

»Du bist eine ungewöhnliche Mischung aus Anarchie und Beamtentum, könnte das sein?«
Sie hatten sich bereits nach einer Stunde in dem Café in der Münchner Schellingstraße geduzt, und Claire schaute Gertrude wegen dieser treffenden Einschätzung erstaunt an.
»Ja«, meinte sie. »Was mir mit meiner Unordentlichkeit niemand zutraut, ist meine Pünktlichkeit. Ich hasse es, wenn fremde Leute – nein, wenn überhaupt irgendjemand – durch seine Unpünktlichkeit über meine Zeit verfügt.«
»Oje«, Gertrude blickte sie amüsiert, aber auch ein wenig erschrocken an. »Ich bin fast immer unpünktlich.«
»Dann wirst du bei mir jedenfalls nie irgendetwas zu essen bekommen, was zusammenfallen kann. Soufflé, zum Beispiel. Na ja, regelmäßig zu spät zu kommen ist ja auch eine Form von Zuverlässigkeit. Dafür bin ich schlampig. Und anarchisch.«
»Verrätst du etwa deinen Schülern die Abituraufgaben?«

Claire blickte sich um, als säße der oberste Schulbehördenleiter direkt hinter dem Gummibaum, und flüsterte: »Immer. Und schon als Kind habe ich die Unterschrift auf meinen Entschuldigungen gefälscht.«

»Also auch noch kriminell? Ich glaube, das wird was mit uns.« Sie mussten beide lachen. Gertrude schwieg einen Moment, dann legte sie die Handflächen wie zum Gebet aneinander und blickte aus dem Fenster auf die Schellingstraße. »Heute ist der Geburtstag des liebsten Menschen, dem ich je begegnet bin. Wir haben sechsundzwanzig Jahre lang zusammen gelebt und gearbeitet. Jedes Jahr mache ich etwas besonders Schönes an diesem Tag. Ich weiß, dass es ihn freut. Mehr als Tränen oder rote Lämpchen an seinem Grab. Vielleicht hat er dich geschickt.«

Sie blieben noch lange in dem Café hocken und verabredeten sich für den nächsten Tag.

Das war jetzt etwa vier Jahre her. Seitdem sahen sie sich einige Male im Jahr, schickten sich Bücher und lange Briefe. Die Themen zwischen ihnen versiegten nie. Claire hatte Gertrude in ihrem Schweizer Atelier besucht. Das Bauernhaus war voll gestopft mit Bildern, Keramik, alten Möbeln, Skulpturen und Erinnerungen aus aller Welt.

Daran musste Claire jetzt gerade denken. Sie schenkte ihrer Freundin noch ein Glas Wein ein. »Mein Gott, Gertrude, wenn du ausziehst … du wirst drei Lastwagen brauchen! Und das soll alles nach Florifère?«

»Um Gottes willen! Ich verkaufe fast alles. Und was ich nicht verkaufen kann, verschenke ich.«

Gertrude schwieg einen Moment, dann sagte sie in verändertem Tonfall: »Ich möchte zurück nach Florifère, weil ich mich Jacques dort näher fühle. Wir waren so intensiv zusammen, dass dieses Glück in den Wänden hängen geblieben ist.«
Beide schwiegen. Noch vor einiger Zeit war es nicht leicht für Gertrude gewesen, über Jacques zu sprechen.
Gertrude beugte sich vor. »Claire! Ganz ehrlich: einen Umzug organisieren, das kann ich immer noch allein. Ich gebe zu, dass ich das nur vorgeschoben habe. Jetzt kommt Bitte Teil zwei. Und wenn du mir *die* abschlägst, würde es mich schon ziemlich bekümmern. Also: Ich möchte, dass du Florifère kennen lernst. Es ist für mich der schönste Ort der Welt. Ich bin immer so heiter, wenn ich dort bin, deshalb möchte ich, dass du es auch einmal siehst. Und wenn du Lust dazu hast, kannst du in Florifère malen. Das Licht ist unvergleichlich, das wirst du sofort merken. Also: möchtest du deine Sommerferien – oder einen Teil davon – bei mir in der Touraine, auf Florifère, verbringen?«
Touraine! Natürlich! Bei dem Klang dieses Wortes sah Claire plötzlich wieder das Kalenderbild aus der Lehrerküche vor sich. Die helle Brücke, den Kahn, die Wolken. Touraine.
Gertrude schaute sie erwartungsvoll an. »Also?«
»Hm. Es reizt mich enorm. Ich bin als Studentin mal ein langes Stück an der Loire entlanggeradelt. Es war so schön.«
»Florifère liegt übrigens am Cher, nahe bei Tours. Du hast also die Loire und die berühmtesten Schlösser in Reich-

weite. Und die Schleuse von Chimeray ist genau auf der gegenüberliegenden Seite von La Florifère. Ich kaufe dort immer meinen Wein.«

»In der Schleuse?«

»Sicher. Im Schleusenwärterhäuschen wohnt Monsieur Berbessou. Hinter seinem Garten beginnen die Weinfelder der Familie. Sie machen einen wunderbar leichten Weißwein. Ach, wenn ich an die Abende in meinem Garten denke! Hinter dem Zaun führt nur ein Sandweg am Fluss entlang, und ringsherum singen die Nachtigallen.« Gertrude streichelte Lottes Kopf und seufzte. Dann wiederholte sie: »Also?«

Plötzlich schien sie ein Gedanke zu beunruhigen. Sie zog ihre Hand von Lottes Kopf und strich sich eine Strähne aus der Stirn. »Hoffentlich kommst du nicht auf den Gedanken, dass sich eine alte Schachtel an dich klammert, weil sie nicht allein sein kann. Ich bin nicht einsam auf Florifère.«

»Bist du verrückt?« Claire blickte Gertrude entsetzt an. »Du bist der unabhängigste Mensch, der mir je begegnet ist. Und wenn ich überhaupt so etwas wie ein Idol habe, bist du es. Niemand in meiner Umgebung ist lebendiger, selbstständiger und …«, sie suchte nach einem bestimmten Wort, »… erfüllter als du.«

»Du kommst also? Ach, ich freue mich!« Sie wippte auf dem Korbsessel herum. Mit ihren siebzig Jahren konnte sie sich so ansteckend freuen wie ein kleines Mädchen am Vorabend seines Geburtstages. »Und ich werde dir die Wassermühle von Monsieur Mangiapani zeigen. Das ist der verwunschenste Ort der Welt. Abends tanzen da die Elfen. Jedenfalls, wenn man genug getrunken hat. Ach, du machst mir so eine Freude, Claire. Ich liebe es, den Fremdenführer zu spielen, wir werden paddeln, legen irgendwo an und picknicken. Und morgens gibt es Eier von Josettes Hühnern. Und dann fahren wir nach Amboise. Dort gibt es einen Patissier, zu dessen *›tuiles aux amandes‹* dir nichts mehr einfällt.«

»Zu bitte was?«, unterbrach Claire. »Dachziegel mit Mandeln?«

»Genau. Lass dich überraschen, Kind. Und diese unvergleichlichen Wolken über der Touraine! Sie sind voller Geschichten vom Meer, daher kommen sie nämlich. Das Meer ist nicht weit. Auf dem Rücken im Gras liegen und Wolken beobachten, das ist das Überhaupteste. Da fällt mir ein, du hast bestimmt noch nie eine richtige Champignonzucht gesehen. Riesenhöhlen, in den Sandstein gegraben! Von Menschenhand. Die halbe Touraine ist unterirdisch durchlöchert wie ein Emmentaler. Aus den Steinen ließen die französischen Könige ihre Märchenpaläste bauen, die Pilzzüchter kamen später, das musst du gesehen haben. Ach ja, und dann …«

Sie erzählte noch lange von Florifère, und Claire hörte gerne zu. Das wirkliche Motiv, weshalb Gertrude Birnbaum ihre um so viel jüngere Freundin zu sich einlud, offenbarte sie ihr nicht. Claire hätte entsetzt oder verlegen reagiert, in jedem Fall abwehrend.

*

Zilli Kuhl bediente die duftende Kundin, packte die Einkäufe in den Lackkorb und meinte abschließend: »Nächste Woche bekomme ich wieder die original Odenwälder Leberwurst. Von diesem Bauernhof, wissen Sie noch? Die Ihr Mann so gerne mag.«
»Wie nett. Dann legen Sie mir doch einen Kranz beiseite. Oder warten Sie – Sie könnten doch die Wurst abends vorbeibringen, nicht? Ich komme Montag bestimmt nicht zum Einkaufen.« Die Gattin des Orthopäden lächelte huldvoll. Das glaube ich dir gerne, dachte Zilli Kuhl grimmig und nickte knapp. Wahrscheinlich sitzt du im Nagelstudio oder in deinem Erlebnis-Solarium, bis dein Mann aus der Praxis kommt.
Zilli Kuhl lieferte nach Feierabend durchaus Ware frei Haus – aber dieser Sonderservice war für ältere Menschen oder vorübergehend erkrankte Alleinstehende gedacht. Jeder wusste das, und man hielt sich daran. Ohne Not und für einen Wurstkringel den kostenlosen Lieferservice zu beanspruchen, sprengte die Grenzen des Anstandes, denn wie viel Zilli arbeitete, blieb niemandem verborgen.
Die Arztgattin war allerdings Stammkundin. Zwar kaufte sie wenig, denn sie bezog das meiste aus einem Großmarkt, aber ihr Mann behandelte die halbe Siedlung. In den fünf Villenstraßen hinter den Reihenhäusern war sie tonangebend. Sie konnte gefährlich werden, wenn man versuchsweise an dem roten Teppich unter ihren Füßchen zerrte. Und das konnte sich Zilli Kuhl nicht leisten. Von der wohlhabenden, nicht immer angenehmen Kundschaft

kam viel Umsatz. Zilli Kuhl war ein praktisch denkender Mensch. Sie wollte so viel Geld wie möglich verdienen. Und so schnell wie möglich. Normalerweise beherrschte sie ihre Emotionen gut. Jetzt allerdings trat sie gegen eine Gemüsekiste, fischte eine Zigarette aus der Kitteltasche, strich sich über ihre widerspenstige Dauerwelle und rannte paffend in der hinteren Ladenstube herum. »Arschloch«, knurrte sie. »Blöde, verwöhnte Pute.« Sie stellte sich vor, wie sie ihrer feinen Kundin ein Hundehäufchen auf den Rücksitz ihres Kabrioletts warf. Kleber ins Zündschloss schmierte. Japanische Fischsauce auf die Vordersitze kleckerte. Hach, schön! Zilli grinste. Sie musste kichern. Sie kicherte immer noch, als das Telefon klingelte und sie den Hörer abhob.

»Bei mir gibs leider nix zu lachen, Zilli.«

Auch das noch. Die ewig nörgelnde Schwester aus Köln, im Hintergrund lärmten ihre beiden Kinder. »Haltet die Schnauze!«, schrie die liebende Mutter. »Hörma Zilli, du muss Käthi und Simon nehmen.«

»Ausgeschlossen. Du weißt doch, dass ich die Handwerker ins Haus kriege. Badezimmer. Nein, im Moment will ich niemanden im Haus.«

»Du kannzir wenstens Handwerker leisten ich nich.«

Sie hatte getrunken, Zilli hörte es sofort. »Was ist los bei dir?«

Die angetrunkene Schwester fing an zu weinen. Es hörte sich seltsam an, wie Katergeheul. »Ich mussin Krankenhaus die schneiden mich auf da isn Mipom das muss weg.«

»Myom«, verbesserte Zilli.
»Genau, die Kinner könn doch nich allein bleim.«
»Wann soll ich sie nehmen?«
»Soffort spätstens morn.«
»Ach Mensch. Ausgerechnet jetzt.«
»Kannich doch aunix für«, heulte die Schwester.
Das stimmte. Zilli hielt sich ihre Schwester zwar vom Leib, aber eine Operation war schon etwas verflucht Unangenehmes. Da brauchte man Unterstützung. »Na gut. Aber du musst sie mit der Bahn schicken, ich komme im Moment hier nicht weg. Käthi kennt ja den Weg auswendig.«
Käthi, pfiffiges kölsches Großstadtkind, hatte keinerlei Angst vor dem Abenteuer einer längeren Bahnfahrt mit Umsteigen. Sie benutzte U-Bahn, Straßenbahn und Busse wie andere Leute ihr Surfbrett und wusste, wann man schwarzfahren konnte und wann besser nicht.
»Wann wirst du operiert?«
»Übermorn kannssu mich ma besuchn inne Marienklinik?«
»Natürlich. Ich komme nach der Operation, also am Samstag Nachmittag.«
»Dann bring mir was von den Kiwilikör mit ja?«
»Du bist wohl nicht mehr normal? Nach einer Operation darf man doch keinen Alkohol trinken.«
»Wer sachtas?«
»Die Regierung«, erwiderte Zilli und legte auf.

Die achtjährige Käthi und ihr vierjähriger Bruder Simon kamen kurz nach Ladenschluss. Zilli sah sie schon von

Weitem die Straße entlangmarschieren. Käthi trug einen roten Plastikranzen auf dem Rücken und das gesamte Gepäck in einer Alditüte. Simon hatte seinen schmutzstarrenden Bären im Arm.

»Den lass ich heute Nacht in der Waschmaschine verschwinden«, dachte Zilli.

Käthi und Simon hielten sich nicht mit Begrüßungsreden auf, sondern fragten sofort: »Was hast du denn gekocht, Tante Zilli?«, und trampelten in die Küche, um mit aufgepflanzter Gabel auf das Essen zu warten. Erst als Simon nach dem zweiten Teller Nudeln mit Hackfleischsauce »Noch mehr!« forderte, erwiderte Zilli: »Guten Abend, Simon. Das sagt man normalerweise zuerst. Gib mal deinen Teller rüber. Aber jetzt bekommst du nur noch ein ganz kleines bisschen, sonst wird dir schlecht. Morgen kriegt ihr ja wieder was zu essen.«

»Guten Abend, Tante Zilli. Noch was.« Käthi hielt ihren Teller hin. Die Gläser ihrer roten Nickelbrille waren mit Nudelsauce voll gekleckert.

»Kannst du überhaupt noch was sehen, Käthi? Wenn ihr ins Bett kotzt, gibt's obendrein was hinter die Löffel.«

»Keine Sorge, wir haben seit heute Morgen nix mehr gegessen.«

»Und wieso nicht?«

Käthi stopfte Nudeln nach und redete mit vollem Mund weiter. »Mama war noch nicht wach, wie ich aus der Schule kam. Und dann musste sie ins Krankenhaus und packen und da war keine Zeit für Essen.«

»Hat Simon denn wenigstens gefrühstückt?«
»Keine Ahnung.«
»Simon, hat die Mama dir was zu essen gegeben?«
»Schips.« Aus Simons vollem Mund fielen Nudeln aufs Tischtuch. Das war das Standardmenü für die Kinder. Chips oder Erdnussflips und Cola. Oder kalte Ravioli direkt aus der Dose. Zilli seufzte. In den Trockenphasen bemühte sich ihre Schwester im Rahmen des Möglichen durchaus um die Kinder. Aber wenn sie wegen irgendwelcher Unregelmäßigkeiten wieder einmal die Putzstelle verloren hatte oder sich der neue Freund nicht mehr blicken ließ, trudelte sie für Wochen ab.
In der Badewanne schlief Simon fast ein. Käthi hatte sich selbst abgetrocknet, ihre dreckige Brille mit der Zahnbürste geschrubbt und ihr rosa Besuchsnachthemd angezogen. Sie wusste genau, in welcher Schrankecke es lag. Tante Zilli hatte es ihr geschenkt, eigentlich war es zum Mitnehmen gedacht. Aber Käthi bestand eigensinnig darauf, dass dieses Nachthemd in Tante Zillis Schrank zu bleiben habe, rosa gerüscht, duftend, gebügelt. Dort sollte es auf ihre Besuche warten. Das war wie ein Teil von ihr, der nicht bei Mama und dem kleinen Bruder wohnen musste.
Simon schlief in einem Gästekinderbett, seine Schwester auf dem ausgeklappten Sofa. Zilli deckte die Kinder zu. Zilli betrachtete ihren Neffen, dieses seltsame Kind, das mit seinen hellblauen, runden Augen, den dunklen Locken und den extrem abstehenden Ohren wie ein furchtsames Nachttier aussah. Wenn er einen direkt anschaute, was

nicht häufig vorkam, hatte Simon etwas Entwaffnendes. Jetzt fielen ihm fast die Augen zu, aber mit letzter Energie richtete er sich halb auf: »Bär wo?«, und drückte sein Stofftier, das Zilli widerwillig herausrückte, an sich.

»Simon, dein Bär stinkt wie eine Mülltonne. Darf ich den mal waschen?«

»Nein.«

»Du bist aber ungerecht. Der Bär hat die ganze Zeit geheult, als du in der Badewanne warst.«

»Nein.«

»Doch. ›Der Simon darf baden und ich nicht‹, hat der Bär gesagt.«

»Nein.«

»Stimmt's, Käthi?«

»Weiß ich nicht. Aber wenn Tante Zilli den Bär nicht waschen darf, kriegst du morgen nix zu essen.«

Simon streckte Zilli den Bären sofort hin.

Zilli seufzte. »Natürlich kriegt er was zu essen, Käthi. Auch wenn der Bär weiterstinkt. Red nicht so einen Scheiß.« Sie deckte Simon zu, gab ihm einen Kuss. Er schlief sofort ein. Käthi schaute stumm an die Decke. Anders als Simon sah sie listig aus, wie ein schmales, helles Nagetierchen, immer wach, immer auf der Hut, zum Angriff bereit. Aber mit Tante Zilli wollte sie nicht streiten. Sie wandte ihrer Tante plötzlich das Gesicht zu und lächelte sie so strahlend an, dass Zilli schlucken musste.

Sie strich ihr über die mausedünnen, hellbraunen Haare. »Heute Abend habe ich Simons Lieblingsessen gekocht.

Du bist also morgen dran. Was willst du denn haben, wenn du aus der Schule kommst?«
Käthi hob ihren Arm zur Nase und schnupperte an der Manschette des Nachthemdes. »Frikadellen. Aber mit keinen Zwiebeln drin. Und Kartoffeln mit brauner Sauce. Und Pudding. Den mit oben Sahne und unten mit Vanille. Im Plastikbecher. Und Blumenkohl mit braunen … so was drauf, was immer so knirscht wie Zwieback.«
»Gebratenes Paniermehl. Braune Semmelbrösel, kann man auch sagen. Gut. Denk daran, dass du morgen Geld mitnimmst, denn du musst ja jetzt immer weit fahren. Weißt du noch, wo die Haltestelle ist?«
»Am Frisör. Der mit den rosa Gardinen. Dann am Hauptbahnhof aussteigen. Dann runter ins Bonner Loch. Wo die U-Bahn ist. Und nicht von Pennern anquatschen lassen. Dann mit der 16 nach Köln. Dann am blauen Hochhaus raus und die blöde Schule ist um die Ecke.«
»Ganz schöne Fahrerei, was?«
»Gibt ja bald Ferien. Außerdem fahre ich gerne. Ich gucke immer Leute.«
Käthi schaute sich in dem kleinen Wohnzimmer um. Sie mochte das Bild mit den schneebedeckten Bergen besonders. Es hing über dem Regal mit Zillis Sammlung kleiner Eulen aus Ton. Käthi rutschte etwas nach unten, legte den Kopf in den Nacken und wölbte ihren Rücken so, dass sie das Fenster über ihrem Kopf sehen konnte. Von der Decke hing an einem Nylonfaden eine strohgeflochtene große Biene, die sich leise bewegte. Käthi pustete so viel Luft

unter das Flugtier, dass es tanzte. »Tante Zilli? Glaubst du, dass Mama stirbt?«

»Käthi, die Mama stirbt ganz bestimmt nicht. Das ist keine gefährliche Operation.«

»Aber wenn? Kommen wir dann richtig zu dir?« Käthi pustete weiter auf die Biene, die noch fröhlicher hüpfte.

»Krötenkind, deiner Mutter passiert nichts. Bestimmt.« Zilli gab ihrer Nichte einen Kuss auf die Wange.

»Tante Zilli? Warum ist es bei dir immer heller?«

»Wie meinst du das?«

»Es ist alles heller hier. Warum?«

»Ist mir noch nie aufgefallen.«

Käthi sagte nichts mehr. Sie hielt ihre rechte Hand mit gespreizten Fingern hoch, gegen die kleine Tischlampe, die auf der Kommode neben der Tür leuchtete. Dann schnappte sie mit der Hand ein paar Mal in die Luft, als wolle sie etwas greifen.

»Licht kann man nicht mit der Hand fangen, Tante Zilli. Schade.«

»Aber man kann es mit den Augen fangen und im Kopf aufbewahren. Und dann kann man sich daran erinnern.«

Käthi verschränkte die Arme hinter dem Kopf und sah ihre Tante an. »Sing was, Tante Zilli!«

»Ach du heiliger Schnorchel. Ich singe wie eine Blechkanne. Na gut.« Zilli räusperte sich und begann mit wackeliger Stimme: »Der Mond ist aufgegangen, die goldnen Sternlein prangen am Himmel hell und klar, drum leg dich …«, sie stockte.

»Weiter!«, verlangte Käthi.
»Ich hab den Text vergessen.«
»Is doch egal. Sing andere Wörter.«
»Drum leg dich …«
»… altes Luder«, half Käthi.
»… da neben deinen Bruder und morgen früh kriegst du Kakaaaaao«, sang Zilli.
Käthi kicherte. »Das reimt sich ja gar nicht.«
»Kakao braucht sich auch nicht zu reimen, der muss bloß heiß sein.«
»Und Brötchen mit Honig?«
»Und Brötchen mit Honig. So viel du willst.«
Käthi sagte nichts mehr. Die Augen fielen ihr zu. Zilli betrachtete sie noch eine Weile, dann stand sie auf, zog Käthi die Decke über die Schultern, ging hinaus und schloss leise die Tür.
Im Badezimmer griff sie nach Scheuermilch und entfernte den schwarzen Rand, den das Badewasser hinterlassen hatte. Die Wäsche der Kinder starrte ebenso vor Schmutz wie der Inhalt der Plastiktüte, das Reisegepäck. Durchdringender Geruch nach abgestandenem Tabak stieg ihr entgegen. Zilli stopfte alles in die Waschmaschine und wollte den Bären hinterherwerfen, als sie zögerte. Es war nicht sicher, dass er diese Gewalttour aus Schleudern und Spülen überstand. Im Waschbecken flutete sie das stinkende Spieltier, das in der Tat aussah, als beherberge es von Hepatitis bis Wanzen alle Viren und sämtliches Ungeziefer. Außerdem war es verkrustet mit Nahrungspasten, vermut-

lich Ketchup, Senf oder Marmelade. Eher alles zusammen. Das Wasser färbte sich dunkelbraun.
Simon schleppte diesen Bären mit sich herum, seit er laufen konnte. Er hatte ihn einmal im Krankenhaus von einer Schwester geschenkt bekommen. Zilli hatte das Drama dieses Krankenhausaufenthaltes noch in guter Erinnerung: Simon war an einem Leistenbruch operiert worden und hatte das Krankenhaus so genossen, dass er sich am letzten Tag, als seine Mutter ihn abholen wollte, schreiend an dem Metallgestänge seines Bettes festhielt. Die Mutter gab ihm vor lauter Verzweiflung eine saftige Ohrfeige, und die Schwestern blickten sich viel sagend an. Sie bekamen allerdings nicht mit, dass sich Simon bereits im Bus an seine diesmal nur leicht besäuselte Mutter lehnte, die Tüte Chips leerte, die sie ihm mitgebracht hatte, und ihr seinen Bären zeigte, der damals das helle Grau aufwies, das Zilli nun langsam wieder freiwusch. Nach zahlreichen Spülbädern drückte sie den tropfenden Bären, bis kein Wasser mehr herauskam. Unschlüssig überlegte sie, wie und wo sie ihn trocknen konnte. Ein feuchter Bär, vier Tage an der Leine, würde wieder stinken. Und außerdem war der Bär so unentbehrlich wie Essen und Trinken. Die neue alte Farbe war ohnehin etwas, das Simon erst verkraften musste.
Zilli schaltete den Backofen ein, legte den Bären auf den Rost und stellte den Regler auf fünfzig Grad. Als der Herd die Temperatur erreicht hatte, öffnete sie die Ofentür einen Spaltbreit und ließ den Bären trocknen wie im Hochsommer die überzähligen Tomaten, die sie in einem

Riesenglas mit Thymian und billigem Olivenöl einlegte, um sie anschließend für horrendes Geld an den elitären Teil ihrer Kundschaft zu verkaufen. »Von einem kalabrischen Bauernhof, garantiert ökologisch!«, verriet sie. Sie setzte sich an ihren Küchentisch und genehmigte sich eine Flasche Bier. Vierzehn Tage Krankenhaus, sechs Wochen Rekonvaleszenz. Zwei Monate Kinder.

Scheißdreck, verfluchter.

Nicht, dass sie Käthi und Simon nicht mochte. Käthi war Zillis Patenkind, Zillis Liebling. Für Käthi hätte Zilli alles getan, und Simon war ein putziges, kleines Kerlchen, das ihre Zuneigung aufsog wie ein Schwamm. Aber die Kleinen waren anstrengend. Simon hatte seine Fragephase gerade hinter sich. Damit hatte er beim letzten Besuch genervt: »Warum machst du das? Warum sind die Fische in der Dose?« – oder an die Adresse der parfümierten Orthopädengattin: »Warum stinkst du so komisch?« Das war alles noch zu ertragen. Aber als Zilli längere Zeit hintereinander Kunden bedienen musste, hatte Simon in der Ladenstube in aller Seelenruhe zehn Pakete Cornflakes aufgerissen, weil obenauf Gratis-Figürchen lagen. Sie musste sich sehr beherrschen, ihn nicht zu schlagen. Käthi hatte derweil oben im Wohnzimmer mit den Eulen gespielt und die hübscheste zerbrochen. Ob mit Absicht, war bei Käthi schwer festzustellen. Nach jeder Missetat kam sie sofort angerannt: »Kannst du mich noch leiden, Tante Zilli?«

Tante Zilli war Käthis einzige Sicherheit, einzige Konstante. Es lag in der Natur der Sache, dass Käthi genau diese

Sicherheit ständig austesten musste. Sonst wusste man ja nicht, ob es eine war. Solche Sachen machte Käthi ständig. Dabei waren die Kinder nur drei Tage bei ihr gewesen. Mein Gott. Zwei Monate. Simon warf alles um, fasste alles an. Zu Hause sitze er den ganzen Tag ruhig in der Ecke, behauptete die stolze Mutter. Das glaubte Zilli gerne. Wenn er unruhig wurde, brüllten ihn Mama und Mamas Freunde an. Oder er bekam Prügel, je nach Alkoholpegel. Marlene stritt die Schläge stets ab, wenn Zilli ihrer Schwester ins Gewissen reden wollte, aber Zilli glaubte ihrer achtjährigen Nichte mehr als ihrer Schwester. Sobald man die Stimme hob, verfiel Simon in eine Art Schutzstarre. Und er machte jede Nacht ins Bett, was aber nicht hieß, dass Marlene seine Bettwäsche jeden Abend wechselte. Zilli dagegen hatte einen Stapel Kinderbetttücher im Schrank und legte Simon eine Gummiunterlage auf sein Gästebett.

Zilli stöhnte, wenn sie an den langen Zeitraum dachte. Sie brauchte ihre Ruhe. Das Alleinsein genoss sie, ihre eigenen vier Wände waren ihr heilig nach allem, was hinter ihr lag. Nur die Kinder durften in ihren Privatbereich eindringen, sogar Besuche ihrer Schwester umsegelte Zilli, indem sie tausend Ausreden erfand oder die Schwester einfach selbst besuchte.

Im Bett versuchte sie, die letzten zehn Minuten einer Talkshow zu sehen. Langzeitarbeitslose wurden von einer munteren Erfolgsschriftstellerin mitleidig, aber auch hoheitsvoll beäugt. »Was, nur Absagen? Da machen Sie irgendetwas falsch! Es gibt fast kein Problem, das nicht durch gezieltes

Nachdenken zu lösen ist. Na, ich werde Ihnen nach der Sendung mal ein paar Tipps geben«, meinte sie. Blöde, naive Schnalle, dachte Zilli. Ich werde ihr mal für vierzehn Tage Simon auf den Hals hetzen, der kann ihr dann zu Hause das Mohairsofa voll pinkeln. Vielleicht kann sie ihm ja durch gezieltes Nachdenken vermitteln, wie er mit dem Bettnässen aufhört. Oder Marlene mit dem Trinken. Sie schaltete ab und gähnte. Denk nur an den nächsten Tag, befahl sie sich. Nur an den verdammten nächsten Tag.

2

Gertrudes Kater John war von nervösem Naturell, immer schnell beleidigt, und wenn ihn etwas aus dem seelischen Gleichgewicht gebracht hatte, blieb er manchmal tagelang einfach im Kleiderschrank. Gertrude hatte für unwissende Freunde und die vergessliche Putzfrau ein großes Schild an den Schrank im Flur geklebt: »Bitte niemals die Tür schließen! John könnte drinliegen!«
O Schrank, Refugium in lauten Silvesternächten, Sanatorium nach nächtlichen Prügeleien um haarige Damen! Drinnen duftete es nach alten Ledertaschen, selten gelüfteten Kleidungsstücken und irischen Wollpullovern. Aber jetzt war irgendetwas nicht in Ordnung. Irgendetwas lag in der Luft.
Der Schrank war zwar noch da, wo er immer gestanden hatte, aber er roch nach Veränderung. John mochte Veränderungen überhaupt nicht. Johns Schwanz peitschte nervös auf der Bank herum.
Schon seit Wochen sortierte Gertrude alles, was sich im Keller und in den Schränken angesammelt hatte. Es gab unzählige Dinge, von denen sie sich nicht trennen konnte. Alle paar Minuten fiel ihr ein neues Teil in die Hände,

eines, das sie fast schon vergessen hatte, dessen Geschichte aber nun wiederauferstand.

Das Telefon klingelte. Josette war in der Leitung. Josette, die in Florifère, dem französischen Haus, nach dem Rechten sah.

»Oh, meine Liebe, wie geht es dir und Armand? Was macht Florifère?« Das war alles, was Gertrude an Konversation unterbringen konnte, den Rest übernahm Josette.

Josette redete so, wie sie aussah. Wieselflink, lebhafte Gesten, geblümter Kittel. In Florifère stand alles zum Besten. »Die Hühner legen gut, nur Pluplume nicht, aber das kennt man ja, täglich wird dein Haus gelüftet, jawohl, Armand hat endlich die Gartenmöbel neu gestrichen, himmelblau, wie du es wolltest, ich finde braun ja schöner, das sieht solider aus, aber wie du willst, ich bin ja nur eine dumme Hausfrau, hundertmal habe ich es ihm gesagt, und dann endlich gestern, ach, warum musste ich einen Faulpelz aus Marseille heiraten, und was koche ich am ersten Abend, vielleicht Hecht in *beurre blanc?* Nein, lieber Zander. Oder vielleicht doch besser einen *jambon à la crème?* Die Gemeinde hat den Sandweg hinter dem Haus immer noch nicht asphaltiert, man hat den ganzen Tag Dreck auf dem Teppich!«

Josette zwitscherte noch eine ganze Weile in den Hörer, bis Gertrude sich nicht mehr auf ihre vielen Gedankenschnörkel konzentrieren konnte. Sie beendete das Gespräch mit der Behauptung, es sei Besuch gekommen. Alles andere hätte Josette beleidigt.

Es war so schwer, auf Dinge zu verzichten, die sie zusammen mit Jacques entdeckt hatte. Lange Jahre hatten sie abwechselnd im Bauernhaus bei Biel oder in Florifère in der Touraine gelebt, manchmal getrennt, meistens gemeinsam.

Gertrude bückte sich nach einer Kiste, die neben der Gartenbank stand, und wischte mit der Hand den Staub von einer kleinen Blechfigur. Mit rot lackierten Ärmchen hieb der kleine Mann auf einer Trommel herum, wenn man ihn mit einem Vierkantschlüssel aufzog. Die Nase des Trommlers war verrostet, an einigen Stellen fehlte der Lack. Wo hatten sie das alte Spielzeug gekauft? In Mirepoix, der kleinen Pyrenäenstadt? Unter den Arkaden des mittelalterlichen Marktplatzes? Oder war es in Tours auf dem Flohmarkt gewesen, vor acht oder zehn Jahren?

Die Bilder überlagerten sich. Die Bilder der Städte, der Cafés, der Korbsessel, in denen man bequem sitzend das Treiben beobachtete und dabei einen großen Milchkaffee trank, mit dem Kellner oder einem Tischnachbarn schwatzte.

Und die französischen Märkte! Am schönsten waren sie im Herbst. Kleine Ziegenkäse, mit grauer Asche eingerieben, funkelnder roter Wein in Probiergläsern, violette Knoblauchzöpfe, brauner Kastanienhonig, wie dunkler Bernstein. Alte Männer in karierten Hemden mit abgewetztem Kragen, mit schwieligen Händen, die nackten Füße in ausgetretenen Turnschuhen, Hausfrauen, die mit kritischem Blick die glasigen Augen eisglänzender Fische prüften. Und Jacques kam lachend auf seine Geliebte zugewankt, in jedem Arm einen orangeroten Kürbis.

Gertrude schloss die Augen und hob ihr Gesicht zur Sonne. Der größte Schatz ihrer Erinnerungen lag nicht in staubigen Regalen oder musste in Kisten verpackt werden. Die leuchtendsten Farben und Freuden waren in ihr, für immer. Niemals konnten sie verloren gehen, verblassen, gestohlen werden.

Plötzlich stellte sie den Blechtrommler auf den Gartentisch, erhob sich, ging ins Haus und wählte eine längere Telefonnummer.

»Louis? Alter Freund, ich nehme dein Angebot an. Du hattest Recht. Schick doch morgen deine jungen Männer vorbei, sie können alles mitnehmen. Eines Tages muss man sich sowieso davon verabschieden, dann mache ich das besser jetzt sofort. So kann ich meinen lieben Dingen zum Abschied zuwinken, weißt du? Aber, mein Bester, auch wenn du der ärmste Antiquitätenhändler von Zürich bist, fünfhundert Franken musst du auf dein Angebot schon noch drauflegen. Nein, bitte markiere jetzt keinen Erstickungsanfall, den glaube ich dir sowieso nicht. Übrigens erwarte ich dich spätestens in der ersten Oktoberwoche in Florifère. Dann räumen wir beide den Weinkeller auf. Nein, danke für deine Fürsorge, aber ich habe blendende Leberwerte. Natürlich kannst du jemanden mitbringen. Neue Liebe? Wie heißt er denn?«

Sie trat wieder in die Tür zum Hof, verspürte große Erleichterung. Alles hinter sich lassen. Nach vorne blicken.

Mit siebzig? Natürlich. Wann sonst? Noch einmal Pläne machen, noch einmal aufbrechen, mit wenig Gepäck.
»Nichts ist kälter als der Kaffee vom letzten Frühstück, mein Liebling, und nichts ist verheißungsvoller als der von morgen.« Sie sah Jacques' Gesicht vor sich, seine buschigen, weißen Augenbrauen, hörte seine raue Stimme, seinen Pariser Akzent und glaubte einen Moment lang, ihn physisch wahrzunehmen.
Die Tür zum Atelier war offen. Hier standen genau fünf Kartons. Ihre wichtigsten Dinge. Die Lieblingsbücher, ihre Kleider, ihr Schmuck und eine japanische Seidentasche. Darin lag der Ring, den Jacques ihr zum fünfzigsten Geburtstag geschenkt hatte, ein silbergerahmtes Foto, auf dem sie beide einander auf der Terrasse von Florifère zuprosteten, und ein kleines Buch mit seinen handschriftlichen Reisenotizen, aus denen hervorging, dass er an einem 19. September in Nizza auf der Cours Saleya, auf der Terrasse des Cafés »Les Ponchettes«, eine erstaunliche Dame namens Gertrude kennen gelernt hatte:
»Ich setzte mich versehentlich auf ihren Strohhut, der auf dem einzigen noch freien Stuhl lag. Ich war erschrocken, aber sie lachte über die Ruine. Sie malt. Wenn sie so malt, wie sie zanken kann, ist sie gut. Ihr Redetempo ist vollkommen unschweizerisch. Wir stritten uns über moderne Medien und Malerei. Als ich ihr prophezeite, dass die Malerei eines Tages aussterben könne, weil sie von den flüchtigen Medientechniken ausgelöscht würde, hätte sie mir fast ihren Rotwein über den Schädel gekippt. ›Dieser

Videomist! Ein Bild ist eine Endgültigkeit!‹, polterte sie. ›Und ich brauche viele Endgültigkeiten, um die große Offenheit ertragen zu können!‹

›Was ist denn die große Offenheit?‹, fragte ich sie.

›Der Tod‹, antwortete sie. ›Und die Liebe.‹

Sie hat einen Cäsarenkopf, eine strenge Nase und einen Akzent wie Schweizer Gletschergeröll. Nur ihre Augen sind das Weiblichste, das ich je gesehen habe, dunkel, mit einer – wie soll ich mich ausdrücken? –, mit einer Zuneigung zum Leben; wie eine Quelle. Und wie merkwürdig: Wie kann man den Tod als Offenheit bezeichnen? Für mich ist er die größte Endgültigkeit, die einem Menschen widerfahren kann. Stoff für lange Gespräche. Ich habe den Verdacht, sie mit einer weiteren kleinen Offenheit quälen zu müssen: ich will sie unbedingt wiedersehen. Was daraus wird?«

Es wurden sechsundzwanzig Jahre glücklichen Streitens daraus.

Gertrude stand eine Weile vor dem Stapel brauner, ordentlich beschrifteter Kartons. In einem plötzlichen Impuls eilte sie hinaus zum Gartentisch, griff nach dem Blechtrommler, eilte zurück und verstaute ihn in der oberen Kiste mit den ganz persönlichen Erinnerungen.

»Danke, alter Junge«, sagte sie. So, diese wenigen Kartons und der Blechtrommler würden ihren Weg nach Florifère finden. Mehr nicht. Als wäre eine Last von hundert Kilo von ihren Schultern gefallen, ging sie über den Hof zurück ins Haus, suchte ein Wasserglas, fand es, griff pfeifend nach einer halb vollen Flasche Rotwein aus der Touraine und setzte sich auf die blaue Bank. Gertrude prostete sich selber zu, blinzelte in die Sonne und war nach fünf Minuten eingeschlafen.

⋆

Erstaunlicherweise gingen die Kinder Zilli Kuhl nicht halb so schlimm auf die Nerven, wie sie befürchtet hatte. Simon stapelte glücklich leere Kartons aufeinander, warf sie wieder um, stapelte aufs Neue, griff ab und zu in das große Glas mit »Zahnarztglück«, wie Zilli es nannte, und goschelte wahlweise Erdnüsse in Schokolade oder klebrige rosa Himbeerriegel in sich hinein. Und er machte bei Zilli nicht jede Nacht ins Bett, sondern nur jede zweite oder dritte. Immerhin.

Käthi erledigte ihre Schulaufgaben meist an dem zerkratzten Resopaltisch in der Ladenstube. »Heute mussten wir unsere Freunde beschreiben. Ich hab dich beschrieben. Und dann hat Frau Astmann gefragt, wie alt du bist. Ich wusste das nicht, Tante Zilli. Ich habe gesagt, so vierzig oder fünfzig. Und Frau Astmann meinte, ich soll nicht meine Tante, sondern meine Freundin beschreiben. Aber du bist doch meine Freundin. Das hab ich dann auch Frau Astmann gesagt, aber das passte ihr nicht. Dann hab ich zu Robert gesagt, Frau Astmann sollte besser Frau Arschmann heißen. Ha!«

»Klar doch«, erwiderte Zilli. »Man kann ohne Weiteres

gleichzeitig die Tante und die Freundin sein, das soll sich Frau Arschmann mal hinter die Löffel schreiben.« Käthi kicherte begeistert.
Zilli erwischte sich dabei, dass sie mittags, ab halb zwei, immer mal wieder zur Ladentür hinaustrat, um zu sehen, ob der rote Anorak endlich um die Ecke bog. Wenn Käthi dann in den Laden hopste, auf dem Weg zur Küche ihren schweren Schulranzen vom Rücken zerrte und mit erhobener Nase dem Essen nachschnupperte, verspürte Zilli eine Zufriedenheit, die neu war. Es entging Zilli nicht, dass für Käthi jedes Nachhausekommen dem Öffnen einer Wundertüte glich: Was hatte Tante Zilli heute gekocht? Was lag da in blauem Silberpapier neben dem Suppenlöffel? Zu Hause hatten die Fragen gelautet: War Mama heute nüchtern? War sie überhaupt da? Wann kam sie zurück? Wo stand was zu essen?
Heute fischte Käthi in der Buchstabensuppe und legte eine Reihe kleiner Nudeln sorgfältig auf dem Tellerrand ab.
»Tante Zilli, was ist ein Asi?«
»Ein was?«
»Heute hat die Sabine gesagt, ich und Mama, wir wären Ringelsdorfer Asis.«
»Wer ist Sabine?«
»Die neben mir. Die hat immer neue Sachen, Klamotten und Taschen und so, und ihre Mutter hat ein hellblaues Auto. Die holt die immer ab. Und die Sabine hat sogar Schuhe von Glimmerbaby.«
Glimmerbaby, so viel wusste Zilli, war die Cyberschön-

heit aus einer Kinderserie, die momentan flächendeckend Schultaschen und Shirts zierte und von kleinen Mädchen scheinbar so dringend benötigt wurde wie Sauerstoff.
»Und?«, fragte Käthi, »was ist jetzt ein Asi?«
Zilli legte ihren Suppenlöffel neben den Teller. »Weißt du was? Wir rufen mal deine Lehrerin an. Die muss das wissen.«
»Ich kann mir nicht vorstellen, dass Sabine so etwas gesagt haben soll«, erklärte die Lehrerin am anderen Ende der Telefonleitung. »Könnte es nicht sein, dass Ihre Nichte das erfunden hat?«
»Meine Nichte erfindet ein Wort, von dem sie nicht weiß, was es bedeutet, und fragt mich anschließend, was es heißen soll. Das ist doch ein bisschen seltsam, finden Sie nicht?«
»Ihre Nichte lebt doch in der Ringelsdorferstraße, in einem dieser Hochhäuser, stimmt's?«
»Jetzt lebt sie hier bei mir in Bonn.«
»Sehen Sie, es ist allgemein bekannt, dass in der Ringelsdorferstraße bestimmte asoziale Elemente wohnen. Das wird Sabine aufgeschnappt haben.«
»Und darf es so einfach an ihre Mitschülerin weitergeben? Eine Achtjährige erzählt einer Achtjährigen, wo ihr Platz in der Gesellschaft ist?«
»Also, Frau Kuhl, das war sicher nicht so gemeint. Sabine kommt aus gutem Hause.«
Zilli entging die feine Betonung auf dem Wort ›Sabine‹ nicht. »Wissen Sie was? Ich gebe Ihnen mal Käthi an den

Apparat. Käthi ist so wissbegierig. Und da Sie ja die Klassenkameradin Sabine so gut verstehen können, sollten Sie vielleicht auch Käthi zu mehr Durchblick verhelfen.«
Bevor die Lehrerin reagieren konnte, hatte Zilli ihrer Nichte den Hörer ans Ohr gedrückt. Käthi fand es aufregend, ihre strenge Lehrerin am Telefon zu haben. »Hallo, Frau Astmann. Ich esse gerade Buchstabensuppe. Und ich habe schon den Namen von meinem Bruder rausgefischt, der heißt Simon, und meinen Namen und jetzt auch noch ASI. Schreibt man das mit einem ›S‹?« Käthi lauschte. Sie nickte und sagte schließlich: »Ja, ist gut. Tschö dann, Frau Astmann! Jetzt fische ich noch Ihren Namen aus der Suppe! Bis morgen!«
»Was hat sie dir gesagt, Käthi?«
»Sie würde mit Sabines Mutter reden. Wieso? Weiß Sabines Mutter, was ein Asi ist? Soll ich jetzt ein oder zwei ›S‹ aus der Suppe fischen?«

Zwei Tage später rief Sabines Mutter aus Köln an.
»Oh, Sie sind die Tante, nicht wahr? Oh, ich möchte mich bei Ihnen entschuldigen für meine Tochter. Das ist nicht der Ton, der bei uns vorherrscht. Ich habe Sabine zur Rede gestellt, und ich verstehe nicht, woher meine Tochter solche Ausdrücke hat. Vielleicht kann ich irgendetwas für Sie tun, wissen Sie, finanziell meine ich. Ich kann mir lebhaft vorstellen, wie schwer das ist, von der Hand in den Mund zu leben, ich arbeite in der Pfarrgemeinde, und da bekomme ich viel Elend zu sehen. Ich habe noch einige

wunderbare Kleidungsstücke von Sabines älterer Schwester, wissen Sie, und vielleicht kann ich mich ein wenig an Ihren Unkosten beim nächsten Schulausflug beteiligen …«
Zilli musste tief durchatmen, dann unterbrach sie den Redestrom: »Herzlichen Dank, nein. Käthi ist mit Kleidern gut eingedeckt, wir tragen unsere Sachen untereinander auf, wir sind eine große Sippe, alles Säufer und Penner.« Sie hing ein. »Käthi!«, rief sie laut nach oben. »Schnapp dir deine Jacke und komm. Der Kaufhof hat bis acht auf. Du kriegst eine Glimmerbaby-Schultasche und einen Glimmerbaby-Pullover.«
Käthi rutschte das Treppengeländer hinunter wie ein Feuerwehrmann. »Weißt du, was mir am besten gefallen würde, Tante Zilli? Dieser rosa Pulli mit vorne Glimmerbaby drauf und untendrunter mit Schrift. Ih amm pretti, steht da drauf. Das ist englisch, aber ich weiß nicht, was das heißt.«
»*I am* heißt: ich bin. Und *pretty* heißt hübsch. Also: ich bin hübsch.«
Käthi ließ sich auf den Boden plumpsen und begann ihre Turnschuhe anzuziehen. Plötzlich fing sie an zu kichern. »Weißt du, was es geben müsste, Tante Zilli? Einen Pulli mit Glimmerbaby drauf und untendrunter steht: *I am* ASI. Die Fresse von Sabine will ich sehen!«

*

Die Operation war einigermaßen gut verlaufen, nur war Käthis Mutter immer noch sehr schwach. Man hielt sie

länger als üblich im Krankenhaus. Seltsamerweise verlangte sie nach der Operation nicht nach Alkohol.
»Is mir nich nach, komisch, was, Zilli?«
»Ziemlich komisch«, entgegnete ihre Schwester besorgt.
Auf dem Flur baute sich ein junger Arzt vor Zilli auf. »Anämisch, fast unterernährt, katastrophale Leberwerte, das Herz ist nicht in Ordnung, Mangelerscheinungen aller Art – Frau Kuhl, Ihre Schwester ist ein Wrack. Und wieso bemerken Sie so etwas nicht?« Der junge Mann hatte Probleme, Zillis direktem Blick zu begegnen. Käthi und Simon hatten einen herrenlosen Wandertropf gekapert und spielten damit vor der Besuchertoilette.
»Meine kleine Schwester ist seit knapp zweiundzwanzig Jahren volljährig«, entgegnete Zilli grimmig. »Sie zieht sich jeden Morgen selbstständig an und kann schon alleine wohnen. Wenn ich ihr Geld gebe, versäuft sie es. Für Essen auf Rädern reicht meine Zeit nicht. Ich bin ziemlich gründlich berufstätig. Ich fülle ihren Kühlschrank regelmäßig und ich füttere ihre Gören durch. Das ist doch auch was wert, oder?«
Der Arzt schien mit dieser kurzen Milieustudie überfordert zu sein und zuckte nervös mit dem rechten Augenlid. Er war noch sehr jung und sehr wichtig. Jetzt setzte er eine ernste Miene auf, räusperte sich, hob unmerklich die Schultern und versuchte größer zu wirken, als er war, seine Stimme wurde scharf: »Ich mache Sie hiermit darauf aufmerksam, dass Ihre Schwester nach der Behandlung zur Kur muss.«

»Das ist sehr umsichtig von Ihnen. Vielleicht sagen Sie es meiner Schwester auch persönlich. Das Wort ›Kur‹ versteht sie.« Zilli wusste genau, dass sie das Falsche sagte, aber dieser junge Mann begann sie zu nerven.
»Du sollst zur Kur«, informierte Zilli ihre wachsbleiche Schwester.
»Un die Kinder?«
»Wie gehabt.«
Die Kranke nickte. »Is nett von dir. Hörma, Simon, du bist lieb bei der Tante Zilli, ja? Sonst kriegst du Senge.«
Simon nickte. Die Krankenschwester kam mit dem frühen Abendessen. Pappdeckelbrot, fette Wurst, Blechdöschen mit Schmierkäse, Paprika aus dem Essigglas. Zilli schüttelte sich, schob den Kram beiseite und packte Tomaten und eine gebratene Hähnchenkeule aus ihrer Tasche. Marlene bedankte sich erfreut, zog ihre Schwester zu sich herunter und flüsterte: »Tu mal die Kinder raus!«
Zilli schickte Nichte und Neffe in die Besucherecke auf dem Gang, legte ihnen einen Stapel Illustrierte vor die Nase, drückte ihnen einen Kugelschreiber in die Hand und befahl ihnen, allen Tanten eine Brille oder einen Schnurrbart anzumalen.
»Und den Onkels?«, fragte Simon.
»Warzen!«, sagte Käthi.
Als Zilli wieder ins Krankenzimmer trat, nagte Marlene gerade an der Hähnchenkeule. Zilli setzte sich auf den Hocker neben das Krankenbett.
»Was gibt's denn, Marlene?«

Marlene knabberte weiter an der Keule und warf einen besorgten Blick auf die Nachbarbetten. Aber das junge Mädchen zur Linken trug Kopfhörer, wippte zufrieden vor sich hin, und der rasselnde Atem der alten Frau rechts verriet, dass sie schlief. Außerdem lag ihr Hörgerät auf dem Nachttisch.
Zilli fragte noch einmal beunruhigt: »Was ist denn los, Marlene?«
Die Kranke sprach mit vollem Mund weiter. »Ich hatte gestern Besuch. Von Käthis Vater. Ich will nich, dass sie seinen Namen mitkriegt, dann fragt sie immer so viel. Die is ja nicht blöd, die Käthi.«
Plötzlich legte sie die angebissene Keule auf den Teller und bedeutete Zilli, sich herunterzubeugen. Ihr Atem roch nach Hähnchenfleisch und Gewürzmischung. Zilli rückte unwillkürlich ab.
»Er will dich warnen. Du weißt schon. Un für die tolle Nachricht wollte er Geld. Geld hab ich keins, hab ich gesagt. Herrgottsack, was die Kerle sich bloß denken, wenn man putzt, was man da zusammenkriegt. Du altes Arschloch, hab ich gesagt, zahl du mal lieber deine Alimente. Aber er is selber auf Platte im Moment. Der wollte sogar bei mir wohnen. Nee, geht nich, hab ich gesagt, ich hab ein Freund, der macht dich alle. Brauch ja nich zu wissen, dass der abgehauen is.«
Zilli war erstarrt. »Wovor warnen?«, fragte sie, obwohl sie es genau wusste. Da war wieder dieses Gefühl im Magen, wie vor sieben Jahren, wie ein schmerzloser Schnitt. Im

Moment war alles noch ganz kalt und ruhig. Aber nachher, da kam sie, die Angst. Tödliche Angst.

»Hermann is bald wieder raus. Er hat gute Führung bekommen. Genau weiß ich nich, aber so in zwei, drei Monaten. Die waren im selben Knast. Rechne damit, dass Käthis Vater vielleicht bei dir aufkreuzt und Geld will für den Tipp.« Marlene nannte nie die Namen ihrer wichtigsten Verflossenen. Sie hießen entweder »Käthis Vater« oder »Simons Vater«.

»Hast du Käthis Vater etwa meine Adresse gegeben?«

»Nee, hab ich nich. Ich hab behauptet, du bist weg. Ich weiß nich, wo, soll er Hermann bestellen. Hab ich gesagt. Bist mit einem Kellner nach Spanien oder so, hab ich gesagt. Schön Gruß an Hermann, die Zilli is im Ausland. Glaubste doch selber nich, hat er gesagt. Der Hermann findet die. Weißte doch selber. Hat er gesagt. Und denn gute Nacht Luise. Un Geld will er von dir für den Tipp, wo ich doch keins hab.«

»Du weißt, was das bedeutet, Marlene? Ich muss weg. Und zwar schnell.«

Die Kranke blickte sie aus großen dummen Augen an.

»Un ich?«

»Wie, und du? Was hat das mit dir zu tun? Ich hab ihn verpfiffen, nicht du. Dir wird er nichts tun, warum auch?«

»Un außerdem bin ich ja auch bald in der Reha. Nimmste die Kinder mit, Zilli?«

Ach Gott, Käthi und Simon. O nein. Ich kann doch nicht zwei kleine Kinder mitnehmen auf eine Flucht, von der ich nicht weiß, wo sie enden wird. Ohne nachzudenken, sagte Zilli: »Nein. Dann müssen sie so lange in ein Heim, bis du alles hinter dir hast.«

Marlene blieb stumm. Normalerweise hätte sie lamentiert und gejammert, weil sie eigentlich immer jammerte. Aber jetzt blickte sie hinaus, auf die Sommerbäume, die sich im Regenwind sträubten, und schwieg. Schließlich wandte sie ihrer Schwester wieder den Kopf zu. »Na ja. Is wohl nich anders zu regeln.« Damit schob sie den Nachttisch mit dem Essenstablett beiseite, ließ den Kopf auf das Kissen sinken und schloss die Augen. »Ich schlaf mal ne Runde. Mach's gut, Zilli.«

Zillis Beine waren tonnenschwer, als sie in den Gang trat. »Los, wir fahren nach Hause. Die Mama will schlafen.«

Das kannten die Kinder. Käthi drehte sich noch einmal herum und winkte der Tür zu.

Wie sie nach Hause gekommen war, wusste Zilli nicht mehr so genau. Sie hatte die ganze Zeit aus dem Zugfenster geblickt, dann aus dem Busfenster, der Regen rann in langen Streifen an der Glasscheibe entlang, wie erstarrende Gelatine. Simon plapperte vor sich hin und spielte mit zwei jetzt nicht mehr sterilen Tupfern, die er von einem Instrumentenwägelchen genommen hatte. Käthi las laut die Schilder, die im Bus angebracht waren, und baumelte so vehement mit den Beinen, dass sie Zilli mehrfach vor das Schienbein trat. Zilli merkte es nicht.

Zilli sah nur das Kinn mit dem Grübchen, den wütend verzerrten Mund, hörte den Satz, der aus diesem Mund kam.

Hörte ihn, wie sie ihn laut und deutlich jede dritte Nacht im Traum hörte, manchmal auch, wenn sie wach war. So wie jetzt. Wach und in Trance. »Ich vergesse nichts. Nie, hörst du? Nie, Zilli, nie. Du wirst deine Belohnung noch kriegen.«

Und dann sah sie die Hand, die flache Hand, die er an seiner Kehle vorbeiführte. Diese Hand flog manchmal im Traum hinter ihr her, wie ein Wurfmesser.

Als sie aus dem Bus stieg, schaute sie sich um, als warte Hermann bereits irgendwo. Sie blieb den ganzen Abend ungewöhnlich still, sodass Käthi schließlich fragte: »Hast du was, Tante Zilli?«

Zilli lächelte dünn. »Bauchweh hab ich. Sonst ist alles gut. Alles ist gut.« Sie lauschte ihren eigenen Worten nach. Später, als die Kinder schliefen, holte sie sich leise eine Flasche teuren Sekt aus dem Laden. Ungewohnter Luxus. Zilli war sparsam. Nicht, weil sie es von Natur aus war, sondern weil sie diesen Laden gezielt betrieben hatte, um so viel Geld wie möglich zu verdienen.

Der Umgang mit der Kundschaft machte Spaß, sie verdiente gut, gab kaum etwas für sich aus, arbeitete von früh bis spät, hatte selbstredend durchgehend geöffnet und war so sehr auf das ferne Ziel »Flucht« fixiert gewesen, dass sie sich nicht eingestand, wie sehr sie mittlerweile an ihrem Laden hing. Bis auf die verdrängten Ängste hatte sie ein gutes Leben. Sehnte sie sich nach Gesellschaft, konnte sie immer ihre Schwester und die Kinder besuchen, oder es gab nette Bekannte, mit denen man vorsichtig schwätzte oder nach Feierabend genau ein Glas Bier trank. Sehnte sie sich einmal in einem Anfall nach Liebe oder männlicher Zärtlichkeit, musste sie nur intensiv genug an Hermann denken, und die Sehnsucht verflüchtigte sich binnen Sekunden.

Verdammt. Verdammt. Der Laden. Samstagnachmittags die alten Leute mit Ware beliefern, mit ihnen reden, einen Kaffee trinken. Kranken Kunden Apfelsinen und Honig vorbeibringen und ihnen auch schon mal das Kissen aufschütteln. Und der ulkige dünne Finanzbeamte, der sie jeden dritten Tag zum Essen einlud. Natürlich ging sie nicht mit ihm essen, aber nett war es trotzdem. Und Claire Sandmann. Ein einziges Mal hatte Zilli auf dem alljährlichen Straßenfest der Siedlung ein bisschen zu viel getrunken. Claire spülte Biergläser und duzte die tatkräftige Zilli. Im Laufe des Abends tranken beide noch mehr, gackerten über die seltsame Angewohnheit von Kaufhausverkäuferinnen, sich mit: »Du, Frau Kuhl« anzureden, und behielten seitdem diese Form der Anrede bei. Claire Sandmann würde ihr fehlen. Sie wäre in einem anderen Leben sicher eine richtige Freundin geworden. Aber Zilli hielt Distanz. Irgendetwas war gesprungen in ihrer Seele, klang taub wie ein Porzellanbecher mit Riss, ließ keine Bindung mehr zu. Es war zu merken, dass Claire irritiert reagierte, wenn Zilli eine Frage nach ihrer Vergangenheit oder ihrem Privatleben wieder einmal lapidar abschmetterte, aber Claire respektierte diese Grenze. Eine tiefere Beziehung konnte so natürlich nicht entstehen. Zilli schämte sich. Dass es nichts gab, dessen sie sich schämen musste, machte sie sich nicht bewusst. Sie packte ihre Erinnerungen, Ängste, Verletzungen in eine schwarze Kiste, deren Deckel tagsüber dicht hielt, nachts weniger.

O mein Gott, das Haus aufgeben. Und den Laden, den ganzen Haushalt auflösen. Dazwischen die Kinder. Das war das Schlimmste. Wie würde Käthi aussehen, wenn man sie in ein Heim brachte? Die Kinderheime waren heute nicht mehr das, was man aus alten Schauerromanen kannte, sie waren oft freundlich und hell, die Kinder lebten in Gruppen, wurden von Fachleuten betreut. Trotzdem. Käthi und Simon kannten nur Unsicherheiten. Marlene war phasenweise nicht zurechnungsfähig. Käthi kam alle zehn Minuten angerannt, um nachzufragen, ob Zilli sie noch liebe. Zilli war ihr Heiligtum, sie klammerte sich an ihre Tante mit der Intensität einer Ertrinkenden. Und dann ihr Dauertest: Gestern hatte Käthi die Fußmatte vor dem Laden angekokelt. Das dritte Mal schon. Es war wie ein Zwang. Ab wann fing Tante Zilli an zu hauen, ab wann hatte sie Käthi nicht mehr lieb? Was passierte, wenn Tante Zilli mal so richtig böse war? Und dann? Ab und zu klaute Käthi. In irgendwelchen Läden. Und auch bei ihr. Zilli entdeckte neues Spielzeug, Verpackungen von Süßigkeiten, Haarschmuck. Sie hatte sich mit Claire darüber unterhalten.

»Tja, warum macht Käthi das? Ich weiß es auch nicht so genau, Frau Kuhl«, hatte Claire geantwortet. »Du gibst den beiden Sicherheit und Kontinuität und bist liebevoll, kannst auch streng sein – mehr kann man, glaube ich, nicht tun. Aber ich rede mal mit unserer Schulpsychologin. Vielleicht ist sie hilfreicher als ich.«

Immerhin war das Telefonat mit der Schulpsychologin tröstlich gewesen. Nicht nur das. Die Frage der Fachfrau: »Warum nehmen Sie die Kinder eigentlich nicht richtig zu sich, wenn Ihre Schwester nicht dagegen ist?«, hatte ihr einen kleinen Floh ins Ohr gesetzt. Sie hatte begonnen, die Zilli-Käthi-Simon-Riten, die sich entwickelten, zu mögen. Das Familiengefühl wärmte.

Hermann. Wie eine Metallkralle holte sie dieser Name wieder in ihre Küche zurück. Plötzlich, als ihr bewusst wurde, wie hoch und wie schnell sich die Probleme vor ihr aufgetürmt hatten, ließ sie ihren Kopf sinken und schluchzte. Zilli weinte fast nie. Aber jetzt legte sie ihre Arme auf den Tisch, den Kopf darauf und heulte, bis die Ärmel ihres rosa Baumwollpullovers völlig durchweicht waren. Wie sollte sie da herauskommen? Hermann hatte sieben Jahre Zeit gehabt, seinen Hass zu nähren. Sie war zwischendurch einmal bei der Polizei gewesen, hatte von ihrer Angst und von seiner angekündigten Tat gesprochen. »Für eine Absicht kann man keinen verhaften. Aber wir können, wenn er rauskommt, verstärkt bei Ihnen Streife fahren.«

Streife fahren! Er würde sie erwischen, abends im Großmarkt, nachts in der Wohnung, tagsüber im Laden. Noch wusste er nicht, wo sie wohnte. Als Hermann für zehn Jahre ins Gefängnis gewandert war, hatte sie sich vorge-

nommen, wie eine Biene zu arbeiten und sich dann, zu gegebener Zeit, aus dem Staub zu machen. Sie hatte die gemeinsame Wohnung in Dortmund aufgelöst, ohne eine Adresse zu hinterlassen, und war eine Zeit lang ziellos herumgereist, um sich nach einer Arbeitsmöglichkeit umzusehen. Den Gedanken ans Ausland hatte sie damals beiseite geschoben. Ohne Geld und ohne Sprachkenntnisse war das eine verzweifelte Sache. Krankenschwestern, ja, die konnten überall arbeiten. Aber Lebensmittelverkäuferinnen? Sie brauchte zuerst einmal Geld. So viel wie möglich.
In irgendeiner Illustrierten las sie einen Bericht über ein holländisches Aussteigerpaar, das sich auf einer Kanarischen Insel ein kleines Haus gekauft hatte und davon lebte, dass es die Gärten und Villen der Ausländer in Ordnung hielt. In düsteren Angstnächten malte sie dieses Bild immer wieder neu. Zilli, versteckt in einem Zitronenhain, hoch über dem Meer, in einem Haus mit zwei Zimmern, einem wachsamen Hund. Hühner, Kakteen, ewiger Frühling.
Mehr zufällig war sie in Bonn gelandet. Sie nahm sich ein möbliertes Zimmer, arbeitete eine Weile in einem Supermarkt an der Kasse, ging am Wochenende Büros putzen, legte jeden Pfennig beiseite. Bei einem ihrer seltenen Spaziergänge war sie in dieses ruhige Viertel geraten, hatte das Schild im Fenster des kleinen Lebensmittelladens gesehen: »Aushilfe gesucht.« Der Supermarkt, in dem sie als Kassiererin arbeitete, lag in der Innenstadt. Wer wusste schon, ob nicht einer der vielen merkwürdigen Freunde Hermanns sie zufällig entdeckte. Wenn der Besitzer dieses kleinen

Ladens denselben Lohn zahlte wie der Supermarkt, war das stille Viertel ideal. Sicher kaum fremde Laufkundschaft.
Und sie hatte Glück. Sogar ganz unfassbares Glück, denn der alte Herr Windisch, dem der Laden gehörte, behandelte sie wie eine Tochter. Sie arbeitete zwei Jahre mit ihm zusammen, brachte seinen Laden auf Vordermann, kümmerte sich um seinen einsamen Haushalt, besuchte ihn im Krankenhaus, als es mit ihm bergab ging, und pflegte ihn danach zu Hause. Viel Zeit blieb ihm nicht mehr, aber es reichte, um festzustellen, dass er sein Haus und seinen Laden doch lieber Zilli Kuhl als der katholischen Kirche vermachte, und setzte Zilli ohne ihr Wissen als seine Erbin ein.
Bei der Testamentseröffnung fiel Zilli fast in Ohnmacht. Dann brannte sie im Bonner Münster einen ganzen Karton Kerzen für Herrn Windisch ab, krempelte die Ärmel hoch und brachte den Laden in kürzester Zeit so in Schwung, dass er vom Tante-Emma-Laden zum Delikatessen-Geheimtipp mutierte. Sie verdiente bald richtig gut. Zilli ließ das Schild »Windisch« über dem Laden hängen und meldete sich am Telefon grundsätzlich mit »Feinkost Windisch und Co.«.
Zilli putzte sich die Nase und blieb eine Weile still sitzen. Dann erhob sie sich, ging zum Kühlschrank, öffnete den Sekt und goss sich ein ganzes Wasserglas ein. Sie stellte es auf dem Tisch ab, legte einen Schreibblock daneben und setzte sich wieder. Sie putzte sich die Nase noch einmal und begann in ihrer sorgfältigen Handschrift eine Liste

anzufertigen. Der erste Posten lautete: Jugendamt anrufen. Der zweite: Rechtsanwalt, Treuhand? Sie kam in Fahrt. Nein, er sollte sie nicht finden. Sie würde ihn auf falsche Fährten locken. Sie würde es schaffen. Sie hatte schon so viel gemeistert. Allein. Als sie unter den Posten »Erledigungen« das Wort »Autowerkstatt« setzte, erinnerte sie sich plötzlich an etwas. Sie lächelte. Sie legte den Stift beiseite, trank einen Schluck Sekt und lächelte immer breiter. Natürlich. Da war doch ein Licht am Ende des Tunnels. Vielleicht befand es sich auch nicht am Ende des Tunnels, sondern nur in einer Parkbucht, aber immerhin, sein Schimmer war tröstlich. Prost, Zilli.

*

Vier Wochen vor den großen Ferien ging es für die Lehrer in Claires Schule zu wie für den Einzelhandel drei Tage vor Heiligabend. Durchgedrehte Kollegen, lustlose oder völlig aufgekratzte Schüler, nächtliche Sitzungen vor Heftbergen, Projekttage und Konferenzen.

Danach hatte man nur noch Visionen von stillen schottischen oder französischen Hochebenen, ländlichen Kneipen mit gutem Essen oder einsamen Stränden. Sogar bei Kälte und Regen, nur schüler- und kollegenfrei mussten sie sein. Auch Träume von brennenden Klausurstapeln oder zu Papierwürstchen verarbeiteten Zeugnislisten waren behaglich. Jedenfalls wurde es hohe Zeit, die einseitige Diät von aufputschendem Kaffee, beruhigenden Johanniskrautkapseln und belegten Brötchen vom Schulkiosk zu unterbrechen.

Und heute, heute war dieser wonnige, unvergleichliche Tag, an dem der Chef vom Thronsessel aus verkündet hatte: »Ich wünsche Ihnen erholsame Sommerferien!«

Claires Segeltuchtasche war gepackt, das Haus aufgeräumt, die Topfpflanzen und der Garten ihrer Nachbarin anvertraut. Jetzt stapelte Claire leere Getränkekisten in den Kofferraum. Die Leergutfahrt zu Zilli vor den großen Ferien hatte Tradition.

»Wegen Renovierung – Superpreise!« stand auf dem grellroten Schild. Der Laden summte. Jeder wollte noch gerne umbrische Steinpilze oder rheinhessischen Winzersekt zum Schleuderpreis mitnehmen. Claire staunte. Zilli stand an der Kasse und tippte sich die Finger wund.

»Hallo, Frau Kuhl! Aber du hast doch erst im letzten Jahr alles neu gestrichen?« Claire hob die Kästen mit den leeren Saftflaschen vom Ökobauern auf den Kassentisch.

Zilli blickte flüchtig auf. »Ach so, ja. Ich will neue Regale, und vielleicht wird die Wand zur Ladenstube entfernt. Es soll weiter werden, das Ganze. So weit es geht.« Dann erst bemerkte sie Claire, und ihr Gesicht verlor etwas von der Anspannung. »Ach, Frau Sandmann. Dann kann ich dir ja noch auf Wiedersehen sagen.«

Ihr Tonfall und ihre Körpersprache waren anders als sonst. Gedrückt, klein. Claire beobachtete sie. Irgendetwas war geschehen.

»Wie geht es deiner Schwester?«, fragte sie vorsichtig.

»Danke, den Umständen entsprechend.«
Das also nicht.
»Fährst du in Urlaub?«, fragte Claire.
»Ich? Nein, wieso?«
»Weil du dich von mir verabschiedest.«
»Ach nö.« Zilli tippte den Leergutbetrag in die Kasse. »Aber *du* fährst doch sicher weg. Wohin geht es denn diesmal?«
Das war erstaunlich. Zilli, die nie etwas vergaß, hatte das Gespräch der letzten Woche nicht mehr präsent. Claire hatte in allen Einzelheiten über Florifère und Gertrudes Umzug berichtet.
Jetzt blickte Zilli hoch, sah Claires verwundertes Gesicht und ergänzte hastig: »Ach jaja, natürlich. Frankreich. Du hast mir doch sogar das Foto von diesem schönen Haus gezeigt. Das Landhaus Florifère, ja? Und das Dorf hieß Chimeray. Am Flüsschen Cher. Stand ja sogar auf der Rückseite mit ›Gruß, deine Gertrude‹. Ach ja, das Gedächtnis. Ich werde eben langsam alt.«
Das hast du ja eben unter Beweis gestellt, wie schlecht dein Gedächtnis funktioniert, dachte Claire. Sich an drei französische Namen zu erinnern, ohne ein Wort Französisch zu sprechen, war eine reife Leistung. Aber trotzdem – vollkommen desorientiert und unkonzentriert, die Gute. Nein, mit Zilli Kuhl stimmte etwas nicht.
»Vielleicht fahre ich doch für ein paar Tage weg«, räumte Zilli ein. »Bevor das hier losgeht mit dem Umbau.«
»Solltest du zufällig Richtung Frankreich fahren … Ger-

trude ist absolut gastfreundlich! Und ich bin auch noch da, jedenfalls bis Mitte August.«

Zilli nickte mechanisch. »Das ist eine Nette, deine Gertrude. Aber wenn, dann fliege ich in den Süden. Ich möchte Sonnengarantie.«

»Also, einmal Mallorca und zurück?«

O nein, dachte Zilli. Einmal Freiheit einfach. Aber sie schwieg und zuckte die Achseln.

Claire hielt Zilli die Hand hin. »Erhol dich gut, Frau Kuhl. Du arbeitest immer so viel. Bis nach den Ferien, also.« Zilli drückte Claires Hand und sagte immer noch nichts. Claire merkte, warum. Sie beugte sich vor und fragte leise: »Mensch, Zilli, ist was?«

Zilli Kuhl verneinte heftig, konnte aber nicht mehr sprechen.

»Kommst du auf ein Bier vorbei, heute Abend? Ich fahre doch morgen. Vielleicht bringt dich das auf andere Gedanken, wenn du schon nichts sagen willst.«

»Alles Quatsch. Wechseljahre«, bekam Zilli noch so eben heraus. Sie wollte mal wieder nicht reden. Nun denn. Claire drückte Zillis Arm und ging. Beim Hinausgehen hörte sie, wie sich hinter ihr jemand die Nase putzte.

3

Die Sonne stand tief. Claire versuchte, im rotgoldenen Gegenlicht das Schild über der Straße zu entziffern. Endlich! Die anstrengende Strecke, die Landstraße zwischen Courtenay und Châteauneuf-sur-Loire ging ihrem Ende zu. Gertrude schlief schon seit einer Stunde. Von hinten legte sich ein warmer Kopf auf Claires Schulter, Lotte leckte ihr das rechte Ohr. Claire konnte ein Quieken nicht unterdrücken, denn Lottes Zunge kitzelte wie ein raues Stoffläppchen.

Gertrude wachte auf. »Oh, mein Gott, wie lange schlafe ich denn schon? Wo sind wir?«

»Kurz vor Madrid. Ich habe mich verfahren.«

»Was?« Gertrude blickte schlaftrunken und verwirrt aus dem Fenster, dann lachte sie. »Alter Bösnickel. Eine unschuldige Greisin so zu erschrecken. Sollen wir einen Kaffee trinken gehen?«

»Ach, lieber nicht. Deine Madame Josette steht doch sicher schon bis zu den Knöcheln in Hechtklößchen und Burgundersauce und wartet auf uns. Außerdem möchte ich einfach ankommen. Wenn du munter werden willst – in der Thermoskanne ist noch ein Rest Kaffee.«

»Ist auch recht. Aber trink du mal lieber den Kaffee. Du musst schließlich fahren. Und ich werde ab jetzt wach bleiben und dir eine vorbildliche Beifahrerin sein.«

Kurz hinter Orléans, auf der Autobahn, die jetzt schnurstracks nach Blois führte, fragte Claire: »Wie lange kennst du eigentlich schon deine Madame Josette?«

Gertrude schwieg. Claire wiederholte nach ein paar Sekunden ihre Frage, aber Gertrude schwieg immer noch. Dann warf Claire einen Seitenblick auf ihre Freundin. Gertrude war wieder fest eingeschlafen. Claire lächelte. Gertrude schien immer voller Energie zu sein, endlos viel Energie. Eigenartig, man vergaß ständig, dass sie siebzig war. Aber sie hatte wohl doch zu viel gearbeitet in den vergangenen Wochen.

Beim letzten Rundgang durch das nun seltsam kahle Bauernhaus vor den Bieler Toren hatte Gertrude mit geröteten Augen Türrahmen gestreichelt und lange vor dem Küchenfenster verharrt, das auf den Bauerngarten hinausging. Draußen, unter der Birke, auf der blauen Bank, warteten sie auf die neuen Besitzer, die ihre Schlüssel in Empfang nehmen sollten. Das Paar winkte ihnen hinterher, als sich Gertrude abrupt herumdrehte und sagte: »So. Das war *das*. Mensch, was freue ich mich auf Frankreich! Ich bin so gespannt auf unseren Sommer!« Und ihre Augen hatten geleuchtet. Gertrudes Zukunft war nicht mehr lang, aber sie schien, anders als viele Menschen ihres Alters, ihr Leben nicht hauptsächlich als die Summe vergangener Zeiten zu betrachten, sondern als sich ständig erneuernde Gegen-

wart. Sich neugierig und gespannt auf die Zukunft freuen zu können war genau die Eigenschaft Gertrudes, die Claire von Anfang an am stärksten beeindruckt hatte.
Claires Gedanken hüpften planlos weiter zu Zilli Kuhl. Seltsam, dass es sie so stark berührt hatte, die Lebensmittelhändlerin des Viertels in einer Gemütsverfassung zu erleben, die so überhaupt nicht zu ihr passen wollte – zu dieser immer fröhlichen, raubeinigen Frau Kuhl, deren Kommentare oft verrieten, dass sie wesentlich mehr Dimensionen hatte, als man es auf den ersten Blick vermutete. Was nur war Zillis Geschichte?
»Mit wem redest du?«
Gertrude musste schon vor einigen Minuten wieder wach geworden sein, denn sie blickte Claire amüsiert an. »Du hast ein derart bewegtes Gesicht – es ist zum Totlachen. Du gehörst zu den Leuten, in deren Mimik sich das gesamte Drehbuch spiegelt. Ich weiß zwar nicht, an was du konkret gedacht hast, aber es wechselte von Lyrischem zu Dramatischem, mit Schnitten wie im Film.«
»So war es auch. Aber erzähl doch mal endlich, Gertrude, deine Josette, wie lange kennst du sie schon?«

*

Wie lange kannte sie Gertrude schon? *Mon Dieu,* schon so lange? Jetzt blinkte das alte Silberbesteck. Josette polierte die letzte Gabel mit verbissener Gründlichkeit und blickte dabei ab und zu durch das Gartenfenster des Salons, von dem aus man die helle Sandsteinbrücke von Chimeray im Blick behalten konnte. Wer von der Autobahn kam, musste über diese Brücke fahren.

Es mochte vielleicht dreißig Jahre her sein, dass sich Josette zum ersten Mal in der Küche von Florifère die Schürze umgebunden hatte. Nachdem Jacques die Schweizer Malerin Gertrude Birnbaum kennen gelernt hatte, folgten turbulente Jahre für Florifère, denn Gertrude liebte Gäste. Anstrengende, schöne Jahre für Josette. Nach Jacques' Tod, nach Gertrudes Rückzug in die Schweiz, versorgte Josette den Haushalt nur noch dann, wenn Gertrude im Sommer kam. Aber sie lief fast täglich auf den Friedhof, um Jacques' Grabstein zu polieren, ihm frische Blumen zu bringen und für einen Moment der Zwiesprache mit gefalteten Händen vor der Granitstele innezuhalten, die man stolz mit der Aufschrift: »Dem berühmten Sohn unseres Dorfes« versehen hatte.

Sie lebte mit ihrem Mann Armand im Nachbarhaus zur Rechten. Armand entwickelte den ganzen Tag Theorien, die er dann abends im Café du Port ausbreitete. Zum Beispiel die Theorie über die Entstehung des Gelenkrheumas. Das kam von den Autos. Autos produzierten Abgase, die oben im Himmel, so unterhalb der Wolken, zu kleinen, sandigen Kügelchen kristallisierten und wieder auf die Erde fielen. Dort wurden sie von allen Menschen, vor allen Dingen aber von Armand, wieder eingeatmet. Und von den Lungen wanderten diese Störenfriede in die Gelenke, das war besonders gemein. Dort verursachten sie diese

Scheuerschmerzen, die Armand befielen, wenn er Leitern, Putzeimer oder eine Axt auf dem Holzklotz sah. Josette hatte ganz andere Theorien. »Armand«, erklärte sie und stützte ihre Hände in die Hüften, »Armand stammt aus Marseille. Die lügen alle wie gedruckt. Und sind faul.« Und Armand nickte dazu freundlich von seinem Prachtsitz, einer alten Autorückbank, die er unter ein weinbelaubtes Vordach geschleppt hatte. Hier saß er, mit Blick auf den Cher, rauchte, beobachtete die Touristen, die am Fluss entlangradelten, die Enten, die allmorgendlich ihr lautes Gemeinschaftsbad nahmen, die Hausboote, deren Insassen mit dem Schleusenwärter schwätzten. Armand entging nichts. So auch jetzt nicht. Über die weißgelbe Sandsteinbrücke, die im Abendlicht wie der weit geschwungene Torbogen eines Feenpalastes leuchtete, kroch ein Kastenwagen, der am Ende der Brücke in die Rue du Port einbog. Das Motorengeräusch kam näher. Armand stützte das Kinn auf seine Fäuste, die den Knauf des Spazierstockes umklammert hielten, und blinzelte scharf. Seine Augen waren ausgezeichnet. Gertrude hatte Josette telefonisch von einem kleinen Lieferwagen erzählt. Mit Hunden, Katzen und einer deutschen Freundin. Und mit Kartons. Kartons musste man tragen. Armand öffnete leise die Tür zum Hühnerstall. Vom Hühnerstall führte eine Tür in die Scheune. Von der Scheune konnte man in die Seitenstraße, die Passage du Moulin schlüpfen. Und das tat er, keine Sekunde zu spät. »Armand!«, schrie Josette. »Armand, komm und begrüße Gertrude! Armand! Armand!«

Auf der anderen Seite des Flusses hob der Schleusenwärter Claude Berbessou neugierig die Hand an die Augen. Tatsächlich, das war Gertrude. Gemächlich legte er sein Werkzeug in den Metallkasten zurück, den er vor zwei Stunden ausgepackt hatte, um weiter an der »Britain's Glory« zu basteln. Er hatte das lädierte Boot im späten Frühjahr von einem Engländer gekauft, um es zu restaurieren und vielleicht irgendwann einmal den Cher vier Kilometer flussaufwärts oder vier Kilometer flussabwärts zu fahren, aber in jedem Fall: »Einmal im Leben wie ein König unter dem äußersten Brückenpfeiler von Schloss Chenonceaux durchfahren. Mit Champagner und Fähnchen, und Armand soll Posaune blasen!« Das war ein Kindheitstraum.
»Ich sage mal guten Abend da drüben!«, rief Claude durch das geöffnete Küchenfenster, hinter dem seine Frau gerade kugelrunde Courgettes aushöhlte. Madame Berbessou nickte und seufzte. Das kannte sie. Claude und Gertrude hatten unerschöpfliche gemeinsame Themen. Die Schleusenwärterfrau deckte die Courgettes mit einem Tuch ab und setzte sich mit einem Glas Nusslikör vor den Fernseher. Es konnte eine gute Stunde dauern, bis Claude über die Brücke zurückkam. Was machte das schon. Sie würde sich eben die Talkshow mit der italienischen Prinzessin ansehen. Die Frau gefiel ihr. In jungen Jahren bei den Roten Brigaden, dann in der Leitung eines Mailänder Möbelkonzerns. So war es richtig, fand Madame Berbessou. Jeder junge Mensch sollte einmal im Leben Kommunist gewesen sein, sollte so richtig exzessiv über soziale Gerechtigkeit und gründliches Teilen

nachgedacht haben. Dass das mit dem Teilen nicht funktionierte, war eine ganz andere Sache. Und man musste natürlich zum Kapitalismus oder Katholizismus oder am besten zu beidem zurückkehren. Darüber konnte sie mit ihrem Mann lange diskutieren oder auch mit dem Pfarrer, dem konservativen Notar oder dem erzkommunistischen Eisenbahner, dessen Frau die Bäckerei betrieb.

Chimeray war ein kleines Dorf, aber es bestand aus lauter begnadeten Theoretikern, allen voran Armand. Und mit Gertrude konnte man über Kunst streiten, sehr lebhaft sogar, denn diese energische Schweizer Dame hatte ganz andere Ansichten darüber als der Rest von Chimeray. Auf ihren Bildern konnte man keine Gegenstände erkennen, und das missfiel Madame Berbessou. Aber Claude, dieser alte Philister von Ehemann, stellte sich mit schiefem Kopf vor Gertrudes Farbkompositionen und gab vor, hier einen Maulwurf oder da einen Tiger mit Roten Rüben in der Schnauze erkennen zu wollen. Gertrude konnte sich über seine Interpretationen schieflachen und prostete ihm zu. Ganz nebenbei sorgte Claude nämlich für guten Absatz seines Hausweines, denn Gertrude kaufte ihren Alltagswein fast ausschließlich bei ihm.

Der Curé kam angesegelt. Noch steckte er in der Soutane, denn er hatte im Nachbardorf St Geoffroy die Abendandacht gehalten. Josette zupfte an der Kittelschürze herum und strich sich aufgeregt über die weißen Haare. Gertrude verteilte Wangenküsse, schüttelte Hände, stellte Claire vor und hielt weder Reihenfolgen noch Höflichkeitsregeln ein. Vom unteren Ende der Straße näherte sich eine Dame in lachsfarbenem Leinenkleid, eine gut aussehende Mittfünfzigerin. Dunkle, helmartige Haare und dezenter Goldschmuck.

»Meine Liebe!«, sagte sie, überquerte den kiesbestreuten Platz und ging auf Gertrude zu, die gerade Johns Katzenkorb aus dem Lieferwagen hob.

»Margot! Sie sind ja noch jünger geworden!« Gertrude ließ die französischen Standardküsse der Lachsdame über sich ergehen. Margot Morisseau gehörte zu den oberen Zehn des Dorfes. Huli beschnüffelte sie neugierig.

Margot Morisseau wedelte ihn fort. *»Mon Dieu,* Gertrude! Was sind das für Riesenköter? Seit wann haben Sie Hunde?«

»Das sind die Hunde meiner Freundin Claire. Claire, das ist Madame Morisseau, sie wohnt auf der Seite von St Geoffroy in einer bemerkenswerten Villa.«

Claire gab Madame Morisseau die Hand. Sie blickte in Augen, die prüfend und kühl waren, während der Mund lächelte. »Ah, Sie sind die Freundin aus Bonn, nicht wahr? Gertrude hat einmal von Ihnen erzählt.«

»Was? Sie sind Deutsche?«, fragte der Schleusenwärter Claude. »Sie sehen aus wie …«

»Eine Irin, ich weiß!«, unterbrach Claire und wandte sich erleichtert dem Schleusenwärter zu. »Das kenne ich schon. In Schottland oder Irland werde ich immer auf Gälisch angesprochen, in Deutschland auch schon mal auf Englisch. Dabei kommt meine Mutter aus Cambo-les-Bains.«

Lange rote Haare und grünblaue Augen, da dachte eigentlich niemand an eine deutsche Studienrätin mit einer Mutter aus dem Baskenland, fand Claude. Ziemlich unkonventionelle Kleidung, fand Madame Margot. Diese Frau war doch kein Teenager mehr. Das blaue Sommerkleid sah irgendwie nach lotterhaftem Im-Gras-Herumliegen aus, verknittert, wie es war. Außerdem wirkte diese so genannte Freundin so, als würde sie den Kehricht auch mal unter dem Teppich verschwinden lassen. Und damit hatte Madame Margot vollkommen Recht.
Eine halbe Stunde später hatten Claire, der Curé und Claude alle Kartons im Flur unter der Treppe aufeinander gestapelt. Josette klapperte trällernd mit Tellern und Deckeln herum, das Menü duftete seiner Vollendung entgegen. Claude eilte nach Hause, Madame Margot war schon längst gegangen, hatte aber ihren Besuch für einen der nächsten Nachmittage angekündigt. Der Curé schnupperte sehnsüchtig, dann wischte er sich die staubigen Hände an der Soutane ab und wollte ebenfalls gehen. »Wo ist Gertrude?« Er blickte auf seine Uhr und erschrak. »Oh, oh, ich komme wieder zu spät zum Essen. Meine Agnès wird toben! Richten Sie Gertrude bitte einen Gruß von mir aus, aber ich muss sofort ins Pfarrhaus.«
»Warten Sie bitte einen Moment, Monsieur le Curé!«
Aber Hochwürden hatte schon das Haus verlassen. Claire lief nach oben und öffnete vorsichtig die Tür. Gertrude saß im Schneidersitz auf dem Boden und war gerade dabei, einen extrem beleidigten John seelisch aufzubügeln.

»Gertrude, der Curé ist gerade gegangen.«
Gertrude spähte über den Vorplatz, sah eine breite, schwarze Gestalt, öffnete das Fenster und schrie: »Ach, Monsieur le Curé, einen Moment! Kommen Sie doch und essen Sie mit uns! Wir würden uns freuen!« Der Curé drehte sich mitten in seiner Laufbewegung um, wie in einem Tanzschritt, dann eilte er zurück. Ein paar Sekunden später polterte er auf den Flurdielen, man vernahm Josettes geschmeichelte Vogelstimme und hörte den Curé telefonieren. Gertrude wandte sich Claire zu und grinste. »Jetzt ruft er seine Haushälterin Agnès an. Sie kocht nur Diät für ihn. Möhren und Bohnen ohne Salz und Butter, gegen Bluthochdruck, Haferkleiebrot gegen Cholesterin, Leinsamenjoghurt gegen Sodbrennen. Er geht bei Agnès so bedröppelt zu Tisch wie andere Leute zum Beichtstuhl.«
John hatte auf einem Stuhlpolster einen Petit-Point-Bezug entdeckt und machte sich mit seinen Krallen begeistert an eine Neugestaltung. Gertrude seufzte resigniert, nahm den Kater wortlos auf den Arm und kraulte ihm die Ohren. »Essen bei Josette ist für ihn wie ein Tag im Paradies. Und du musst es einfach erleben, wie er mich nach der ersten Flasche Wein vor der ewigen Verdammnis retten will. Er hält mich für ein echtes Heidenkind, weil ich aus der Kirche ausgetreten bin. Dann wachsen ihm Flügel, und die Nase wird immer röter. Aber er ist belesen, unterhaltsam, klug – und unfreiwillig komisch. Also das Beste, was man von einem Tischgast erwarten kann.«

*

Schon seit einer Woche weckte sie ein Streifen rosigen Sommermorgenlichts, wenn die Sonne über die Hügelkette von Montrichesse lugte. Claire war innerhalb von Sekunden wach. Der Raum war einfach möbliert, aber Gertrudes Sinn für Gestaltung war in jedem Detail spürbar. Ein Bett, ein weiß gestrichener Schrank, ein kleiner Schreibtisch stellten das ganze Mobiliar dar. Eine Efeuranke, naturgetreu gemalt, wucherte hinter dem Betthaupt an der Wand und über die halbe Zimmerdecke. Gertrude hatte einen Lehnsessel aus dem benachbarten Gästezimmer herübergeschoben, direkt vor das Fenster mit Blick auf die Trauerweide, die Schleuse und den Hügelrücken des jenseitigen Ufers, auf dessen bewaldeter Höhe Claire zwei halb verborgene Schlosstürme erkennen konnte.

Claire öffnete eines der Fenster zum Fluss, stützte sich auf das Fensterbrett und beugte sich so weit vor, dass sie das Haus in seiner ganzen Breite sehen konnte. Gertrudes Anwesen – und dieser Begriff war durchaus berechtigt – bestand eigentlich aus drei Häusern. In früheren Zeiten hatten hier Menschen gewohnt, die vom Fluss lebten, vom Fischfang oder vom Handel mit Sand und Kies, denn der Cher war voll davon.

Die drei einstöckigen kleinen Häuser hatten Jacques und Gertrude für wenig Geld nacheinander aufgekauft. Durch zwei Verbindungsbauten verwandelten sie die Fischerkaten in ein großes, lang gestrecktes Haus. Es entstand ein lichtdurchflutetes Bildhaueratelier, daneben das eigentliche Wohnhaus und ein kleinerer Anbau für Gäste. Vor der

Küche mit Ausgang zum Garten hatte Jacques eine überdachte Holzveranda bauen lassen, auf der man an lauen Abenden lange sitzen konnte. Glyzinienberankt, mit langem Tisch und Korbsesseln, zog sie die sehnsüchtigen Blicke der Fahrradtouristen auf sich. Kein Wunder, erinnerte sie doch an lyrische Beschreibungen französischer Sommerfeste auf dem Lande, an gemalte Idyllen von Renoir und Monet.

Gertrude und Jacques hatten in bewegten Zeiten ohne größere Probleme fast zehn Gäste aufnehmen können. Versprengte Künstler, Verwandte, aber auch Zufallsbekanntschaften. Einmal hatte Jacques zu Josettes Entsetzen einen offensichtlich abgebrannten kanadischen Tramper für mehrere Wochen beherbergt. Der junge Mann roch zwar streng, als er seinen verdreckten Rucksack ablud, entwickelte sich aber nach umfassender Grundreinigung zum ungemein charmanten Gast, der Gertrude beim Kirschenentsteinen half und beim Schleusenwärter Claude das Dach deckte. Als er wieder verschwand, rechneten Jacques und Gertrude zwar mit einer Thank-you-Postkarte aus Kanada, nicht aber mit dem, was dann kam.

Jacques erhielt den Auftrag, für das Foyer eines kanadischen Unternehmens zwei große, miteinander korrespondierende Bronzeskulpturen zu schaffen; ein Auftrag, durch den Jacques für mehrere Jahre saniert wurde. Seit dieser Zeit behandelte Josette alle seltsamen Zugvögel mit etwas mehr Respekt, denn es konnte sich ja ein russischer Zarenneffe oder der millionenschwere Erbe eines Finanzmoguls hinter dem Tramperbart verbergen.

All diese Geschichten packte Josette gerne aus, wenn sie mittags um den großen Tisch herum saßen. Die dürre, kleine Josette kochte mit Leidenschaft riesenhafte Mahlzeiten, und Claire sah sich gezwungen, jeden Morgen noch länger am Fluss entlangzulaufen, wollte sie nicht wie eine voll gefressene Raupe nach Hause zurückkehren.
Ein Klappergeräusch lenkte Claires Blick auf die Atelierterrasse. Gertrude hatte gestern eine Katzentür anbringen lassen. Jetzt hüpfte John auf die Terrasse und hielt Ausschau nach Huli, den man am besten ärgern konnte. Der langsam auswachsende Welpe war nach Kater Johns Ansicht nämlich brettblöd, wie Hunde halt so sind. Bei Lotte war John schon vorsichtiger. Lotte, sonst so gut erzogen wie ein Schweizer Pensionatshund, konnte ausgesprochen ungemütlich werden, wenn John ihrem Fressnapf zu nahe kam. Lotte hielt ihrerseits Katzen für nur beschränkt lernfähig. Sie hatten einfach nicht dasselbe Niveau wie eine vierjährige Hundedame, die Claires Freunde schon am Geräusch ihrer Autos erkannte. Ganz zu schweigen von ihrer instinktsicheren Einordnung des menschlichen Charakters.
Die Schleuse rauschte laut. In der Nacht war es ein beruhigendes, einschläferndes Geräusch gewesen, jetzt versprach es Leben, Bewegung, Frische. In der Mitte des Flusses, auf der Schleusenmauer, turnten quakende Enten, nahmen ihr Morgenbad, tauchten die Hälse ins Wasser, schüttelten sich in den funkelnden Tropfen, verharrten einen Moment still, um – wie auf ein Geheimzeichen – alle gleichzeitig wieder laut ihren Tag zu begrüßen.

Claire machte sich in dem kleinen Badezimmer zurecht. Es grenzte direkt an ihren Raum. Wie viele Sommergäste hatten sich schon in dem Spiegel mit dem verschnörkelten Goldrahmen betrachtet? Handtücher und Waschlappen, manche alt und geflickt, lagen frisch gewaschen in einem Weidenkorb. Der Wasserhahn in der Dusche hatte im Laufe der Jahre lange Kalkspuren auf den türkisfarbenen Kacheln hinterlassen. Eine Nixe aus grüngoldener Keramik hielt in ungenierter Rührseligkeit einen Zahnputzbecher mit ihrem Makrelenschwanz fest. In diesem Haus schien alles beseelt.

Claire zog ihre ausgebeulten Trainingshose an und machte sich auf den Weg. In der Diele lauschte sie kurz, aber Gertrude schlief noch fest. Es war seltsam, dass vier, fünf Wiederholungen ein und derselben Handlung Rituale entstehen ließen, die Claire und Gertrude das Gefühl vermittelten, es sei schon immer so gewesen. Claire rannte jeden Tag mit ihren Hunden ein Stück am Ufer entlang und wieder zurück, lief über die Brücke nach St Geoffroy, kaufte bei der Bäckersfrau drei Croissants und zwei Brote, bestellte Grüße, nahm neue mit auf den Weg, kam japsend nach Hause und deckte den Tisch auf der Gartenterrasse. Dann öffnete sie leise die Tür zu Gertrudes Zimmer und schickte Huli und Lotte hinein, die ihre Freundin mit kalter, zärtlicher Nase weckten.

»Wenn *ich* dich mit feuchter Nase wecke, ist das nur halb so nett«, behauptete Claire und Gertrude pflichtete ihr bei.

Heute Morgen war der Himmel durchzogen von rötlichen

Streifen, wie von einem gigantischen Aquarellpinsel verwischt. Claire schlich in den Garten, pfiff nach den Hunden und lief mit Huli und Lotte los. Ein Haus, ganz am Rand des Dorfes, fiel Claire besonders auf. Der umsichtige Erbauer hatte es auf eine Vielzahl heller Pfeiler gesetzt, denn der Cher trat alle paar Jahre ziemlich nachdrücklich über seine Ufer. Gertrudes und Josettes Haus lag erhöht, aber die putzig renovierten Fischerhäuser, die ungeschützt dem Fluss ausgesetzt waren, standen nach dem Hochwasser stets zum Verkauf.

»Wieso klärt denn niemand die Käufer auf?«, hatte Claire gefragt.

»Aber warum denn? Die kommen doch aus Paris!«, hatte Armand geantwortet, ehrlich erstaunt.

Das Haus auf Pfählen hatte Sprossenfenster und eine umlaufende Veranda. Es schien einer großen Familie zu gehören, aber Claire sah abends kein Licht hinter den Fenstern, niemals waren die Terrassentüren geöffnet. Wahrscheinlich war es das Landhaus einer Familie aus Nantes oder Orléans, die diesen Sommer einmal nicht in Chimeray verbrachte.

Dunst schwebte über dem Fluss. Eine Ringelnatter wedelte eilig durch das Wasser und flüchtete vor den morgendlichen Störenfrieden. Huli zögerte nicht lange und setzte ihr nach. Claire beorderte ihren Hund mit lauten Rufen zurück. Nach ein paar Minuten kam der Leonberger ans Ufer gepaddelt, stieg atemlos als nasse Tapezierquaste aus dem Wasser und schüttelte sich trocken. In Sekunden war Claires Trainingshose durchweicht: »Danke, du Ferkel!«

Huli wedelte begeistert mit dem Schwanz und schien zu sagen: »Was ich alles kann! Gut, was?« Jedenfalls hatte er nun seinen Stapellauf hinter sich. Für den immer noch nicht erwachsenen Hund war es die erste Erfahrung mit einem Gewässer, das tiefer als sein Trinknapf war. Sie machten sich auf den Heimweg, denn die Sonne stieg höher und höher. Claire und die Hunde verfielen in einen gleichmäßigen Trab. Sie passierten das weiße Pfahlhaus zum zweiten Mal an diesem Morgen. Erstaunlicherweise stand das Gartentor zum Uferweg jetzt offen. Das erste Zeichen, dass sich hier Menschen aufhielten. Plötzlich raste Huli durch das Tor auf das weitläufige Grundstück.

»Hierher, Huli, Fuß!«, brüllte Claire. Ein schwarzer Riesenschnauzer schoss katapultartig von der Terrasse; plötzlich waren er und Huli ein kläffendes, quietschendes Knäuel, zu dessen Kampf Lotte schrill bellte.

»Hierher, hör auf, hierher, Huli!« Claire lief ihm hinterher und befand sich auf einmal mitten auf dem Rasen des Privatgrundstückes. Jemand brüllte auf Französisch: »Komm zurück, Zazi, bei Fuß! Kommst du wohl? Misthund!«

Auf der Terrasse stand ein Mann in grauem Trainingsanzug und pfiff gellend. Aber Huli und der schwarze Hund mussten erst abklären, wer schöner, stärker und vor allem, wer Herr des Gartens war. Schließlich konnten Claire und der Unbekannte die acht Hundebeine auseinander sortieren, jeder zügelte sein knurrendes Kampfpaket.

»Entschuldigen Sie, dass ich in einen fremden Garten eindringe, aber die Tür zum Uferweg stand offen, und mein

Hund ist einfach hineingelaufen.« Claire strich sich verlegen eine Strähne hinter das Ohr. Auf ein französisches Privatgrundstück zu geraten war eine ganz andere Sache, als Huli aus einem Bonner Vorgarten zu scheuchen. *Wenn* überhaupt irgendein Haus auf der Welt steingewordene Privatsphäre war, dann dieses. »Du darfst mich besuchen«, schien es zu sagen. »Aber bitte erst, wenn du zwanzig Jahre hier gelebt hast.«

Auch der Mann im grauen Trainingsanzug war die Zurückhaltung in Person. Er war groß, hatte dunkle Locken, sein Gesichtsausdruck war eher höflich als freundlich. Er zog beide Augenbrauen hoch, nur ein wenig, die Herablassung war kaum sichtbar, aber sie machte Claire in Sekunden wütend. Eine junge Frau in dunklem Morgenrock stand plötzlich in der geöffneten Terrassentür. Er wandte nicht den Kopf, als er mit ihr sprach. »Odile, du hast wieder das Gartentor offen gelassen.«

Die Frau schien die Situation kaum zu registrieren, sah aus, als habe man sie mitten aus einem Migräneanfall ans Licht gezerrt. Sie war eine aparte Erscheinung, doch unter ihren Augen lagen Schatten. Der weiße Hals, der schmale Kopf über dem Rand des dunklen Kragens erinnerten an eine exotische Blüte. Sie öffnete kaum die Augen, gähnte und mahnte mit matter Stimme: »Schrei nicht so, François. Ich habe Kopfschmerzen.«

»Natürlich«, entgegnete der Mann.

Odile kam einen Schritt näher. »Ist da etwa ein fremder Hund in unserem Garten?«

»Zwei, Odile. Und eine Touristin.« Das sagte er so über Claires Kopf hinweg, als sei sie ein Rüsselkäfer, den man löcherbohrend auf seiner Lieblingspflanze erwischt hatte. Claire ging mit großen Schritten zur Gartenpforte. Arroganter Idiot. Abrupt wandte sie sich noch einmal um und rief: »Machen Sie doch in Zukunft einfach die Tür zu! Vielleicht gehe ich morgen mit meinem Tyrannosaurus spazieren, und der gibt sich nicht mit einem einzigen Hund zufrieden!« Sie warf die Gartentür hinter sich zu und schaute nicht mehr zurück. Auf dem Weg lag ein kleiner Ast. Sie hob ihn rasch auf, warf ihn mit wütender Energie in Richtung Brücke und schrie: »Los, Tiger, lauft!« Die Hunde stoben davon.

»Ach, das Pfahlhaus?« Gertrude löffelte Josettes Aprikosenmarmelade auf ihr Croissant. Dann lehnte sie sich zurück, betrachtete das Hörnchen liebevoll und biss hinein. »Das ist François Gilliot. Unser Tierarzt«, erklärte sie mit vollem Mund. »Er ist eigentlich ein gut erzogener und umgänglicher Zeitgenosse. Das heißt, wenn seine Odile nicht dabei ist. Sie hat die seltene Gabe, innerhalb von Sekunden aus jedem Mann einen stammelnden Vollidioten zu machen. Nicht aus François, aber er ist in ihrer Gegenwart meist stumm und abwesend.«
»Ein glückliches Paar also.« Claire blinzelte der Sonne entgegen. Vom anderen Ufer winkten Claude, der Schleusenwärter, und seine Frau. Claire winkte zurück.
Gertrude schnupperte an ihrem Tee. »Ich habe keine

Ahnung, mein Kind. Ich kenne François seit seiner Jugend. Seine Eltern hatten hier eine kleine Gärtnerei, sie leben aber beide nicht mehr. Mir schien schon damals, dass er eine besondere Beziehung zur Familie Morisseau hatte, zu Margot und später zu Odile. Dann habe ich ihn aus den Augen verloren, während seines Studiums.«

»Margot? Wer ist das?«

»Die First Lady im lachsfarbenen Kleid, die du am ersten Tag kennen gelernt hast, gerade als wir aus dem Auto stiegen.«

»Ach, die. Die mit den kalten Augen.«

Gertrude nickte. »Die schöne Odile ist ihre Tochter. Odiles Vater ist vor … ach, ich weiß nicht wie viel Jahren gestorben. Die Todesursache, munkelt man, sei nur ein ultimatives Ausweichmanöver gewesen. Monsieur Morisseau hatte keine Lust mehr, sich mit seiner Frau zu zanken. Madame Margot ist die reichste Frau hier. Ihr gehört die große Villa auf der anderen Seite. Und die Weinfelder dahinter. Dazu noch Anteile an einem Weingut in der Sologne. Und ein Mietshaus in Amboise und ich weiß nicht was noch alles. Einmal hat François mit seinem Vater den Garten der Villa neu gestaltet. In diesem Sommer war er jeden Tag bei den Morisseaus, auch oft noch nach Feierabend. Ich glaube, damals war er achtzehn. Ich erinnere mich, dass Jacques sich Gedanken machte um François. Er mochte ihn sehr. Jacques führte viele Gespräche mit ihm. Und all der Luxus, den der Halbwüchsige bei den Morisseaus kennen lerne, sei nicht gut für ihn, meinte Jacques. Immerhin kümmerte

François sich oft um die kleine Odile, die damals vielleicht zehn war. Und gleichzeitig verwöhnt und vernachlässigt. Es schien auch, dass Margot damals ein Auge auf den Jungen ... aber das ist jetzt wirklich Dorftratsch. François verschwand dann für ein paar Jahre, Studium, erste Stelle, das Übliche. Na, und seit drei Jahren lebt François mit Odile zusammen. Sie ist acht Jahre jünger als er. Und Margot drängt laufend darauf, dass nun endlich geheiratet wird, aber sie haben immer andere Gründe, weshalb gerade jetzt nicht geheiratet werden kann.«

Claire pfiff durch die Zähne. »Das heißt, sie wollen beide nicht so recht? Worauf warten sie denn?«

»Odile hat einen unübersichtlichen Charakter. Und mit François stimmt irgendetwas nicht, seit einiger Zeit jedenfalls. Na, vielleicht lernst du die beiden ja mal kennen.«

»Oh, da gibt es dringendere Bedürfnisse.« Claire dachte an die seltsame Spannung, an das Unwohlsein, das sie in Gegenwart dieses Paares überfallen hatte. Wie eigenartig. Claire konnte sich nicht mehr genau an seine Physiognomie erinnern, nur an den überheblichen Blick, vor allem aber an seine Hände, die den Terrier zügelten. Kräftige Hände, die zupacken konnten. Vielleicht prügelte er sie? Zuzutrauen war es ihm.

»Und welche?«

»Was bitte?« Claire schreckte aus ihren Gedanken.

»Bedürfnisse, meine liebe Gästin. Was möchtest du heute machen? Also ich jedenfalls fahre gleich nach Tours. Ich war lange nicht mehr dort. Vielleicht kaufe ich mir

neue Ohrringe. Ich habe erst zweihundertsiebzig Paar. Das reicht also noch längst nicht für jeden Tag des Jahres.«
Claire erinnerte sich plötzlich an das Gespräch, das sie vor einigen Wochen in Bonn geführt hatten. »Wolltest du nicht arbeiten? An einer ganz neuen Bildidee?«
»Das tue ich doch«, entgegnete Gertrude ernsthaft. »Es arbeitet ganz schön in mir. Es ist noch nicht so weit. Ich muss noch weiter sammeln. Nein, falsch, ich muss noch weiter ausfiltern. Aber dann, dann wirst du mich tagelang nicht mehr zu Gesicht bekommen. Wirklich. Vermutlich werde ich erst anfangen, wenn du zur Schule zurückmusst.«
»Bitte nicht das Wort aussprechen. Das ist wie ein Mehlwurm im Mund.«
»Übertreibe doch nicht so, Kind. Du liebst deinen Beruf, trotz allem.«
»Ja, Mama. Du hast Recht. Aber mein Reihenhaus hat harte Konkurrenz bekommen. Ich beginne es mit Florifère zu betrügen.«

Sie fuhren einen Umweg. An einer bestimmten Stelle, an der das linke Ufer der Loire hügelig anstieg, lenkte Gertrude ihren Peugeot von der Landstraße auf einen Feldweg, vorbei an mannshohem Mais und rauschenden Pappeln, dann hörte der Weg plötzlich auf. Sie stiegen aus. Gertrude machte eine weite Handbewegung. »Hier, Claire, hier ist die Stelle, an der du begreifst, warum man immer von der Touraine als Frankreichs Garten spricht. Ich finde, hier sieht sie aus wie Gottes Garten.«

Durchsetzt mit Sandbänken und begrünten Inseln, lag die Loire vor ihnen. Ungezähmt in ihrer Breite floss sie dem Meer entgegen. Trauerweiden hatten sich mitten im Fluss auf einer Insel angesiedelt, Wasserwirbel bewegten die Blätterschnüre in wechselndem Rhythmus. Gegenüber grüßten zwischen hohen Bäumen die weißen Rundtürme eines kleinen Schlosses. Das Ufer auf der anderen Seite war hügeliger, die grünen Weinberge verloren sich im Dunst. So wie der Cher mit seinen Wasserlilien und Enten eher ein lieblicher Fluss war, floss die Loire königlich und raumgreifend. Der Himmel war seidenblau und weit, weiter als zu Hause. Die Wolken sahen aus, als habe jemand weiße Baisertuffs von einem geölten Backblech gleiten lassen: Oben waren sie zerzaust, unten glatt. Sie kamen vom Meer, glitten in Riesenherden am Himmel, Zuckerwatte, die eine unruhige Himmelshand immer neu auseinander zupfte und zusammensetzte. Rechts ahnte man die helle Klöppelspitze der Schlossdächer von Amboise. Und über allem das Licht der Touraine. Ein Licht, das die Dinge körperhaft greifbar machte, das man auch mit geschlossenen Augen zu spüren schien. Sie blieben beide stumm, auch, als sie ihre Fahrt wieder fortsetzten.

»Ja, doch«, sagte Claire kurz vor dem Ortsschild von Tours. »Du hast alles andere als hässlich gelebt vor den Toren deines schweizerischen Biel. Aber das hier packt einen.«

»Du merkst es auch, ja? Vielleicht sind die Schweizer Berge pittoresker. Aber hier ist so ein Zauber in der Luft. Es ist das Licht«, entgegnete Gertrude. »Sonst hätte es Leonardo da Vinci sicher nicht in Amboise bei König Franz dem Ersten gehalten. Du musst übrigens mal da Vincis Grabstelle in der Schlosskapelle von Amboise besichtigen. Er behauptete, das Licht sei hier wie in der Toskana. Was völliger Blödsinn ist.« Sie parkte ihren Wagen schwungvoll in eine knappe Parklücke und stieß dabei an einen öffentlichen Mülleimer. »Das Licht in der Touraine ist wie das Licht in der Touraine«, fuhr sie ungerührt fort, legte den Vorwärtsgang ein und brachte ein fremdes Auto vor ihr zum Wackeln. »Huh, wie bescheuert ich diese Vergleiche finde: Touraine, die Toskana Frankreichs. Hamburg, das Venedig des Nordens. Gertrude, die Florence Nightingale der Weinhändler.«

»Claire, das Manneken-Pis von Tours. Ich muss mal, Gertrude.«

»Dann trinken wir zuerst einen Wein, damit es sich lohnt, Manneken.«

Sie stiegen aus, schlenderten zur fachwerkumstandenen Place Plumereau, ließen sich auf Korbstühle fallen und prosteten sich mit kühlem Weißwein zu. Eine Zeit lang beobachteten sie die Touristenströme, die über den Platz fluteten und wie Vogelschwärme unvermutet die Richtung wechselten.

»Unfassbar, dass diese Altstadt von den Deutschen in Schutt und Asche gelegt worden ist!« Claire konnte kaum glauben, dass die mittelalterlichen Fachwerkhäuser, die schönen Fassaden und winkligen Dachkonstruktionen das Ergebnis mühevoller und jahrelanger Rekonstruktion sein sollten. Gertrude nickte. »Tours war lange Zeit eine einzige Baustelle, du kannst dir gar nicht vorstellen, wie das hier …«

Von hinten legten sich zwei Hände auf Gertrudes Augen. Sie schrie leise auf. »Raucher und männlich«, war ihre Diagnose. Es war Claires morgendliche Bekanntschaft, François Gilliot. Claire blickte sich um. Keine Odile.

»Weiter?«, fragte François.

»Und mitten im Gesicht eine Nase, wetten?«, riet Gertrude weiter.

»Phantastisch, Madame. Sie haben visionäre Qualitäten. Du gestattest?«

Er zog einen Korbsessel zu sich heran. Gertrude prostete ihm zu. »Meine Freundin Claire kennst du ja schon.«

»Die Touristin«, ergänzte Claire. Ihr Tonfall war spöttischer als beabsichtigt. Er blickte Claire jedoch freundlich an und hielt ihr die Hand hin: »François Gilliot. Wo ist Ihr Tyrannosaurus?«

Claire zögerte. War das wirklich derselbe Mann wie heute früh?

»Er übt für morgen. Ich habe ihm beigebracht, wie man Betonpfeiler durchknabbert. Morgen früh geht Ihr Haus in die Knie.«

François lachte. Er blickte auf seine Armbanduhr. »In zehn Minuten muss ich weiter, aber für einen Kaffee reicht es noch. Erzähl mal, Gertrude, wie geht es dir? Wie lange bleibst du diesmal?«

»Bis der Curé nicht zum Abendessen, sondern zur Letz-

ten Ölung kommt«, erwiderte Gertrude und nahm einen Schluck Weißwein.
»Du und Letzte Ölung!« François amüsierte sich. »Aber nur ›extra vierge‹ aus bester Kaltpressung, sonst schmeißt du ihm die Ölkanne an den Kopf, wie ich dich kenne! Aber jetzt sag mal, du bleibst wirklich für immer?«
»Wirklich, François. Ich habe in der Schweiz alles verkauft. Für mich sind zwei Wohnsitze zu viel. Und ich möchte mich nicht von unserem Ort trennen, ich meine von Jacques' und meinem Ort. Unsere Liebe ist das einzige Stück Vergangenheit, dem ich täglich begegnen möchte.«
»Das verstehe ich«, entgegnete François. Er blickte hoch zu den Dohlen, die krächzend einen der hohen Fachwerkgiebel umflatterten. Für einen Moment schloss er die Augen. Dann wandte er sich seiner Malerfreundin wieder zu.
»Ach, Gertrude, ich habe übrigens beim Aufräumen eine Zeitung gefunden. Sie ist fast zwanzig Jahre alt. Darin ist ein Artikel über Jacques und die Einweihung seiner Skulptur im Innenhof des Château Marmois. Mit einem Foto von dir, Gertrude. Du trägst den hässlichsten Hut aller Zeiten, so ein asymmetrisches Ding. Es sieht aus wie eine Satellitenschüssel, die mit einem Bagger kollidiert ist.«
»Oh, wie schön, François! Bekomme ich die Zeitung? Ich erinnere mich noch gut an diesen Hut. Übrigens ein wunderbarer Modellhut, du Ignorant. Das waren noch Feiern!« Sie wandte sich an Claire. »Jacques und ich haben uns so betrunken, dass wir beide um Mitternacht in voller Montur ins gräfliche Goldfischbecken gestiegen sind. Und dann

hat Frau Gräfin den beiden unmöglichen Künstlern Bademäntel geliehen … und als ich mich in ihrem Boudoir umziehen durfte …« Gertrude kicherte, und François wusste offensichtlich, was nun folgte, denn er begann zu grinsen, »… fiel mir ein Goldfisch aus dem Unterhemd.«

Claire legte den Kopf in den Nacken und lachte so, dass man sich an den Nebentischen nach ihr umdrehte. Es dauerte ein paar Minuten, bis sich alle drei beruhigt hatten. François nahm einen Schluck Kaffee und blickte Claire über den Tassenrand an. »Sie lachen wie ein Erdbeben.«

»Ich bin eins.«

Der Kellner brachte eine neue Runde Abkühlung.

»Ganz schöne Umstellung, so ein Wechsel nach Frankreich.« François' Tonfall wurde wieder ernst.

»Es ist weniger ein Wechsel als eine Heimkehr, François. Ich will bald wieder malen. Ich habe noch viele Pläne.«

»Das mag ich an dir, diesen Blick nach vorne.«

»Das ist die einzig denkbare Richtung für mich, François. Ach ja, ich habe sogar einen potenziellen Patienten für dich, meinen Kater«, ergänzte sie zusammenhanglos.

»Wie schön. Dann werde ich vielleicht doch noch reich.«

Jetzt hatte er Gertrude unüberlegt einen Ball zugeworfen. Jeder aus dem Dorf hätte gekontert mit einer Anspielung auf Odiles Vermögen und wieso er, François, denn Geld brauche mit einer so reichen Frau an seiner Seite. François blickte kühl auf das bunte Mosaik des Cafétisches, um die erwartete Bemerkung wie einen Querschläger abzufangen. Sie kam nicht.

»Hast du eigentlich eine Ahnung, wo ich diese wunderbaren Flohhalsbänder kaufen kann, François? Du weißt schon, diese violetten Dinger, die doppelt so lange wirken wie die normalen.«

»Ich werde dir heute Abend welche mitbringen. Der Großhandel ist im Industriegebiet, vergeudet eure Zeit nicht mit der Fahrt. Ich muss sowieso noch dort vorbei.« Er sah erleichtert auf. »Morgen fängt die Arbeit wieder an.«

»Ach, ihr wart im Urlaub? Und wo?«

»Ein alter Freund hat im Vercors, irgendwo an der Drôme, ein Restaurant aufgemacht. Ich habe ihm ein bisschen geholfen. Scheune abreißen und so. Wir hatten viel Spaß, aber ich kann mich kaum noch bewegen.«

»Und Odile hat mitgeholfen?«

»Nein. Sie war an der Côte d'Azur, in Juan-les-Pins. Eine Freundin von ihr besitzt dort einen bescheidenen Swimmingpool mit etwas Park und Villa drumherum.«

Da war er wieder, der Frost des Morgens. François trank seinen Espresso mit einem Schluck aus, stand auf und verabschiedete sich. Gertrude winkte ab, als er Geld für Wein und Kaffee auf den Tisch legen wollte. »Ein andermal, François. Ich werde irgendwann in den nächsten Wochen ein kleines Fest für meine Freundin geben. Kommst du? Odile ist natürlich auch eingeladen. Frag sie doch bitte. Aber ich rufe dich noch mal an.«

Er nickte, griff nach seiner Jacke und ging in Richtung Rue Bretonneau. Genau an der Ecke drehte er sich noch einmal um und winkte kurz.

Gertrude zuckte mit den Schultern. »Schade, was? Dieser Mann ist siebenunddreißig. Er hat eigentlich alles. Eine gute Praxis, eine interessante, schöne Freundin und Geld. Auch wenn es ihr Geld ist. Das muss ja nicht immer ein Problem sein. Aber sobald auch nur der Name Odile oder Margot fällt, verschließt sich sein Gesicht wie ein doppeltes Schleusentor. Ich finde Odile zwar verdreht und schwierig, aber ich mag sie.« Sie leerte ihr Glas.

Auch Claire trank den letzten Schluck. Sie schaute nachdenklich in die Richtung, in der François verschwunden war. »Warum trennt er sich denn nicht von ihr, wenn sie ihm so auf die Nerven fällt?« Claire verzog den Mund. »Vielleicht ist es wirklich das Geld, das ihn bei ihr hält?«

»Vielleicht«, meinte Gertrude nachdenklich. »Aber irgendwie kann ich das nicht glauben. Nein, nein, François ist nicht korrupt. Er schleppt irgendetwas mit sich herum, aber ich weiß nicht, was. Über diesem Paar schwebt eine Dauerwolke. Odile kann übrigens auch ganz reizend sein.« Sie zuckte mit den Schultern. Dann warf sie ihren Kopf zurück und strahlte Claire an. »Kriegst du nicht Urlaubsgeld, oder wie war das? Du darfst die liebe Gertrude in ein kleines Restaurant einladen, das ›Zum rauchenden Kaninchen‹ heißt. Und da machen sie einen Zander in *beurre blanc,* also wirklich, zu dem dir absolut …«

»… nichts mehr einfällt.«

Gertrude grinste. »Woher wusstest du, dass ich das sagen wollte?«

4

Die Nacht über der Provinz Aquitaine war dunkelblau und warm. Am anderen Ufer schimmerten Lichter. Manchmal schwebte ein Musikfetzen über den Strandsee oder ein Lachen. Irgendwo wurde gefeiert. Auf dem Campingplatz war es still. Die holländischen Rentnerpaare saßen vor ihren Wohnwagen, tranken Rotwein und schwiegen sich freundlich an.

Zilli Kuhl hockte, frisch geduscht und in einen Flauschpullover gehüllt, in der geöffneten Tür ihres kleinen Transporters und genehmigte sich ebenfalls ein Glas Rotwein. Die hohen Kiefern dufteten harzig. Doch, ja, sie würde einfach noch einen Tag und eine Nacht hier bleiben. Zum ersten Mal seit ihrem Aufbruch empfand sie so etwas wie Ruhe. Sie hatte sich gezwungen, nicht den Kopf zu verlieren, hatte bemüht systematisch alles geregelt.

Der Verkauf des Hauses und ihre geschäftlichen Angelegenheiten lagen jetzt in den Händen einer Maklerin und eines jungen Rechtsanwaltes. Der Jurist hatte noch versucht, sie zum Bleiben zu bewegen, hatte ihr seine Hilfe beim Widerstand gegen Hermann zugesichert – vergeblich. Etwas an ihrer Entschlossenheit verriet ihm den Grad ihrer Angst, ihrer Besessenheit. Zilli wollte sich bei ihm melden, sobald sie einen konkreten Plan gefasst hatte, wie es mit ihr weitergehen sollte.

Schwester Marlene hatte zum Abschied Tränen in den Augen gehabt. Da verschwand die Lieferantin unzähliger Tiefkühlmahlzeiten, kostenloser Zigaretten und Pralinen. Und irgendwo hatte man der Schwester ja auch einen Stehplatz im alkoholisierten Gefühlsleben reserviert. Der erstaunten Kundschaft hatte Zilli erzählt, sie wolle einfach nur mal ausspannen. Das gönnte ihr jeder, aber man fand es trotzdem ungewöhnlich.

Zilli lächelte plötzlich, als sie an die letzten Stunden in ihrem Laden dachte. Voll war es gewesen, alle wollten noch die Sonderangebote erwischen. Die Orthopädengattin aus der Villenstraße packte gleich drei Kartons bäuerlicher Wurstkonserven in ihren Korb, als Zilli sie unaufgefordert vor versammelter Kundschaft beriet: »Nicht doch, Frau Doktor. Wissen Sie, wie viel Kalorien die hat? Und Sie haben irgendwie zugenommen in letzter Zeit.«

Woraufhin Frau Doktor mit einem zwischen den Zähnen herausgebrutzelten »Unverschämt!« den Laden verließ. Erst als sie schon ihr gelbes Sportauto erreicht hatte, öffnete Zilli noch einmal die Ladentür und rief: »Kuckuck! Ihr Regenschirmchen!« Frau Doktor musste zurückkehren und ihren Schirm aus Zillis Bodenvase zerren. So hinterließ Zilli ihrer Kundschaft nicht nur preiswerte Sepianudeln, sondern auch noch amüsanten Gesprächsstoff. Zilli goss sich noch einen Schluck Rotwein nach und verkorkte

die Flasche. Den Auftritt mit der Arztgattin hatte sie bei all ihrem Kummer genossen wie ein Lottogewinner, der seinem tyrannischen Chef am letzten Arbeitstag ein Hundehäufchen auf die Schreibunterlage platziert.
Sie schlenderte, das Glas in der Hand, den Pfad entlang, der durch ein kleines Gebüsch zum Seeufer führte. Hier war sie ganz allein. Drüben, auf der anderen Seite des Sees, lachte gerade eine Frau, hell und trillernd wie ein Urwaldvogel.
So leicht will ich wieder werden, eines Tages. Und ich will wieder Freunde haben, dachte sie. Die Pest an deinen Hals, Hermann. Brich dir das Genick. All die geklauten Jahre und die Angst – nein, ich drehe mich jetzt nicht um. Du drehst dich nicht um, Zilli, hörst du? Hermann kann nicht hier sein. Er kommt erst nächsten Monat raus, wenn alle Spuren zerstreut sind. Du wirst noch verrückt, wenn du nicht aufhörst, dich immer umzudrehen, Zilli, bei jeder Männerstimme hinter deinem Rücken. Im Supermarkt, auf der Straße, im Café. Überall. Hör auf, Zilli. Er kann dich nicht finden.
Bei der Post lag ein Nachsendeantrag für Zilli Kuhl, mit der Adresse des Anwaltes. Eine Kundin, die nach Argentinien flog, hatte sich bereit erklärt, der Schwester Marlene eine von Zilli geschriebene Karte aus Buenos Aires zu schicken. Zilli hatte irgendwo eine Karte mit einem Gaucho aufgetrieben, ein paar Zeilen zusammenphantasiert und der Kundin erklärt, das sei ein altes Spiel zwischen ihr und ihrer Schwester. Hermann würde als Erstes bei Marlene auftauchen, das war klar. Er würde sie ausquetschen. Sollte

er ruhig. Sie kannte Zillis Reiseroute nicht. Marlene würde ihm die Karte zeigen. Argentinien lag auf der anderen Seite des Globus.

Jemand räusperte sich hinter ihr. Zilli zuckte heftig zusammen, ihr Herz machte einen Sprung, dann raste es, als wolle es die Arbeit der Beine übernehmen. Zilli fuhr herum. Ein untersetzter Mann grinste sie an: *»Si seule ce soir, ma belle?«*

Sie verstand kein Wort, aber es war klar, was er wollte. Zilli hatte sich vor Schreck den Rest des Rotweins auf ihren Pullover gegossen. Verdammte Scheiße, hier sah und hörte sie niemand. Das kleine Gehölz versperrte die Sicht auf die holländischen Wohnwagen. Der Mann grinste noch breiter und kam näher. Zu nahe. Er roch nach Alkohol und Schweiß. Sie wich zurück.

»Ich verstehe Sie nicht.«

Sie trat noch einen Schritt zurück, aber hinter ihr war der Zaun. Er stellte sich vor sie und fasste sie an die Brust. Sie stieß ihn mit aller Kraft von sich und schrie. Sie erkannte ihn. Er zeltete in der Nähe des Waschhauses und hatte sie heute schon mehrfach gierig angesehen. Natürlich, er wusste, dass sie ohne Mann unterwegs war. Er griff fest nach ihrem rechten Arm, schob seine linke Hand unter ihren Pullover. Zilli rammte ihm das Knie zwischen die Beine, er taumelte zurück, sie stürzte wie eine Wahnsinnige davon, Äste peitschten ihr um den Kopf, dann war sie auf der Wiese, bei ihrem Lieferwagen. Sie stieg ein, verschloss mit zitternden Fingern die Türen, tastete nach dem Schlüssel, der im Mittelholm lag, und startete den Motor.

Die alten Holländer schauten sie erstaunt an, sie wendete in rasender Eile den Lieferwagen und zerquetschte dabei ihren Campingtisch, der noch vor der Hecktüre gestanden hatte.
Sie fuhr den Weg zur Rezeption viel zu schnell hoch, Staub und Sand wirbelten auf, legten sich auf Zelte, Menschen und Weingläser. Man schimpfte, schrie, drohte ihr. Die Schranke war oben. Großer Gott, danke. Danke, lieber Gott. Der Pass. War im Handschuhfach. Gott sei Dank. Noch mal danke, lieber Gott. Ich habe ja im Voraus bezahlt. Nie den Pass deponieren, nie den Namen nennen. Sie raste eine Weile mit Höchstgeschwindigkeit auf der schmalen Landstraße entlang, bis die größten Wellen der Angst sich gelegt hatten. Scheißkerle, widerliche, geile Scheißkerle.
Sie fuhr lange, kreuz und quer, durch verschlafene Dörfer, über einsame Straßen, achtete auf keinen Hinweis, bis der Summton im Tacho sie darauf aufmerksam machte, dass Benzin gebraucht wurde. *»Fermé«* stand an den Tankstellen, die sie passierte. Es war dunkel, es war spät. Sie zwang sich zur Ruhe, studierte das nächste Ortsschild und suchte lange, bis sie das Dorf auf der Karte fand. War es ein guter Geist, der sie hierher gelenkt hatte? Die Autobahn, die schnurgerade zur spanischen Grenze führte, lag nur drei Kilometer entfernt.
Im Kassenraum der Autobahnraststätte sah man sie seltsam an. Sie bezahlte, packte eine Rolle Kekse in ihre Tasche, blickte auf die verspiegelte Säule neben dem Zeitschriften-

ständer und prallte zurück. Vor ihr stand eine kalkweiße Frau mit wirrem Haar. Ein blutverkrusteter Kratzer zog sich über ihre linke Wange. Zilli betastete sie unwillkürlich. Dabei bemerkte sie, dass aus dem rechten Pulloverärmel ein langer, gekräuselter rosa Faden hing. Auf den Bermudas war ein tellergroßer Rotweinfleck.
Zilli parkte das Auto im kränklichen Licht einer Bogenlampe, fand den Kulturbeutel und ein Handtuch, schloss den Wagen ab und ging die Treppen hinunter zur Raststättentoilette. Vorne, vor der Tür, saß eine ältere Frau mit einem Porzellanteller und passte auf, dass sich niemand verirrte. Kein Hermann, kein Campingplatzmarder. Und heißes Wasser gab es hier. Es floss in Strömen über ihre zerkratzten Hände. Es war so warm, es tat so gut. Sie stützte sich auf das Waschbecken, sah im Spiegel ihre roten Augen, die verletzte Wange, die kaputten Kleider und fühlte sich verloren wie selten in ihrem Leben. Sie begann zu schluchzen.
Plötzlich roch es nach Kaffee. Die Toilettenfrau stand neben ihr und reichte ihr eine kleine Tasse. Der starke Kaffee war süß und heiß. Zilli wischte die Tränen mit dem Ärmel fort, leerte die Tasse und gab sie der Toilettenfrau mit dankbarem Lächeln zurück. Dann wusch sie Gesicht und Hände, kämmte sich die Haare, zupfte Blätter und Gräser aus dem Pullover und ging hinaus in den Vorraum, in dem die alte Frau wieder zufrieden auf ihrem Hocker saß und an einem gelben Objekt häkelte. Sie deutete stolz auf eine Madonna, die in einem rosa Häkelumhang auf einem Bord

prunkte. Daneben stand ein Keramikjosef, der, noch unbehäkelt, vermutlich auf seine gelbe Stola wartete. Dieser Anblick war so rührend und albern zugleich, dass Zilli in Sekunden wieder ganz in der Wirklichkeit war.

»*Merci beaucoup, Madame.*« Damit waren ihre französischen Sprachkenntnisse erschöpft. Die Toilettenfrau nickte und erwiderte etwas. Es war wirklich eine schöne Sprache, wenn sie nicht aus dem Mund eines notgeilen Säufers kam.

Auf der Raststätte herrschte trotz der späten Stunde touristischer Hochbetrieb. Jugendliche quollen pulkweise aus kleinen Autos, Kaugummi kauende Mädchen stöckelten mit Chipstüten über den Parkplatz, Fernfahrer stiegen müde aus ihren Riesenlastern, schlafverquollene Mütter trugen stinkende Säuglinge zur Toilette. Im Neonlicht sahen alle Menschen grünlich ungesund aus. Jeder war mit sich selbst beschäftigt, man fingerte nach Toilettenmünzen, öffnete Getränkedosen oder suchte Kinderwindeln im unübersichtlichen Gewühl des Feriengepäcks. Zilli fühlte sich plötzlich wunderbar sicher mitten in diesem Getriebe. Sie zwängte sich über den Vordersitz in den hinteren Teil des Wagens, fand ihre Schaumstoffmatratze, legte den Kopf auf das Kissen, zog die blaue Wolldecke bis unters Kinn. Sie lauschte dem doppelten Atem rechts und links.

Käthi und Simon. Sie waren nicht wach geworden, nicht auf der wilden Flucht über den hoppelnden Zufahrtsweg des Campingplatzes, nicht während der Fahrt mit brummend lautem Motor, nicht mitten in diesem Lärm der betriebsamen Rasthausnacht. Die Kinder. Sie waren eine Last, aber

Zilli konnte sich kaum noch vorstellen, ohne sie zu sein. Sie seufzte tief. An Schlaf war jetzt nicht zu denken.

»Wir brauchen die Kinder nicht in ein Heim zu geben, dafür gibt es Pflegestellen. Von uns geprüfte, verlässliche Familien. Keine Sorge. Wenn Ihre Schwester gesund ist, werden die Kinder wieder nach Hause überstellt.«
Die Dame vom Jugendamt ordnete ihre mahagonigetönte Haarpracht, lächelte kurz und klappte einen Ordner mit Adressen zu. Überstellt. Hier hingestellt. Dort hingestellt. Abgestellt. Tante Zilli, Pflegemama, Trinkmama.

»Warum gehst du weg, Tante Zilli?«
Käthis Gesicht war unbewegt. Mitten im Chaos der Geschäftsauflösung saßen sie am Küchentisch, Käthi blickte nüchtern wie ein kleiner Buchhalter.
»Ich muss mal Urlaub machen.«
»Kann ich da nicht mit?«
Sollte man glatt ›Nein‹ sagen? Ihr die einzig ehrliche Antwort geben?
»Schwierig, Käthi.«
»Warum?« Käthi machte eine hilflose Pause, dann sprach sie weiter, ganz schnell. »Tante Zilli, ich nehme mir keine Sachen mehr, ohne zu fragen. Ganz bestimmt, das mache ich nie mehr. Das mache ich nie wieder, ganz bestimmt.«
»Ach nein, Käthi, darum geht es doch nicht, Kind. Das hat ganz andere Grü…«
Da war es, das Unsichtbare, das Zillis Stimme schrumpfen

ließ. Wenn es um ein Kind ging, das man enttäuschen musste, brach Zillis Stimme einfach ab wie ein morsches Reisig.

Jetzt beginnt Käthi also zu verhandeln. Sie meint, ich fahre ohne sie weg, weil sie klaut und lügt. Dabei soll sie allen Mist der Welt bauen dürfen, ohne Angst zu haben, verlassen zu werden, darum habe ich mich so bemüht. Und jetzt mache ich selbst es wieder kaputt. Gestern gab es Krach, weil sie schon wieder an drei, vier Kinder teures Sahneeis mit Krokant in der Waffeltüte verteilt hat. Einfach so. Und sie hat es abgestritten. Davor waren es ganze Rollen Nougatkekse mit Aufklebern. Aber du weißt doch, warum, Zilli. Weil es so schön ist, auch mal was geben zu können, Zilli. Weil es so toll ist, das Kind zu sein, dem man danke sagen muss, anstatt immer selber danke sagen zu müssen. Weil man in diesem Alter noch nicht begreift, dass man sich Freunde nicht kaufen kann, Zilli.

Außerdem, auch Kinder von Staatssekretären und Oberstudienrätinnen klauen. Käthi ist eine Kämpfernatur. Sie ist gewohnt, dass sie nichts bekommt, wenn sie es sich nicht nimmt. Außer bei mir. Und gerade bei mir klaut sie noch mehr. Warum bloß? Ach, verdammt. Wie macht man es richtig mit Kindern? Und dann kommt Tante Zillis Glanzstück: die Pflegestelle.

Dann wird Käthi in ein paar Tagen da stehen, ihren neuen Rucksack auf dem Rücken, und wird der Tante vielleicht brav nachwinken. Dann wird sie sich bei der Pflegemutter stocksteif in ein buntes Bettchen legen und sehr darauf achten, die Pflegemutter nicht zu mögen. Denn da bleibt sie ja auch nicht. Außerdem ist es egal, ob man artig ist oder nicht, ob man klaut oder nicht, man kommt ja doch wieder weg. Wie von ihrer Freundin Tante Zilli, die sich mal richtig erholen will und Käthi und Simon deshalb einfach abschiebt.

Dass Simon ins Bett pinkelt, wird die Pflegemutter ja bald merken. Und wenn die Pflegemutter trotzdem nett bleibt, wird Käthi die Bastelschere aus der Schultasche nehmen und vielleicht die bunten Vorhänge mit den Blümchen zerschneiden. Mal sehen, was dann kommt. Und übermorgen wird etwas anderes kaputtgemacht. So lange, bis ... ja, was? Sie hat schon gelernt, an dem Ast, auf dem sie sitzt, zu sägen. Wie Marlene, ihre Mutter. Und ich, die Patentante Zilli, wollte ihr so gerne etwas anderes beibringen.

Die Luft im Lieferwagen wurde immer schlechter. Vorsichtig erhob sich Zilli und kurbelte auch das Fenster auf der Beifahrerseite ein wenig herunter. Es ging auf drei Uhr zu. Der Betrieb auf der Raststätte hatte nun doch merklich nachgelassen. Zilli seufzte noch tiefer, legte sich wieder hin und rückte das Kissen zurecht. Gab es halt wieder eine schlaflose Nacht der vielen Bilder.

Ach, gib's auf, Zilli. Dieses Kind hat nicht irgendein Scheißmärchen verdient, sondern die Wahrheit. Das wache, kluge, hungrige Kind einer Quartalssäuferin verträgt etwas. Sie saßen immer noch am Bonner Küchentisch.

»Käthi, hör gut zu. Ich sag dir jetzt, warum ich hier wegmuss. Ich hatte mal einen Freund. Der hat ziemlich schlimme Sachen gemacht. Und dafür musste er ins Gefängnis.«
Das hörte sich spannend an. Käthi bekam ganz runde Augen. »Was hat er gemacht?«
»Er hat eine Tankstelle überfallen und dabei ist ein Mann gestorben. Mein Freund hat ihn nicht getötet, aber der Tankwart ist trotzdem gestorben. Er war gefesselt und geknebelt und dann hat sein Herz einen so großen Schreck bekommen, dass es nicht mehr schlagen konnte. Die Polizei hat meinen Freund nicht geschnappt. Er konnte abhauen. Mit dem Geld aus der Kasse. Er kam zu mir. Und ich hab ihm gesagt, er soll zur Polizei gehen.«
»Und?«
»Hat er nicht gemacht.«
»Und dann?«
»Und dann bin *ich* zur Polizei und habe verraten, was ich wusste. Weil ich nicht wollte, dass er frei herumläuft, wenn er so etwas getan hat.«
»Und dann?«
»Dann haben sie ihn verhaftet, und er musste ziemlich lange im Gefängnis sitzen. Er ist natürlich furchtbar böse auf mich. Und jetzt kommt er bald raus. Und deshalb habe ich Angst vor ihm, denn ich habe ihn ja verraten.«
Käthi holte Luft. »Ich schlag ihn tot. Er soll kommen und so viel trinken wie Mama. Dann schläft er ein. Die schlafen dann immer ein. Und dann schlag ich ihn tot.«
»Nein.« Zilli streichelte ihre mausedünnen Haare. »Nein,

Käthi, das ist keine Lösung. Dann ist man selber ja genauso schlimm. Das will ich nicht. Aber ich möchte trotzdem weg, weil ich Angst habe. Und deshalb ist es zu gefährlich, wenn ich dich mitnehme. Denn ich weiß nicht, wohin ich gehen werde. Und du sollst keinem die Geschichte erzählen. Das ist ein echtes Geheimnis, das ich dir anvertraue. Deine Mama weiß Bescheid, sonst niemand.«
»Und ich.«
»Und du.«

Dann kam der Tag, an dem die Pflegemutter sie erwartete. Der Lieferwagen hatte gerade die große Inspektion hinter sich und war für eine lange Reise gerüstet. Zilli ließ Simon und Käthi nach hinten klettern, Simon mit dem Bär und Käthi mit dem roten Rucksack. Und mit einem neuen Koffer. Darin ein Glimmerbaby-Turnbeutel und Glimmerbaby-Haarspangen, Pferdebücher und ganz besondere Kaugummis, die beim Draufbeißen quietschten. Alles, was Käthi immer schon mal haben wollte und worüber Simon sich freute, befand sich in diesem Abschiedskoffer. Sie fuhren eine elf Kilometer lange Strecke, am Rheinufer entlang, durch ein paar alte rheinische Dörfer.
Käthi sagte nichts.
Die Pflegemutter, eine freundliche Frau Mitte dreißig, hatte selbst eine Tochter in Käthis Alter. Man hatte sich schon einige Male getroffen, man kannte sich. Zilli hatte ein gutes Gefühl bei dieser Frau. Sie standen vor dem Einfamilienhaus. Die Kleinstadt vor den Toren Kölns war nicht

unbedingt schön, aber Käthi konnte weiter ihre alte Schule besuchen. Und sie konnte mit den Pflegeeltern in den Erlebnispark fahren, in dem es Piratenschiffe aus Plastik, Wildwasserbahnen und schiefe Häuser gab, in denen man ganz krumm laufen musste und beinahe umfiel.
Es gab einen Garten. Vor dem Haus stand eine Birke, und im Küchenfenster hing ein handgemaltes Schild: »Willkommen Käthi und Simon!« Im Garten war eine Schaukel. Käthi sprach nicht. Simon setzte sich mitten auf die Waschbetonplatten des Eingangs und spielte mit seinem Trostbagger. »Rrrrrr« vor, »rrrrrr« zurück. Käthi blieb stumm.
Zilli umarmte erst Simon, der nicht aufblickte, dann Käthi. »Also, Käthi. Ich schreib dir. Mach's gut, mein Racker.«
Käthi sprach nicht. Sie stand da, mit hängenden Armen, den roten Rucksack auf dem Rücken.
»Käthimaus, du weißt doch, warum. Ich habe es dir doch erklärt.«
Zilli verabschiedete sich von der Pflegemutter, die bereits einen Arm um Käthis Schulter gelegt hatte. Zilli drückte Simon und das kleine Stück Holz, das einmal ihre Nichte gewesen war, ein letztes Mal. Ihre Füße waren schwer, als sie zum Transporter ging. So, als müsse sie sich mit jedem Schritt aus einem zähen Untergrund herausziehen. Zilli stieg in ihr Auto, kurbelte das Fenster herunter und rief: »Ich komme bestimmt wieder!« Dann startete sie den Motor.
In dieser Sekunde schrie Käthi. Es war ein Schrei, den Zilli nie vergessen würde. Konnte man mit einem einzigen

Schrei ausdrücken, wie es war, in eine unsichtbare Schlucht zu stürzen – Käthi hatte es geschafft. Zilli machte den Motor wieder aus. Atmete tief durch. Stieg aus. Bewegte sich wie ein Roboter. Tat das einzig Richtige. Gehorchte der einzig richtigen Stimme. Holte Käthi aus der Schlucht heraus.

»Simon, Käthi, steigt wieder ein.« Und zur Pflegemutter: »Es geht nicht. Entschuldigen Sie.«

Koffer wieder rein, Rucksack nach hinten, Bär nach vorne.

Die formalen Angelegenheiten waren nicht so kompliziert gewesen, wie Zilli befürchtet hatte. Marlene hatte nichts dagegen, dass ihre Kinder für eine Weile auf Reisen gingen. Erst nach Holland, dann nach Argentinien, sagte Zilli. War ja nicht für immer. Und dann sah man weiter. Marlene blickte nie gerne weiter als dreißig Zentimeter voraus. Das war die Länge ihrer Lieblingsflasche. Der neue Freund wollte sowieso mit Kindern nichts zu tun haben. Und man musste sich ja auch noch erholen. Hatte der Doktor gesagt. Nicht, dass Marlene ihre Kinder nicht liebte. Aber wenn sie ihr Quantum getrunken hatte, verschwanden verschiedene Gefühle im Dunst. Allen voran das Verantwortungsgefühl. Eine Zeit lang mal keine kleinen Kinder haben, das war im Moment gar nicht so schlecht. Und es war billiger. Und in guten Händen waren sie ja auch. Und so bekam Zilli sämtliche Vollmachten, die sie brauchte.

Jetzt lagen sie hier, auf dem Parkplatz einer Raststätte, nach einer unruhigen Fahrt durch Frankreich, nach schlaflosen Nächten auf hässlichen, überfüllten Campingplätzen nahe der Autobahn. Zilli war rastlos gewesen, unruhig. Sie wusste einfach nicht genau, was sie hier wollte. Niemand hatte ein Schild im Fenster stehen: »Deutsche Verkäuferin ohne französische Sprachkenntnisse erwünscht.« Niemand hatte auf sie gewartet. Wieso war sie überhaupt hierher gefahren? Ursprünglich einmal, um tatsächlich so etwas wie Urlaub zu machen. Dann waren da noch Pläne, einige Verabredungen.
Für eine Fahrt ins Blaue war Zilli zu sicherheitsbedürftig. Sie hatte sich erkundigt, Adressen lagen im Handschuhfach. In Südfrankreich suchte ein reicher deutscher Geschäftsmann eine zuverlässige Frau, die während seiner Abwesenheit auf seine Villa aufpasste. Allerdings wusste er nichts von den Kindern. In Spanien gab es Hotels unter deutscher Leitung, da konnte man versuchen zu arbeiten. Das Haus in Bonn war noch nicht verkauft. Die Zeit zwischen dem Hausverkauf und einer neuen Existenzgründung musste überbrückt werden. Aber wie und wo? Es würde sich schon etwas ergeben. Warum konnte sie nicht einmal entspannen?
Dies hier war schlicht und einfach kein Urlaub. Zu einem Urlaub gehört ein Zuhause, das man nach drei Wochen ungelüftet und mit unbestimmter Freude im Herzen wiederfindet. Zu einem Urlaub gehört eine Arbeit, die man hinter sich lässt, aber nur deshalb, weil man nach ein paar

Sonnenwochen wieder zu ihr zurückkehrt. Dies hier war eine Flucht.

Zilli setzte sich auf. Ihr Mund war trocken und pelzig wie bei einem Kater. Sie tastete wieder nach der Wasserflasche, vorsichtig, um die Kinder nicht zu wecken. Dieses Auto war jetzt ihr Dach über dem Kopf. Komisches Gefühl. Zum ersten Mal in ihrem Leben ohne feste Adresse, ohne richtige Behausung. Sie nahm noch einen Schluck von dem abgestandenen Mineralwasser und legte sich wieder auf ihre Schaumstoffmatratze.

Im Grunde genommen war es unverantwortlich gewesen, die Kinder mitzunehmen. Aber was hätte sie machen sollen? Käthis Herz brechen? Den Kindern das zufügen, was ihr selbst geschehen war? Sollten Käthi und Simon auch die Erfahrung der dauernden Enttäuschung machen müssen? Dass es niemanden gab, auf den man sich wirklich verlassen konnte? Warum war alles wieder so schwierig? Eigentlich stellte sie doch keinen anderen Anspruch an das Leben, als in Ruhe gelassen zu werden. Es war schwer genug, so ganz allein.

So ganz allein war sie allerdings nicht.

An dem schrecklichen Tag in der Klinik, als ihre Schwester von Hermanns Entlassung sprach, an dem schlimmen Abend, an dem sie seine Schritte zu hören glaubte und ihn in jedem Schatten erkannte, hatte sie ein Licht am Ende des Tunnels entdeckt. Oder vielleicht auch nur in einer Parkbucht, aber ein Licht, das war sie, die Mechthild.

5

Mechthild war die einzige Freundin, mit der sie all die Jahre in Verbindung geblieben war. Mechthild war die Einzige, die wusste, dass Zilli sich in der Bonner Stadtrandsiedlung verkrochen hatte. Mechthild, die langjährige Vertraute und Kollegin aus dem Einkaufszentrum in Dortmund. Mechthild und Zilli hatten meist gemeinsame Schicht hinter der Käse- oder Brottheke, gingen abends oft zusammen aus oder bummelten sonntags durch die Stadt, um sich all die Kleider anzusehen, die sie sich sowieso nicht leisten konnten.

»Lottogewinn!«, sagte Mechthild, als Zilli ihren neuen Freund Hermann vorstellte.

Hermann fuhr Gabelstapler im Großmarkt, aber eigentlich war er Schreiner. Hermann war recht ansehnlich.

»Aber das zählt für mich nicht so sehr.« Zilli schnitt mittelalten Gouda in Scheiben und stapelte sie auf einen Plastikteller. Sie strahlte wie ein frisch geputzter Kronleuchter. »Er hat ein gutes Herz.«

Hermann ging auch so nett mit der kleinen Nichte Käthi um. Käthi war jetzt fast zwei Jahre alt, überall in Zillis Wohnung standen gerahmte Fotos von dem Patenkind mit

dem Mäusegesicht. Ab und zu fuhr Hermann seine Freundin nach Köln, um die Kleine für ein Wochenende abzuholen.
Warum Zillis Verhältnis zu Käthi, Marlenes erstem Kind, so besonders war, konnte Zilli nicht erklären.
Vielleicht erinnerte sie etwas in dem kleinen Gesicht an ihre eigenen Schatten, die es zu überwinden, die Gräben, die es zu überqueren galt, immer wieder. In all der Misere eines Daseins als Trinkerkind lag etwas Ungebrochenes in Käthis Blick.
Auch Hermann hatte viel Pech gehabt im Leben, die Menschen waren nicht gut mit ihm umgesprungen. Hermann erzählte Zilli von seiner Mutter, die sich nie um ihn gekümmert hatte. Damit kannte Zilli sich aus. Sie hatte einen Kloß im Hals, als er von der Kälte seiner Kindheit sprach. Aber das war nicht das einzige Böse, das ihm begegnet war. Als er kurz vor der Gesellenprüfung stand, warf ihn sein Lehrmeister hinaus, weil Hermann angeblich Werkzeug gestohlen hatte. Dabei war es jemand anders gewesen. Aber Hermann war nicht der Mann, der andere verriet, er nicht. Die Firma, die ihn danach beschäftigte, machte Pleite und schuldete ihm noch drei Monatslöhne. Und seinem besten Freund hatte er finanziell aus der Klemme geholfen, als der Gerichtsvollzieher vor der Tür stand – nein, Hermann ließ seine Freunde nicht im Stich. Jetzt hatte er selber einen Haufen Schulden an den Hacken. Aber nur seiner Freunde wegen. Es rührte Zilli, dass Hermann ihr fast täglich irgendetwas mitbrachte. Blumen, Schoko-

lade, ein Lebkuchenherz. Schließlich zog Hermann in ihre Wohnung ein: »Warum zwei Mieten zahlen?«
Hermann musste beliebt sein, denn er hatte viele Freunde. Überall wohnte ein Freund. »Das ist ein guter Kumpel von mir«, sagte er, wenn abends ein abgerissener Kettenraucher in der Küche saß und nebenbei Zillis Kühlschrank leer futterte. »Bis nächsten Monat, nur vierhundert, Zilli. Der arme Kerl. Wir zwei können einen alten Freund doch nicht im Stich lassen.«
Hermann handelte. Mit Antiquitäten, Videorecordern, Autos. Er restaurierte und reparierte sie nach Feierabend in einer gemieteten Garage und verkaufte sie, aber es gab oft Probleme mit seinen Kunden. Seine Kunden wollten nie zahlen, klagte er und lieh sich noch mehr Geld von Zilli. Nur noch für den schönen Intarsientisch aus England oder den alten Opel, ein Liebhaberstück, aber dann, »... dann gibt es dicke Scheine auf die Flosse, bar und blank, und dann lassen wir ein paar Kühe fliegen und du kriegst diesen Ring, wo man nach und nach immer mehr Klunker einsetzen lassen kann, was, Krullekopp?« Krullekopp war sein Kosename für Zilli, denn sie trug zu dieser Zeit eine stark gekräuselte Lockenfrisur. Heimdauerwelle von Mechthild, denn für den teuren Friseur wurde das Geld langsam knapp. Mechthild hatte Bedenken. »Mensch Zilli, pass auf. Schon siebentausend, sagst du? Wie will der dir das denn zurückzahlen?«
»Das nächste Geschäft bringt ihm viertausend, sagt Hermann.«

»Sollte das letzte nicht auch schon so viel bringen?«
»Ja, schon, aber Hermann kann doch nichts dafür, wenn die Kunden ihn übers Ohr hauen.«
Genau da aber lag das Problem. Hermann konnte nichts dafür. Hermann konnte nie etwas dafür. Alle, alle betrogen ihn. Dabei war *er* immer gut Freund mit aller Welt, nur alle Welt war bös Feind mit ihm. Außer Zilli. Sie war sein Ein und Alles. Das sagte er ihr täglich und das war so wunderbar, dass Zilli hinter der Theke, zwischen Zwiebelbrötchen, Blaukäse und Vollkornschnitten, oftmals die Augen schloss, nur um sich an seine Stimme zu erinnern.
»Träum nicht zu viel, Zilli!« Mechthilds Tonfall war unüberhörbar besorgt.
Unter ihren vielen neuen Freunden, die alle Hermanns alte Freunde waren, gab es auch sehr nette Leute. Tüchtige Kerle. Einer bemühte sich besonders um Zilli. Ein Fernfahrer. Er war zwar ein guter Kumpel von Hermann, aber eigenartigerweise schien Hermann ihn mehr zu mögen als umgekehrt. »Na ja, der Hermann, dat is einer. Musste schon aufpassen, Zilli. Sachen kauf ich nich mehr von dem. Hab mal 'n gebrauchtes Auto von dem gekauft. Nach zweihundert Kilometern fiel dat Dingen ausenander. Wie feuchte Pappe. Kann er nix für, sacht der Hermann, wenn schon vorher Materialschäden dran waren, da kann er nix für!«
Dann zahlte ein Kunde für einen fast echten Barockschrank nicht fünftausend, sondern nur fünfhundert. Hermann war fertig mit der Welt. Angeblich verrechnete der

Kunde alte Schulden, natürlich ohne jede Berechtigung, sagte Hermann und legte Zilli komplizierte Gleichungen mit Arbeitsstunden, Krediten und mathematischen Unbekannten vor.
Zilli verlor ganz langsam die Geduld, denn die Übersicht war ihr schon vorher verloren gegangen. Sie wollte von den nun fast siebentausend Euro, die sie ihm geliehen hatte, etwas zurückhaben. Wenigstens diese fünfhundert. Die brauchte Hermann allerdings, leider. Es gab nämlich jemanden, der eine leicht defekte Jugendstilgarderobe verkaufte, Trauerfall, und es gab wunderbarerweise jemanden, der unbedingt eine Jugendstilgarderobe brauchte. Und aus den fünfhundert würden, simsalabim, sogar zweitausend werden. Irgendetwas klappte aber bei dieser Transaktion schon wieder nicht, denn stell dir vor, Zilli, dieser undankbare Kerl …
»Hör auf, Hermann.« Zillis Stimme war auf einmal hart. »Jetzt reicht es. Ich habe dir meine gesamten Ersparnisse geliehen, und du vertröstest mich von Woche zu Woche. Ich möchte diese Geschichten von den bösen anderen nicht mehr hören, denn ich glaube langsam nicht mehr daran.«
Für Hermann brach eine Welt zusammen. Sagte Hermann. Dass sie genauso kalt und berechnend wie seine Mutter sei, nein, das habe er nicht gewusst. Mit Tränen in den Augen griff er nach seiner Wetterjacke und ging. »Zum Kanal«, sagte er. Er verschwieg ihr allerdings, dass seine alte Stammkneipe so hieß. Zilli suchte ihn stundenlang.

Schließlich fand sie sein Auto vor der Kneipe im Hafengelände. Er war sturzbetrunken. Mit Mühe schleppte Zilli ihn hinaus, aber es gelang ihr nicht, ihm den Autoschlüssel abzunehmen. Er packte sie und warf sie auf den Beifahrersitz. Sie verletzte sich an einer Kante, blutete, und bevor sie sich von dem Schock seiner ungewohnten Gewalt erholt hatte, saß Hermann hinter dem Steuer und fuhr in rasendem Tempo nach Hause. Als sie ihn bat, langsamer zu fahren, schrie er: »Wenn ich vor einen Betonpfeiler bretter, bist du wenigstens mit dran! Und du bist selbst schuld!« Sie schwieg und betete. Zu Hause randalierte er im Treppenhaus, bis sich die Nachbarn beschwerten. In der Küche wollte er eine Flasche Korn öffnen. Zilli entriss sie ihm, die Flasche flog in hohem Bogen auf den gekachelten Küchenboden und zerschellte.

Da schlug er zu.

Wieder und wieder. Zilli schrie, aber Hermann kam erst zu sich, als die Polizei vor der Tür stand. Der Notarzt nähte die Platzwunde an der Wange. Zilli verbrachte die Nacht bei Mechthild, die ihr lauwarme Kamillenteebeutel für das blaue Auge reichte und auf dem Sofa neben ihr sitzen blieb, bis beide einschliefen.

»War ja ganz schön laut bei Ihnen gestern, Frau Kuhl!« Die Nachbarin beäugte Zillis zerschundenes Gesicht mit befriedigter Neugierde, als sich Zilli mittags die Treppe hochschleppte. Zilli musste sich beherrschen. Sie fühlte, dass ihre Schale zu dünn geworden war, um das falsche

Mitleid ihrer Nachbarin zu ertragen. Sie packte Hermanns Eigentum in Tüten und Kartons und stellte alles vor die Tür. Dann kam Mechthild mit ihrem neuen Freund und drei seiner Kollegen. Zilli konnte man nicht mehr mit diesem Mann allein lassen.
Hermann wurde blass, als er abends sein Hab und Gut in Kisten und Tüten im Flur erspähte. Er registrierte Mechthild und ihre Freunde kaum, zog Zilli in die Küche und fiel vor ihr auf die Knie. Sie sei doch sein Ein und Alles, die Zilli. Nie, nie wieder würde er irgendetwas trinken, sie bräuchte nur ein Wort zu sagen. Und er wolle kein Geld mehr, nie mehr, sie bekäme sowieso nächste Woche alles zurück, alles.
Einmal noch glaubte Zilli an diese Vorstellung, dann war Schluss.
Aber nicht für Hermann. Er rief sie nachts an, lauerte ihr auf, er bettelte, weinte, flehte, und wenn er getrunken hatte, drohte er. Bis er auf einmal nichts mehr von sich hören ließ.
Zilli atmete auf, konnte endlich wieder besser schlafen. Dann kam eine Sommernacht, die blau und einsam war. Zilli saß auf ihrem Balkon, trank eine Weinschorle und versuchte, ihre zerbrochenen Träume über die Balkonbrüstung zu fegen. Es klingelte. Sie öffnete die Tür mit vorgelegter Sicherheitskette und hatte die Nase auf einmal in einem Bündel Scheine.
»Na, hab ich es nicht gesagt? Das ist die erste Rate, Zilli, mit Zins und Zinseszins, und der Rest kommt ab morgen

wöchentlich. Und ich werde dich in Ruhe lassen, in Zukunft, Zilli. Ich verspreche es.«
Seine Stimme war wieder die der ersten Wochen. Hatte er es geschafft? Hatte er endlich die Kehrtwendung gemacht, die richtige Ausfahrt auf dem abschüssigen Weg erwischt? Seine liebe Stimme, seine hellen Augen, die Hände, die sie so oft gestreichelt hatten. Kam der richtige Hermann zurück?
Es sah so aus.
Mechthild verdrehte die Augen, aber Hermann zog wieder ein. Seinen Job als Gabelstaplerfahrer hatte er gekündigt. Jetzt machte er nur noch in internationalen Transporten oder so ähnlich. Genaues erfuhr Zilli nicht. Er war oft unterwegs, tagelang, geschäftlich. Er zahlte tatsächlich einen kleinen Teil seiner Schulden ab, er war freundlich, schenkte ihr hochglanzverpackte Parfums, aber es stimmte nicht mehr. Zilli machte sich Vorwürfe, doch ihr Vertrauen war verkümmert, eingegangen wie ein Setzling in einem vernachlässigten Blumentopf. Gehörten die furchtbaren Ausfälle wirklich der Vergangenheit an? Die Unschuld ihrer Liebe war verschwunden, die Freude noch nicht wieder aufgetaucht, nichts wirklich Neues an ihre Stelle getreten. Und manchmal wechselte die Freundlichkeit seiner Augen für Zehntelsekunden in fischige Kälte wie die Blitzvision eines Zerrbildes.
Dann kam er einmal nachts um drei keuchend die Treppe hoch, warf eine grüne Segeltuchtasche in die Ecke, setzte sich auf ihr Sofa, trank nur einen Korn, sprach kein Wort,

starrte eine halbe Stunde die Wand an und legte sich schließlich wortlos ins Bett. Am nächsten Morgen las er die Tageszeitung, ließ sie sinken und sagte nur: »Scheiße. Verdammte Scheiße.«
Zilli las den Artikel, den er gerade gelesen hatte. Etwas über einen Raubüberfall auf eine Tankstelle. Der Tankwart, ein älterer Mann, war überfallen, gefesselt und geknebelt worden und kurz nach dem Überfall an einem Herzinfarkt gestorben. Ihr wurde heiß vor Angst. »Hermann, hast du was damit zu tun?« Er schwieg.
»Hermann!«
Er stand auf, ging zum Fenster.
Sie folgte ihm. »Stell dich, wenn du dabei warst. Mach es nicht noch schlimmer. Geh zur Polizei.«
Er drehte sich um. Seine Augen waren leer, als könne man durch seinen Kopf hindurch auf die Straße sehen.
»Hermann, komm zu dir. Wir stehen das durch! Aber geh zur Polizei!«
Er sagte immer noch nichts. Plötzlich schlug er Zilli ins Gesicht, dass ihre Oberlippe platzte, und schrie: »Halt die Schnauze. Halt deine verdammte, blöde Schnauze!« Er schnappte die grüne Tasche, rannte die Treppe hinunter und blieb einfach fort. Zilli stand eine halbe Stunde lang mit ihrer blutenden Lippe am Fenster, dann ging sie zur Polizei. Man fand ihn nach kurzer Fahndung.
Nach der Gerichtsverhandlung, als Hermann in Handschellen abgeführt wurde, stand roter Hass in seinen Augen. Natürlich war nicht er schuld, sondern seine zwei

noch flüchtigen Komplizen, mit denen er schon seit geraumer Zeit, meistens nachts, billig einkaufte. Und Zilli war schuld, das hatte er auch bei der Verhandlung gesagt. Unter Druck hätte ihn seine saubere Freundin gesetzt, weil sie immer Geld haben wollte. Zilli wurde vor Zorn ganz stumm, bevor sie es richtig stellte. Aber für Hermann war Zilli schuld. An allem. Dass er vorbestraft war, Waffen besaß, erfuhr Zilli auch erst bei dieser Gelegenheit.
Für Hermann sah alles anders aus. Erst hatte sie ihn durch ihre Geldgier in diese Tat getrieben, dann hatte sie ihn ausgeliefert, verraten, preisgegeben. Das Schlimme an der Geschichte war: Zilli wusste genau, dass diese Umdichtung der Wirklichkeit seine echte Realität darstellte. Diese Realität, in der die Schuld immer nur bei den anderen lag. Die Wachmänner führten ihn ab, er wandte sich um: »Ich vergesse nichts. Nie, hörst du? Nie, Zilli, nie. Du wirst deine Belohnung noch kriegen. Ich vergesse nichts.«

Hinter der Käsetheke versuchte Mechthild ihre beste Freundin zu beruhigen. »Hör mal, sieben Jahre lang hat keiner seine Rache auf Konserve liegen, das ist Quatsch. Was soll er dir schon tun?«
»Rat mal«, sagte Zilli dumpf und spülte das große Käsemesser.
»Blödsinn. Hermann ist ein Ganove, aber er ist kein Killer.«
»Das weiß ich, aber er ist nicht ganz dicht. Und zwar auf so eine fiese Art, weißt du, Mechthild. Erst war es der Himmel auf Erden mit ihm, aber der Absturz war die Hölle.

Diese Geschichten mit seiner Mutter … er hat so eine tiefe Wut im Bauch. Eine Schlangengrube. Unheimlich ist er mir manchmal gewesen.«

»Quatsch. Er ist ein Gauner, was ist daran unheimlich? Menschenskind, verdammt, du hast Pech gehabt. Ach komm, eines Tages hast du auch mal Glück. Wie ich mit Paco.«

Mechthilds Paco. Man witzelte im Einkaufszentrum über das ungleiche Paar: den dünnen, kleinen Lagerarbeiter Paco aus Portugal und die dickbusige, große Mechthild mit dem hochtoupierten Blondschopf.

»Klar ist der klein. Aber der hat ein großes Herz, der Paco. Und der Rest – na, kleine Männer, große Taten, und wenn mal die Regenrinne verstopft war, hat Napoleon auch eine Trittleiter gebraucht. Also.« Und sie stöckelte weiterhin nach Feierabend über den Hof, zur Lagerhalle, vor der Paco schon strahlend darauf wartete, von seiner Walküre nach Hause geschleift zu werden.

»Wir gehen nach Portugal«, verriet Mechthild in einer ruhigen Minute. »Paco kann vielleicht von seinem Bruder ein Café übernehmen. Mit Tankstelle. Er kommt hier um vor Heimweh, mein kleiner Vogel.«

Paco schuftete von früh bis spät, nahm noch einen Wochenendjob als Auslieferer in einer Pizzeria an und sparte mit Energie für sein Ziel. Eines kam ihm dennoch nie abhanden: die Großherzigkeit einfacher Leute, die an der richtigen Stelle sparen und an der noch richtigeren Geld ausgeben. Mechthild legte sich extra eine neue Frisur zu, damit man die goldenen Kleeblätter, die ihr neuerdings an den Ohren baumelten, auch sehen konnte. Sie blitzten. »Nix Zirkone! Die klitzekleinen Brillis da drauf sind echt. Und ich ziehe diese Dinger noch nicht mal nachts aus, auch wenn ich mir damit manchmal ein Loch in die Backe drücke.«

Zilli schlief seit Hermanns Haftantritt noch schlechter. Hermann war nicht nur ein schwer berechenbarer Mensch, ein Gauner und Räuber, Hermann war ihre große Liebe gewesen.

Ihre Gedanken kreisten wie ein Kettenkarussell. Immer wieder dieselben Bilder, dieselben Fragen. Wie konnte sie sich so getäuscht haben? War sie so dumm gewesen? Aber da war doch nicht nur Hermann der Ganove. Wenn man die Spielkarte umdrehte, war da Hermann der Aufmerksame, Zärtliche. Hermann mit der verletzten Seele, über die er sogar manchmal reden konnte. Warum hatte sie sein Abgleiten nicht verhindert? Und dann dieser Hass auf sie. Ihre Angst war noch längst nicht überwunden. Aber sie dachte immer öfter, dass Mechthild vielleicht doch Recht hatte. Wer konnte schon jahrelang ungebrochene Wut konservieren?

Ihre Albträume blieben, nur tagsüber ging es langsam besser. Dann kam ihr Geburtstag. Mechthild lud Freunde ein, kaufte Kuchen, Girlanden und Sekt. Sie feierten Zillis Vierzigsten und Mechthilds und Pacos Verlobung. Es war ein schönes Fest, und Paco sang zu vorgerückter Stunde

seltsam traurige portugiesische Lieder. Zilli lauschte begeistert.
»Fado heißt das«, erklärte Mechthild. Und leise zu ihrer Freundin: »Ehrlich, die Zillertaler finde ich lustiger.«
Paco hörte es trotzdem. »Ach, Mechthild, du bist Humpen Bier, ich bin *viñho verde!*« Er lachte und tätschelte seiner Mechthild das kompakte Knie.
Als Zilli am nächsten Mittag den Briefkasten öffnete, lag da wie immer eine Doppelkarte von ihrer Schwester Marlene mit den herzlichsten Glückwünschen und ob sie, Zilli, denn nicht mal all die Lebensmittel, die sie doch im Einkaufscenter bestimmt umsonst bekäme, an die arme Marlene weiterschicken könne. Und Kiwilikör. Als Zilli beim Kaffeetrinken die Zeitung aufschlug, fiel ihr noch eine Postkarte entgegen. Ohne Absender. »Genieß deine Geburtstage, solange es noch geht!«, stand da.
Zilli ging zur Toilette und übergab sich.
Von diesem Tag an war sie auf der Flucht. Sie löste die Wohnung auf, schenkte der schimpfenden Mechthild, die für solche Hysterien überhaupt kein Verständnis hatte, den schönen Garderobespiegel und einen Satz Beistelltische. Paco bekam die echte Kuckucksuhr, die ihn schon beim ersten Besuch fasziniert hatte. Sie verkaufte Mechthild und Paco ihre Polstergarnitur, den Wohnzimmerschrank, die gesamte Haushaltswäsche, die Küche. Das Doppelbett mit der taubenblauen Tagesdecke schenkte sie Mechthild zur Hochzeit. »Im Voraus!« Übrig blieben zwei schwere Koffer. Einer für jede Hand.

»Ach, Mädchen, du bist ja völlig durchgedreht. Aber Zilli, lass mich wenigstens wissen, wo du hängen bleibst. Und eines merk dir gut: egal, ob in Dortmund oder Südportugal, für dich ist immer ein Platz unter unserem Dach, klar, dumme Kuh?«

★

Der Morgen dämmerte grau und rosa über der französischen Autobahnraststätte. Zilli lag seit drei Stunden in unruhigem Schlaf. Simon wurde wach. Er blickte sich stumm in dem Halbdunkel des Lieferwagens um und zog seinen Bär an sich. Dann stand er auf und drückte ihn mit dem Gesicht an die Fensterscheibe der Seitentür.
»Guck mal, Bär. Lastautos.«
Tante Zilli und Schwester Käthi schliefen noch. Die Matratze unter ihm war trocken geblieben. Heute Morgen fühlte sich alles gut an. Und gleich gab es Hörnchen, mit Milch. Oder sogar Kakao. Das gab es jetzt jeden Tag. Und man konnte immerzu so viel essen, dass man sogar manchmal vergaß, wieder Hunger zu kriegen.
Man konnte im Lieferwagen richtig sichtbar sitzen bleiben oder auch hinten auf dem bunten neuen Kindersitz. Man musste nicht mehr unter einer Decke liegen und sich tot stellen, damit man nicht bemerkt wurde. Bei Tante Zilli durfte man bemerkt werden. Man durfte Tante Zilli an den Haaren ziehen, auch wenn sie noch schlafend im Bett lag, damit sie aufstand und einem Kakao machte.

»Kakaooooo!«, sagte der Bär zu Tante Zilli, die davon wach wurde. »Kakaooooo!« Der Bär hockte auf Zillis Brust und tupfte seine weiche Nase auf ihre Nase. Zilli lachte. Jetzt wurde Käthi wach. Sie blickte verwundert durch das Fenster und war enttäuscht, als sie die Flanke eines holländischen Blumentransporters sah.
»Tante Zilli, der See ist ja weg! Wieso sind wir hier? Ooch. Ich wollte doch heute im See schwimmen.«
Zilli schälte sich aus ihrer Wolldecke, gähnte und setzte sich auf. »Ich bin heute Nacht einfach ein Stück weitergefahren, Käthi.«
Sie zögerte einen Moment. Aber alles musste man kleinen Mädchen nicht erzählen. Und ein bisschen lügen durfte man auch. »Es fing ziemlich schlimm an zu regnen, Käthi. Das wäre heute früh sowieso viel zu kalt gewesen zum Schwimmen. Wir haben jetzt ein langes Stück Autobahn vor uns. Wir fahren nämlich so weit, wie es geht. In Richtung Afrika.«
»Afrika?«, fragte Käthi mit runden Augen.
»Genau. Aber nur in die Richtung. Vorher liegt da noch ein Land, das heißt Portugal. Und da bleiben wir erst mal. Da wohnt eine Freundin von mir.«
»Wie heißt die?«
»Mechthild.«
»Mechtillpottogall, Mechtillpottogall«, sang der Bär von Simon.
Zilli schnappte sich ihre Geldbörse und ging zum Café-Resto. Nach ein paar Minuten kam sie mit einer Tüte

Croissants und drei dampfenden Pappbechern zurück. Sie futterten schweigend und zufrieden.
»Waschen tu ich mich heute nicht?«, fragte Käthi.
»Nö. Heute einfach mal nicht.«
Käthi kicherte begeistert und Simon nickte zustimmend.
Zilli drehte den Schlüssel im Zündschloss. »Heute bleiben wir dreckig und speckig und fahren in einem Hui zu Mechthild Pottogall.«

6

Der Kirchturm von St Geoffroy, den man von Florifère aus sehen konnte, war nichts Besonderes. Claire mochte diesen schlichten Turm, der aus der Bauklötzchentrommel eines Riesen zu stammen schien. Lotte und Huli liebten den weitläufigen Sandplatz vor der Kirche, die vielen interessanten Duftspuren machten ihn zum Nasenparadies.

Manchmal setzte sich Claire auf die verwitterte Holzbank, auf der ab dem späten Vormittag immer die Dorfpolitiker saßen. Jetzt, am frühen Morgen, war man hier allein. Ab und zu knibbelte Claire etwas von dem langen Weißbrot ab, das sie gerade gekauft hatte, und fütterte die Dohlen. Seit ein paar Tagen tauchte noch jemand anders auf: François Gilliot, der Tierarzt, im Jogginganzug. Mit seinem schwarzen Riesenschnauzer. »Zazie ist nur ein Ferienkind, sie gehört einem Freund«, erklärte er, lehnte sich an das Kirchenportal, beobachtete die spielenden Hunde und wickelte sich die Hundeleine um das Handgelenk.

Claire war seit dem Morgen, an dem sie ihn zum ersten Mal gesehen hatte, ihn und Odile, nicht mehr an dieser Gartentür vorbeigelaufen. Das Haus war ihr unangenehm geworden. Sie wechselte das Ufer. Auf der Seite von St Geoffroy war die Luft frischer. Aber sie begegneten sich jetzt fast täglich. Zufällig. Am Fluss. Auf dem Sandplatz. Mit den Hunden. Auch er hatte die Uferseite gewechselt. Die Verabredung, dort zu spazieren, hatte man nicht getroffen, aber sie hielten sie trotzdem ein. Zu Zeiten, wenn Odile und Gertrude noch schliefen.

An diesem Morgen umkrächzten die Dohlen scharenweise den Turm, kreisten im Gleitflug immer wieder über das Dorf, um das flechtengrüne Kirchdach. Claire saß auf der Bank, schloss die Augen und versuchte, sich auf die Sprache der schwarzen Vögel zu konzentrieren. Bestimmte Laute wiederholten sich, hoch oder tief, wie verschiedene Stimmen. Ein unverwechselbares Konzert, Fragen und Antworten, die nicht wie Töne schwangen, sondern sich wie Haken und Ösen ineinander kletteten.

Sie spürte, dass jemand gekommen war, und öffnete die Augen. »Was sie sich wohl mitteilen?«, fragte sie statt einer Begrüßung und zeigte auf eine kleinere Dohle, die vom oberen Sims des Turmes in die Gegend äugte und ein paar Blechgeräusche machte.

François setzte sich neben Claire auf die Bank und wies mit der zusammengerollten Hundeleine auf zwei stabile Jungdohlen, die um einen Papierkorb hüpften und der kleinen Dohle ein paar Laute nach oben schickten. »Die beiden sagen gerade: Mann, ist uns schlecht von gestern Abend. Die haben im Café du Port abgelaufenes Popcorn an die Hecke geschmissen, Jean-Claude und ich haben es abge-

räumt und konnten danach kaum noch fliegen. Wir sind rumgeeiert wie besoffene Enten.«
Tatsächlich wackelten die beiden Vögel gleichzeitig und ein bisschen schwerfällig davon.
Claire lachte. »Wo nisten Dohlen eigentlich?«
François stand auf. »Kommen Sie hier an die Seite, da kann man es besser sehen.«
Sie folgte ihm. Er wies mit ausgestrecktem Arm auf die Schlupflöcher der Dohlen im alten Kirchturm. Als ihr Blick seiner Hand folgte, merkte sie, dass er nicht die dunklen Krächzevögel betrachtete, sondern die Morgensonne auf ihrem Haar, die nächtlichen Kissenspuren auf ihrer Wange. Sie schaute ihn eine Zehntelsekunde zu früh an.
Lotte kam herangeschnüffelt und wollte spielen. François konnte wunderbar mit Tieren umgehen und verstand sofort ihre Aufforderung. Es war jetzt ganz gut, exzessiv Stöckchen zu schmeißen, dabei konnte man eine Menge abbauen. Claire tobte mit den drei Hunden über die Uferwiese, die hinter dem Kirchplatz lag. Irgendwann einmal lockerten sich die Schnürsenkel ihrer Turnschuhe, und als sie in die Hocke ging, fand sich François auf gleicher Höhe wieder und verpasste seinen Schuhen einen Seemannsknoten, der vermutlich nur noch mit dem Taschenmesser zu öffnen war. Dass sich dabei ihre Gesichter sehr nahe kamen, war unausweichlich. Und sie entdeckte in seinen Augen irisierende goldene Punkte, die mit jedem Blick stärker leuchteten.

Ab wann war ein Lächeln eine Grenzüberschreitung? Hier auf dem anderen Ufer schien die Sonne früher, war der Wind lebhafter, waren die Wolken weißer, war freies Gebiet. Trotzdem, auch auf freiem Gebiet gab es Grenzen. Die deutlichste Grenzmarke war von hier aus nicht sichtbar. Sie hieß Odile und lag auf der gegenüberliegenden Flussseite noch in tiefem Schlaf.

*

Lotte lag faul auf der Terrasse. Kater John schlich auf Seidensocken um den Hund herum und versuchte, eine Einflugschneise ins Atelier zu finden. Dort stand seit geraumer Zeit ein Fressnapf mit Belohnungen hinter der Katzentür, damit sich Gertrudes Liebling besser mit diesem Privateingang anfreundete. John fand diese Art Pädagogik rührend und nahm sich vor, sich nicht zu schnell an die Tür zu gewöhnen, damit Gertrude weiterhin den Knabbernapf füllte.

Die Katzentür klapperte. Claire blickte auf. »Hallo, John.« Der Kater strich um ihre nackten Beine. Claire konzentrierte sich wieder auf das Arrangement vor ihrer Nase. Sie hatte einen kobaltblauen Krug aus ihrem Zimmer geholt. Jetzt stand er auf einem Tisch, ein paar dicke, kleine Auberginen glänzten daneben auf dem grünblauen Tuch, das dem Stillleben als Unterlage diente.

John sprang graziös mitten hinein und beroch die Auberginen. Uninteressant. Vom Tisch aus betrachtete er ihr angefangenes Bild kritisch. Mäßig. Da hatte die große Gertrude doch eine ganz andere Strichführung. John setzte sich neben den Krug und beobachtete die Frau mit den schmalen Handgelenken. Claire mit Pinsel, dachte er. Hübsches Motiv. Im Sonnenlicht, das zu dieser Stunde von vorne auf ihre Gestalt fiel, glänzten die tizianroten Haare auf dem blauen Leinenhemd, bei jeder Bewegung ließen die Rheinkieselohrringe Libellenlicht auf den Atelierwänden hüpfen. John beobachtete die flüchtigen Sterne aufmerksam.

»Milchkrug mit Kater«, murmelte Claire. »Hübsches Motiv.« Sie griff schnell nach ihrem Zeichenblock und versuchte ihn zu skizzieren. Schließlich wurde es ihm zu langweilig. Er gähnte ausgiebig und reckte sich. »Bleib doch mal still sitzen, John!«, mahnte Claire. »Wenn du aussiehst wie ein gedehnter Gummipanther, bist du zwar noch schöner, aber viel schwerer zu zeichnen!«

John schoss ihr einen beleidigten Smaragdblick zu und sprang geräuschlos auf den hohen Stuhl, auf dem schon oft nackte oder bekleidete Modelle gesessen hatten, bepelzte seltener.

»Mist, saublöder!« Claire übermalte einen misslungenen Pinselstrich. Sie versuchte sich wieder auf den blauen Krug zu konzentrieren. Der Lichtreflex des Fensters auf seiner kobaltfarbenen Glasur war schon längst weitergewandert. Sie seufzte, korrigierte einen verwischten Schatten und kniff die Augen zusammen.

Aber es lag weder an den wandernden Schatten noch an

der neugierigen Katze, dass sie sich nicht auf das Stillleben konzentrieren konnte. Gestern hatte Gertrude ihr Sommerfest gegeben. Claire legte den Pinsel auf den Rand des alten Porzellantellers. Die Bilder der Sommernacht verdrängten jetzt mit Macht die blaugrüne Farbharmonie. Sie wanderte zur Ateliertür, blickte auf die Stockrosen, die sich im Wind bewegten, und ließ jeden einzelnen Moment des gestrigen Abends noch einmal vorbeiziehen.

*

Auf der Terrasse lachten und erzählten die Gäste. Gläser klirrten. Der Garten wurde von Sommerfackeln und Windlichtern gerade so erleuchtet, dass man sein Glas nicht mit dem des Nachbarn verwechseln konnte. Man hörte die lebhafte Sprachmelodie des Schleusenwärters Claude, der irgendeine Touristengeschichte erzählte. Er senkte seine Stimme, die anderen Gäste wurden leiser, und plötzlich, nach der Pointe, die Claire nicht verstehen konnte, stob das Gelächter auf wie kreischende Rebhühner.

Claire lächelte. Sie stand in der Dämmerung hinter dem Gartenhaus und nippte an ihrem Glas.

Noch eine Woche, dann musste sie endgültig Abschied nehmen von diesen ungewöhnlich intensiven Ferien, von diesen Menschen, von Gertrude. Lange, sonnendurchglänzte Sommerwochen lagen hinter ihr. Sie waren über Märkte geschlendert, hatten unzählige Male auf Korbstühlen vor Cafés gesessen, Freunde getroffen, Wein getrunken. Sie hatten im Wald von Amboise Himbeeren und erste Pilze gesammelt, hatten in der Nähe von Talleyrands schönem Schloss einen seerosenbewachsenen Waldteich auf einer Lichtung entdeckt und dort einen Sonnentag wie aus Kinderzeiten verbracht, mit Picknickkorb, Hunden und Spielen.

Ein Freund Gertrudes, Monsieur Mangiapani, besaß eine Wassermühle und hatte abends zum Elfentreffen gebeten. Und tatsächlich, nach etlichen Flaschen Crémant sah man sie tanzen, über dem Mühlrad, unter bläulichen Schatten, zur Musik nächtlicher Tiere. Und der alte Herr erzählte Geschichten aus vergangenen Zeiten, in seinem piemontesisch gefärbten Französisch.

Manchmal erwischte sich Claire bei der Vorstellung, wie es wohl sein mochte, immer hier zu leben. So wie Gertrude es jetzt konnte.

Aber es war eine Illusion, sich das Leben an diesem poetischen Ort wie einen ununterbrochenen Urlaub vorzustellen. Auch Gertrude hatte sich nur eine Auszeit genommen, eine Übergangs- und Ferienzeit. Wie es war, wenn sie ständig im Atelier arbeitete und angeblich tagelang wortkarg blieb, konnte sich Claire nur schwer vorstellen. Auch hierher kam der Winter, nass und grau, öder Alltag, Steuerbescheide und Krankheiten, obwohl es nicht vorstellbar war, dass Gertrude jemals krank oder auch nur älter wurde. Gertrude würde ihr entsetzlich fehlen. Es war der erste Urlaub, den sie zusammen verbracht hatten, und ihre Freundschaft hatte sich vertieft, hatte endgültig die Qualität bekommen, von der man wusste, dass sie lebenslang dauern konnte, wenn nicht das Schicksal irgendwelche Meteoriten dazwischenwarf.

Gertrude konnte genauso auf Distanz gehen wie im richtigen Moment liebevoll sein, und immer war sie ehrlich. Das Wort, das am besten zu ihr passt, ist Klarheit, dachte Claire. Und zu mir? Finsternis nicht, nein. Aber Unruhe, gepaart mit Freude, Trauer und Suche.

»Aber ich bin doch auch eine Suchende geblieben!« Gertrude war erstaunt, so idealisiert zu werden. »Vielleicht habe ich nur aufgehört, mir genau das vorzuwerfen. Irgendwann einmal habe ich angefangen, die Suche zu lieben, anstatt an ihr zu verzweifeln. Meine Ziele ändern sich ständig. Jetzt zum Beispiel möchte ich *nicht* malen. Ach, Sandmännchen, das ist doch das Schöne an dir, dass du suchst. Glaube mir, es gibt nur ein Zauberwort im Leben, und das heißt Akzeptanz. Das annehmen, was ist. Das Unfertige.«

Akzeptieren, dass man einen Beruf hatte, den man nur zu sechzig Prozent mochte? Akzeptieren, dass man die Kunst liebte, von ihr aber nicht zurückgeliebt wurde? Dass man keine richtige Malerin war? Dass die Lebensliebe auf sich warten ließ?

Das ja, das musste man annehmen. Nichts ließ sich weniger erzwingen als dieser Fund. Nach ihren vielen Affairen und einer langen, komplizierten Beziehung hatte sich in den letzten Jahren der Wunsch nach einer beständigen, nicht alltäglichen Alltagsliebe herangeschlichen wie ein heimlicher Begleiter, der sie nicht mehr verließ. Dennoch: auf seltsame Art schien Florifère sie auch hier zu heilen. Die Ruhe und das Licht dieses Ortes hatten eine Kraft, die sich unausweichlich mitteilte. Claire versuchte den Gedanken zu verdrängen, dass sie Florifère bald verlassen musste. Das hieß auch, François nicht mehr zu begegnen. Die Dinge, die sich hier entwickelten, durften kein Etikett, keinen Namen bekommen, sonst war es zu spät. Sie stand unbewegt, verborgen für die anderen Gäste und atmete tief die Sommernachtluft. In diesem Moment war es undenkbar, dass es noch andere Jahreszeiten als den Sommer geben konnte, dass man irgendwann einmal die warme Luft nicht mehr mit dem ganzen Körper spüren sollte, dass man sich einhüllen und verpacken musste.

Sie blickte in den klaren Himmel und hielt plötzlich die Luft an: eine Sternschnuppe! Sie schloss die Augen und wünschte sich das, was sie sich immer wünschte, wenn sie eine Wimper von ihrem Finger blies: Heiterkeit der Seele. In der Sekunde, als sie die Augen öffnete, sah sie noch eine Sternschnuppe. Es war nicht zu fassen. Noch ein Wunsch. Ich wünsche mir, dass …

Ohne dass Claire sich umdrehen musste, merkte sie, dass jemand hinter ihr stand. Sie wandte sich nicht um. Sie wusste, wer es war. Ihr Gesicht wurde plötzlich heiß.

»Sie nehmen Abschied?«

»Ja.«

»Können Sie sich noch an den ersten Satz erinnern, den Sie zu mir gesagt haben?«

Warum fragte er das?
»Nein, keine Ahnung.«
»Sie haben gesagt: Entschuldigen Sie, dass ich in einen fremden Garten eindringe.«
François verstummte. Und schwieg wortreich.
Erst nach einer Weile fragte sie: »Habe ich das getan?«
»Ich fürchte, ja. Wissen Sie, es ist schmerzlich, wenn man auf das gegenüberliegende Ufer will. Und wenn man schon einen Schuh hinübergeworfen hat. Aber der zweite …«
Er blieb noch eine Weile neben ihr stehen, dann wandte er sich um und ging zurück zur Terrasse. Claires Gesicht brannte. O nein, Sandmann, das machst du jetzt nicht. Das lässt du nicht zu. Schuh aufs andere Ufer. Idiot. Sie hatten sich summiert, diese Blicke über den Cafétisch. Die Dohlengespräche. Beim letzten Besuch des Kirchplatzes, vorgestern Morgen, war es schließlich so gewesen, als hätte jemand einen gigantischen Bogen gespannt. Aber niemand hatte Pfeile abgeschossen, weil es klar war, dass sie treffen würden. Jeder einzelne.
Es hatte ohnehin ein Ende. In fünf, sechs Tagen. Auch das beginnende Kribbeln. Das Herzhüpfen. Claire drückte ihr Weinglas an die Wange. Aber es kühlte nicht, es war genauso heiß wie ihr Gesicht. Nein, Sandmann, nein. Die Nacht begann gefährlich zu werden.
Sie wandte sich abrupt um und kehrte auf die Terrasse zurück. Margot Morisseau stand an der Treppe zum dunklen Garten und musterte sie sehr genau. Claire nickte ihr zu, nahm sich ein großes Glas Mineralwasser und steuerte

direkt auf den leeren Korbsessel neben Odile Morisseau zu.
»Darf ich mich setzen?«
Odile antwortete nicht, aber sie machte eine höfliche Handbewegung. Dann griff sie nach ihrem Weinglas und leerte es in einem Zug. Claire betrachtete ihr Profil. Die bläulichen Schatten unter Odiles Augen waren nicht zu übersehen. Sie wirkte nicht direkt krank, aber auch nicht gesund. Claire holte Luft.
»Das ist jetzt eine langweilige Frage, aber ich stelle sie trotzdem. Welchen Beruf haben Sie eigentlich?«
»Ich bin Schauspielerin. Zurzeit habe ich kein Engagement. Muss man immer arbeiten?«
»Natürlich nicht. Aber normalerweise ist das eine Geldfrage.«
Odile hob ihr leeres Glas wieder zum Mund, ließ es sinken, blickte Claire an und sagte ohne einen Hauch von Spott oder Ironie: »Eben.«
Claire war verblüfft über diese Offenheit: »Dann sind Sie also ganz einfach reich?«
»Kann man so sagen. Es langt jedenfalls. Für mich und François. Obwohl er sehr darauf pocht, selbstständig zu sein. Aber mit seinen veterinären Diensten kann er kaum den Luxus zusammenverdienen, den er so liebt.«
Eigentlich sieht er nicht so aus, als sei er ein Luxuskater, dachte Claire verwundert.
»Und wie lebt es sich an der Seite eines Tierarztes?«
»Keine Ahnung.« Odile lächelte. »Wir leben unter demselben Dach. Meistens jedenfalls. Was machen Sie für ein

Gesicht? Ich irritiere Sie, nicht wahr? Das tut mir Leid. Sehen Sie, François hätte sich besser eine Frau ausgesucht, die etwas mehr Sinn für dreckige Köter oder Eutergeschwüre hat. Und die abends mit dem Essen auf ihn wartet. Ich bin da nicht sehr begabt. Ach nein, nein. Ich übertreibe natürlich wie immer, wir sind vollkommen glücklich miteinander. Auch wenn wir, wie soll ich es nennen … ziemlich verschiedene Interessen haben.«

Sie stützte ihren Ellbogen auf die Lehne des Korbsessels, legte den Kopf in den Nacken und betrachtete einen schaukelnden Lampion. Die silbernen Kreolen blitzten im Licht der Gartenlampen. Odile hatte die Farben von Schneewittchen, hellhäutig, schwarzhaarig. Und sie schien ständig in Bewegung zu sein, wie ein kleines Tier, das sich nervös vergewissern musste, ob es in Sicherheit war. Odile war schön und fragil. Neben ihr fühlte sich Claire wie ein erdhaftes Wesen mit zauseligen Wurzeln und schief sitzenden Hüllen.

François erschien auf der Terrasse und suchte nach einem Platz für die Riesenplatte frisch gekochter Krebse, die Josette ihm eben in die Hände gedrückt hatte. Odile winkte ihm zu, wedelte mit beiden Händen.

»François? Bringst du mir noch einen Wein?«

François blickte auf, stutzte einen Moment, als er die beiden Frauen nebeneinander sah, und nickte. Claire ignorierte François und fragte: »Auch wenn Sie im Moment nicht arbeiten, auf welcher Bühne haben Sie denn schon gestanden?«

»Ach, auf so einigen. Aber erzählen wir nicht so viel von mir. Ich stehe zwar gerne im Mittelpunkt …«

»Wer tut das nicht«, unterbrach Claire.

»Sie sind Malerin wie unsere gute Gertrude, nicht wahr?«

»Nein, leider nicht. Mir geht es wie einem zentnerschweren professionellen Ballettkritiker. Ich verstehe etwas von Kunst, aber deshalb kann ich noch lange nicht richtig malen.«

Odile trommelte mit den Fingern auf die Armlehne des Korbsessels. Dann hielt sie einen Moment inne und fragte höflich: »Aber das Portrait von Gertrudes Katze, das über dem Küchentisch hängt, das haben Sie doch gemalt, oder? Es ist originell. Sie haben einen mutigen Umgang mit Farbe. Und in diesem Bild verbinden sich Kunst und Dekoration.«

»Ja, eben«, erwiderte Claire leicht bitter. Aber sie war überrascht. Odile hatte einen guten Blick.

»Und was ist so schlimm daran?«

»Mein eigener Anspruch, dem ich nicht gerecht werde. Ich würde den dekorativen Anteil gerne überwinden.«

Odile griff nach ihrer Handtasche, wühlte in ihr herum, dann sah sie wieder auf. »Habe ich einen wunden Punkt getroffen? Das tut mir Leid.« Es klang ehrlich. Odile wechselte das Thema: »Woher haben Sie Ihr Französisch? Sie sprechen akzentfrei. Haben Sie es in der Schule gelernt?«

»Auch, ja. Aber meine Mutter ist Französin. Sie stammt aus Cambo-les-Bains, Pyrenäen.«

Odile lachte. Claire war etwas irritiert, denn diese Infor-

mation war eigentlich nicht besonders lustig. Odile wippte mit den Füßen und sprang auf. »Vielleicht haben Sie sogar explosive baskische Verwandtschaft?«
»Genau.«
»Und wieso sehen Sie so aus, als hätte Ihre Wiege in Dublin gestanden?« Sie setzte sich, suchte erneut nach ihrer Tasche, öffnete sie und ließ sie wieder sinken.
»Oh, rote Haare und Sommersprossen gibt es auch in Deutschland. Die habe ich von meinem Vater. Aber das weiß ich nur von Fotos. Ich kann mich nicht …«
Odile sprang wieder auf. »Das ist ja eine interessante Geschichte. Wir müssen uns noch einmal über Ihre Familie unterhalten. Jetzt überfällt mich die Müdigkeit. Pardon.« Sie blickte sich um: »François, bring mir meine Jacke und fahr mich bitte nach Hause. Nach Tours. Ich möchte morgen in der Stadt frühstücken. Ich habe noch eine kleine Wohnung in Tours«, erklärte sie Claire. Gertrude, einen Stapel Teller balancierend, stand plötzlich vor ihnen.
»Odile, du willst doch nicht etwa jetzt fahren? Wir essen gleich! Es ist gerade neun Uhr!«
»Ich fahre ja auch nicht, François fährt mich. Ich habe leider überhaupt keinen Hunger, Gertrude, und ich bin todmüde.«
Seltsam, dachte Claire. Odile wirkte ausgesprochen quirlig.
François, einen Topflappen in der Hand, wandte sich unwillig um. »Odile, wir sind hier zum Essen eingeladen. Es steht schon auf dem Tisch.«

»Ich bedaure unendlich, aber ich bin müde.«
»Und warum gehst du nicht in dein Haus in die Rue du Saumon? Warum willst du ausgerechnet jetzt nach Tours?«
»Habe ich doch schon erklärt. Ich möchte morgen in der Stadt frühstücken. Du kannst sofort wieder zurückfahren.« Sie streichelte François über das Kinn.
»Odile, François wird mindestens eineinhalb Stunden unterwegs sein, nur weil du unbedingt nach Tours möchtest. Warte noch etwas. Oder bleib in deinem Haus hier in Chimeray.« Gertrudes Tonfall war unüberhörbar streng.
»Nein«, entgegnete Odile und lächelte wie ein Engel.
Margot, in schwarzem, gestuftem Chiffon, ein Glas in der Hand, war die kleine Auseinandersetzung nicht entgangen. Sie stieg die vier Stufen der Holzveranda hoch. Im Halbdämmer der bunten Lichter sahen sich Mutter und Tochter noch ähnlicher.
»Was ist los, Odile?«
»Keine Ahnung, Maman, nichts. Ich bin müde. Und ich habe ein Glas zu viel getrunken.«
»Dann bringt François dich eben nach Hause, oder?«
»Darum bat ich ja gerade. Aber er will nicht.«
»Wie bitte?«
François erklärte mit ungeduldiger Kopfbewegung: »Natürlich bringe ich sie nach Hause, aber nicht nach Tours. Ich bin hier *auch* zum Essen eingeladen.«
»Odile, was für Ideen! Was willst du in Tours?«
Odile lächelte alle in der Runde an, sprach kein Wort mehr und verschwand in Richtung Badezimmer.

»Streite doch nicht immer mit ihr, François!« Unverhohlener Vorwurf lag in Margots Stimme.
»Das hat er nicht«, mischte sich Gertrude ein. »Wenn sie müde ist, soll sie schlafen, das ist doch in Ordnung. Aber François ist mein Gast und soll nicht auf sein Abendmenü verzichten, nur weil Odile morgen ihr halbes Croissant in Tours essen muss. Wenn Sie jetzt meinen, dass mich das alles nichts angeht, haben Sie vollkommen Recht, meine liebe Margot.«
Und weil Margot schon den Mund aufmachte, fügte Gertrude, jetzt sichtlich entnervt, noch schnell hinzu: »Aber wir sollten diesen Einblick in das Schatzkästlein erlesener Kapriolen nicht vertiefen, oder?«
In diesem Moment heulte der Motor eines Sportwagens auf, heller Kies spritzte hoch, und das Auto schoss aus der Einfahrt.
Margot starrte François an. Sie war bleich geworden. »François! Das ist das Resultat! Sie hat doch getrunken! Du weißt, dass sie immer zu viel …« Sie brach ab, als ihr bewusst wurde, dass die meisten Gäste zuhörten.
François schloss kurz die Augen, öffnete sie wieder. Dann zog er sein Jackett an und suchte nach dem Autoschlüssel.
»Und das konntest du nicht früher tun, nein?«, zeterte Margot.
»NEIN!«, brüllte François und rannte zu seinem Wagen.

*

Claire starrte auf die Skizze des Kruges. François war es gestern Abend offensichtlich gelungen, Odile auf der Landstraße zu überholen, sie anzuhalten und wunschgemäß nach Tours zu chauffieren. Jedenfalls war er nicht mehr auf die Feier zurückgekehrt.

Die Mittagssonne stand hoch und hell über dem Glasdach. Claire fuhr herum, als sie die Schritte hörte. Gertrude stand auf einmal auf der Schwelle des Ateliers und brachte eine Wolke Küchengeruch mit sich, Zwiebeln, Knoblauch und den Duft frischer Gemüsesuppe.

»Und? Bald fertig?« Ohne eine Antwort abzuwarten, betrachtete Gertrude Claires Skizze, das Anfangsstadium des blauen Kruges. »Du hast keine Demut«, sagte Gertrude. »Ohne Demut kann man nicht malen.«

»Wie bitte?« Claire musste lachen. »Aber du, was? Ich kenne keinen Menschen, der weniger demütig ist als du.«

»Ich meine Demut vor dem Gegenstand«, erklärte Gertrude und nahm den blauen Krug zur Hand. »Schau ihn dir an! Wenn du ihn malen willst, musst du ihn nicht unbedingt so malen, wie er aussieht. Es ist sinnlos, einem Spiegelbild nachzujagen. Das kann ein Fotograf besser. Du kannst dem Krug violette Schatten verpassen, du kannst seine Symmetrieachse sogar vernachlässigen. Aber eines musst du treffen: sein Wesen. Auch ein Krug hat eins! Mit Demut meine ich: Unterwirf dich deinem Motiv. Und jetzt bekommst du von mir eine Aufgabe: Du hörst sofort auf zu arbeiten. Und bevor du das nächste Mal anfängst, schaust du dir den Krug eine halbe Stunde lang an. Nur ansehen. Und wehe, du hast einen Pinsel in der Hand. Lass den Blick immer wieder auf ihm spazieren, und erst nach dreißig Minuten – ich stelle dir einen Küchenwecker – darfst du den Pinsel wieder in die Hand nehmen.«

»Mein Gott, dann male ich ja hundert Jahre an diesem albernen Pott.«

»Möglich. Möchtest du optisches Fastfood an der Wand hängen haben oder etwas, bei dem das Licht von Florifère auf einem beseelten Krug eingefangen ist? Das Licht ist nämlich schwer zu bannen. Aber wenn man es einmal hat, wird es nie mehr weichen, und es wird auch am allerschmutzigsten Regentag in Bonn leuchten.«

»Ich habe nicht genug Talent.« Claire säuberte missmutig den Pinsel.

»Talent ist *eine* Sache. Viel wichtiger als alles Angeborene ist das Erworbene. Wenn ich immer auf Musenküsse gewartet hätte oder mich auf mein Talent verlassen hätte, wäre ich vermutlich da stecken geblieben, wo alle stecken bleiben, die sich für begabt halten und sich nur darauf verlassen. In der Mittelmäßigkeit. Man erreicht nur etwas, wenn man arbeitet wie eine Verrückte. Vergiss diesen Talentquatsch. Arbeiten! Gestalten, üben, sehen lernen, skizzieren, arbeiten und nochmals arbeiten. Das ist das Geheimnis großer Erfolge. Außerdem *hast* du Talent, dumme Kuh. Komm essen!«

Josette stellte den gusseisernen Topf in die Mitte. Heute gab es Pot au feu, mit gartenfrischen Möhren und Zucker-

erbsenschoten. »Arbeitet den ganzen Tag nicht, aber isst mehr als alle zusammen!«, schimpfte Josette, als sich ihr Mann einen Riesenteller voll schaufelte.
Armand hob beide Hände. »Was willst du? Ich bin krank. Ich kann mich kaum bewegen, und da sitze ich eben auf meinem Autositz in der Laube und passe auf, dass nichts gestohlen wird.«
»Ja, Armand.« Gertrude wollte sich scheckig lachen. »So ist es richtig, pass du nur auf. Ich habe schon oft gedacht, mein Gott, wenn nur niemand den wunderbaren Autositz von Armand klaut.«
»Du brauchst gar nicht zu spotten! Du wirst auch mal so alt wie ich!« Armand sog an einem Markknochen.
»Armand, Gertrude ist drei Jahre älter als du!« Josette riss ihm den Knochen aus den Fingern. »Dein Cholesterin ist zu hoch! Lass das! Reines Fett, pfui Teufel.«
»Da, Claire, Sie hören es! Ich soll arbeiten, aber nichts essen! Wie finden Sie das?«
»Furchtbar grausam, Armand.«
Armand tippte mit dem Finger auf die Ölfarbe an Claires Hand. »Farbe aus Tuben«, dozierte er, »gibt es noch gar nicht so lange, wie man glaubt. Das ist echter Fortschritt! Das ist gut! Aber nicht alles ist gut, was modern ist.« Er strich sich die weißen Haare zurück und nickte bedeutungsvoll. »Nehmen wir die Glühbirne!«, fuhr er fort und zeigte auf die Lampe, die über dem Küchentisch baumelte. »Hundert Watt, zweihundert Watt, tausend Watt. Ich habe da so meine Theorien.« Josette verdrehte die Augen zum

Himmel. Er beugte sich vor, senkte seine Stimme und murmelte: »Es macht verrückt!«
Claire und Gertrude legten den Löffel an den Tellerrand und bemühten sich, einen ernsten Gesichtsausdruck zu wahren.
»Wieso meinst du das?«
Armand beugte sich noch ein wenig mehr vor. »Na ja, Odile von Margot. Ganze Winter lang war sie krank, als Kind. Ich habe gesagt, bring sie an die Luft, Margot. Aber sie hat nicht gehört. Pack sie in eine Decke, ein Fell obendrauf, und lege sie ein bisschen in den Hof, da, wo die Sonne auch im Winter hinkommt. Wir aus Marseille kennen die Heilkraft der Sonne. Aber hier, bei den Nordpolesen, *mon Dieu!!* Na, die dumme Margot hat meinen Rat nicht befolgt. Immer und immer elektrisches Licht und Bücher. Den ganzen Tag. Die Villa von Margot ist dunkel, wissen Sie. Hier haben die alten Häuser kleine Fenster. So hat man eben gebaut, früher. Ganze Winter lang, jeden Tag unter einer Hundertwattbirne, das Kind. Und – *bouf* – hatte es diesen Schaden.«
Claire versuchte möglichst unbeteiligt zu klingen. »Welchen Schaden hat sie denn Ihrer Meinung nach, Armand?«
Armand machte eine typische Handbewegung vor dem Kopf wie ein Scheibenwischer und verdrehte die Augen.
»Sie meinen, Odile sei nicht mehr ganz richtig im Kopf?«
Josette schnaubte verächtlich durch die Nase. »Und ob die richtig im Kopf ist. Verwöhnt ist sie, die kleine Pute. Alles hat sie bekommen, alles, was sie wollte. Sie brauchte nur zu

husten. Wenn sie früher etwas wollte, hat sie einfach krank gespielt. Und wenn Sie mich fragen, Claire, auch heute sind diese Anfälle reines Theater. Das hat sie schließlich gelernt.«

Claire unterdrückte eine Bemerkung. Odiles Verhalten, ihre Existenz als kapriziöse Erbprinzessin, reizten sie zu garstigen kleinen Sticheleien, aber nach einem Blick in Gertrudes Gesicht zog sie es vor zu schweigen.

Gertrude nahm einen Schluck Wein, hustete, klopfte sich auf die Brust und stieß hervor: »Im Grunde ihrer Seele ist sie ein verschrecktes, einsames Kind.«

»Ach, hör doch auf, Gertrude. Diese ganze Familie ist nichts wert.«

Gertrude hütete sich, etwas dazu zu sagen, denn es gab Verletzungen in Josettes Leben, die bis heute nur oberflächlich verschorft waren. Josette hatte bittere Stunden durch Margots Mutter erlitten, bei der sie als Dienstmädchen gearbeitet hatte. Diese Mutter hatte zugelassen, dass die damals sechzehnjährige Josette von der zehnjährigen Margot, ihren Brüdern und vielen jugendlichen Feriensuchern schikaniert wurde. Damals hatte es eine große Rolle gespielt, dass Josette nicht aus einer bürgerlichen Ehe stammte, sondern als so genanntes Eskapadenkind einer dörflichen Kellnerin aufgewachsen war. Und auch heute noch grüßte Madame Morisseau das ehemalige Dienstmädchen ihrer Mutter mit sehr feiner, aber spürbarer Herablassung. Das Klassenbewusstsein war im Heimatland der Revolution ausgeprägter, als man es vermutete.

Armand brach sich noch einen Riesenkanten Landbrot ab. »Doch, doch, Odile hat einen Schaden. Ich habe da so meine Theorien. Ich bin jetzt siebenundsechzig Jahre alt. Wir waren eine gesunde Generation. Keine Glühbirnen, aber viel Sauerstoff. Und wir hatten nur Petroleumlampen, jedenfalls als ich noch ganz klein war und wir auf dem Land bei Aubagne gelebt haben, in der schlechten Zeit. Das ging auch! Das ist besser für die Augen. Elektrizität macht blind. Und verrückt. Jawohl. Aber wenn ich damit an die Öffentlichkeit gehe …« Er vollführte eine waagerechte Handbewegung vor seiner Kehle.

Josette lud allen den Teller noch einmal voll. »Oh, Armand, hör doch auf! Gestern Nacht hat er mir bis um halb zwölf erklärt, dass man aus Abfallgemüse Treibstoff herstellen kann. Die ganze Touraine könne gratis mit Möhren- oder Spinatöl fahren, wenn man nur auf ihn hören würde. Warum, warum musste ich jemanden aus Marseille heiraten? Die lügen alle. Und ich, ich hätte den dicksten …«

»Nein, den allerdicksten«, verbesserte Armand und hob lachend sein Weinglas.

»Was denn?«, fragte Claire.

»Den allerdicksten Weinbauern aus Montrichesse …«, setzte Gertrude kichernd fort.

»… heiraten können«, vollendete Armand.

»Stattdessen habe ich einen Philosophen aus Marseille erwischt, der den ganzen Tag darauf aufpasst, dass das Haus nicht wegfliegt …«

»… und der dich tagein, tagaus zum Lachen bringt, Josette.

Wann warst du zum letzten Mal krank?« Armand brach ein Stück Brot in seinen Suppenteller und sah Josette an.
»Vor zwanzig Jahren, an meinem vierzigsten Geburtstag, als ich in den Rechen getreten bin.«
»Siehst du«, sagte ihr Mann zufrieden. »Mein Werk. Wenn du diese Frau krank machen willst, leg ihr einen Rechen in den Weg. Sonst ist sie nicht umzubringen. Hättest du den dicken Winzer aus Montrichesse geheiratet, würdest du dir jede Nacht Sorgen machen, dass die Inflation euer ganzes Geld frisst. Und dir fielen die Haare aus und du würdest gallenkrank. Heirate einen aus Marseille, schimpfe den ganzen Tag auf ihm herum und reinige dadurch deine Seele. Das hält gesund. Die Galle, Claire, das müssen Sie sich unbedingt merken, ist nämlich direkt mit dem Sorgenzentrum der Seele verbunden. Dieses Sorgenzentrum hat drei Kanäle. Ich habe da eine Theorie, also ...«
Sie ließen ihn erzählen.

Das Abendlicht tauchte die Bäume in grünes Gold. Der blaue Krug war fertig. Claire war zufrieden. Sie hatte, streng nach Gertrudes Weisung, den Krug so lange betrachtet, bis sie glaubte, ihn blind malen zu können. Dann erst, geduldig und endlich konzentriert, begann sie zu arbeiten.
Die Farbnuancen seiner Glasur wuchsen im Laufe der Stunden in wechselvollem Pinselstrich zusammen. Nichts lenkte sie ab. Zwischendurch, wenn sie kurz innehielt, um den schmerzenden Rücken zu dehnen oder auf der

Terrasse frische Luft zu schnappen, war ihr, als tauche sie vom Grund eines Gewässers nach oben. Vielleicht war es genau das, was Gertrude meinte, wenn sie sagte: »Wenn ich male, bin ich auf eine erfüllte Art vollkommen leer.«
Jetzt schien der Krug sich zu bewegen. Seine Glasur schimmerte im Abendlicht fast türkis, die Schatten nachtblau. Sie legte den Pinsel beiseite und trat einen Schritt zurück. Das Bild würde unvollendet bleiben, es musste hier auf sie warten. Aber immerhin, der kleine Krug war fertig und hatte es tatsächlich geschafft, Ruhe in ihre Seele zu bringen.
Sie blickte auf, trat zur Terrassentür und beobachtete ein Hausboot, das auf dem Cher vorbeiglitt. Sie trennte sich ungewohnt schwer von diesem Ort. Normalerweise war sie immer froh gewesen, nach langer Abwesenheit in die vertraute Hülle ihres kleinen Hauses zurückzukehren.
Gertrude kam durch den Garten, einen verbeulten Strohhut auf dem Kopf, den Korb voller Salat. Sie wischte sich die erdigen Hände ab und ging die drei Stufen zur Veranda hoch. Mit zwei Gläsern Rotwein kam sie wieder herunter, drückte Claire ein Glas in die Hand. Wortlos betrat sie das Atelier, betrachtete den Krug und sagte nur: »Na also. Du hast es eingefangen, das Licht von Florifère.«
Claire blieb stumm an der Tür stehen.
Gertrude sah sie aus ihren braunen Augen intensiv an. »Du wirst mir fehlen.« Nach einer Weile, als Claire nicht antwortete, fügte sie hinzu: »Bedrückt dich etwas?«
Claire beobachtete John, der versuchte, eine große Motte zu fangen. Sie hob die Hand in unbestimmter Geste: »Na,

das eben. Alles. Du wirst mir auch fehlen, und Florifère ist fast wie ein Stück von mir.«

Gertrude lächelte seltsam.

Claire war nicht sicher, ob sie richtig verstanden wurde. »Entschuldige, dass ich so von etwas rede, was dir gehört. Aber ich habe fast das Empfinden, in einem früheren Leben hier gelebt zu haben. Vielleicht als Fischersfrau oder als Stockente. So, als müsste ich hierbleiben, als gehörte ich hierher.«

Claire konnte nicht wissen, dass sie eben etwas gesagt hatte, das für Gertrude von großer Bedeutung war. Gertrude lächelte immer noch eigenartig, lehnte sich an die Wand, verschränkte ihre Arme und beobachtete Claire, die, plötzlich verunsichert, schnell weitersprach. »Ich kann mir im Moment den Bonner Alltag mit Nieselregen und täglichem Schulweg nicht vorstellen. Ich habe noch nie solche Wolken gesehen. Mich macht das hier süchtig.« Claire hob den Kopf zum Himmel und unterdrückte einen kleinen Heulanfall.

Gertrudes Tonfall war beiläufig, als sie sagte: »Komm doch einfach im Herbst.«

»Hänge ich dir noch nicht zum Hals raus?«

»Doch, meterweit. Aber ich quäl mich so gerne. Hast du eigentlich mal daran gedacht, die Schule an den Nagel zu hängen, wenigstens für ein Jahr? Ich bin sicher, es lohnt sich. Mein Malerauge sagt mir, dass sich bei dir ein sehr eigenwilliges Talent formuliert. Alles, was du bisher gemalt hast, zeugt davon, der Krug hier sagt es vielleicht am deutlichsten. Aber du traust dir nicht genug zu. Noch nicht.«

Claire nickte stumm.

»Ich will dir hiermit meine feierliche Dauereinladung aussprechen«, fuhr Gertrude fort. »Für ein Sabbatjahr, für jede Ferien, fürs Wochenende, für Weihnachten, Ostern, Sommer, Winter. Hab ich was vergessen? Ach ja. Herbst und Pfingsten. Oder für immer. Prost.« Noch ehe Claire danken konnte, war Gertrude schon wieder im Haus verschwunden.

Die Sonne war hinter dem Schloss Chenonceaux versunken. Der Fluss wurde dunkel. Über den Weiden wich das Sommerblau der grauen Dämmerung. Noch vor drei Wochen war es um diese Zeit leuchtend hell gewesen. Es war nicht zu übersehen, die Ferien neigten sich ihrem Ende zu. Im Halbdunkel wuchsen geometrische Schatten an den Atelierwänden.

Claire säuberte die Pinsel, wischte den Porzellanteller, der ihr als Palette gedient hatte, mit Terpentin wieder blank. In der Nische, hinter deren Vorhang früher die Aktmodelle ihre Kleidung auf dem Diwan abgelegt hatten, war es schon ziemlich dunkel. Sie wollte gerade auf den Lichtschalter drücken, als jemand von der Straßenseite, ohne anzuklopfen, das Atelier betrat.

Zuerst erschrak sie, dann erkannte sie François. Ihr Herz machte einen Sprung. Er blickte sich suchend um, entdeckte sie. Er kniff die Augen zusammen, kam langsam auf sie zu, schien ihren Anblick in der Dämmerung entziffern

zu wollen wie einen schwer lesbaren Text. »Entschuldige. Ich weiß von Josette, dass du hier bist.«
Dass sie sich duzten, war Claire neu. Bislang hatten sie es vermieden und beide wussten genau, warum. Sie schwieg.
Jetzt stand er vor der Staffelei, betrachtete das Bild. Sie kam vorsichtig näher, wollte etwas Belangloses sagen, aber es funktionierte nicht.
»Eigenartig. Der Krug sieht aus wie ein Lebewesen.« François wandte sich zu ihr um. »Wie macht man so etwas?«
»Man malt einfach einen kleinen blauen Pinselstrich, dann noch einen und dann noch einen. Und man höre nicht eher auf, bis es aussieht wie ein Krug. Oder wie die Sixtinische Madonna. So sind übrigens alle großen Werke der Malerei entstanden.«
François grinste. »Aber wieso pulsiert die Farbe so?«
Weißt du, was noch alles pulsiert? Verschwinde, Tierarzt. Aus dem Atelier, aus meinem Leben. Was erzählte ihr Mund da gerade, ganz selbsttätig, losgelöst vom Gehirn?
»Die Farben haben mehr Bewegung, also, wenn man nämlich die innere Bewegung auch mit ins Bild … hmm. Ja. Und man braucht die Demut. Die vor dem Gegenstand.«
Das ist das idiotischste Gespräch, das ich je über Kunst geführt habe, dachte sie.
»Das ist so ziemlich die einzige Demut, die ich dir zutraue«, sagte François. »Hören wir einfach auf von Kunst zu reden, wenn wir sowieso an etwas anderes denken.«
Er setzte sich auf die Liege in der Nische. Irgendwo stand eine halb volle Flasche Rotwein. Claire goss zwei Gläser

ein und setzte sich, ein Stück entfernt, neben ihn. Sie tranken einen Schluck und schwiegen. Die Schatten im Atelier wurden tiefer, die Staffelei und der blaue Krug waren fast schon von der Dämmerung verschluckt. Sie hörte seinen Atem, wusste, dass nichts mehr aufzuhalten war. Plötzlich hoben sich die blauen Schatten von den Wänden, flossen in das Türkis und das Blau des Kruges, lösten sich von der Leinwand und wuchsen zu einer Riesenwelle.

»Claire?«

Seine Stimme berührte sie körperlich wie eine Hand. Sie konnte nicht antworten, kaum atmen, fürchtete, ihre Stimme nicht zu finden. Ihr Körper würde bei der ersten Bewegung Funken schlagen, sie saß ganz still. Dann war er auf einmal unmittelbar neben ihr, sie spürte seinen Mund, seine Hände, seine Wärme, konnte nicht mehr auf den Sinn seiner Worte achten und ließ sich von der blauen Woge davontragen. Einer Riesenwoge, die sich seit drei Wochen ununterbrochen aufgetürmt hatte. Ihr Leinenkleid fiel über den Diwanrand, ein großer, hellblauer Tropfen, sein Hemd und seine Jeans lagen nach ein paar Sekunden daneben, Farben und Körper verschmolzen in der Dämmerung ineinander. Sie ließen sich lange in der Woge treiben, von dieser uralten und immer wieder neuen Erfahrung, wurden weit fortgeschwemmt, dorthin, wo Grenzen sich verwischen, Geteiltsein aufhört, das Zeitgefühl verschwindet.

Und doch wurden sie schließlich wieder in die Gegenwart getragen.

Durch das Glasdach des Ateliers sah man die ersten Sterne. Der Krug auf der Staffelei war jetzt nicht mehr zu erkennen. Ihre Gesichter waren ganz nahe. Es war noch nie zuvor so überwältigend gewesen. Dafür gab es keine Worte, und Claire machte sich auch nicht die Mühe, danach zu suchen. Sie lachte leise. »Weißt du, dass es das erste Mal in meinem Leben ist, dass ich fast nahtlos vom Siezen zum Beischlaf übergegangen bin?«

»Möchten Sie das Siezen beibehalten, Madame? Wenn es Sie in Zukunft genauso erotisiert wie eben, bitte ich darum!«

Claire schwieg einen Moment. »Zukunft wird wohl kaum unser Thema werden«, murmelte sie.

François setzte zum Sprechen an, verstummte wieder. Dann nahm er seine Jeans vom Fußboden. Claire richtete sich auf. Er küsste sie auf den Mund und murmelte: »Ich habe es einfach nicht mehr ausgehalten.«

Sie schloss die Augen. »Ich doch auch nicht.«

Er knöpfte sein Hemd zu, legte die Arme um sie. Sie spürte noch einmal die Wärme seines Körpers auf der nackten Haut, den sanften Druck seiner Hände. Mit dem Gesicht in ihrem Haar raunte er: »Du musst zurückkommen. Bitte. Komm wieder. Du musst dein Bild zu Ende malen!« Er atmete tief ein.

Dann öffnete er die Tür zur Straße und verschwand; ein leises Nachttier.

Der nächste Morgen war kühl und grau. Claire lud ihre Reisetasche in den Transporter. Gertrude stand in der Küche und schlug heiße Milch mit einem Schneebesen auf, um den letzten gemeinsamen Milchkaffee mit einem schaumigen Häubchen zu krönen. Als draußen Autoreifen auf dem Kiesweg knirschten, blickte sie auf. Es war der dunkelrote Kombi, mit dem François immer zu seiner Praxis nach Amboise fuhr. Claire, die gerade die Flügelschrauben des Dachgepäckträgers mit festem Griff kontrollierte, ließ die Arme sinken. Plötzlich stand er vor ihr und betrachtete sie. In seinem Blick lag das Erstaunen eines Menschen, der gerade eine Erscheinung hat. Eine, mit der er gerechnet hat, ohne dass das Wunder dadurch geschmälert wird.

»Claire, ich habe heute Nacht nicht geschlafen, weißt du. Ich muss dir so vieles erklären, warum willst du schon zurückfahren? Ich will dich natürlich jetzt nicht mit Banalitäten langweilen, etwa, dass ich mich verliebt habe.«

»Wieso ist das banal?«

»Nicht die Sache, aber die Worte. Es ist so viel mehr. Und es ist so schwierig. Ich hänge in den Tentakeln eines Riesenpolypen.«

»Odile?«

»Nein. Ja. Das Problem liegt woanders.«

»Das ist ziemlich kryptisch, Monsieur Gilliot.«

»Ich weiß. Claire, wann kommst du wieder?«

»Ich weiß es nicht.«

»Aber du kommst?«

»François, vor ein paar Monaten habe ich eine unglückliche Liebe beendet. Und ich möchte jetzt keine neue unglückliche beginnen.«
»Woher weißt du, dass sie unglücklich sein wird?«
»Monsieur Gilliot, ich will kein Eindringling sein.«
»Du bist kein Eindringling, ich bin ein Ausbrecher. Tut es dir Leid?«
Sie sah ihn stumm an, lange. »Nein.«
»Wann kommst du wieder?«
»François, ich teile mit Menschen gerne meinen Wein, mein Brot und notfalls auch mein Geld. Aber nicht meinen Geliebten.«
Er blickte sie an, als sei sie das erste grüne Blatt nach vierzehn Tagen Dunkelhaft. Diesen Blick erhaschte Gertrude, die neugierig über den Milchkaffeeschaum in den Hof sah.
»Wie hast du mich genannt?« Er strich ihr sacht über die Wange, wartete die Antwort nicht ab und verschwand.
Gertrude hatte Claires Gesicht während der kurzen Unterhaltung nicht gesehen. Wohl aber das von François. Claire stand reglos und blickte ihm nach.
Als Gertrude nach einigen Minuten den Frühstückstisch gedeckt hatte, blickte sie wieder durch das Fenster. Claire stand immer noch an derselben Stelle. Dann sah sie, wie Claire sich umwandte und mit merkwürdig unbeteiligtem Blick das Haus und den kiesbestreuten Vorplatz betrachtete. Sie betrat die Küche und setzte sich stumm an den Tisch. Gertrude goss Kaffee in zwei Schalen, füllte mit schaumiger Milch auf, setzte sich und beobachtete Claire

über den Rand ihres dampfenden Kaffees. »O Kind, was ist da zwischen euch gelaufen?«

Claire blickte sie an, als erwache sie gerade. Wer, wenn nicht Gertrude, hatte das Recht auf Offenheit? »Eigentlich … na ja, Gertrude.«

»Das Eigentlich interessiert mich nicht, aber das Naja. Sag's mir doch, Clärchen.«

Plötzlich verspürte Claire das Bedürfnis, ihre Arme um Gertrudes Hals zu schlingen und ausgiebig zu heulen. Aber sie schluckte den Impuls hinunter. »Ich begreife es nicht, Gertrude. Wir sind uns ab und zu morgens am Fluss begegnet, also fast jeden Morgen, mit den Hunden. Ich habe ihm keine besonderen Avancen gemacht, Gertrude, wirklich nicht. Aber es hat schon ziemlich früh gefunkt zwischen uns. Wobei wir beide, ich schwöre es, Gertrude, wir haben versucht, den Funkenflug gering zu halten. Gestern Abend kam er kurz ins Atelier. Na ja, wir haben … hm. Wir haben eben. Es war wie Windstärke dreizehn, sonst nichts. Kaum ein einleitender Dialog, nichts.«

»Macht man das heute so? Gute Güte.«

»Nein, Gertrude. Auch vor einem noch so flüchtigen Beischlaf sind die gängigen Höflichkeitsfloskeln noch nicht ganz ausgestorben. Normalerweise.«

»Ihr habt also wirklich einfach … ?« Sie starrte Claire entgeistert an.

Claire musste trotz der locker sitzenden Tränen über das verdutzte Gesicht ihrer Freundin lachen. »Ja. Und es war umwerfend. Ich weiß, es gehört sich nicht. Ich weiß, es gibt Odile. Aber was passiert ist, kann ich nicht ändern. Und ich kann es noch viel weniger erklären.«

»Ich aber«, erwiderte Gertrude. »Das ist ja wohl kinderleicht. Du hast dich verliebt. Und er sich auch. Das ist nicht mehr zu übersehen. Aber wie soll das weitergehen?«

»Keine Sorge. Ich säge das glückliche Paar nicht auseinander. Ich bin kein Beziehungstorpedo. Diese Gefühle holen mich im Moment zwar ein wie eine Sturmflut, aber …«, sie wusste nicht weiter.

»Wenn du mal bloß nicht in Seenot gerätst!«

»Dann bist und bleibst du mein lieber Leuchtturm. Du weißt, dass ich erst in drei Tagen fahren wollte. Wenn du immer noch eine Erklärung für meine sofortige Abreise suchst: jetzt kennst du sie. Hier scheint sich etwas von null auf hundert zu entwickeln. Und ich möchte den Schaden begrenzen. Für alle. O Gott, Gertrude, ich habe keine Ahnung, wie mir das passieren konnte.« Sie konnte plötzlich nicht mehr weitersprechen, schaute dafür angestrengt nach oben.

»Ach, Kind. Ach, Clärchen.«

Claire putzte sich die Nase. »Setz dein doofes Clärchen auf einem Ball der einsamen Herzen unter tausend Männer. Sie wird sich schlafwandlerisch den rauspicken, der die größten Probleme hat und der sie in Rekordzeit zum Heulen bringt.«

»Gegen Liebe kann man nichts machen. Aber vielleicht gelingt es dir in Bonn, François zu vergessen.«

»Ich will ihn ja gar nicht vergessen. Ich will ja mal nach

Chimeray zurückkehren. Deshalb muss ich den Gedanken an ihn ertragen lernen. An François, den Freund von Odile.«

»Das ist er.«

»Das soll er auch bleiben. Odile scheint Probleme zu haben. Das setzt unseren Ausrutscher in noch schlechteres Licht. Und ich finde, er muss ihr helfen. Es war noch nie mein Ding, bestehende Beziehungen kaputtzumachen. Wenn es in einer Beziehung kriselt, steht oft jemand am Zaun und nimmt Witterung auf – es gibt Frauen, die sich das zum Sport machen, je öfter, desto besser. Die Beute ist ja auch leicht zu kriegen. Diese destruktive Sorte Ego-Kick brauche ich nicht. Und so ist es bei mir auch nicht gewesen, wirklich nicht. Aber bevor ich jetzt vor lauter Edelmut tot umfalle, setze ich mich hinters Steuer und bringe sehr viele Kilometer zwischen mich und den Veterinär aus Chimeray.« Claire verstummte.

Gertrude stand auf, füllte Kaffee nach und strich Claire wortlos über das Haar.

Claire putzte sich die Nase. »Ich bringe den Transporter also wie verabredet nach Biel zurück. Wie heißt die Galerie von deinem Freund noch mal?«

Später, am Auto, pfiff Claire nach ihren Hunden. »Lotte, Huli, los, hopp, einsteigen.«

Claire umarmte ihre Freundin. »Ich danke dir für diesen Urlaub, Gertrude. Es war der schönste überhaupt. Vielleicht habe ich es dir noch nie gesagt, Gertrude, aber ich liebe dich.«

»Hau bloß ab, dumme Kuh.«
Als Claire über die Brücke fuhr und aus dem Fenster winkte, stand Gertrude immer noch auf dem Hof. Konnte man sich einer fremden jungen Frau so nahe fühlen, als sei es die eigene Tochter? Die, die man gerne gehabt hätte? Man konnte. Und ausgerechnet François. Keine schlechte Wahl, aber eine schwierige. Wenn sie ihr Instinkt nicht täuschte, war der Abschied heute früh eine Ouvertüre und kein Finale. Sie hatte sein Gesicht gesehen. Wozu hatte man Maleraugen?
Der Transporter war nun endgültig verschwunden. Ein unbekanntes Gefühl überkam Gertrude. Es war nicht richtig einzuordnen, aber sie bückte sich ächzend, streichelte John, der um ihre Beine strich, nahm ihn hoch, liebkoste ihn und verbarg ihr Gesicht in seinem gefleckten Fell. »Sie wird uns fehlen, was, Tierchen? Aber wir sind nicht allein, John. Wir doch nicht.«

7

Das Lehrerzimmer wimmelte von braun gebrannten Pädagogen, die in San Gimignano ihre Sprachkenntnisse getestet oder auf Malta Diareihen von Steinzeittempeln angelegt hatten. Die Lehrer mit Ringen unter den Augen hatten die Wohnung renoviert.

Wie immer kurz nach den Ferien fühlte Claire sich fremd zwischen ihren Kollegen, ausgesetzt, nicht dazugehörig. Das änderte sich meist nach einer Woche, aber die ersten Tage nach dem Urlaub waren schlimm. Sie trat an das große Fenster, bemüht, nicht angesprochen zu werden, und blickte auf den Schulhof. Die grauen Verbundsteine, von rotem Ziegel unterbrochen, waren so öde wie der Blick auf die Turnhalle und den besprühten Verbindungsgang: Anna liebt Sven, Ausländer raus, Nazis raus, fuck you.

Mitten in der Brandung der aufgeregten Begrüßungen tauchte Claire in die Stille des Ateliers, spürte Hände auf ihrer Haut. An Schlaf war in den letzten Nächten nicht zu denken gewesen. Sie würde sich diese Geschichte aus der Seele rupfen wie die Quecken, die sich während ihrer Abwesenheit im Vorgarten angesiedelt hatten.

Er rief nicht an, er schrieb nicht. Sie waren sich nahe gekommen, sehr nahe. Aber vermutlich war er durch sie für ein paar Wochen aus diesem seltsamen Sumpf, in dem er sich befand und den er nicht definieren wollte, nur aufgetaucht. Vermutlich würde er wieder abtauchen und sie, wenn auch nicht vergessen, so doch verdrängen. Immer wieder sah sie sein Profil im halbdunklen Atelier, seine Augen, leuchtend in der blauen Riesenwoge, ihr zugewandt, dann die angespannten Gesichtszüge, wenn er mit Odile oder Margot sprach – zwei verschiedene Gesichter, ein Januskopf. Claire befahl sich seit Tagen mit dem Grübeln aufzuhören, lenkte sich ab, verdrängte die Gedanken an ihn, so gut es ging. Meistens ging es nicht so gut.

»Claire, Untreue, nur eine kleine Karte aus der Touraine! Wie war's, hast du den Mann deines Lebens oder, viel wichtiger, den Kofferraum voll Wein mitgebracht?«

Freundin Edda, die in ihrer Heimat Sonne und Semmelknödel getankt hatte, umarmte Claire, die sich nun widerwillig in den allgemeinen Begrüßungstrubel begab. Zum ersten Mal gingen ihr auch die angenehmen Menschen auf den Wecker, Edda inbegriffen. Sie wünschte sich weit weg von diesem Wirbel der Geräusche, der Anspannung und Anforderungen.

»Ach, Edda, ich bin müde. Ich hab mir einen Virus eingefangen oder so. Ich weiß nicht.« Sie schulterte ihre Tasche und wandte sich zum Gehen.

Edda sah ihr erstaunt hinterher. So war ihr Claire noch nie begegnet. »Brauchst du Vitamine oder sonst irgendwas?«

»Nein, danke.«

»Na, dann kurier ihn mal aus, deinen Virus.«
Der Virus war, grob geschätzt, etwa eins neunundachtzig groß. Kein leichter Fall also.

*

Der September schien ungeduldig in Spätherbst und Frühwinter übergehen zu wollen. Pünktlich zum Wochenende wurde es kalt, trist und grau. Claire ging mit ihren beiden Hunden pflichtbewusst Gassi. Halb in Gedanken schlug sie den alten Weg zu Zilli Kuhls Laden ein. Seit drei Wochen, seit dem Ferienende, rätselte die ganze Siedlung darüber, was Frau Kuhl bewogen haben mochte, ihren beliebten Laden aufzugeben. »Da kann nur ein Mann dahinter stecken«, behaupteten die einen. »Sie hat vielleicht im Lotto gewonnen und ist jetzt ab auf die Malediven?«, mutmaßten die anderen. Claire blieb vor dem Laden mit dem papierbeklebten Fenster stehen. Dass sich hier öfter eine Maklerin mit potenzieller Kundschaft herumgetrieben hatte, wusste sie vom Kiosk gegenüber. Es war nun schon das dritte Mal in diesem Monat, dass Claire enttäuscht auf die vergilbenden Zeitungsblätter blickte, die den Einblick in die gähnende Leere des Ladenraumes verwehrten. Es hatte Claire getroffen, dass Zilli sich von ihr nicht richtig verabschiedet hatte.
Manchmal, wenn Käthi und Simon für ein paar Tage bei ihrer Tante bleiben durften, hatte Claire Käthi bei den Hausaufgaben geholfen. Käthi machte ihr Spaß, sie war ein quirliges, ulkiges Kind.

»Du bist gar keine richtige Lehrerin!« Käthi kaute an ihrem Bleistift und betrachtete Claire aufmerksam. »Du bist anders. Du hast unordentliche Haare. Du erzählst mir manchmal auch Sachen über dich. Dass dein Vater gestorben ist, als du noch klein warst, und so was. Warst du da eigentlich traurig?«

»Ich war noch zu klein, um zu verstehen, was passiert war, Käthi. Ich kann mich nur daran erinnern, wie traurig meine Mutter war. Und meine Oma.«

»Frau Astmann erzählt nie was von zu Hause. Richtige Lehrer reden immer so heilig. Lehrer sind blöd.«

»Quatsch, Käthi. Es gibt einen Haufen doofer Lehrer, aber auch ganz viele nette. Sogar nette mit ordentlichen Haaren. Was für ein Wort muss hier hin: ›Das Gegenteil von lustig ist …?‹«

»Traurich«, sagte Käthi und schrieb es auf.

Zilli saß manchmal dabei und lauschte Claires Erklärungen. Warum man traurich sagen konnte, aber traurig schreiben musste. Einmal, als Zilli Kuhl noch auf ein zweites Glas bei Claire sitzen geblieben war, streifte Käthi durch Claires Haus und bewunderte das Sammelsurium der Plastikeidechsen, Flaschenschiffe und die alten himmelblauen Spielzeugmöbel.

»Ich würde bei dir nie was klauen«, erklärte sie zu Zillis größter Verlegenheit.

»Klaust du denn sonst schon mal?«, fragte Claire, obwohl sie es von Zilli wusste.

Käthi antwortete nicht.

»Und warum würdest du bei mir nie was klauen?«, forschte Claire weiter.
»Du hast deine Sachen gerne.«
»… und der Kaufhof nicht«, ergänzte Zilli seufzend. »Da hast du's, Frau Sandmann. Ach, Käthi, man darf *überhaupt* nicht klauen. Ich habe auch nicht jede Dose Tomatensaft gerne, die ich verkaufe. Aber das ist noch lange kein Grund, sie deshalb bei mir zu klauen.«
»Klar, Tante Zilli. Mach ich auch nicht. Tomatensaft schmeckt scheiße.«

⋆

Claire hörte die Glocke der Nikolauskirche und machte kehrt. Zehn Minuten später saß sie am Schreibtisch, immer noch in ihrer Trainingshose, die über und über mit violetter Farbe verfleckt war. Der Gartenpullover mit den viel zu langen Ärmeln hielt schön warm. Es lohnte nicht, sich landfein zu machen. Dieses Wochenende gehörte dem Schreibtisch.
Neben einem hässlichen Stapel Kunstklausuren, den ihr Leistungskurs gestern unter Stöhnen produziert hatte, hockte ein Karton mit siebzig Zeichnungen, die benotet werden mussten. Eine umfangreiche Klasse Halbwüchsiger hatte sich in dem anderen Heftstapel zur Problematik der Verben *être* und *avoir* ausgetobt. Dahinter leuchtete ein Ordner mit der Aufschrift: »Design-Unterlagen für Stufe 13.« Ein vorwurfsvoll aussehender Zettel klebte daran: Bitte unbedingt am Montag zurück, Gruß, dein lieber Kollege Dieter!

Fein. Das war also dieses Wochenende. Und danach? Eine voll gestopfte Woche. Und abends? Sie fegte François' Gesicht beiseite. Es konnte nicht sein, dass ihr die Welt tot und öde erschien, nur weil jemand, der vorher keine Rolle in ihrem Leben gespielt hatte, nichts von sich hören ließ. Sie starrte in den nassen Garten. Huli kam hereingetrottet und stieß mit der Schnauze gegen ihre Hand. Seine Goldkäferaugen schienen sie trösten zu wollen.

»Huli, Schnuddelhund! Schade, dass wir jetzt nicht bei Gertrude sind, was?«

Bei »Gertrude« stellte Huli kurz die Ohren hoch und legte seinen Kopf auf Claires Bein. Sie entließ ihn mit einem Klaps, nahm das oberste Heft der Kunstklausur. Madonna, wie viele Seiten? Achtzehn Seiten Text.

»Das vorliegende Bild gefällt mir aus drei Gründen nicht. Und zwar aus Vorder-, Mittel- und Hintergrund.«

Claire lachte.

»Die süßliche Darstellung von Frauen konnte ich bei Renoir noch nie leiden. Die sehen bei ihm immer aus wie Marzipan. Blöd und willig. Außerdem ist die Frau rechts einfach schlecht gemalt. Wenn Renoir sonst technisch auch bestimmt gut ist, aber hier macht die schwarze Kontur vom Kleid einfach die ganze Raumwirkung kaputt. Ach ja, Frau Sandmann, ich bin ja mal gespannt, ob Sie auch an den Rand schreiben: ›Solche Urteile stehen Ihnen nicht zu!‹ Das machte Ihre Vorgängerin immer. Aber in einer Demokratie darf ich eine eigene Meinung haben, bis ich blau werde. Jetzt aber mal systematisch: ...«

Diese Oberstufenklausur ließ sich interessant an. Aber jetzt klapperte es an der Tür. Die Post. Claire stand auf, ging hinunter in die Küche und setzte neues Teewasser auf. Im Hausflur lag ein dicker Brief von Gertrude. Die Klausuren rückten Richtung Südpol. Claire goss voller Vorfreude ihren Tee auf. Als ihr der Jasminduft in die Nase stieg, schloss sie die Augen und wünschte sich nach Florifère.

»Meine allerliebste Claire,
so ein beschissenes Wetter hatten wir hier schon seit zehn Jahren nicht mehr, sagt Josette. Dein Platz am Tisch ist verwaist, und im Atelier wartet dein unvollendetes Bild auf Dich. Ich sag Dir lieber die volle Wahrheit: Du fehlst auch mir.«

Claires Herz schlug plötzlich schneller. Wem fehlte sie noch?

»Du hättest jetzt nicht so viel Vergnügen hier. Der Himmel ist grau wie ein alter Spüllappen. Ich habe endlich! angefangen zu arbeiten. Täglich bis zu acht Stunden, je nachdem, wie das Licht es erlaubt. Irgendetwas in meiner Feder weigert sich, über meine Arbeit zu schreiben. So, als würde ich damit etwas zur Unzeit weggeben. Komisch, was? Da kommt mir Rumpelstilzchen in den Sinn: in dem Moment, in dem sein Name genannt wird, ist seine Zauberkraft gebannt. Deshalb nur so viel: ich male nach dreißig

Jahren wieder gegenständlich. Aber verdammt, die Arbeit geht nur zäh voran. Mir fehlt etwas. Also nicht etwa gesundheitlich, da geht es mir blendend. Nein, ich habe keinen richtigen Ansatz. Wir müssen darüber reden, ich brauche deinen Rat. Kommst du im Oktober? Wenn nicht, dann komm doch zumindest in den Weihnachtsferien. Es ist dann schön hier. Sogar die Kälte hat in der Touraine einen lyrischen Zauber.

Einen Zauber anderer Art hast Du hier hinterlassen, Du weißt es ja.«

Jetzt begann das Herz zu holpern. Claire erhob sich, ging zum Fenster und hielt den Brief ins graue Septemberlicht, als könne es die Intensität der Worte verstärken.

»François kommt oft, sitzt einfach nur in der Küche bei Josette und betrachtet das bunte Katzenbild, das du mir mal zum Geburtstag geschenkt hast. Dann blickt er sich um, als könntest Du um die Ecke kommen. Das ist natürlich bloße Interpretation von mir, aber Du weißt ja, ich bin unfehlbar. Ach Claire! Ich glaube, er will sich Eure ganze Geschichte genauso ausreden wie Du. Aber er schafft es offensichtlich nicht. Er ist so ein beständiger Mensch und fühlt sich verantwortlich für diese Frau. Das hat ja eigentlich sein Gutes. Trotzdem könnte ich ihn manchmal schütteln. Warum entscheidet er sich nicht einfach

für einen neuen Anfang? Er will oder kann sie aus irgendeinem Grund nicht aufgeben.
Vor ein paar Tagen habe ich in einem Restaurant zufällig an ihrem Nebentisch gesessen. Dieses kleine Schloss hinter dem Hügel von Montrichesse. Wir beide haben im Sommer dort diesen sagenhaften Lachs mit Linsen und Zitronensauce gegessen, erinnerst Du Dich? Also: Versteckt hinter meinen Palmwedeln konnte ich in voller Breite erleben, wie er sie behandelt, nämlich wie ein unartiges Sorgenkind, wie eine kleine Schwester. Odile hatte Geburtstag, glaube ich, denn sonst sieht man sie fast nie zusammen. Als sie von der Toilette zurückkam und mich entdeckte, strahlte sie und machte einen Aufstand, in einer solchen Lautstärke, dass alle Leute Blicke wechselten. Sie bestand darauf, dass ich mich an ihren Tisch setzte. Sie war so laut, so schrill. Sie wirkte, als habe sie eine Tausendwattleuchte im Kopf. Wie ein hektischer Kolibri. Als ich mich weigerte, den Platz zu wechseln, wurde sie schlichtweg aufdringlich. Sie zog mir lachend und trillernd den Teller fort, klemmte sich meine Weinflasche unter den Arm und ging damit zu ihrem Tisch, an dem François saß und aussah, als habe er eine Zahnoperation hinter sich. Er wollte mich nicht dabeihaben, das merkte ich deutlich. Unter anderem, weil ich für ihn jetzt die Brücke zu Dir bin. Und da möchte er etwas getrennt halten. Wie gut ich ihn verstand! Und ich hätte mein teures Menü

gern allein genossen. Aber es war nicht möglich. Dennoch, wir kommunizierten dann auf drei Ebenen: ich sprach mit Odile, François mit mir, und zwischendrin tauschten wir Blicke, in denen er mir immer nur Fragen zu stellen schien und in denen es, da bin ich sicher, um Dich ging. Es hat ihn, glaube mir, fundamental erwischt.«

Claire ließ den Brief sinken und betrachtete die parkenden Autos auf dem Bürgersteig. Sie alle waren verzerrt, hatten große Beulen und aufgeblasene Dächer. Dann nahm sie ein Taschentuch, wischte sich die Augen, putzte sich die Nase, und die Autos sahen wieder normal aus. Warum erzählte Gertrude ihr das? Wie konnte man in den Augen eines Menschen Fragen lesen? War das nicht eine Erfindung aus Romanen? Wenn er in der Küche saß und angeblich wartete, dass sie um die Ecke bog, woher wollte Gertrude das wissen? Scheißdreck, verdammter. Nein.
Warum machte Gertrude so etwas? *Es hat ihn fundamental erwischt!* Oh, verflucht, und warum saß er dann nicht hier? Neben ihr? Warum hatte Gertrude mit diesen Worten die einäugige, halb tote Hoffnung wiederbeatmet? Diese hässliche Hoffnung, von der man doch wusste, dass sie keine Überlebenschancen hatte.
Seit Schulbeginn hatten ihre Verdrängungsmechanismen dem Druck standgehalten. Seit Wochen schleppte sie sich durch ihren Alltag, der ihr noch nie so lastend und grau erschienen war. Seit Wochen verbannte sie François aus

ihren Gedanken, aber gegen die Träume war sie machtlos. Sie ließen ihre Schlafkurven zur Achterbahn werden. Seit Ferienende sagte sie: »O nein, Edda, mir geht es gut. Nein, ich habe gestern nichts getrunken. Die Ringe unter den Augen? Vitaminmangel, was weiß ich. Nein, nein, altes Haus, ich muss mich nicht einfach mal richtig aussprechen, es ist alles in Ordnung.«
Mit Edda zu reden war vollkommen sinnlos. Dass Edda sofort sagen würde: »Vergiss ihn!«, wusste Claire. Dass sie Recht hatte, auch. Dann würde Edda tadeln: »Mein Gott, Mädchen, schon wieder! Du bist noch halbwegs jung, siehst gut aus, wenn du dich zufällig mal gekämmt hast, und bist nur mäßig blöd. Wieso immer diese Webfehlermänner?« Edda saß zwar in dieser Hinsicht im Glashaus, aber sie warf dennoch mit Steinen. Zielsicher.
Dieser Brief hatte ihr noch gefehlt. Claire schleppte sich ins Wohnzimmer und warf sich auf das blaue Sofa. Wenn im Moment des Schmerzes ein Schuldiger neben der Unfallstelle steht oder jemand, den man dafür hält, trifft ihn der volle Zorn. Gertrude wusste doch, dass sie, Claire, geflohen war. Sie wusste, dass sie sich verliebt hatte, aussichtslos, schmerzlich. Sie wusste, dass es Odile gab. Und dann rührte Gertrude im Topf wie ein alte Hexe, rührte den ganzen Bodensatz wieder nach oben, sodass er brodelte und kochte und stieg wie Lava.
Das Telefon klingelte. Schon in der Sekunde, als sie abhob, fühlte Claire, dass sie genau das nicht hätte tun sollen. Jetzt war nicht die Zeit für Gespräche.

»Guten Morgen, meine Liebe. Bist du schon aufgestanden, oder störe ich dich beim Zähneputzen?«
Es war Gertrude. Claire schwieg und versuchte, ihre Wut zu unterdrücken. Und die Tränen.
»Hallo? Bist du noch dran?«
»Ja.« Diese eine Silbe hatte Mühe gekostet.
»Claire, was ist mit dir? Du bist ja nicht sehr gesprächig heute Morgen!«
Nicht gesprächig. Verzeihen Sie, berühmte Malerin, dass mein Unterhaltungswert heute Morgen so gering ist. Nein, ich bin nicht gesprächig. Rate mal, warum. Plötzlich schoss Jähzorn hoch, wie scharfes Licht. Warum hast du Öl ins Feuer gegossen, warum hast du meine seelische Schwerstarbeit von vier Wochen zunichte gemacht, du dumme alte Schachtel? Alte Schachtel, die sich vermutlich noch einmal an den romantischen Gefühlen einer jüngeren Frau ergötzt. Leg auf, halt's Maul.
»Claire!! Ist was passiert? Nun sag doch einen Ton.«
»Danke für deinen Brief.« Schweigen.
»Claire, jetzt rede. Mit dir stimmt doch etwas nicht.«
»Ich bin wütend auf dich, Gertrude, so wütend wie noch nie. Warum schreibst du mir so einen Schwachsinn vom lieben, beständigen François, den es angeblich so ›fundamental‹ erwischt hast, wie du es so schön beobachtet hast? Oder vielmehr interpretiert hast. Ich war eine Fünf-Minuten-Nummer für ihn, und das war's. Herrgott, ich habe genug Scheiße mit Beziehungen erlebt in den letzten Jahren, ich beherrsche offensichtlich den Griff daneben in aller

Perfektion. Es ist gemein, was du gemacht hast, einfach gemein.« Claire keuchte vor Zorn und Tränen. »Und auch, wenn das jetzt das Ende unserer Freundschaft ist, ich sag es dir noch mal: gemein, in meinem Kummer zu wühlen.«
»Claire???« Das kam mit einiger Schärfe. »Claire, bitte komm zur Besinnung. Ich bin zu alt, um mir Blödsinn aus den Fingern zu saugen. Es war nicht meine Absicht, eine unsinnige Hoffnung zu wecken. Und sie ist nicht unsinnig. Bitte, höre mir jetzt mal zu.«
Jetzt brach der Deich. »Ich habe die Schnauze voll!«, schrie Claire. »Von François, von dir, von allen!« Sie warf den Hörer auf. Claire durchweichte die Sofakissen. Die Hunde kamen aufgeregt herbeigelaufen: Lotte, vor Kummer ganz verwirrt, bellte, wollte Claire in den Garten locken. Was brachte einen schneller auf andere Gedanken als Stöckchen zu schmeißen? Vielleicht konnte man ihr auch beibringen, nach Spitzmäusen zu wühlen? Aber Claire schien durch nichts abzulenken zu sein. Huli bohrte seine Nase an ihre Schläfe und versuchte ihr Gesicht zu lecken. Vergeblich. Die Hunde gaben auf, legten sich aber neben das Sofa und beobachteten sie aufmerksam.
Erst nach einer halben Stunde wurde sie ruhiger. Sie setzte sich auf, schüttelte den Kopf. Das Kissen hatte dunkle Flecken, die Augenlider spannten, schmerzten. Wie lange war es her, dass sie so geheult hatte? Sie stand auf, bewegte sich wie ein aufgezogenes Blechspielzeug. Das Telefon klingelte wieder. Claire ließ es klingeln. Ach, Gertrude. Claire

spürte, dass sie zu weit gegangen war. Gut, kam zum Liebeskummer halt noch das Schuldgefühl hinzu. Auch egal. Den kalten Jasmintee schüttete sie in das Spülbecken und goss sich einen Kaffee auf. Ach ja, die Korrekturen. Darauf würde sie sich jetzt noch besser konzentrieren können. Na prächtig. Sie nippte an dem starken Kaffee, verspürte schon nach dem zweiten Schluck Magenschmerzen und lehnte ihren Kopf ans Fenster.

Bilder aus Gertrudes Atelier standen auf. Ihre Farben wurden mit der Erinnerung nicht blasser, sondern stärker. François' Profil im Gegenlicht, in der Morgensonne, als er zu den Dohlen aufschaute, seine Hände, mit denen er Lottes Kastanienfell streichelte. Seine Augen, als er den blauen Krug auf der Staffelei bewunderte und sich dann zu ihr umdrehte. Ihre Morgengespräche, der wortlose Moment, die blaue Riesenwelle.

Sie ertrug die Erinnerung nicht mehr.

Auf einmal schien selbst die Luft um sie zu schmerzen. Sie ging durch das stille Wohnzimmer zur Terrasse. Noch nie hatte sie eine Affäre gehabt, die auch nur ansatzweise vergleichbar war mit dieser Geschichte, bei der das Unausgesprochene stärker war als jedes Geständnis, bei der sie eine Leidenschaft gepackt hatte, die sie nicht für möglich gehalten hatte. Aber wie groß war die Rolle von Florifère bei dieser Geschichte? Der Himmel der Touraine, die blauen Schatten der Sommerabende, das beseelte Haus, all das hatte in ihr eine Liebe erweckt, die schwer von der Faszination zu trennen war, die von François ausging. Offensichtlich konnte man sich tatsächlich nicht nur in Menschen verlieben.

Claire blickte in den nassgrauen Septemberhimmel. Die Bogenlaterne der Anliegerstraße ragte über die Ligusterhecke, ein Hubschrauber zerblätterte die Morgenstille. Das geometrische Muster eines Spaliers hob sich klar und kühl von der hellen Wand ab, passte nicht zum restlichen Gewucher des undisziplinierten Gartens. Klarheit und Ruhe. Klarheit und Kühle. Sie sehnte sich danach.

Was wusste sie wirklich von ihm? Fast nichts. Nur eines: dass er keine Entscheidungen treffen konnte. Und diese Beziehung zu Odile: Wenn sie krank war, irgendeine Störung hatte, stand man entweder zu ihr oder man ließ es. Aber nicht dieses Hin und Her, dieser Quatsch mit sehnsüchtigen Blicken in Josettes Küche. Jetzt richtete sich ihr Zorn gegen François. Zorn war gut. Besser als dieser graubraune Nebel, der in den letzten Wochen mehr und mehr ihren Blick getrübt hatte.

Oben wartete die Arbeit. Ein Kubikmeter Arbeit. Mit dem tintigen Kaffee in der Hand stieg sie langsam die Treppe zu ihrem Arbeitszimmer hinauf, sah kaum die Stufen, bewegte die Füße, als müsse sie durch Algen waten, die sie bei jedem Schritt behinderten. Als sie auf halber Treppe angelangt war, klingelte es. Heiß fiel ihr ein, dass sie eine Oberstufenschülerin mit Liebeskummer auf einen Kaffee eingeladen hatte. Irgendwann am Wochenende, denn: »... ich muss so viel korrigieren, ich bin sowieso zu Hause.« Nein, bitte, jetzt niemanden sehen. Die Hunde bellten,

Huli lief aufgeregt an die Tür und fiepte. Sie zögerte. Konnte sie jetzt fremden Liebeskummer verkraften? Oder würde sie sich, im Gegenteil, ausnahmsweise einmal bei einer Schülerin ausheulen? Wie auch immer, es war unanständig, jemanden vor der Tür stehen zu lassen. Sie ging zwei Stufen hinunter, blieb wieder stehen. Sie würde dem Mädchen einfach sagen, dass es kein guter Moment sei. Einfach die Wahrheit sagen. Es klingelte noch einmal. Sie seufzte, ging die letzten Stufen hinunter, öffnete und ließ die Tasse fallen.
Vor ihrer Tür stand François.

Nie in ihrem Leben würden sie diesen grauen Septembermorgen vergessen. Nie würden sie vergessen, wie sie sich anstarrten, wie sie sprachlos ineinander verschlungen in der offenen Tür standen. Man hätte das Haus um sie herum abtragen oder ihnen eine Hand voll Heuschrecken in die Haare setzen können, den Rest der Welt gab es nicht mehr.
Nach ungefähr hundert Jahren – es mochten auch Stunden sein, in jedem Fall aber gut zehn Minuten, lösten sie sich voneinander. François betrachtete sie, als sei ihr Gesicht ein lange entbehrtes Rauschmittel. Und das war ja auch der Fall.
»Du hast geweint. Warum?«
Sie blickte ihn an, nahm den Kragen seiner Jacke mit beiden Fäusten und verbarg ihr Gesicht an seinem Hals. Dann, nach einigen Sekunden, wühlte sie in den Taschen ihrer

Trainingshose nach einem Papiertuch, wischte sich die Augen und schaute auf. Er strich ihr die Haare aus dem Gesicht. Sie betrachtete ihn mit der verheulten Freude, mit der man etwas verloren Geglaubtes wiederfindet.

»Warum?«, wiederholte er und nahm ihr Gesicht in beide Hände.

»Das«, antwortete Claire, »... das sage ich dir heute Nachmittag, vielleicht so gegen fünf.«

Sie hatten sich begrüßt wie ein eng verbundenes Liebespaar, hatten sich wach und träumend vermisst, und doch waren sie fast Fremde. Das machte beide in derselben Sekunde befangen und sehnsüchtig, als wollten sie die Zeit des Kennenlernens, die noch vor ihnen lag, überspringen, um sofort in dieser Nähe zu landen, die beide augenblicklich empfanden, wenn sie den anderen berührten und aufhörten zu denken. Hier standen sie, unter einem grauen deutschen Himmel, und verglichen ihre Erinnerungen mit der Wirklichkeit. Seltsame Vertrautheit, aufregende Fremdheit, die Wärme des anderen Körpers und das Wissen um die eine gemeinsame Erfahrung in der blauen Woge schufen eine Spannung, die sich in ein paar Minuten entladen würde.

»Wir können natürlich hier stehen bleiben«, meinte François schließlich. »Aber ich glaube, heute Nacht soll es regnen.« Claire lachte und ließ ihn eintreten.

Er folgte ihr, neugierig und intensiv die Details der Einrichtung aufnehmend, den Grashüpfer aus Pappmaché, der über seinem Kopf im Flur schwebte, die Sammlung provenzalischer Zikaden aus bemalter Keramik. Er warf seine Jacke über das Treppengeländer. Dann folgte er ihr in die Küche, beobachtete, wie sie die Kaffeemaschine in Gang setzte, betrachtete die gerahmten Kinderzeichnungen, die Collagen aus exotischen Teebeuteltütchen. Er wanderte ins Wohnzimmer, blieb lange vor einem großen, abstrakten, blautonig verwischten Gemälde stehen. »Es gefällt mir. Stammt das von dir?«

Sie setzte die Kaffeetassen auf dem Mosaiktisch ab, wandte sich ihm zu: »Du weißt doch, wie ich male!«

»Ach ja, ich vergaß. Zuerst ein Pinselstrich, dann noch einer, und so weiter, bis die Sixtinische Madonna fertig ist.«

»Dieses Bild hier …«, sie wies mit dem Finger auf das verwischte Eisblau, »… stammt von einer gemeinsamen Freundin, François.«

Er wandte sich plötzlich um, ging in den Flur zurück und kam mit einem Gegenstand wieder, den er in Zeitungspapier gehüllt hatte. »Das habe ich Gertrude schon vor vierzehn Tagen unter einem Vorwand abgeluchst. Ich habe niemandem erzählt, wo ich dieses Wochenende verbringe. Aber ich glaube, sie weiß es.«

Im Zeitungspapier steckte der blaue Krug aus dem Atelier. Claire verspürte wieder einen Stich. Gertrude hatte genau gewusst, was sie schrieb. Sie musste Gertrude noch heute anrufen.

»Das ist ein wunderbares Geschenk.« Claire freute sich über seine Idee.

Er nahm auf dem Sofa Platz, trank einen Schluck Kaffee

und betrachtete über den Tassenrand die weiß gestrichene, halbhohe Holztäfelung, über der die Reproduktion eines Hopper-Gemäldes hing, eine lang gestreckte Dünenlandschaft, ein Segelboot, viel Blau. Eine Sammlung bunter Leuchttürme stand auf einem Bord. Ein Stuhl war auseinander gesägt, blau bemalt und als kubistisches Objekt neu zusammengesetzt worden. François setzte seinen Kaffee ab.
»Sage mir, wie du wohnst, und ich sage dir, wer du bist!«
»Und wer bin ich?«
»Ein Mensch, der Licht braucht und Licht gibt, der voller Liebe zu den Dingen ist. Eine Frau voller Farben!«
Sie lachte. »Das kann man wohl sagen! Sieh dir meine Hose an! Das ist übrigens dieselbe Farbe, die du an meiner Badezimmerwand entdecken wirst. Ach herrje!« Sie blickte an sich herab und erlitt einen massiven Anfall weiblicher Eitelkeit. »Und ich habe meine hässlichsten Sachen an.«
»Zieh sie einfach aus.«

Auf dem Schreibtisch lag der Klausurstapel, der jetzt, um vier Uhr nachmittags, immer noch genauso hoch war wie um acht Uhr morgens. Der rote Tintenschreiber trocknete friedlich vor sich hin, direkt neben einer rot geschlängelten Linie, die einen seltsam formulierten Absatz in einer Klausur markierte. »Ich weiß so ungefähr, was Sie sagen wollen«, stand daneben. »Aber Ihre Formulierungen sind so missverständlich, dass ich …« Hier brach ihr Kommentar ab.
Genau in dem Moment, als sie den Buchstaben »i« ge-

schrieben hatte, war der Postbote mit Gertrudes Brief zu hören gewesen. Ungefähr eine halbe Stunde, bevor François vor der Tür gestanden hatte. So unglaublich, so unerwartet sein Erscheinen gewesen war, der furiose Moment des Wiedersehens war schon wieder Vergangenheit.

Im Zimmer nebenan spielten Zeitkategorien keine Rolle.

»Weiß irgendjemand, dass du hier bist?« Claire richtete sich halb auf, beugte sich über ihn. Ihr Haar fiel in sein Gesicht, sodass er nichts sehen konnte, er teilte es wie einen Vorhang und blinzelte sie an: »Entschuldigen Sie, Madame, reden Sie mit mir?«

»Nein, mit dem Herrn, der neben Ihnen liegt. Darf ich mich vorstellen?« Claire ließ sich lachend auf ihn fallen.

Der Zeiger der Uhr wanderte langsam, dann hörte er auf, die Minuten zu zählen, und folgte schließlich nur noch dem Rhythmus der beiden Körper, die sich in ihrer eigenen Zeitrechnung bewegten, die den Hunger der vergangenen Wochen stillten und glaubten, nicht satt werden zu können. Draußen wurde der Regen immer intensiver, der Himmel immer grauer, aber die Wirklichkeit blieb irgendwo unter der Bogenlaterne hängen und schaffte nicht den Weg durch das Schlafzimmerfenster.

Schließlich war es Lotte, die diskret an der Tür kratzte und sich nach dem nächsten Gassitermin erkundigte. François fiel auf, dass er seit dem frühen Croissant an der luxemburgischen Grenze nichts mehr gegessen hatte, und Huli, von Lotte mühsam in Schach gehalten, tobte jetzt begeistert über das Bett und begrüßte den Besuch noch einmal.

Damit waren sie endgültig in der normalen Zeitrechnung gelandet.

Es dunkelte. Noch immer fiel der Regen in Bindfäden. Vom Garten aus konnte man in das Wohnzimmer blicken. Eine einzige Stehlampe ließ den Wein in den beiden Gläsern aufleuchten. Lotte lag etwas entfernt von den zwei Menschen, die mit hochgezogenen Knien dicht nebeneinander auf dem Sofa hockten. Sie beobachtete den Mann mit wachsender Eifersucht. Huli dagegen lag in stummer Anbetung zu François' Füßen und klopfte mit dem Schwanz auf den Boden, wenn François auch nur aufblickte. Huli war ein blöder, halbwüchsiger Bengel. Sicher hatte François vor einer Stunde im Wald exzessiv Stöckchen geschmissen und viel wilder als Claire mit ihnen herumgetobt. Auch war seine Freundlichkeit echt, das merkte man. Er war fast so nett wie ein Hund. Man hatte ihn schon in Frankreich gut leiden können. Trotzdem. Lotte war älter und klüger als Huli. Sie ahnte mit dem sicheren Instinkt aller weiblichen Wesen, dass dieses fremde Männchen Claires vollkommene Aufmerksamkeit auf sich gezogen hatte. Zumindest fürs Erste.
»*Mon Dieu*, unsere Schweizerin auf Florifère hat aber einen guten Blick für das Wesentliche!«, meinte François, denn Claire übersetzte ihm gerade Gertrudes Brief. Sie ließ das Papier sinken.
»Sag das noch mal.«
»Was?«

»Sag noch mal ›Florifère‹. Aus deinem Mund hört sich das an wie …«
»Florifère, Florifère, Florifère.«
Sie hielt die Augen geschlossen: »Ich muss jetzt sehr an mich halten, um nicht über dich herzufallen. Das Wort erotisiert mich geradezu gemeingefährlich.«
»Wie praktisch. Florifère, Florif…«
Sie hielt ihm den Mund zu, er wehrte sich, dann lagen sie plötzlich wieder auf den Kissen. Aber Claire schob ihn von sich, denn sie wusste, dass das *Thema* an der Reihe war.
»Du weißt, dass wir miteinander reden müssen. Zum ersten Mal eigentlich. So richtig, meine ich. Verrückt ist das. Ich weiß doch gar nicht, ob wir überhaupt miteinander reden können.«
François richtete sich auf. »Spinnst du? Ich muss mit dir doch nicht über ein heikles Thema gesprochen haben, um zu wissen, dass ich mit dir über alles sprechen kann. Ich wusste es einfach. Du bist in Odiles Garten gekommen, und ich merkte nur, dass etwas passiert war. Es hatte noch keinen Namen. Und als du mit deinen Kötern weggelaufen bist, hatte ich Angst. Angst, denn ich wusste nicht, ob ich dich wiedersehen würde. Angst, weil ich spürte, dass ich endlich anfangen musste, mein Leben aufzuräumen, *wenn* ich dich wiedersehen würde. Wie du siehst, war ich also keineswegs erfreut, als du auftauchtest. Ich war bei unserer ersten Begegnung vermutlich nicht sehr freundlich. Zumal mir nichts von dem, was ich gerade erzähle, bewusst war. Aber was will man von einem Menschen

erwarten, den eine Sekunde vorher ein paar tausend Volt getroffen haben? Was hätte ich sagen sollen?«

Claire zog die Füße dichter an ihren Körper und lehnte sich an François. Er umschloss sie mit beiden Armen. Sie konnte sein Gesicht nicht sehen, dafür seinen Atem an ihrem Ohr spüren.

»Wie war das eigentlich bei dir?«, fragte er.

Claire grinste. »Ich fand dich sehr arrogant und chauvinistisch. Keine so ganz neue Erfahrung auf französischem Boden.«

»Jetzt hör aber auf. Als ob die Franzosen …«

»Mein Lieber«, unterbrach sie ihn. »Ich darf so was. Meine Mutter ist Französin. Vor ein paar Jahren hatten wir einen Kollegen aus der Auvergne hier im Rheinland. Er trug die Nase sehr hoch. Und dann fiel ihm die Kinnlade herunter, als ich mit ihm durch Köln bummelte. Er war zum ersten Mal in seinem Leben in Deutschland. Kein Passant trug einen Stahlhelm, niemand lief im Stechschritt auf vormarkierten Wegen, der Zug hatte eine halbe Stunde Verspätung und alle waren nett zu ihm. Als wir dann noch in einem Café einen Espresso tranken und ihm ein echter kölscher Transvestit mit dicken Waden und hohen Absätzen eine Zigarette anbot, brach für ihn eine Welt zusammen. Er hat auf der ganzen, langen Rückfahrt nach Le Puy seine deutsche Schublade entrümpelt. Und die war versehen mit dem Datum ›1939‹ und möbliert mit den Vorurteilen, die ganz Frankreich immer noch mit sich herumschleppt. Na siehst du, und so hoch wie unser netter Auvergnat hast

du deine Nase auch getragen. Die Chinesen haben das Schwarzpulver erfunden und die Franzosen den Chauvinismus. Alle Franzosen tragen die Nase ein bisschen hoch.«
»Alle Franzosen? Wer hat hier die Vorurteile?«
Sie lachte. »Du hast Recht. Aber trotzdem: Wir sind netter als unser Ruf. Und manchmal noch schlimmer als ihr. Aber komm zur Sache, François.«
Er nahm einen Schluck Rotwein, setzte das Glas auf den Boden, umfasste sie wieder mit beiden Armen. »Odile war früher so etwas wie meine kleine Schwester. Ich kenne sie, seit sie zehn Jahre alt ist. Ich habe damals meinem Vater geholfen, den Park von Margot Morisseau neu anzulegen. Die liebe kleine Odile half uns. Mit Eimer und Schaufel. Aber sie warf auch unsere Zigaretten in den Brunnen, legte meinem Vater Würmer in die Kaffeetasse und bohrte Löcher in den Gartenschlauch. Mit Margots Nagelschere. Einmal fanden wir frühmorgens sämtliche neu gesetzten Stauden herausgerissen. Odile blieb an diesem Vormittag verschwunden. Nachmittags tauchte sie auf und brachte uns mit dem reizendsten Lächeln geklaute Havannas und Champagner. Die Sachen zurückzugeben hätte geheißen, Odile bloßzustellen.«
»Anstrengende Liebesbeweise«, meinte Claire.
»Das hat sich nicht geändert. Ich lernte sie und ihre Familie in diesem Frühjahr ziemlich gut kennen. Monsieur Morisseau war ein geschäftiger Schwätzer, der trotz Familie immer einsam wirkte. Er hing oft bei Gertrude und Jacques herum. Margot Morisseau, schön und egozentrisch, be-

handelte ihn wie einen armen Idioten. Sie hat so etwas Verschlingendes. Ich war damals siebzehn, ich war total fasziniert von ihr. Es war schwer, sich ihr zu widersetzen, sie verbreitete Glanz – aber keine Wärme. Dazwischen Odile, rotzfrech und doch verloren. Ein paar Jahre lang sind wir uns immer wieder begegnet, ich ließ Odile auf meinem Mofa mitfahren, und sie rauchte bei uns im Gewächshaus ihre erste Zigarette. Da war sie dreizehn. Ich habe sie dann für lange Zeit aus den Augen verloren, weil ich in Lyon studierte. Und danach lebte ich ein paar Jahre lang in einem Nest in den Cevennen, bei einem alten, verstunkenen Veterinär.« Er wickelte eine lange Haarsträhne um seinen Zeigefinger. »Wer in der Touraine geboren ist, ist für die Cevennen verloren. Irgendwann einmal wollte ich einfach nur noch zurück nach Amboise, mir eine Stelle suchen. Aber ich fand keine Arbeit, nirgendwo. Also habe ich für das Labor in Amboise gejobbt. Und in einem beschissenen Zimmer gehaust. Und dann kündigte man mir.«

»Warum?«

François sortierte sichtbar seine Gedanken. »Kennst du den alten amerikanischen Schlager: *There's too many chiefs and not enough indians?* Genau diese Probleme hatte ich im Labor.«

Claire beobachtete ihn genau. »Du meinst, diese Probleme hatten sie im Labor mit dir?«

»Ich bin nicht so gut im Unterordnen, wenn du das meinst.« François wandte sich ihr zu und blickte ihr in die

Augen. »Madame, aber von Ihnen und in diesem Zweierteam lasse ich mir alles sagen …«
Claire lachte. »Sehr schön. Das ist die Hauptsache. Aber lenk nicht ab. Man hat dich also rausgeworfen, weil es Hahnenkämpfe gab. Gut. Weiter!«
»Ich wusste nicht mehr, was ich wollte. Das war vor drei Jahren. Irgendwann einmal, an einem depressiven Sonntag, fuhr ich nach Chimeray, um durch mein altes Heimatdorf zu spazieren. Kreuz und quer – wo man halt so hingeht, zum Beispiel auf den Friedhof, Jacques besuchen.«
»Ihr wart Freunde?«
François nickte. »Nicht nur das. Meine Mutter ist ziemlich früh gestorben, ich war zehn. Mein Vater konnte über den Verlust nicht reden. Von Jacques bekam ich alle Antworten, die ich brauchte. Und noch ein paar mehr. Er war Vatersatz. Aber ich wollte eigentlich von Odile sprechen. Also – an diesem wunderschönen Sonntag, als mir alles so richtig zum Hals heraushing, wollte ich das einzig Konstruktive tun, das jedem vernünftigen Menschen in meiner Lage eingefallen wäre: Ich wollte mich im Café du Port voll laufen lassen. Auf halbem Weg dahin befindet sich das Pfahlhaus. Und Odile stand auf einmal in der Tür. Unbekannt, erwachsen und trotzdem vertraut, mit ihrem alten Rotzgörengrinsen. Sie winkte mir zu, wir erzählten ein paar Minuten, bis sie sagte: ›Zieh doch bei mir ein, François.‹ *Bouf* – einfach so. So wie man jemandem eine Zigarette anbietet.«
Er zog den roten Haarkringel von seinem Finger und

wandte sich Claire zu. »Es war sehr verlockend. Steht sie da, wie früher, wenn sie in der Sakristei eine Scheibe eingeschmissen hatte, ein bisschen böse, ein bisschen rührend, und schlägt mir vor, mein Leben mit ihr zu teilen. Ich habe es getan. Aus Bequemlichkeit und weil mir Odile noch von früher irgendwie vertraut war.«

Claire verschluckte sich, hustete und stellte ihr Glas ab. »O François, es hört sich an, als wolltest du dich dafür entschuldigen, dass sie schön und verführerisch ist. Du bist doch nicht nur bei ihr eingezogen, weil die Türe offen stand und Odile dir vertraut war wie eine alte Socke.«

Er lachte. »Ich habe bei dir wohl keine Chance, mich jemals herauszureden?«

»Willst du das denn? Ich dachte, du wolltest dein Leben neu sortieren.«

»Du hast natürlich Recht. Aber soll ich ausgerechnet dir und ausgerechnet jetzt erzählen, wie reizvoll eine andere Frau für mich war? Das wollte ich eigentlich vermeiden. Aber bitte. Natürlich war ich von ihrem Angebot überwältigt. Und von ihrem Anblick. Zunächst einmal. Bis ich merkte, wen ich da wirklich neben mir hatte. Aber so weit war ich noch nicht, denn die Verlockung ging noch weiter.« Plötzlich änderte sich sein Gesichtsausdruck. »In den ersten Wochen war ich berauscht von ihrem Temperament, von dem flirrenden Leben an ihrer Seite. Sie hatte eine Leichtigkeit, die mir anfangs wunderbar erschien. Für sie war nichts wirklich schwierig. Sie hatte immer Energie für zwei. Ich sprach mit Odile über mein Traumprojekt, das ich wohl nie verwirklichen würde. Eine Kleintierpraxis oder eher eine Art Tierklinik mit allen Schikanen, die man sich so vorstellen kann. Odile hörte kaum zu, fand aber alles phantastisch. Das sagt sie immer, wenn sie sich langweilt. Für meine Arbeit hat sie sich nie interessiert.«

»Du dich denn für ihre?«

»Nicht besonders, das gebe ich zu. Aber ich habe sie wenigstens mal danach gefragt. Um festzustellen, dass sie immer irgendetwas probte. Nur zu Aufführungen kam es selten. Aber du hast Recht, ich war auf *meine* Träume fixiert. Vielleicht hätten sich ein paar Dinge für Odile anders entwickelt, wenn ich sie bei ihrer Arbeit unterstützt hätte oder wenn ich wenigstens darauf aufmerksam geworden wäre, mit wem sie andauernd zusammenklebte. Ich habe es versäumt. Zu spät.«

Er machte eine kleine Pause.

»Irgendwann einmal hatte ich alles durchgerechnet. An die Nachricht, dass ein japanischer Konzern den Eiffelturm gekauft hat, um ihn zu Essstäbchen einzuschmelzen, hätte ich eher geglaubt als an die Realisierung meines Traumes.«

Er setzte sich auf, beugte sich vor und verschränkte die Finger ineinander. Plötzlich sah Claire den François der ersten Sekunde. Angespannt, auf einem schmalen Grat balancierend. Lotte hob den Kopf und stellte die Ohren hoch. François sprach mit sachlicher Stimme weiter, als müsse er ein Referat halten. »Dann habe ich den größten Fehler meines Lebens begangen, für den du mich wahrscheinlich verachten wirst.«

Claire setzte sich ebenfalls auf, blickte ihn nicht an. »François, es ist egal, was du gemacht hast. Ich werde dich nicht verachten. Erst recht nicht für einen Fehler.«

»Nein?« Er faltete einen Zeitungsschnipsel, immer noch einmal und noch einmal, bis es nicht mehr ging, und betrachtete das zusammengekniffelte Stückchen Papier. »Warte ab.« Dann schnipste er es in hohem Bogen fort, genau vor Lottes Nase. »Ich habe mich kaufen lassen. Wie ein Stricher.«

»Odile hat deine Praxis finanziert?«

»Nein. Margot. Sie kam eines Tages hereinspaziert und begrüßte mich als ihren lieben Schwiegersohn. Bevor ich sie bremsen konnte – denn solche Pläne hatte ich wirklich nicht –, kam ihr Angebot. Danach habe ich sie nicht mehr gebremst. Ich war geblendet von der Aussicht, so zu arbeiten, wie ich es immer schon gewollt hatte. Ich liebe meinen Beruf, weißt du, und ich habe jahrelang davon geträumt, einmal in einer ideal eingerichteten Praxis zu stehen.« Er seufzte. »Margot hatte kurz zuvor ein Haus in Amboise gekauft. An der Place Richelieu. Es wurde aufwändig restauriert, mit viel Geschmack, das muss ich ihr lassen. Und mit viel Geld. Margot hat die gesamte Einrichtung der Praxis finanziert. Ich zahle eine moderate Miete, Schwiegersohntarif, und ich zahle ihren Kredit ab. Sie hat mir das Geld natürlich nicht geschenkt. Aber keine Bank der Welt hätte mir so viel geliehen. Und wenn ich meinen Verdienst so anschaue, dann weiß ich, dass ich diese Summe erst in dreißig Jahren abbezahlt habe. Davon abgesehen ist der Kredit nahezu zinslos. Margot wiederholte alle fünf Minuten: ›Das Geld bleibt ja in der Familie!‹ Natürlich war diese große Geste ein gigantischer Köder, aber das habe ich mir einfach nicht eingestanden.«

»François, deine Selbstvorwürfe sind idiotisch. Du hast Odile zu diesem Zeitpunkt doch geliebt. Warum solltest du so ein Angebot nicht annehmen?«

»Weil es nicht stimmt, was du sagst. Ich habe mit Odile ein paar Wochen lang ein wildes Leben geführt, ein verrücktes. Wir schliefen am Flussufer, rasten mit ihrem Sportwagen herum, kochten nachts um vier kreolisches Essen, luden Odiles verrückte Theaterleute und eine Reihe seltsamer Freunde ein.«

»Wieso seltsam?«, fragte Claire.

»Ich erkläre es dir später. Es war ein atemberaubendes Lebenstempo. Und immer wieder Odile, die alle um sich herum versammelte und sie anfeuerte, als säße sie hinter einem Gespann von acht rasenden Pferden. Und ich weiß genau, warum ich das alles mitmachte. Ich wollte die innere Stimme zum Schweigen bringen, die sehr deutlich sagte, dass mir Odile eigentlich fremd war, dass ich diese Sorte Leben nicht lange aushalten würde. Es gab eine Zeit, da habe ich eine Menge widersprüchlicher Dinge gefühlt. Eine schöne, reiche Frau zu lieben ist ja ziemlich angenehm. Ich wollte diese Praxis. Und ich wollte Odile lieben. Aber so einfach war es dann leider doch nicht. Ich liebte sie nicht.«

Er schloss die Augen und presste für einen Moment seine

Hände gegen den Kopf. »Ich begann meine Pläne zu realisieren. Ich verfiel in einen neuen Rausch, die Praxis, die Arbeit. Eine Zeit lang glaubte ich, es ganz gut aushalten zu können. Wenn ich abends nach Hause kam, war Odile noch unterwegs. Sie kam spätnachts und brachte Freunde mit. Ich schlief fast nur noch im Gästezimmer, deshalb hörte ich den Lärm kaum. Sie hatte auch immer andere Männer. Spätestens zu dem Zeitpunkt, als ich merkte, dass ich überhaupt nicht eifersüchtig war, entwickelte ich eine freundliche, aber große Distanz. Dann, eines Abends, entdeckte ich das Geheimnis ihrer ungebrochenen Energien. Gertrudes Bild von der Tausendwattleuchte ist übrigens sehr gut. Ich kam nach Hause und hörte schon von draußen schreckliches Geschrei und Gehämmer. Als ich in ihr Zimmer stürzte, war Odile dabei, ihr Schlafzimmerfenster mit Brettern zuzunageln. Sie sah mich, schrie auf, als sei ich der Werwolf, rannte zu ihrem Schrank, stieg hinein und versuchte die Schranktür von innen zuzuhalten. Sie hatte wahnsinnige Angst. Odile hatte Halluzinationen.«

»Was war denn los, um Gottes willen?«

»Sie hatte Entzugserscheinungen.«

»Wie bitte?«

»Sie nimmt Koks.«

»Ach du Scheiße.«

»Und ich habe es erst so spät entdeckt, weil sie das Zeug nicht spritzt.«

»Ich wusste gar nicht, dass man das auch spritzen kann.«

»Odile schnüffelt Koks, ganz Gesellschaftsdame.«

»Und als du an dem Abend kamst, war ihr Nachschub ausgeblieben?«
»Genau. Ich weiß nicht, wie lange sie nichts mehr genommen hatte. Ich weiß auch nicht, ob sie vielleicht sogar versucht hatte, damit aufzuhören. Aber als sie merkte, dass es ihr immer schlechter ging, hatte sie Pech. Ihr Auto sprang nicht an, sie konnte nicht nach Tours fahren. Sie konnte mir nichts erklären, hatte Schweißausbrüche, sah furchtbar aus.«
François schwieg einen Moment, dachte an die Szene, die er nie vergessen würde. »Aber was wirklich los war, begriff ich erst, als mitten in diese Situation eine Freundin platzte. Sie sagte: ›Ich mach das schon‹, und brachte mir nach kurzer Zeit eine Odile, die wie ausgewechselt war. Da war mir endgültig klar, dass es um Drogen ging. Odile kennt eine Menge schräger Vögel mit allen möglichen Verbindungen. Die Worte ›Freund‹ und ›Dealer‹ sind für sie Synonyme.«
François stand auf und wanderte, die Hände in den Hosentaschen, im Wohnzimmer herum. Als er an Lotte vorbeikam, kniete er nieder und streichelte ihr glattes Fell. Lotte lag ganz still und rührte sich nicht. Sie hielt die Augen geschlossen und stellte sich tot.
»Ein wunderschönes Tier.« François ließ ihre seidigen Ohren durch seine Finger gleiten. Lotte verbot sich jede Reaktion. Noch mal das mit den Ohren. O ja. Genau so. Vielleicht konnte man ihn doch ein bisschen akzeptieren. Noch mal!
Er stand auf, dehnte sich wie nach anstrengender Garten-

arbeit. Dann blieb er vor dem Sofa stehen, betrachtete Claire, wie sie da kauerte, die Arme um beide Knie geschlungen, den Kopf aufgestützt, nachdenklich.

»Was denkst du nun von mir?«

»Dasselbe wie vorher.«

Er schwieg, setzte sich wieder neben sie. Sie hob den Kopf, sah ihn an. Sie war blass, sah plötzlich klein aus, verletzlich.

»Liebt *sie* dich eigentlich noch?«

François beobachtete Claire. Er sah ihre Angst. Er begriff das Ausmaß ihrer Zuneigung und konnte einen Moment lang nicht sprechen. Sie blieben noch eine Weile still.

»Ich weiß nicht, wie Odiles Gefühlsleben funktioniert. Odile kann außer sich geraten, wenn sie einen Penner sieht, dem es offensichtlich dreckig geht. Sie ist fähig, ihm ihren Kaschmirschal, für den sie eine Stunde vorher fünfhundert Euro hingelegt hat, um den Hals zu wickeln. Zehn Minuten später macht sie in einem Lokal einen unglaublichen Tanz, wenn der Wein nicht nach vier Sekunden vor ihr steht, und verlangt, dass man die Kellnerin entlässt.«

Er zuckte mit den Schultern. »Neben ihr kann jemand verdursten, und sie müsste nur den Arm ausstrecken – aber wenn der Jemand sie langweilt, hat er keine Chance. Und unmittelbar verspürte Bedürfnisse müssen sofort, auf der Stelle befriedigt werden.«

»Das ist etwas zutiefst Infantiles.«

»Genau getroffen. Ich glaube nicht, dass sie jemals ein ernsthaftes Gefühl für mich oder jemand anderen entwickelt hat. Welches Modell hatte sie auch? Ihr Vater war ein freundlicher Schwächling und Margot eine Art Medusa. Margot ist eine so besitzergreifende, verschlingende und gleichzeitig kalte Mutter gewesen, dass Odile vielleicht ein für alle Mal die Nase voll hat von enger Bindung.«

»Kann ich verstehen. Andererseits hat Odile noch nie einen glaubhaften Versuch gemacht, zu sich selbst zu finden, mal auf eigenen Füßen zu stehen, oder? Wieso wohnt sie noch in Chimeray? Für eine Schauspielerin kann die Provinz doch nicht so verlockend sein.«

»Sie hat eine tief sitzende Lebensangst. Und da ist all dieser Luxus, Odile ist bequem. Und vergiss nicht: ihre Sucht kostet Geld. Odile erhält, seit wir zusammenwohnen, von Margot eine Art Apanage. Als Zuschuss zu unserem Haushalt, wie auch immer sie es bezeichnet. Eine ziemlich runde Summe, jeden Monat. Ansonsten hat die Mama ihre Finger auf dem gesamten Riesenvermögen.«

»Sonst wäre es vermutlich in zwei Jahren verpulvert!«

François nickte. »In einem halben. Na, jedenfalls weißt du jetzt, dass Odile ihr Haushaltsgeld nicht für Scheuersand ausgibt. Ich finanziere meinen Lebensunterhalt selbst. Margot ahnt nicht, wie unsere Beziehung wirklich aussieht. Und ich hatte bis zu dem Punkt, an dem ich Odiles Sucht entdeckte, keine Ahnung, was sie mit Margots Geld macht.«

»Hat Odile vorher alleine im Pfahlhaus gelebt?«

»Sie ist mit neunzehn Jahren aus der Villa ausgezogen und ins Pfahlhaus übergesiedelt. Gegen Margots erbitterten Widerstand, natürlich. Aber sie war nie allein, es logierten immer irgendwelche abgestürzten Leute bei ihr. Kurz bevor er sich verabschiedete, hatte ihr Vater das Haus für Odile und ihre zukünftige Familie gebaut.«

»Hat Margot eigentlich das Geld mit in die Familie gebracht?«

»Nur zum Teil. Der alte Morisseau war Bauunternehmer. Auch nicht gerade arm. Aber durch Margots gerissene Geschäftspolitik wurden sie dann so richtig reich. Was für Margot wirklich zählte, war sein Name. Die Morisseaus sind eine uralte Familie von einigem Ansehen. Echtes Großbürgertum. Das ist in Frankreich noch etwas wichtiger als in Deutschland, denke ich. Ich glaube, für ihre gesellschaftliche Stellung würde Margot über Leichen gehen. Deshalb arbeitet sie ja auch so verbissen daran, bei den nächsten Wahlen in den Stadtrat von Montrichesse zu kommen.«

»Nicht für eine Mitte-links-Partei, schätze ich mal?«

François grinste nur schief. »Und aus genau diesem Grund, nämlich wegen ihres Ansehens, Images oder wie immer man es nennen soll, will Margot die Wahrheit nicht sehen. Dass mit Odile etwas nicht stimmt, meine ich. Sie spricht von Odiles ›zeitweiligen Zuständen‹. So als hätte ihr Kind schubweise Malaria.«

François schwieg einen Moment. Er suchte nach den richtigen Worten. »Ich kam Margot außerordentlich gelegen. Als Ordnungsfaktor. Und Odile passte ich auch gut in den Kram. Sie hat in mir nie den Mann fürs Leben gesehen, das sagte sie mir auch. Das ist eine Kategorie Lebewesen, mit der sie nichts anfangen kann. Aber ich bewahrte sie davor, zu Maman zurückziehen zu müssen, denn Margot wollte ihr wieder mal den Geldhahn zudrehen. Großzügig, wie Odile gelegentlich sein kann, sollte ich auch mein Spielzeug bekommen, deshalb band sie ihrer Mutter die Geschichte vom glücklichen Pärchen mit großer Zukunft auf. Und schlug vor, dass es doch hübsch sei, dem kleinen François den Riesenkredit unter den Weihnachtsbaum zu legen. Jetzt klopft Margot alle paar Wochen an und will, dass wir endlich heiraten. Odile lacht nur und sagt: Ach, Maman, irgendwann eben. Vielleicht bald.« François fasste Claire plötzlich an beiden Schultern, hielt sie ein Stück von sich, sah ihr in die Augen: »Begreifst du, an welchen Leimruten ich klebe?«

»François, deine Lage ist nicht einfach. Aber sie ist auch nicht katastrophal schwierig.«

»Sie wäre es, wenn du sie nicht begreifen könntest.« Er machte eine kleine Pause. »Ich will dich nicht verlieren. Ja, wie soll ich Ihnen das erklären, Madame Sandmann … ich liebe dich nämlich.«

Die Uhr, an deren Pendel die kleine blecherne Sonne schwang, tickte ein bisschen lauter als sonst. Die Papierlampe leuchtete plötzlich heller. Lotte stellte die Ohren hoch und drehte neugierig ihren Kopf zum blauen Sofa.

»Claire, ich bin erst jetzt gekommen, weil ich diese letzten Wochen brauchte, um mich zu entscheiden. Ich wollte meiner Sache sicher sein. Auch auf das Risiko hin, dass du mich inzwischen vergessen könntest.«

»Jetzt bist du da. Und was heißt das genau?«
Er nahm ihre Hand. »Ich werde mich von Odile, na, sagen wir lieber, von unserer bizarren Lebensform trennen.« Er atmete tief aus. »Das heißt aber auch, dass ich die Praxis aufgeben muss. Margot wird ihr Pfandgeld sofort zurückhaben wollen.«
Claire konnte nicht sofort sprechen. Sie fühlte sich wie ein Schmetterling, der im Moment des glücklichen Auffliegens merkt, dass er festgebunden ist. »Du gibst also meinetwegen die Praxis auf. Das ist eine verdammte Hypothek für uns.«
»Nein, das ist es nicht. Auch wenn du mir in ein paar Monaten adieu sagen würdest, dann habe ich zumindest die Klarheit zurückgewonnen, die ich verloren hatte. Oder nennen wir es pathetisch: meine Würde. Es war an der Zeit.« Er grinste plötzlich. »Ich weiß, dass ich nicht so aussehe. Aber ich war immer schon ein relativ moralischer Mensch. Übrigens, ohne dass mich das davon abhielte, unmoralisch zu handeln.«
»So wie ein Nichtraucher, der raucht?«
»Genau. Übrigens, hast du eine Zigarette? Ich könnte jetzt eine vertragen.«
Sie zündete zwei Zigaretten an, reichte ihm eine, lehnte sich zurück und blies den Rauch durch die Nase. »Hier sitzen wir und konsumieren Drogen. Ich könnte aber jederzeit damit aufhören«, sagte sie mit großartigem Ton.
»Ich auch. Das ist ganz leicht!« Er hob sein Glas, prostete ihr zu, trank und füllte Wein nach. »Ach, Claire, ich bin

weit davon entfernt, mich über Odile und ihre Abhängigkeit zu erheben.«

»Ich weiß, François. Darum geht es auch nicht. Hast du mit ihr jemals über ihren Kokskonsum geredet?«

»Natürlich. Nächtelang. Es gab auch Versuche, damit aufzuhören. Einmal dachte ich, sie hätte es geschafft. Ich fand einen Therapeuten. Sie fuhr zu ihm, jeden zweiten Tag. Und ich dachte, dass sie auf dem richtigen Weg sei. Sie sprach nicht mehr so hektisch. Sie begann wieder zu lesen. Und dann sah ich, wie sie heimlich im Geräteschuppen von ihrem Kosmetikspiegel die Linie hochzog. Es war alles Theater. Und dieses Theater habe ich nicht nur einmal, sondern vier-, fünfmal mitgemacht. Ich kann ihr nichts mehr glauben. Mit lächelndem Engelsgesicht, zwei dramaturgisch geschickten Tränen an den Wimpern, versichert sie mir, dass sie nichts, aber auch gar nichts genommen hat. Spielen kann sie. Es ist eine Schande für so ein Talent.«

»Du fühlst dich immer noch für sie verantwortlich, François.«

»Ich habe durchaus auch Gefühle für sie, Claire. Ich empfinde so etwas wie eine grimmige Zuneigung. Eines allerdings erschöpften Bruders. Gertrude hat das in ihrem Brief sehr klarsichtig beschrieben. Ich mag sie, wie man eine leichtsinnige kleine Schwester mag, die man morgens auf der Polizeiwache abholt und deren Untaten man reguliert, indem man den geschädigten Ladenbesitzern die geklauten Zigarettenstangen ersetzt.«

»François, es gibt nur einen Menschen, der ihr wirklich helfen kann.«

»Ich weiß. Aber sie ist nicht nur ihr einziger Retter, sie ist auch ihr größter Feind.«

»Wie geht es jetzt weiter? Ich meine, mit der Praxis.«

Er zuckte die Schultern. »Ich suche einen Käufer. Das wird dauern, es ist schwierig. Und ich muss Odile und Margot reinen Wein einschenken. Wenn Margot erfährt, dass ich aus dem Clan austrete ... ich würde eine Zwangsversteigerung gerne vermeiden.« Er starrte in die Kerzenflamme. »Da fällt mir ein: Warum hast du heute Morgen geweint, Claire? Du wolltest es mir um fünf Uhr sagen. Jetzt ist es schon fast zehn. Also?«

Claire lächelte. »Och, nichts Besonderes. Ich habe mich im Urlaub in irgend so einen Franzosen verliebt, und er hat sich einfach nicht gemeldet – ach Gott, nichts von Bedeutung.«

»Und du bist immer noch in ihn verliebt?«

Claire nickte. »Es wird stündlich schlimmer, fürchte ich.«

»*Mon Dieu,* kann ich irgendetwas für dich tun?«

»Ja.«

»Was?«

»Das sage ich dir dann im Schlafzimmer.«

Auf der Treppe legte er den Arm um ihre Taille. »Ich habe die ganzen letzten Wochen auf eine besondere Premiere gewartet.«

»Nämlich?«

»Morgen früh neben dir aufzuwachen.«

Es wurde eine gelungene Premiere, bei der man zwischen Hauptvorstellung und Zugaben kaum unterscheiden konnte.
Um halb elf entschlossen sie sich endlich aufzustehen. François erklärte sich bereit, die Hunde auszuführen und mit Sonntagsbrötchen zurückzukehren. Auch heute war der Himmel grau, es regnete. Claire schaute dem Mann mit den beiden hüpfenden Hunden hinterher, füllte die Kaffeemühle und setzte das laute kleine Gerät in Gang. Als sie den Deckel hob, stieg ihr der herbe Duft in die Nase. Sie war einen Moment lang erfüllt von vollkommenem Glück. Schon in der nächsten Sekunde meldete sich ihr Schuldgefühl. Sie hielt es plötzlich nicht mehr aus. Sie schaltete die Kaffeemaschine ein, griff nach dem Telefonhörer, ging in das stille, graue Wohnzimmer, legte sich auf das Sofa mit Blick auf den Garten und wickelte sich in eine Decke. Es läutete lange, bis Gertrude abhob.
»Birnbaum.«
»Ich bin's. Claire.«
»Ah. Guten Morgen.«
»Gertrude, ich … ich habe mich so blöd benommen.«
»Stimmt.«
Sie musste wirklich getroffen sein, denn sie kam Claire nicht zu Hilfe. Claire schluckte. Im Gegensatz zu Freundin und Kollegin Edda hatte sie wenig Übung im Streiten, deshalb fragte sie wie ein Kind: »Gertrude, bist du noch böse?«
»Natürlich.« Die Stimme klang kühl.
»Oh, dann«, Claire bemühte sich um Fassung, »dann nimm

wenigstens meine Entschuldigung entgegen. Ach, Gertrude, kannst du mir denn nicht …«

»Jetzt hör mir mal zu. Genau in der Sekunde, wenn der erste kleine Konflikt in einer Freundschaft auftaucht, ist sie bei mir vorbei. Ich möchte, dass meine Freunde vollkommen sind. Hatte ich dir das nicht gesagt, damals in München? Dann schau noch mal in unserem Freundschaftsvertrag auf das Kleingedruckte.«

Jetzt erst begriff Claire und hörte das Grinsen. »Gertrude, ich konnte kaum noch atmen vor Liebeskummer, deshalb musste ich die erstbesten Steine schmeißen, die ich in die Finger bekam.«

»Weiß ich doch. Ach, Kind. Wenn ich nach jedem Streit eine Freundschaft gekündigt hätte, wäre ich allein auf der Welt. Und meine Beziehung zu Jacques hätte genau fünfzehn Minuten gedauert. Claire, was glaubst du denn, wie ich Freundschaft definiere?«

»Rate mal, weise Frau, wer seit gestern Abend hier ist«, sagte Claire. Sie fühlte sich auf einmal ganz leicht und war sogar bereit, einen Satz wie »Hab ich dir doch gleich gesagt« einzustecken.

Aber Gertrude sagte nie, was man so sagte. »Dann grüße ihn von mir. Ach, Clärchen, das freut mich aber. Wie lange bleibt er denn?«

»Leider nur bis morgen. Gertrude? Ich bin so erleichtert, dass du mir nicht mehr böse bist.«

»Nun ist es aber gut, Claire. Glaubst du, François könnte mir ein deutsches Roggenbrot mitbringen?«

»Natürlich, Gertrude.« Claire lachte. »Ach, Gertrude, du bist so putzig. Da steht das Wunder meines Lebens vor der Tür, und du denkst an Sauerteig.«

»So sind wir Schweizer«, erklärte Gertrude fröhlich. »Außerdem hängen Liebe und Essen zusammen.«

Das war unbedingt richtig, denn eben trat François ins Wohnzimmer, ein Hörnchen im Mund, zwei Kaffeebecher in einer Hand. Er stellte den Kaffee ab und beugte sich über sie. Claire verabschiedete sich von Gertrude und biss in die andere Hälfte des Croissants. Es schmeckte ausgezeichnet, aber der Kaffee wurde kalt.

8

Von Ferne hörte man das Brummen und Sirren der Autobahn nach Lissabon. Man hörte es, weil die kleine Landstraße wenig befahren war. Rechts an der Straße, ein paar Meter hinter dem Dorf, flimmerte an einer verstaubten Fassade ein rotblauer Neonschriftzug: »Paco's«. Das flache, ehemals weiße Rasthaus mit der kleinen Tankstelle brütete an der Landstraße vor sich hin wie eine kranke Henne. Es hielten nur wenige Autos.

Zilli Kuhl stand in Hemd und kurzer Hose am Herd und rührte in einem Topf. Simon beobachtete den Kochdunst, der Tante Zillis Gesicht zeitweilig verschwinden ließ. Tante Zilli sah komisch aus. Am ersten Morgen, nachdem er sie mit den neuen Haaren gesehen hatte, sagte er: »Mach doch die Mütze ab, Tante Zilli.«

Tatsächlich glichen Zillis Haare momentan einer blauschwarzen Wollperücke. Mechthild hatte lauthals gelacht. »Mensch, Zilli, du siehst aus wie eine Apachenfrau aus der Karnevalsabteilung. Nä, Kerle noch mal, wie nennt sich der Farbton? Kohlenblond?«

»Muss mich doch nicht jeder gleich erkennen!«

»Zilli, diese Haarfarbe ist auffälliger als eine knallrote Pappnase. Jedenfalls an dir. Außerdem hör mit dem Quatsch auf, wer soll dir hier begegnen? Wir haben zwar die Autobahnausfahrt vor der Nase, aber irgendwie findet uns keiner.«

Nicht nur Zilli litt unter Angst. Mechthilds Nerven lagen blank, denn die Raststätte lief einfach nicht. Mechthild war nie sehr geduldig gewesen, jetzt bemerkte Zilli schnell, dass sie der Freundin mit ihren Ängsten auf den Wecker ging.

»Herrgott, jetzt denk doch einfach nicht mehr an den!«

Mehr fiel Mechthild dazu nicht ein. Aber wie sollte man *nicht* an jemand denken, wenn man nicht mehr an ihn denken wollte? Je mehr man nicht wollte, desto mehr musste man. Auch Zilli wurde zornig, denn dümmer als Mechthilds Aufforderung konnte wirklich kein Ratschlag sein. Ohne Käthi und Simon wäre sie weitergereist. Und der Bonner Hausverkauf ließ auf sich warten, aber ohne diesen dicken Brocken war nicht ernsthaft an eine neue Existenzgründung, etwa auf den Kanaren, zu denken. Ein-, zweimal hatte Zilli mit Bonn telefoniert.

»Sie müssen sich gedulden, fürchte ich«, ließ die Maklerin sie wissen. »Der Immobilienmarkt ist schlapp im Moment. Vielleicht sollten wir doch noch mal über den Preis nachdenken.«

»Ach, hören Sie auf. Das Haus ist im Bestzustand, liegt in einem guten Viertel. Ich brauche so viel.«

Zilli entdeckte an ihrer alten Freundin neue Seiten. Mechthild war energisch, hilfsbereit und gutmütig. Aber sie war immer öfter gereizt, teilte Befehle aus, die Zilli sinnlos er-

schienen, und reagierte aggressiv, wenn Zilli die Zwiebeln in Ringe statt in Spalten schnitt.
Mechthild war nicht böse geworden, aber sie fühlte sich hilflos. Der Feind war nicht greifbar. Der Feind, das waren all die Gäste, die *nicht* kamen.
»Zilli, ich hab manchmal solche Angst«, gestand Mechthild ihrer Freundin in kummervollen Nächten, wenn Paco schlief, wenn die beiden Frauen im dunklen Lokal saßen, das einmal mehr bereits um neunzehn Uhr seine Lichter abgeschaltet hatte, weil seit achtzehn Uhr kein Mensch mehr erschienen war.
Zilli verstand. Mechthilds Ängste klebten auf den eingestaubten Flaschen in der Bar, Zillis Angst hockte in jedem versprengten Lastwagen, der die Autobahn verlassen hatte, saß auf jedem Rücksitz eines deutschen Autos, dessen Insassen nicht sofort und auf einen Blick identifizierbar waren. Es konnte immer ein Freund von Hermann drin sitzen, immer einer seiner vielen Bekannten, Gläubiger, Feinde.
Oder er selbst.
Mit Mechthild, dem einzigen Menschen, mit dem sie hätte reden können, konnte sie nicht reden. Und so hinterließen die Träume Nacht für Nacht einen trüben Bodensatz, dessen Pegel wuchs. Schneller und schlimmer als zu Bonner Zeiten. Hier gab es niemanden, der Zillis Nachtmahr auf das normale Maß hätte zurechtstutzen können, niemanden, der ihr zuhörte. Auf dem unruhigen Boden wuchs eine hässliche Dornenpflanze, die Zillis Nacht zur Qual

und ihren Tag zur sechzehnstündigen Gedankenfolter werden ließ. Sie stürzte sich in die Arbeit, damit für Grübeleien möglichst wenig Raum blieb.

»Zahlen kann ich dir nix«, gestand Mechthild, als Zilli vor Wochen hoffnungsfroh aus dem Lieferwagen geklettert war. »Ihr könnt hier wohnen, Platz ist genug da. Die Gästezimmer stehen sowieso immer leer. Und essen könnt ihr hier auch, keine Frage. Aber es läuft nicht gut, Zilli. Paco macht sich nicht klar, wie es wirklich um uns steht.« Mechthild blies den Qualm in die Luft. Sie hatte wieder angefangen zu rauchen.

»Dann sag mal, wie schlimm ist es denn?«, hatte Zilli gefragt.

»Noch ein halbes Jahr, dann muss ein Wunder passieren, oder wir müssen hier raus.« Mechthild sah in die obere rechte Raumecke.

»Scheiße«, sagte Zilli.

»Ja«, antwortete Mechthild.

Der Scherbenhaufen der zerbrochenen Träume war insgesamt beachtlich.

Manchmal, wenn Zilli in ihrem schlichten Zimmer lag, hörte sie durch die Wand sorgendunkles Gemurmel von Mechthild und Paco. Zilli warf sich auf dem Gästebett hin und her und fiel meist erst in den Morgenstunden in einen unruhigen Schlaf.

Simon streifte durch das weite, umzäunte Gelände, rupfte Unkraut und schenkte es Tante Mechthild. Mechthild liebte den Jungen, der auf ihre Knie kletterte, wenn Mechthild nach der Mahlzeit den Teller von sich schob und ihrer Freundin Zilli ein neues Anschreiben der Bank vorlegte, das Paco ihr stockend übersetzte. Dann kroch Simon auf Mechthild herum, ließ sich kitzeln, quietschte und brachte sie dazu, nach seinen dreckigen Fingern zu schnappen und alle Probleme für ein paar Minuten zu vergessen.

Richtig gut ging es nur Käthi. Käthi nabelte sich ab. Tante Zilli war für sie nach wie vor die Mitte des Universums, aber diese Mitte verrutschte von Woche zu Woche ein bisschen mehr, weg von ihrem zentralen Platz. Käthi hatte ihren neunten Geburtstag gefeiert und begann, sich nach außen zu orientieren. Käthi blühte auf. Mit ihrer zähen Energie und ihrem ausgeprägten Überlebenswillen war sie Pacos Liebling. Er mochte dieses Kind mit dem leicht schiefen Mund und dem listigen Ausdruck eines kampfbereiten Nagetierchens. Anfangs hatte Käthi, verunsichert durch all die fremden Laute, fast immer geschwiegen.

»Meu tio se chama Paco – mein Onkel heißt Paco«, schrieb sie wenig später in ihr Übungsheft und meinte es auch so. Käthi hatte zu viel erfahren, um Erwachsenen grundsätzlich arglos zu begegnen. Aber Paco war der erste Mann, dem sie nicht vorsichtig auswich. Paco war der erste Mann, dem sie vertraute. Mamas Männer hatten immer falsche oder stumpfe Augen gehabt, Pacos Augen waren echt.

Auf dem großen Grundstück stand eine große, Schatten spendende Steineiche, daneben ein Schuppen, in dem

Paco Gartengeräte, eine brüchige Obstkelter und drei alte Stühle aus seinem Elternhaus aufbewahrte. Paco saß abends oft auf einem der wackeligen Stühle und erzählte Käthi von seiner Kindheit.

Seine Eltern waren Bauern gewesen. »Ein Scheißleben«, sagte Paco und schob mit seinen Stoffschuhen ein paar Stöckchen hin und her. »Kein Traktor, harte Erde, jeden Morgen um vier, fünf aufstehen. Und im Winter kalt. Es gab Feuer im Kamin, aber nur in der Küche. Und so viel Arbeit, so viel Arbeit. Hier!« Er zeigte Käthi eine Hacke mit Zinken wie verkrüppelte Hühnerfüße. »Damit habe ich die Erde locker gemacht, das Feld war so groß wie das alles hier«, er holte mit dem Arm zu einer Kreisbewegung aus. »Viele, viele Steine. Ich musste alles alleine machen. Da war ich ungefähr so alt wie du. Vielleicht zehn.«

Käthi, die auf der Erde saß und Ameisen über einen Stock krabbeln ließ, blickte zu Paco auf.

»Und mein Vater hat mich oft verprügelt.« Er lachte.

Käthi sah, dass es kein lustiges Lachen war. Paco sprach zu ihr niemals anders als zu einer Erwachsenen. Er ging nicht in die Hocke, um zu Käthi im Kinderland zu sprechen. Vielleicht weil er spürte, dass es in Käthis Kinderland genauso trübe Gegenden gab wie in seinem. »Und auf diesem Stuhl«, fuhr er fort und rückte etwas zur Seite, damit Käthi die drei geschnitzten Rosen auf der Rücklehne sehen konnte, »… auf diesem Stuhl hat früher immer meine Mutter gesessen. Mutter ist schon lange tot. Gute Frau. Ich hab den Stuhl sehr gerne.«

Es war an einem immer noch warmen Sonntagmorgen Anfang Oktober, als Paco die vielleicht beste Tat seines Lebens gelang. Mechthild arbeitete gerade mit Zilli in der Küche und war besser gelaunt als sonst, denn für das Abendessen hatte sich eine deutsche Reisegesellschaft angesagt, ein Billigveranstalter, der schon letzte Woche das Lokal gebucht hatte. Mechthild hatte vor vierzehn Tagen bei einem Einkaufsausflug nach Coimbra einfach einen Reiseleiter auf einem Touristenparkplatz angesprochen, ihn zu einem Gratisessen eingeladen und bekam nun schon den dritten Auftrag. Die Umwegschleife von der Autobahn lohnte sich für die Gesellschaft, denn Mechthild und Zilli kochten konkurrenzlos preiswert.

»Ich kapier ja nicht, wieso Touristen in Portugal ausgerechnet Rouladen essen müssen, aber wenn dadurch die Bude endlich mal voll wird – mir soll's recht sein.« Mechthild schöpfte Mut. Sie wickelte gerade unverdrossen weißes Küchengarn um die achtzehnte Roulade, als sie durch das Fenster blickte und ihr die dünne blaue Rauchfahne auffiel, irgendwo hinten auf dem Grundstück. Paco, der vor seiner Tankstelle saß, hatte sie auch bemerkt, legte die Zeitung beiseite, eilte zum Schuppen und stand nach zwei Minuten vor dem rauchgeschwärzten Gestell seines Lieblingsstuhls. Der Flechtsitz aus Stroh hatte gebrannt wie eine Fackel, die bläulichen Ascheflocken waren überall verteilt, und der Holzrahmen glomm.

»Scheiße!«, schrie Paco und trat nach dem Gestell, das in diesem Moment vollends auseinander brach. Dann erblickte er Käthi. Käthi, weiß um die Nase, die Arme auf dem Rücken verschränkt, stand im Halbschatten der Steineiche und blickte ihn unverwandt an. Paco stand still. Es war überflüssig, sie anzuschreien und zu fragen: »Hast du das etwa gemacht?«

Sie hatte es getan, das war so eindeutig, als hätte sie es gesagt. Nur *warum* sie es getan hatte, das verstand Paco nicht. Aber er begriff etwas, das wichtiger war als die Antwort auf diese Frage: Käthi war entsetzt. Sie war unglücklich. Viel unglücklicher als er.

Und wie sie da stand: Normalerweise liefen Kinder davon, wenn sie Mist gebaut hatten oder versuchten, ihre Untaten zu vertuschen. Nein, Käthi *wollte*, dass er sie neben ihrer Missetat sah, leichenblasse Erwartung im Gesicht. Sie wollte sehen, was jetzt passierte. Ob er sie vielleicht für immer fortschickte. Bei Tante Zilli hatte sie die Fußmatte angekokelt und im Laden geklaut, aber Tante Zilli blieb ihr wunderbarerweise erhalten. Jetzt kam noch ein großer Mensch in ihr Leben, ein nichttrinkender, freundlicher Onkel diesmal, und schon setzte das ein, was Käthi in zehn Jahren im Rückblick den »Käthitest« nennen sollte.

Paco hatte sich in seinem Leben mit Psychologie noch nie auseinander gesetzt. Er begriff Käthis Problem nicht mit dem Kopf. Aber er nahm sie sachte beim Arm, ging mit ihr in die Werkstatt und gab ihr einen Hammer in die rechte Hand. Der Hammer war ganz neu, hatte einen rot lackierten Holzstiel und einen blauen Streifen auf seinem Metallkopf. Er trat einen Schritt zurück, blickte sie an und sagte

ganz ruhig: »So, Käthi. Jetzt mach alles kaputt, was du willst.«
Dann ging er hinaus, ließ sie allein zurück. Allein mit dem fast neuen Abschleppwagen. Seine von Zilli gewienerten Außenspiegel, Kotflügel, Fensterscheiben blinkten wie Sonntagsporzellan.
Käthi stand da, reglos wie damals vor dem Einfamilienhaus, als Tante Zilli sie fast verlassen hätte, und schaute auf immer denselben Punkt, auf eine schwarze Spraydose mit weißer Kappe. Ziemlich lange stand sie so.
Es war kaum zu glauben. Onkel Pacos Gesicht war tatsächlich nicht böse gewesen. Auch nicht vorwurfsvoll. Es war ganz einfach immer noch derselbe Onkel Paco wie vorher. Sie konnte jetzt den Hammer hochheben und ihn mitten auf den blinkenden Kotflügel sausen lassen. Er hatte es ihr erlaubt, mit demselben ruhigen Gesicht, mit dem er ihr erklärte, was »Zucker« auf Portugiesisch hieß, oder »Schulranzen«.
Die Sonne schien durch die hohen Glasfenster der Werkstatt, es roch nach Motoröl, ein paar dicke Fliegen brummelten an den Fenstern entlang und schienen in ewiger Stumpfheit nicht zu begreifen, dass zwei Meter weiter links die Tür offen stand.
Käthi ließ den Hammer auf den Boden gleiten, er blieb dort liegen, wo sie gestanden hatte. Sie trat in die helle Tagessonne, schloss die wackelige Blechtür und ging wieder zum Schuppen. Der Stuhl war fort. Die Ascheflocken lagen noch auf dem Boden. Ein anderer Stuhl stand da,

ohne Rosenschnitzerei auf der Rücklehne, aber auch alt und aus dem Bauernhaus stammend, von dem Paco ihr so viel erzählt hatte. Käthi kletterte auf den Stuhl, stemmte ihre kleinen Arme fest auf den Rahmen, hob das Hinterteil, um sich richtig so hinzusetzen, dass ihr Rücken die steife Lehne berührte. Ihre Füße reichten jetzt nicht mehr auf den Boden. Sie blieb still sitzen, fühlte, wie sich das Flechtwerk des Sitzes in ihre Haut drückte, denn sie trug nur eine kurze Spielhose.
Die Lehne schien einen sanften Gegendruck auszuüben, wie eine große Hand. Ein Ascheflocken löste sich von der Steineiche und schwebte herunter, leicht wie eine Feder, und landete genau auf ihrem rechten Knie.
Leicht wie eine Feder.

9

Eine Theorie Armands, die da besagte, dass zu viel Putzen schädlich sei, hatte sich bewahrheitet. Zwar auf andere Weise, als es seine wissenschaftliche Theorie begründete, aber immerhin.

»Mit jedem Putzvorgang bleiben einige Dreckmikroben zurück«, erklärte er und stopfte den Pfeifentabak mit einem rostigen Schraubenkopf nach. »Und die machen dann neue Mikroben, die noch resistenter sind. Bis du eines Tages Dreckmikroben von der Größe einer Kichererbse auf der Treppe sitzen hast, Kämpfermikroben, die ganze Landstriche ausrotten können. Nimm dich in Acht, Josette!«

»Oh, Armand, ich werde dir eines Tages den Putzeimer über die Ohren stülpen, aber so, dass du ihn nie wieder herunterbekommst. Kämpfermikroben! Damit hat man euch unschuldige Kinder in diesem schmuddeligen Marseille großgezogen, was?«

Josette reckte sich nach einem Spinnennetz über der Haustür, verlor auf der Stufenleiter das Gleichgewicht und stürzte. Das war jetzt zwei Wochen her. Josette lag im Hospital von Blois, hatte einen komplizierten Oberschenkelhalsbruch, und der zuständige Arzt verbreitete wegen

der möglichen Spätfolgen keinen Optimismus. Gertrude kam jeden Tag, brachte Blumen, ohne die Josette nicht leben konnte, und beschönigte, was der Arzt ihr gesagt hatte.
»Oh, Gertrude, was wird mit Armand?«, jammerte Josette.
»Du wirst es kaum glauben, aber dein Armand arbeitet, wenn er muss! Und er ist der geborene Koch!«
»Er war doch mal Schiffskoch«, sagte Josette stolz. »Und zwar der beste, den je eine Kombüse gesehen hat.«
»Ich weiß, dass er Schiffskoch war. Aber ich hatte die antiquierte Vorstellung, dass Schiffsköche immer nur die Maden aus dem Schiffszwieback klopfen und Dörrfleisch in Brackwasser kochen!«
»*Ma chère,* vor zweihundert Jahren vielleicht, also wirklich.«
»Gestern hat er uns ein Kaninchen mit Armagnacpflaumen hingelegt, ehrlich, ich könnte ins Schwärmen geraten!«
Das ging zu weit. Als Gertrude Josettes Gesicht sah, beeilte sie sich hinzuzufügen: »Gegen dein Essen ist es natürlich kein Vergleich, aber immerhin, niemand verhungert.«
»Aber all der Dreck!«
»Oh, das ist halb so wild.«
»Du meinst, es fällt also überhaupt nicht auf, dass ich nicht mehr da bin?« Josette starrte beleidigt auf die bunten Astern, die Gertrude liebevoll mit Gräsern gebunden hatte. Gertrude seufzte. Eigentlich wollte Josette hören, dass ohne sie nichts funktionierte, um anschließend genau darüber zu lamentieren.
»Meine liebste Josette, du fehlst an allen Ecken und Enden.

Es vergeht keine Stunde, in der Armand nicht von dir spricht und jammert, dass du nicht da bist. Und ich merke jetzt erst, wie viel Arbeit du immer mit mir hast, meine Gute! Ach, wie ich unsere kleinen Gespräche und deinen Kaffee um elf Uhr vermisse! Und meine Fenster sind so dreckig. Die alten Spitzentischdecken müssen gebügelt werden. Alles wartet auf dich.«

Fensterputzen und Spitzendeckenbügeln gehörten mit zu Josettes Lieblingsbeschäftigungen. Gertrude gab ihrer Freundin und Haushälterin einen Kuss auf die Wange und verabschiedete sich in dem Bewusstsein, ihr für ein paar Stunden den Stoff für wohlige Träume geliefert zu haben, glänzende Schneisen auf blinden Fenstern, zischende Bügeleisen auf dampfendem Stoff, von dem der Duft feuchter Gartenluft aufstieg, glatte Spitzen, die man aus verknittertem Krumpelgewirk zauberte – kurzum, das wohlige Gefühl von Reinigung und Ordnung. Irgendwie war es vergleichbar mit den Empfindungen, die man hatte, wenn man nach der Seelenwäsche aus dem Beichtstuhl kletterte, dachte Josette. Du liebe Güte, war dieser Gedanke jetzt gotteslästerlich? Sie musste mit Armand darüber reden. Wozu hatte man einen Philosophen als Mann. Auch wenn er bloß aus Marseille stammte.

Es war tatsächlich so: Armand kam gut zurecht. Gertrude, die nun häufig bei ihm zu Gast war, lobte ihn für seine Kochkunst, sprach aber nicht aus, was auch Armand wusste: sein Essen war wesentlich raffinierter als das seiner Frau. Zwar blieb der Fußboden dreckig, der Hauseingang lehmig, die Wäsche wechselte wochenweise von Rosa nach Blau meliert, aber von sinkendem Schiff konnte keine Rede sein.

Für Gertrude war das Leben durchaus unbequemer. Und einsamer. Mehr, als sie gedacht hatte, fehlte ihr der gedeckte Tisch, der morgendliche Schwatz, wenn Josette den Elf-Uhr-Kaffee ins Atelier brachte. Gertrude wäre es niemals in den Sinn gekommen, die Malerei zugunsten der Hausarbeit zu vernachlässigen. Binnen einer Woche wuchs ihr der Haushalt über den Kopf. Sie ärgerte sich über den verlorenen Sonntag, an dem sie versucht hatte, doch noch so etwas wie Ordnung in das weitläufige Haus zu bringen. Also ließ sie einfach alles liegen.

Heute war endgültig der Herbst über die Touraine gekommen. Schwer lagen die Wolken, die der Wind vom Atlantik herantrieb, über den Häusern, deren grün bemooste Dächer mit den flachen Tonschindeln aussahen wie mürrische Schildkröten.

Gertrude stand auf der Veranda, zog die Strickjacke enger um die Schultern und fröstelte. Wie oft noch würde sie hier stehen können? Die Spätherbste, die sie noch hatte, waren zählbar. An einer Hand, an zweien?

Sie wandte sich um, ging zurück in die stille Küche, schaute auf die Uhr. Noch drei Stunden bis zum Abendessen mit Armand. Seit Josettes Unfall gab es Stunden, in denen sie sich einsam fühlte, eine bislang unbekannte Empfindung. Und die Malerei wollte im Moment nicht richtig weitergehen. Das war eigentlich das größte Problem, denn wenn sie im richtigen Arbeitsfieber war, blieb alles hinter der Ateliertür zurück, und sie war einfach nur restlos gegenwärtig, restlos zufrieden.

Aber jetzt? Im Moment war Stillstand der Kreativität. Ein Zustand, den sie fürchtete und der ihr, weil er ungewohnt war, heimtückisch erschien. Ihr Blick wanderte zum Kalender. Wann war Weihnachten? Wann kam Claire? Die Standuhr tickte. Draußen heulte der Wind, die Gardine bewegte sich leicht. In wenigen Minuten würde es ganz dunkel sein. Die Stille begann plötzlich in ihren Ohren zu dröhnen, das Ticken der Uhr war laut wie ein unangenehmes Hackinstrument.

»Mache ich etwas falsch, Chéri?«, fragte sie das Foto, das neben ihrem Lehnsessel an der Wand hing. Jacques blickte sie unter seinen buschigen Augenbrauen an, ruhig wie immer. Er schwieg.

»Jacquo, ich hatte noch nie ein Problem damit, allein zu sein. Warum jetzt, zum Teufel?« Plötzlich bekam sie feuchte Augen. »Schluss jetzt, Gertrude Birnbaum!«, sagte sie laut und energisch und erhob sich. Wieder fiel ihr Blick auf Jacques' Foto. Er schien zu grinsen.

»Hast ja Recht!« Gertrude drehte sich plötzlich um, schaltete sämtliche Lampen ein, legte eine Kassette mit kubanischer Musik in ihren Küchenrecorder und setzte sich an den Tisch. Übernächste Woche war ihr Geburtstag, und er sollte gefeiert werden. Sie suchte nach dem Telefonkalender, um sich mindestens zwei Wochenendgäste einzuladen. Ein rosa Zettel füllte sich mit Posten.

– Gästeanbau vorher heizen
– Termin Friseur
– Vorspeise vielleicht Fruits de mer? Käsesoufflé? Armand frag…

Genau in dieser Sekunde klopfte jemand an der Vordertür. Kaum hatte man einen sentimentalen Anfall kreativ in den Griff bekommen, wurde man auch schon wieder gestört.
»Gopferdammi Siäch!«, fluchte sie nach eher unfeiner Züricher Art, stellte die Musik ab und erhob sich. Sie öffnete die Haustür. Ein kalter Wind zog in den Flur, vor dem Haus stand eine blasse Frau, die beide Hände hob und gerade den Mund aufmachen wollte.
»Ach nein, ich kaufe grundsätzlich nichts«, sagte Gertrude entnervt, noch bevor die Fremde antworten konnte. »Ich kann Ihnen etwas geben, warten Sie einen Moment.« Gertrude schloss die Tür wieder und suchte nach ihrer Windjacke, in deren Tasche sie ihr Portemonnaie vermutete. Auch das noch. Irgendeine fahrende Dame mit Häkeldeckchen oder Teppichen. Für diese Jahreszeit eigentlich ungewöhnlich. Es klopfte wieder. Gertrude riss unwillig die Tür auf. »Einen Moment Geduld müssen Sie schon …«
Gertrude hatte natürlich französisch gesprochen; umso überraschter war sie, als die Fremde auf Deutsch entgegnete: »Ich verstehe Sie nicht, Frau Birnbaum. Sie haben bei mir in Bonn mal Steinpilzravioli gekauft«, und ihre Stimme zitterte.
Plötzlich erkannte Gertrude diese Frau. An einem Novem-

berabend, mitten in Frankreich, in einem kleinen Dorf in der Touraine daran erinnert zu werden, dass man in Bonn mal Nudeln gekauft hatte, war in seiner Absurdität kaum zu übertreffen. »Jetzt sagen Sie nicht, dass Sie bis hierher gefahren sind, um mir noch mal Ravioli zu verkaufen!«
Die Frau hob den Kopf. »Ich brauche Hilfe. Bitte. Ich habe ein krankes Kind dabei, und ich kann kein Französisch. Wissen Sie, wo ich einen Arzt finde? Vielleicht muss es auch ins Krankenhaus.« Sie wies auf einen weißen Lieferwagen, der in der Einfahrt parkte und den Gertrude erst jetzt bemerkte.
»Ist die Kleine krank?« Gertrude betrachtete das Mädchen mit der roten Nickelbrille besorgt. »Aber nun kommen Sie doch bitte herein. Es ist viel zu kalt.«
»Das kranke Kind ist im Lieferwagen.«
»Dann holen Sie es.«

Als Armand abends um acht nachsehen wollte, warum Gertrude nicht an seine Tafel geeilt war, an der der Curé schon längst mit aufgepflanzter Gabel wartete, bot sich ihm ein ungewohntes Bild durch die Gartentür. Eine Frau, vielleicht Mitte vierzig, saß, in eine karierte Wolldecke gehüllt, auf Gertrudes Sofa. Sie hatte eine seltsame asphaltähnliche Haarfarbe, die nicht echt sein konnte, denn der rotblonde Haaransatz war auf dem Kopf deutlich zu erkennen und ließ sie aussehen wie ein fehlfarbener Dachs.
Neben ihr lag ein kleines Mädchen, das einen ziemlich großen Hammer mit blauem Streifen auf dem Metallkopf

umschlungen hatte. Die Frau streichelte unablässig die Füße des Kindes, die in rotblauen Ringelsocken steckten. Armand klopfte an die Terrassentür.
Zilli zuckte zusammen und hielt sich das Herz. Gertrude beobachtete sie erstaunt. Diese Sorte Schreck erschien ihr maßlos. Wer war hinter ihr her?
»Armand, mein Guter, ich habe überraschend Besuch bekommen. Eine alte Freundin aus Deutschland. Sei mir nicht böse, aber ich kann jetzt unmöglich zum Essen kommen. Ich bin untröstlich, aber es geht wirklich nicht.«
»Kommt doch alle rüber!«
Mit einem Blick auf Zilli erfasste Gertrude, dass das jetzt nicht das Richtige war. »Nein, sie hat ein krankes Kind dabei, wir müssen darauf aufpassen.«
Armand ließ seinen Blick auf der schlafenden Käthi ruhen und bemerkte erst jetzt bewusst, mit welch seltsamem Schmusegerät das Kind sein Lager teilte. Darüber vergaß er fast die Entrüstung, dass Gertrude zu einem so ungehörigen Zeitpunkt absagte.
»Interessant«, murmelte er und ging nachdenklich in sein Haus zurück. War das in Deutschland so üblich? Es würde einiges erklären … Eine neue Theorie formulierte sich in seinem Hinterkopf, mal sehen, was Monsieur le Curé dazu zu sagen hatte.
»Hat Ihnen Claire meine Adresse gegeben?«, fragte Gertrude.
Sie begriff immer noch nicht, wieso eine deutsche Lebensmittelhändlerin mit ihrem Bonner Lieferwagen, Aufschrift

»Windisch & Co., Feinkost«, und zwei kleinen Kindern im November durch die Touraine irrte.

»Nein, nicht direkt. Aber sie zeigte mir vor einigen Monaten ein Foto von Ihrem schönen Haus hier. Kurz nachdem Sie Claire in Bonn besuchten.« Zilli sprach ungewohnt leise. »Und sie sagte, dass sie hierher in Urlaub fahren würde. Ich drehte das Foto herum, und da stand: Sommer in Florifère, Chimeray-sur-Cher, Gruß Gertrude.«

Zilli sprach die Wörter nach deutscher Diktion aus. Gertrude staunte. »Du liebe Güte, da haben Sie diese fremden Namen nur einmal gelesen und sich das alles merken können?«

»Ich habe ein ziemlich gutes Gedächtnis. Ich weiß auch etwas über Sie, ich habe mich einige Male mit Claire über Sie unterhalten. Sie mögen zum Beispiel rheinisches Zuckerrübenkraut. Das hat Frau Sandmann meistens bei mir gekauft, wenn Sie zu Besuch waren. Und Sie haben«, Zilli blickte auf den Datumsanzeiger ihrer Uhr, »in zehn Tagen Geburtstag. Sie sind Schütze, wie ich übrigens.«

Gertrude lachte. Sie betrachtete die schlafende Käthi, die sich jetzt etwas bewegte, um mit dem kleinen Gesicht noch tiefer in die Kissen zu tauchen. Sie sah aus wie ein träumendes Erdmännchen.

»Kommen Sie in die Küche, wir lassen Käthi hier schlafen. Und Simon ist ja versorgt.«

»Mein Gott, und ich dachte, er hätte eine Lungenentzündung.«

Gertrude erhob sich, Zilli folgte ihr in die dunkle Küche.

Gertrude schaltete das Licht ein, rieb sich fröstelnd die Arme, stellte die Heizung höher und wandte sich um. »Ach was, nur eine dicke Erkältung. Und der Arzt muss es wissen, er hat fünf Kinder. Also: Jetzt essen wir ein paar Happen, und wenn Sie wollen, erzählen Sie mir, warum Sie Ihren Kindern ausgerechnet im November die Touraine zeigen müssen!«

»Das sind nicht meine Kinder.«

Gertrude, die gerade ein Brot in schiefe Scheiben schnitt, drehte sich um und fragte in selbstverständlichstem Ton: »Haben Sie sie entführt?«

Zilli seufzte. »Nein. Das sind die Kinder meiner Schwester.«

»Ach ja. Ich erinnere mich! Claire hat mir damals ein wenig über sie erzählt.«

»Ich bin auf dem Weg, sie nach Hause zurückzubringen, bevor ich weiterreise. Einige Dinge haben sich nicht so entwickelt, wie ich es gehofft habe.«

»Jetzt mal der Reihe nach.« Gertrude goss Zilli einen Rotwein ein, stellte Käse, Oliven und Pâté auf den Tisch und nickte ihr aufmunternd zu.

»Also«, begann Zilli nach einem tiefen Schluck …

Busfahrer kennen natürlich andere Busfahrer. Mechthilds Adresse wanderte in einige Taschen. Auch in die von Langstreckentruckern, die nach ein paar tausend Kilometern die Aussicht auf Rouladen und Linsensuppe ungemein attraktiv fanden. Holländische Fernfahrer fanden sogar

Hutspot auf der Karte, das sprach sich natürlich herum. Seitdem Mechthild die portugiesische Küche aufgegeben hatte und Heimwehgerichte kochte, belebte sich das Geschäft spürbar. Auf dem Parkplatz vor dem flachen Restaurantgebäude standen jetzt häufig Lastwagen oder Busse aus der Heimat. Mechthild schöpfte Hoffnung. Für Zilli allerdings waren die Besucher aus dem nordischen Ausland eine Qual. Darüber schwieg sie aber.

Zilli servierte gerade einem Stuttgarter Fernfahrer einen Kümmelbraten, als die Tür aufging und ein untersetzter Mann auf einen freien Tisch zusteuerte. Er sah Zilli, stutzte, lachte, ging mit ausgebreiteten Armen auf sie zu und brüllte: »Zilli, altes Haus! Dat darf doch nich wahr sein! Wie komms du denn hierher? Wat hast du denn fürne Haarfarbe???« Es war der Dortmunder Lkw-Fahrer, der von Hermann einmal ein Auto gekauft hatte, das nach zweihundert Kilometern wie feuchte Pappe auseinander gefallen war. Er hatte Zilli immer besonders gemocht, deshalb verstand er überhaupt nicht, dass Zilli grünlich weiß wurde, das Tablett fallen ließ und in die Küche rannte.

Mechthild begrüßte den verdutzten Mann, an den sie sich schwach erinnern konnte, mit mühsam gezügeltem Zorn. »Sie ist durchgeknallt, wegen Hermann, wissen Sie. Was kann ich für Sie tun?«

»Wat hattse denn?«

»Angst«, erklärte Mechthild knapp. »Immer noch Panik vor Hermanns Rache. Er muss wieder draußen sein.«

Zilli kam zurück. Sie hatte sich wieder gefasst, schämte sich offensichtlich, entschuldigte sich und machte sich daran, die zerbrochenen Gläser und das Bier zu beseitigen. Mechthild nahm ihr wortlos den Eimer aus der Hand und wies sie mit dem Kopf an, sich zu dem alten Bekannten zu setzen. Zilli lächelte zaghaft, dann entschuldigte sie sich noch einmal.

»Lass mal stecken«, sagte der Trucker. »Hermann is ja auch ein altes Aas. Haste wahrscheinlich Muffen, dat ich Hermann erzähle, wo du bis, oder? Nee, keine Bange. Wahrscheinlich sitzt er längst wieder wegen eine neue Sache, dat isso einer.«

»Kann sein«, murmelte Zilli.

Ihre Innereien revoltierten. Der Magen wog so viel wie ein Ziegelstein. Der Kopf schmerzte. Die Füße waren schwer, die Finger aus kaltem Draht. Das war der Anfang vom Ende. Natürlich würde er Hermann nichts sagen. Aber man kannte das ja. Sieben, acht Bier, dann: »Rat mal, wo ich Hermann seine alte Schnalle getroffen habe, die Zilli Kuhl! Dat rätst du nie!«

Erst wusste es einer, dann vier, dann zu viele.

Sie konnte sich nicht mehr daran erinnern, was der Überraschungsbesuch noch alles erzählte. Nur die Nacht, die diesem Tag folgte, würde sie nie vergessen. Sie schlief keine Minute. Sie lag auf dem Bett, klatschnass geschwitzt, Schwärze im Kopf, sah Hermanns Gesicht, die Hand, die er an seiner Kehle vorbeiführte, und wünschte sich das Ende. Gegen vier Uhr morgens setzte sie sich auf, rieb sich das Gesicht mit einem kratzigen Frotteetuch und fasste, in

Erinnerung an die tüchtige, ruhige Zilli, die ja auch einmal in ihr gewohnt hatte, einen Entschluss. Heute früh würde sie nach Köln aufbrechen. Zuerst mal die Kinder zurückbringen. Direkt danach Perücke und dunkle Sonnenbrille kaufen. Dann würde sie auf Teufel komm raus Geld auftreiben. Wenn es sein musste, das Haus zu einem Dumpingpreis verschleudern. Dann ein Ticket. Alaska. Australien. Egal. Welch eine Schnapsidee, durch Europa zu gondeln und auch noch die Kinder am Hals zu haben! Wie konnte ihr so ein Unsinn eingefallen sein?
Sie spürte, dass die Angst schon längst eine Macht über sie gewonnen hatte, die nicht mehr mit den Bonner Ängsten vergleichbar war.
Die Angst war selbstständig geworden. Die Angst hatte in ihrer Seele genau die Stellen verschüttet, an denen Zilli früher die leise und frohe Gewissheit gefunden hatte, dass sie sich auf sich selbst verlassen konnte. In Erinnerung an ihre Heiterkeit, ihren Lebensmut, die verschwunden waren, verbarg sie das Gesicht in den Händen und heulte. Nicht zu laut, denn nebenan schliefen Mechthild und Paco. Ach, Mechthild. Einen sichtbaren Hermann hätte Mechthild verprügelt, ein unsichtbarer machte sie ungeduldig. Die Freundschaft bröckelte.
»Ich muss dir nicht noch mal sagen, dass ich dich für verrückt halte. Jetzt haust du ab. Jetzt, wo das Geschäft anzieht, wo ich dich bräuchte. Schöne Freundin.«
»Ach, Tante Zilli«, sagte Käthi. »Ich würde lieber hier bleiben! Beim Onkel Paco.«

Es wäre Zilli lieber gewesen, wenn Käthi gebrüllt hätte. Die fröhliche Energie eines sich langsam entfaltenden Frühlingsblättchens war verschwunden. Auf einen Schlag. Mechthild saß mit Simon auf dem Küchenstuhl, eine vorwurfsvolle, dicke Madonna mit Knabe und Bär auf dem Schoß. Paco hob selten die Stimme. Jetzt war so ein Moment. »Fahr du, Zilli. Fahr. Ich versteh dich. Aber lass die Kinder hier.«

»Das geht doch nicht«, entgegnete Zilli müde. »Ich allein habe die Vollmachten. Und die kann ich nicht an euch abtreten. Das ist nicht erlaubt. Und ich hab immer noch die Verantwortung.«

»Schöne Verantwortung«, schnaubte Mechthild.

»Vollmacht!«, sagte Paco verächtlich. »Vollmacht, verboten, Achtung. Scheiße, das!!«

»Bitte bleib fair, Paco. Ich habe die Kinder nicht adoptiert, es war doch klar, dass sie nur eine Zeit lang bei mir bleiben konnten. Ich habe sie doch nur mitgenommen, weil ihre Mutter krank war. Marlene will ihre Kinder wiederhaben, wenn sie wieder gesund ist. Es gibt bessere Plätze für Kinder, aber Marlene hat nun mal ein Recht auf ihre Kinder.«

»Ach, jetzt geht es auf einmal um deine Schwester?«, spuckte Mechthild und begann zu weinen, eher wütend als traurig, drückte und streichelte Simon, der in völliger Verwirrung nun ebenfalls anfing zu heulen.

»Ich kann die Kinder einfach nicht bei fremden Leuten lassen.«

»So, wir sind Fremde? Nach allem, was wir für dich getan haben? Danke schön, Zilli!«
»Doch nicht für mich fremd, für Marlene! Und ich bin euch doch auch so dankbar …«
Zilli spürte, dass ihre Kräfte nachließen. Sie stand auf, lud die Koffer in den Lieferwagen, zog der stummen Käthi den Anorak an und schnallte Simon, der nun schluchzend nach Mechthild schrie, in seinem Kindersitz fest. Es war furchtbar. Paco drückte Käthi an sich, sie flüsterte ihm etwas zu, auf Portugiesisch.
»Einen Moment, Zilli.«
Er ging in seine Werkstatt und kam nach einer Minute mit einem Hammer zurück. Einem Hammer mit rot lackiertem Stiel und einem blauen Streifen auf dem Metallkopf. Käthi presste den Hammer an sich, stieg in den Fond, drückte ihr Gesicht an das Fenster. Paco knallte die Schiebetür zu. »Fahr vorsichtig, Zilli. Geh zum Doktor. Du bist krank im Kopf.«

*

»So eine Unverschämtheit!« Gertrude wurde heftig. »So ein Quatsch. Wer von uns kann denn da überhaupt mitreden, wer wurde denn schon mal so bedroht, und dann noch von einem Ganoven? Nein, nein, Zilli, dieser Paco hat ganz sicher bei Käthi ein gutes Einfühlungsvermögen bewiesen, aber in Ihrem Fall haben sich Ihre Freunde strohdumm verhalten.«

»Mechthild muss etwas sehen, um es zu bekämpfen, muss es anfassen können.«

»Sie hat offensichtlich den Mut der Phantasielosen. So etwas gibt es. Aber wie ging es dann weiter?«

Zilli starrte auf Claires buntes Katzenbild über der Küchenbank. »Wir hatten das unmöglichste Wetter, das man sich vorstellen kann. Es regnete, es wurde immer kälter. Irgendwo bei Biarritz sind wir in ein Hotel gegangen, in dem die Heizung kaum funktionierte. Die Decken waren zu dünn. Ich habe eigentlich die ganze Zeit neben mir gestanden, ich kann es kaum erklären. Käthi hat sich großartig verhalten, hat für uns alle heißen Kakao bestellt und Simon in dicke Pullover verpackt. Heute früh war Simon dann so quengelig, dass ich ihn am liebsten verprügelt hätte. Kurz hinter Poitiers merkte ich, dass er Fieber hatte, er war rot wie ein Hummer. Bei Tours fuhr ich schließlich runter von der Autobahn, halb kopflos vor Sorge um das Kind.« Zilli stützte ihren Kopf in beide Hände. »Ich kurvte völlig blödsinnig kreuz und quer durch Tours. Dann habe ich mich endlich zusammengerissen und wollte im erstbesten Hotel um Hilfe bitten. Und es war wie ein Wink von oben: Auf einmal fuhr ein kleiner Lieferwagen vor mir her. Und darauf stand irgendetwas von ›Coiffeur Claire‹, Chimeray.«

»Richtig! Unsere Dorffriseuse heißt ja auch Claire«, sagte Gertrude. »Hab ich vergessen. Aber sie sieht mich höchstens zweimal im Jahr.«

»Das reichte aus, um mich an die Fotos zu erinnern, die

Claire mir gezeigt hatte. Florifère, Chimeray, Gertrude. An der nächsten roten Ampel bin ich aus dem Wagen gehüpft, habe der Fahrerin des Lieferwagens den Finger in die Brust gebohrt und ›You go Chimeray?‹ gefragt. Sie hielt mich für verrückt. Aber dann sagte ich: ›Gertrude, Gertrude Birnbaum, Florifère!‹ Und da nickte sie, das liebe Kind, und fuhr langsam vor mir her. Bis nach hier.«

Zilli sah Gertrude in die Augen. Es war ein müder Blick, ein verzweifelter, gleichzeitig aber auch ein entschlossener.

»Mehr als an der Tür abfertigen kann sie mich nicht, dachte ich. Ich habe einfach einen Zipfel Vertrautes gesucht, auch wenn ich Sie kaum kenne, Frau Birnbaum. Aber Sie sind immerhin Claires Freundin. Wenn es nur um mich gegangen wäre, glauben Sie mir bitte, ich wäre nicht im Traum auf die Idee gekommen, mitten im Ausland eine fast Unbekannte um Hilfe zu bitten. Und ich werde Ihnen bestimmt nicht länger als nötig auf den Wecker fallen.«

Gertrude faltete ihre Hände zusammen, stützte ihr Gesicht darauf und sah Zilli nachdenklich an. »Sie fallen mir nicht auf den Wecker«, sagte sie. »Sie fallen mir eher in den Schoß. Vor einer Stunde noch habe ich mich ziemlich nutzlos gefühlt. Das passiert mir selten, Gott sei Dank, aber es war ein außerordentlich unangenehmes Gefühl. Na, ich denke, Jacques hatte wieder seine Finger im Spiel.«

»Wer ist Jacques?«, fragte Zilli verständnislos.

»Mein Schutzengel«, erklärte Gertrude in so selbstverständlichem Ton, als hätte sie gesagt: »Mein Versicherungsagent.«

»Meiner schläft im Moment«, sagte Zilli.
»Ach, sagen Sie nicht so was! Und wer hat Ihnen den Lieferwagen mit der Friseuse von Chimeray geschickt?«
»Vielleicht haben Sie Recht. Den Kindern bin ich jedenfalls kein guter Engel, ich habe so ein schlechtes Gewissen. Die beiden waren so glücklich in Portugal.«
»Aber was hätten Sie denn machen sollen?«, entgegnete Gertrude. »Gut, Käthi hat eine Beule an der Seele, weil ihr neuer Lieblingsonkel, ihr Ersatzvater weg ist. Das ist eine bittere Erfahrung, ganz sicher. Aber sehen Sie das Ganze mal aus einer anderen Perspektive. Sie haben die Kinder nicht abgeschoben, sie wurden die ganze Zeit behütet und geliebt. Von Mechthild, von Paco, von Ihnen.«
Es tat Zilli unendlich gut, dass sie mit einem erwachsenen Menschen, der ihr wirklich zuhörte, reden konnte. Kater John sprang auf den Tisch und beschnüffelte diesen neuen Menschen neugierig. Zilli ließ John an ihrer Hand riechen und streichelte seinen dicken Kopf. Er stemmte sich gegen die raue, abgearbeitete Putzhand und genoss, dass sie ihn geschickt hinter den Ohren kraulte. Die Dachsfrau hatte Katzenfinger und roch nach Großzügigkeit.
Gertrude lächelte. »Das passiert einmal in hundert Jahren, dass sich John von fremden Menschen anfassen lässt.«
»Wirklich? Da fühle ich mich aber geehrt. Ist aber auch ein Schöner, was?« Zilli streichelte das tröstlich warme Tierfell. Und sie sagt genau das Richtige, dachte John entzückt. Ja, doch, sie ist zwar bloß ein Mensch, aber man kann sie in den Kreis der Ehrenkatzen aufnehmen. Dann rollte er sich

auf dem Tisch zusammen und schlief augenblicklich ein. Gertrude trommelte mit den Fingern auf den Tisch.
»Ihre Angst kann ich schon verstehen. Bloß jetzt«, fuhr sie fort, »darf das so nicht mehr weitergehen. Die Angst, die bei Ihnen mittlerweile in allen Knopflöchern sitzt, die teilt sich jedem mit. Und sie ist schädlich. Für Sie und für die Kinder. Da müssen Sie irgendwie raus.«
»Aber wie?« Zilli hob den Kopf und sah Gertrude müde an.
»Sie erholen sich hier. Simon muss gesund werden. Dann erst fahren Sie nach Deutschland. Ich werde mit Claire telefonieren und überlegen, wie wir Ihnen helfen können. Das gehen wir jetzt mal systematisch an.«
Zilli legte den Kopf auf den Tisch und heulte vor Erleichterung. »Ich weiß überhaupt nicht, wie ich Ihnen danken soll!«
»Aber ich.« Gertrude grinste. »Meine Haushälterin hat sich ein Bein gebrochen. Sie können mir helfen, mein Haus zu putzen, und wenn Sie kochen können …«
Zilli trompetete in ein Stück Zelltuch, das Gertrude ihr zugeworfen hatte. »Na klar, mach ich. Wenn Sie wollen, wecke ich Sie schon morgen früh mit einer dreistöckigen Schokoladentorte und grabe Ihren Garten mit der Kuchengabel um, so dankbar bin ich Ihnen!«

10

Chimeray trug noch kein richtiges Winterkleid. Der Tag war sonnig gewesen, um die Mittagsstunde leuchtete das Licht auf der Sandsteinbrücke, dann wechselte der Wind. Die Oberfläche des Cher glich plötzlich rauem Diamantpapier, die wenigen Spaziergänger, die ihre Hunde ausführten, duckten sich unter den Windstößen. Der Himmel war mit Wolken bedeckt, die grau und schwarz immer schneller aufquollen.

Im Pfahlhaus am Ufer brannten sämtliche Lampen, denn Odile schaltete bei Anbruch der Dämmerung grundsätzlich in allen Räumen das Licht ein. Jetzt stand sie am Fenster, blickte auf den Fluss und drehte sich nicht um, als François seinen Satz beendete: »… danach war unsere Beziehung doch ein reiner Handel.«

»Aber lohnend für dich, oder?«

»In jedem Fall. Lohnend und falsch. Ich will da raus, Odile, es geht nicht mehr. Ich verliere meine Selbstachtung.«

»O Gott, was für große Worte. *François le philosophe*. Komm, sei ehrlich, mein Herz. Du hast eine Neue. Ist sie reich? Ich hoffe es für dich. Die Schublade ›Margot und Kredit‹ knallt schnell zu, das weißt du doch?«

»Natürlich weiß ich das.«
»Und?«
François zuckte mit den Achseln. »Ich verkaufe die Praxis. Ich habe schon annonciert.«
»Oh, là là! Dann ist sie also nicht reich. Die Liebe muss ja groß sein. Kenne ich sie?«
François schwieg.
»Also ja. Ghislaine, deine kleine Assistentin? O nein, François, nicht doch. Damit würdest du mich aber beleidigen. So ein dickbackiger Hamster.«
»Hör auf, Odile.«
»Ach nein, kann ja gar nicht sein, die hat doch letzte Woche diesen Möbelladen in St Aignan geheiratet.«
»Odile, bitte. Ich möchte über *dein* Leben sprechen. Zieh mit Sack und Pack nach Tours und stell deine Mutter vor vollendete Tatsachen. Wäre das keine gute Idee, damit sie dich nicht wieder täglich besuchen kommt?«
»Och, mein Süßer, machst du dir Gedanken um die arme kleine Odile? Musst du aber nicht. Du möchtest mit gutem Gewissen in dein neues Glück segeln, nicht wahr? Du willst dir um die kleine Schneeprinzessin keine Gedanken machen, stimmt's? Keine Angst, mein Herz, ich nehme schon lange nichts mehr. Sehe ich so aus? Sieh mich doch an.«
François starrte in den Garten, auf den Lavendel, dessen ausladende Stauden mit ihren vertrockneten Blütenständen an überdimensionale Nadelkissen erinnerten.
»SIEH MICH AN!«, schrie sie. Er fuhr herum.

»Du sollst mich ansehen, wenn ich es sage!«, fauchte sie.
»Nein, nicht so, Odile.« Er blieb ruhig und begann, seinen Schrank zu leeren. Viel war sowieso nicht mehr darin. Odile stand eine Weile schweigend in der geöffneten Tür. Dann geschah das, wovor er sich am meisten gefürchtet hatte. Odile näherte sich, nahm ihm den Pullover aus der Hand, den er gerade in seine Reisetasche legen wollte, fiel ihm um den Hals und murmelte: »Wir können doch mal wieder miteinander schlafen. Ja?«
Sie wollte ihn halten. Merkwürdig. Und auch wieder nicht. Sie war einfach nicht gewohnt, dass etwas nicht so funktionierte, wie sie es wollte. François machte sich vorsichtig los. So vorsichtig, als entferne er gerade ein Päckchen Sprengstoff von seinem Körper. Es gab eine Sache, mit der Odile noch weniger umgehen konnte als mit allem anderen, nämlich mit Zurückweisung. Je nachdem, in welcher Verfassung sie gerade war, konnten dabei Fensterscheiben zu Bruch gehen.
»Hör mir zu, Odile. Ich werde dir helfen, wenn du mich brauchst, ich werde weiterhin für dich da sein, wenn du mich rufst. Nein, nicht mit dieser idiotisch leeren Floskel: Lass uns Freunde bleiben, sondern lass uns *die* Freunde sein, die wir immer schon waren.«
François zog sie auf die kleine Couch und setzte sich neben sie. Odile lehnte sich an seine Schulter. Sie schwiegen eine Weile. Dann setzte sie sich gerade, wandte ihren Kopf und sah ihn an. »Du passt einfach nicht in mein Leben, das weiß ich. Es ist jammerschade. Übrigens auch, weil du so ein

Hübscher bist. Aber ich nehme an, dieser ganze verdammte Unsinn von Familie und Kinderkriegen steht irgendwo auf deinem Programm.«

»Eigentlich nicht. Aber Ankerplatz und Seelenruhe, das ja. Ich glaube, ich werde älter.« Er grinste.

Sie grinste schief zurück: »Und du willst mich wirklich mit dieser Monstermama alleine lassen?«

»Ach komm, Margot hat auch ihre angenehmen Seiten.« Es klang ziemlich hilflos.

»Stimmt. Ihr Deo riecht gut.«

François lachte. »Kleine Giftnudel!« Sein Tonfall wechselte. »Odile, ihr solltet nicht so nahe beieinander wohnen.«

Sie lehnte sich wieder an ihn und starrte auf den Boden. »Ich verliere dich doch nicht ganz, oder?« Sie verstummte.

»Die Tatsache, dass du mir nicht gleichgültig bist, wird sich nicht ändern.«

Sie schwiegen wieder. Sie war winzig, wie sie da neben ihm saß, ein dünnes Mädchen, dessen Haar stark nach Parfum roch. Es war ein Geruch, der noch wochenlang in den Kleidern blieb, wenn man neben ihr gesessen hatte. François kannte den teuren Parfumflakon gut. Er war aus schwarzem Glas und trug einen gelben Glasstöpsel, der an eine Stichflamme erinnerte. Das Parfum roch nach Sandelholz, Orchideen und pulverisierten Geheimnissen, fand François. Ihm wurde plötzlich flau.

Er stand auf, setzte sich ihr gegenüber auf einen Hocker, hielt ihre Hände in seinen: »Weißt du noch, wie du unbedingt in den Brunnen auf eurem Hof wolltest? Ich habe dich bis unten abgeseilt. Und du hattest überhaupt keine Angst.«

»Aber jetzt hab ich oft solche Angst, François«, flüsterte Odile. »Diese Schwärze. Diese Schwärze … Manchmal ist alles einfach schwarz. Und der Boden ist weich. Ich weiß nicht, ob ich von der Stelle, auf die ich gerade trete, verschluckt werde. Dann könnte ich sterben vor Angst. Und der einzige Ausweg ist immer nur die verdammte Schneespur.«

»Ja, Odile, das muss schlimm sein.«

Er schwieg und schaute zum Fenster hinaus. Die Wolken barsten und der Regen klatschte an die Fensterscheiben. Draußen war es fast dunkel.

»Aber *ich* kann dir nicht helfen. Wir haben Tage, Nächte, Wochen geredet. Ich bin am Ende mit meiner Weisheit. Ich bin auch am Ende mit meinen Worten. Es gibt Menschen, die dir helfen können. Wenn du nur hingingest! «

Ach, dieses Thema. Es machte schon müde, bevor man einen Satz dazu gesagt hatte. Denn er wusste, was sie entgegnen würde: »Morgen gehe ich, François. Ich habe einen netten Therapeuten gefunden. Und er kennt sogar eine ziemlich feudale Klinik. Wäre doch gelacht, wenn ich nicht von dem Zeug runterkäme.«

Als sie das zum ersten Mal gesagt hatte, hatte er vor Dankbarkeit geheult. Er war zu diesem Zeitpunkt noch bereit gewesen, sein Leben mit ihr zu teilen, auch wenn er wusste, dass es nicht so war, wie es hätte sein sollen. Das, was ihn im Laufe der letzten drei Jahre wirklich zermürbt hatte, war ihre Sucht. Und die Lügen. Allen voran *diese* Lüge.

Er drückte Odiles Hände und stand auf. »Noch mal, Odile, es ist klüger, wenn du ganz in dein Appartement nach Tours umziehst. Ich helfe dir, wenn du willst.«
Odile starrte auf den Boden. Dann hob sie den Kopf, blickte ihn an und zog die rechte Augenbraue hoch: »Verschwinde!«
François antwortete nicht, sondern kontrollierte die Schubladen einer Kommode.
»Verschwinde!«, schrie sie. »Du bist so überflüssig!«
François blickte auf. »Ruf mich an, wenn ich dir helfen soll. Vorläufig wohne ich in der Praxis.«
»Ach, du legst dich noch nicht zu deinem neuen Schätzchen ins Bett? Oder treibt ihr es auf der OP-Liege, auf der du sonst rollige Kater kastrierst?«
»Nicht, Odile.« François' Stimme blieb geduldig.
»Nicht, Odile, nicht, Odile«, äffte sie ihn nach. »Du stinkst nach Glück. Ich hasse diesen Geruch.«
»Schade«, entgegnete François.
»Hau endlich ab. Hau ab!«
Ein Windstoß fuhr in die Pappeln, die Tür zum Geräteschuppen schlug zu. Odile wanderte durch das Zimmer, blickte sich um, als suche sie etwas. »Willst du den tragbaren Fernseher mitnehmen?«, fragte sie unvermittelt. »Ich brauche ja nicht vier Geräte.«
An diese Sprünge war er gewöhnt. »Das ist sehr freundlich von dir. Ja, das wäre in der Tat ganz schön. Danke.«
Sie setzte sich schweigend, wartete, bis er seine Tasche gepackt hatte. Wortlos gingen sie zur Haustür. Sie blieb auf

dem Treppenabsatz stehen. Er gab ihr einen Kuss auf den Scheitel. Sie griff in unbestimmter Geste nach der aufgenähten Tasche auf seinem linken Ärmel. Jetzt war ihre Stimme wieder heller und kleiner: »Diesmal gehe ich zum Therapeuten. Bestimmt, François. Ich verspreche es dir.«
»Ja, sicher.« François warf seine Tasche in den Kofferraum und stellte das kleine Fernsehgerät daneben.
Von der Rue du Saumon bog sein Wagen auf die Landstraße ab, fuhr den Hügel durch den Wald hinauf. Dann kam die Stelle, an der man nicht sehen konnte, wie die Straße weiterverlief, kurz vor dem Scheitelpunkt war immer die kleine Angst vor dem Sturz ins Nichts. Für eine Sekunde schloss François die Augen. Als er sie öffnete, hatte er endlich die Hochebene erreicht. Hier sah man schon den dunklen Waldsaum des Forêt d'Amboise. Ein Krähenschwarm schwang sich schwarz und glänzend in die Luft, und François blickte ihnen nach. Claires Gesicht tauchte vor ihm auf. Ein paar Sekunden lang war er leicht vor Freude. Dann stürzte sein froher Impuls ab, jäh wie ein im Flug getroffener Vogel, und ihn überkam das Gefühl, vollkommen versagt zu haben.

11

Die Herbstferien, eine kleine, kurze Woche, hatten François und Claire auf La Palma verbracht, aber Claire fühlte sich trotzdem so, als habe sie fern der messbaren Zeit, weit weg von allen Zusammenhängen ein anderes Sonnensystem besucht.
Jetzt war sie längst wieder zu Hause, an ihrem Arbeitsplatz mit Blick auf Schulhefte und welkes Laub. Aber es machte nichts, bis nachts um halb zwölf noch an Vorbereitungen zu sitzen, weil François mitunter um neun, um elf und noch einmal um zwölf anrief, fragte, ob sie schon im Bett liege. Flüsternd, sehnsüchtig versuchten sie, mit Worten Blicke und Hände zu ersetzen.
»Eigentlich sollten wir diese Gespräche mitschneiden«, sagte François, 826 Kilometer entfernt. »Damit wir später, wenn du dich mal mit mir langweilst, unser Liebesleben reanimieren können.«
»Oder ich verwende unsere Dialoge in einem Konversationskurs für Fortgeschrittene«, antwortete Claire. »Und bei der nächsten Lektion, liebe Schüler, lassen Sie bitte Ihre Händchen auf dem Pult liegen!«
François lachte. Dann wechselte sein Tonfall plötzlich.

»Claire, ich möchte nicht, dass du denkst, in meiner Seele gäbe es eine *ménage à trois*, aber …«

»Aber du denkst viel an Odile.«

»Ja.«

»Warum?«

»Sie sieht schlimm aus.«

»Vielleicht siehst du sie jetzt erst richtig. François, du kannst ihr nicht helfen. Du hast Schuldgefühle und das verstehe ich. Versuche, diese Schuldgefühle zu akzeptieren, denn ausreden kann sie dir niemand. Wenn du dir das hohe Ziel gesteckt hast, Odile zu retten, und es bislang nicht geschafft hast, dann *musst* du Schuldgefühle haben. Das ist normal. Deine Gefühle sind in Ordnung, aber dein Ziel nicht.«

*

Der Spätherbst erschien Claire ungewohnt freundlich. Früh am dunklen Morgen, auf dem Weg zur Schule, reflektierten die nassen Straßen das bunte Ampellicht. Durch die Windschutzscheibe betrachtet, hoben sich die blattlosen Bäume gegen den Himmel ab wie filigrane chinesische Tuschezeichnungen, aus den Bäckereien leuchtete warmes Licht. Es war nass, es war kalt und es war schön.

Nerven und Trommelfell schienen gestärkt, denn als in der ersten Stunde ein Sechstklässler mit irrem Gekreisch seine Schultasche quer durch den Kunstsaal in die Ecke schleuderte, dabei drei ungebrannte Tonfiguren und eine

Mitschülerin zu Fall brachte, schaffte es Claire, mit freundlicher Strenge die Situation zu meistern, ohne die Stimme wesentlich zu heben.

In der großen Pause kam Edda auf sie zugesteuert. Sie legte den Kopf schief und musterte ihre Freundin. »Mein Gott, Sandmann, warst du auf einer Schönheitsfarm mit Seelenbadewanne? Gib mir sofort die Adresse.«

Claire sah aus wie ein heller Aprilmorgen über dem Meer. Sie lachte. »*Die* Adresse gebe ich dir nicht.«

»Aha. Ein Mann also.«

Sportlehrer Guntram kam vorbei und hatte Eddas letzte Worte aufgeschnappt. »Na, wurde ja auch mal Zeit für euch frustrierte Mädels.«

»Ach, Guntram, du machst wirklich Millionen Frauen glücklich. Nämlich alle die, die du *nicht* heiratest.« Edda zog Claire am Ärmel in die Teeküche.

»Ich muss kotzen, wenn ich diesen Mann sehe. Aber jetzt erzähl doch mal! Hast du ihn gestern Abend kennen gelernt?«

»Ich habe ihn im Sommer kennen gelernt.«

»Waas? Es geht auf Weihnachten zu! Und wieso hast du mir nicht schon längst von ihm erzählt, du fiese kleine Heimlichtuerin?«

»Weil du mir damals von ihm abgeraten hättest.«

»Ganz bestimmt. Du hast nach den Sommerferien nämlich ausgesehen wie Pestalozzis Spucknapf. Also steckte doch ein Mann dahinter, altes Luder. Das dachte ich mir doch. Und wieso ist das Glück erst jetzt ausgebrochen?« Edda

betrachtete Claire neugierig und goss zwei frische Tassen Kaffee ein. »Jetzt will ich alles wissen, alles, hörst du?«
Alles erfuhr Edda nicht, aber es reichte, um sie mehrfach seufzen zu lassen. Bald hing Edda wie ein hellblaues Wollläppchen in ihrer Ecke neben dem Kühlschrank. Mit dem Daumen wischte sie den Lippenstift vom Rand ihrer Tasse »Ach ja. Ach jajaja. Wie soll es aber weitergehen? Ich meine, eine Zeit lang haut das ja hin mit dem Hin-und-her-Fahren. Aber eben nur eine Zeit lang.«
»Ich weiß.«
Claire zerkrümelte einen Keks.
»Geh doch nach Frankreich, Claire. Muss ja nicht für immer sein.«
Claire blinzelte Edda an. »Normalerweise meckerst du an allen meinen Männern herum, aber diesmal schickst du mich ja geradezu weg, was ist denn los?«
»Du müsstest dich sehen, wenn du von ihm redest!« Edda sah ungewohnt melancholisch aus. »Wenn du von Florifère sprichst, dann mit blumig arabischer Wortgewalt. Wenn du von deinem François erzählst, wird die Sprache ganz dürr, aber du leuchtest wie eine Martinslaterne. Ich kenne dich lange genug, mein Herz. Deine anderen Männer hast du mir immer angepriesen wie Vanillejoghurt kurz vor dem Verfallsdatum. Diesmal hat es dich erwischt. Und du willst durch dein verdünntes Vokabular vermeiden, dass sich die kleine Edda noch einsamer fühlt als ohnehin.«
Edda verliebte sich mit unfehlbarer Sicherheit in immer denselben Grundtypus Mann: den falschen. Sie hob den

Kopf, blickte an Claire vorbei und lächelte tapfer. Claire und Edda hatten sich in den letzten zwei Jahren oft gegenseitig getröstet, wenn wieder einmal eine Beziehung in die Brüche gegangen oder gar nicht erst zustande gekommen war. Jetzt spürte Edda, dass Claire an der Station »François« tatsächlich ihren Zug gewechselt hatte, und es schmerzte, aber nicht, weil sie Claire ihr Glück missgönnte. Eddas Aufwallung von Neid und Schmerz hatte ihren Ursprung in den langen Stunden der sonntäglichen Nachmittage, wenn sie spazieren ging und alle, die ihr begegneten, *zwei* Schatten warfen. Sie war bereit, allein alt zu werden, sie war sicher, dass sie es konnte, aber sie wollte sie einmal in ihrem Leben zumindest erfahren haben, die Liebe, die wirklich über Bettgeschichten hinausging.

Claire wusste, was in Edda vorging, ohne dass sie darüber reden mussten. Sie hatte das unbedingte Bedürfnis, etwas für Edda zu tun. »Möchtest du in den Weihnachtsferien mit nach Florifère kommen? Gertrude ist sehr gastfreundlich, und auf Florifère ist Platz für dich.«

Edda blickte auf. »Ach, das kann ich doch nicht annehm… och, warum eigentlich nicht? Ich habe ganz wenig Neigung, wieder zu meiner Schwester nach Kochel zu fahren und mir anzuhören, was ich im Leben alles falsch mache.«

»Ich rufe Gertrude gleich morgen an und frage sie. Ich bin sicher, dass sie Ja sagt.«

»Aber jetzt mal ernsthaft, Sandmann, warum gehst du nicht für ein Urlaubsjahr nach Frankreich und machst den Beziehungstest vor Ort? Das ist ein echtes Privileg unseres

Berufs, dass wir mal für einige Zeit unbezahlt ausbüchsen können. Wenn du es finanziell nicht schaffst, sag es mir.«
»Danke, Edda. Mal ganz abgesehen von François, ich hätte Lust, in Gertrudes Atelier mit dem Malen anzufangen, aber ich kenne meine Grenzen.«
»Herrgott, Sandmann, du und deine Malerei – das ist wie jemand, der immer am Rand eines Bassins steht, die Zehen ins Wasser stippt, aber niemals hineinspringt.«
»Schönes Bild. Wenn ich aber sofort absaufe?«
»Dann hast du immer noch – hoffentlich – deine neue Liebe, ein schönes Urlaubsjahr und danach wird neu gekartet.«
»Ich weiß nicht, Edda. Ich bin niemals einem Mann irgendwohin gefolgt.«
»So kenne ich dich ja gar nicht. Zaudern und Zagen. Hast du dich zu lange mit Doktor Krangel unterhalten? Dem Herrn mit der notorischen Lebensangst? Mit der Versicherung gegen Hagel in geschlossenen Räumen?«
»Nein«, wehrte Claire ab, stopfte sich zwei Haferkekse in den Mund und sprach weiter. »Ich muss nur meine Sehnsucht selber ein bisschen klein kochen, sonst stecke ich meine Zahnbürste und die Kreditkarte in die hintere Jeanstasche, und bevor du noch deine zweite Tasse Kaffee getrunken hast, bin ich schon hundert Kilometer in Richtung Frankreich.«
»Na, dann bin ich ja beruhigt.«
Es klingelte zum Unterricht.

Der Leistungskurs war heute müde, aber Claire fühlte sich frisch und konzentriert.

»So, wenn wir jetzt das berühmte Fahrrad-Rad von Marcel Duchamp mit dieser Siebdruckarbeit von Andy Warhol vergleichen, müsste Ihnen eine Gemeinsamkeit auffallen.«

»Es ist beides Scheiße«, meldete sich ein aufwändig frisierter junger Mann.

»Wieso?«

»Weil's eben Scheiße ist.« Der Jüngling mit der arbeitsintensiven Haartracht hielt den Dialog für beendet und begann mit seinem Handy zu spielen.

»Ah ja, Meik. Wie wäre es mit einer Begründung?«

Eine blasse Schülerin sprach dazwischen: »Nur weil du nichts begreifst, muss das noch lange keine Scheiße sein.«

Claire wollte sich gerade einschalten, als Meik sich herumdrehte: »Nina, halt du doch das Maul, du bist doch selber blöd. Zu blöd, um deinem Freund beim Ficken ein Kondom zu verpassen, und jetzt sitzt du da mit deinem dicken Bauch. Ha! Zum Totlachen!« Nina schoss das Blut in den Kopf. Die ganze Schule wusste, dass sie im fünften Monat schwanger war. Die Lehrer akzeptierten diese Schwangerschaft seufzend, die Mitschüler wohlwollend, und die Sekretärin häkelte bereits an einem bunten Wollgehäuse. Trotz der allgemeinen Akzeptanz blieb offensichtlich noch genügend Raum für derlei Gehässigkeiten. Claire fixierte den großmäuligen Schüler mit kaltem Blick. »Meik, ich dulde in meinem Unterricht keinen so widerwärtigen, sexistischen und beleidigenden Sprachgebrauch. Ich habe heute keine Lust mehr, Ihr Gesicht zu sehen.« Ihre Stimme wurde scharf. »Ich werde Ihr Verhalten in der Vorkonferenz zum Abitur zur Sprache bringen, darauf können Sie sich verlassen. Und jetzt raus.«

»Sie werfen mich aus dem Unterricht?«

»Ja.«

»Das ist verboten.«

»Wenn Ihre Frisur gleich einstürzt, ist mir das genauso egal. Raus.«

Meik stand auf, murmelte vorsichtshalber nur halb verständliche Unflätigkeiten und knallte die Tür hinter sich zu, während Claire zu Nina sagte: »Kommen Sie nach der Stunde zu mir, wenn Sie möchten.«

»Schon in Ordnung, Frau Sandmann. Der kann einem doch nur Leid tun!« Aber Nina war noch etwas blasser als zu Beginn des Unterrichtes. Claire nickte der Schülerin zu und drückte die Zornwelle mit Energie beiseite. Der eigentliche Grund, weshalb die achtundzwanzig Schüler vor ihr in den Bänken hingen, war immer noch der Unterricht. »Ich wiederhole meine Frage: Vergleichen Sie ...«

In der nächsten Pause kam ein Telefonat vom Sekretariat. Man zitierte Claire nach oben. Meiks Vater, der große Bauunternehmer Schultze? Hatte sich Söhnchen beschwert? Claire rechnete mit allem und wappnete sich. Meik Schultze hatte Rückendeckung von Sportlehrer Guntram und vom Chef höchstpersönlich, denn durch den muskulösen Blondling kassierte die schuleigene Handballmannschaft einen Pokal nach dem anderen.

Zwischen Claires Klopfen und Doktor Krangels Reaktion verging eine ziemlich lange Zeit. Die Sekretärin nahm einen Schluck Kaffee aus einem Henkelbecher mit der Aufschrift: »Alle doof außer ich«, und blinzelte Claire zu. »Der Chef hat eine neue Macke. Hiii! Jetzt nimmt er immer Fußbäder!«, flüsterte sie. »Deshalb steht auch der Aktenrollwagen genau in der Sichtschneise vor dem Schreibtisch, achten Sie mal drauf!«

Im Chefzimmer duftete es nach Fichtennadel-Brausebad, über einem Stuhl hing ein feuchtes Handtuch. Krangel musterte sie kühl, bot ihr keinen Platz an. »Frau Sandmann, ich habe eben mit Herrn Schultze telefoniert. Wir kennen uns seit zehn Jahren aus dem Lions-Club, und wir kennen uns sehr gut. Sie wissen, was Herr Schultze alles für unsere Schule und den Förderverein tut.«

»Was hat das mit dem schlechten Benehmen seines Sohnes zu tun, Herr Doktor Krangel?« Krangel und Schultze waren zu allem Überfluss auch noch Nachbarn.

»Dass sich Meik in Ihrem Unterricht Anfeindungen übelster Art ausgesetzt sieht, ist schlimm genug. Dass Sie ihn dann aber auch noch unerlaubterweise vor die Tür setzen, das ist allerhand!«

»Möchten Sie nicht von mir hören, was sich zugetragen hat?«, unterbrach ihn Claire. Aber der Chef wollte ihr nicht zuhören: »Das war unmöglich von Ihnen, ist Ihnen das bewusst?«

»Danke für Ihr Vertrauen«, entgegnete Claire mühsam und wandte sich zum Gehen. »Sie wissen also schon, dass

Schultze und Söhnchen Recht haben. Ohne meinen Standpunkt zu kennen. Ich will nicht auch noch dafür verantwortlich sein, dass Ihr Fußbad auskühlt. Sie bekommen's schriftlich.«

Sie wandte sich um, öffnete die Verbindungstür zum Sekretariat und sagte zu der Schulsekretärin, so laut, dass Krangel es unweigerlich hören musste: »Bitte geben Sie mir ein Beurlaubungsformular. Oder nein, gleich zwei. Ab nächsten Sommer lautet meine Adresse: Claire Sandmann, Frankreich.«

⋆

Claire klemmte sich den Telefonhörer unter das Kinn und kritzelte eilig mit. Eine ganze Weile. »Gut«, verkündete sie dann. »Ich habe alles so weit verstanden. Mein Gott, Zilli Kuhl, und dann noch in Florifère. Florifère! Ich bekomme solche Sehnsucht, wenn ich nur schon das Wort höre. Wie sieht es denn gerade da aus? Was? Wie an der Lahn bei Scheißwetter? Ach, Zilli, du hast es wirklich nicht mit der Poesie. Aber das Licht, Frau Kuhl, das Licht! Nein, nicht die Glühbirnen in Gertrudes Küche, da wird man sowieso verrückt von, frag mal Armand! Der erklärt dir das wissenschaftlich! Ja, ich weiß, du verstehst kein Französisch. Das ist in diesem Fall egal … Bitte? Natürlich bist du hier willkommen. Wir überlegen gemeinsam, was zu tun ist. Und lass bloß die Kinder bei Gertrude. Wenn sie es dir angeboten hat, dann meint sie es auch so. Gertrude kommt sehr gut mit Kindern zurecht. Und Josette sowieso. Sie machen beide nie etwas nur aus Höflichkeit. Warum sollten sie? Also, bis nächste Woche.«

Claire legte den Hörer auf.

Zilli Kuhl in Florifère!

Sie braute sich einen Tee und versuchte sich wieder auf den Text über Paul Klee zu konzentrieren. Aber Zillis Geschichte ließ sie nicht los. Also deshalb hatte Zilli immer so getan, als habe sie keine Vergangenheit, keinen Geburtsort. Arme Zilli. Und schade um den Laden. Sie wurde vermisst. Aber mittlerweile hatte das Haus zu einem guten Preis den Besitzer gewechselt. Dort, wo Zilli früher ihre teuren Marmeladen verkauft und ihre guten Ratschläge verschenkt hatte, buk jetzt eine Kettenbäckerei frische Brötchen.

Am nächsten Tag rief Claire in der Justizvollzugsanstalt an. Ja, Hermann Rogatzke sei vor kurzer Zeit entlassen worden, wer sie denn sei?

»Seine Cousine aus Kettwig. Es wäre nett, wenn ich Hermann mal besuchen könnte. Vielleicht kann er ja Hilfe brauchen.«

»Na, dann rufen Sie mal unter der Nummer an. Er wohnt bei einem Freund.« Er gab Claire eine Dortmunder Telefonnummer. Claire rief an. Ein alkoholisierter Mann, der sich anhörte, als trüge er eine Jogginghose und ein Rippenunterhemd, röhrte ins Telefon: »Hermann is unterwechs. Keine Ahnung, wanner kommt. Ders immer auf Piste. Kann dauern. Geschäfte. Was fürn Häschen bis du denn?

Ich bin minnstens so gut wie der Hermann im Bett, da kannste …«

Claire legte auf. Na prächtig. Milieu war ja durchaus etwas Interessantes, aber diese Sorte Bierdeckelfolklorist war eklig. Sie seufzte. Keine leichte Sache. Gut, dass sie mit Burkhard befreundet war. Gestern hatte sie ihrem Kollegen die Geschichte in groben Umrissen erzählt, und Burkhard hatte sofort zugesichert, Zilli in jedem Fall zu begleiten. Der feinsinnige, überaus kompetente Oberstudienrat konnte jederzeit als grimmiger Türsteher einer Mafiabar durchgehen. Unter Burkhards kahlem Schädel vermutete niemand einen für zarte französische Sonette aufgeschlossenen Geist. Beim Anblick seiner Pranken kam man nicht so ohne Weiteres darauf, dass dieser klobige Mann lieber in seiner Proust-Gesamtausgabe blätterte, als gegnerische Antlitze einzuebnen.

»Du kommst rein und findest statt!«, hatte Claire einmal gewitzelt. Sogar der Chef, deutliche anderthalb Köpfe kleiner als Burkhard, wurde still, wenn Burkhard seine Stimme hob.

Zilli kam übermorgen. Sie würden zu dritt nach Dortmund fahren, um Hermann … ja, was eigentlich? Claire, die Hände in den Hosentaschen, schlenderte zur Terrassentür. Wie würde diese ungemütliche Geschichte weitergehen? Das hier war eine Gleichung mit einer Unbekannten, die anderen Gesetzen unterlag als denen der Mathematik. Was für ein Mensch war dieser Hermann? Wie hatte die Haft ihn verändert?

Claires zweite Aufgabe war, sich guten Rat bei der Polizei zu holen.
»Wie stellen Sie sich das vor?« Der freundliche, aber müde Kriminalhauptkommissar wippte mit seinem Arbeitsstuhl und betrachtete zwischendurch die gerahmten Fotos eines Kleinkindes.
»Ihr Sohn?«, fragte Claire und versuchte, eine persönliche Ebene herzustellen.
Der Beamte nickte. »Der Älteste. Der Jüngste …«, er gähnte, »… zahnt gerade.«
»Stressig?«
Er nickte. »Vor allem, wenn man unterbezahlt und überbeschäftigt ist. Hier erledigen drei Leute die Arbeit von fünfzehn. Auch deshalb ist Ihr Anliegen, wie soll ich sagen, utopisch.«
»Aber meine Freundin wurde doch bedroht. Er hat angekündigt, sie umzubringen, vor sieben Jahren. Und sie ist fast krank geworden vor Angst.«
»Hat er's noch mal gesagt?«
»Nein. Ich glaube nicht. Einmal reicht doch!«
»Das sagen Sie! Was für ein Personalaufwand! Und wie lange soll das gehen, diese Bewachung? Vier Stunden? Vier Tage? Vier Jahre? Das machen wir nur, wenn eine unmittelbare Gefährdung, eine greifbare, glaubhafte, akute Gefahr besteht. Aber in diesem Fall, ich bitte Sie! Vor sieben Jahren! Nein, da ist nichts zu machen.«
Claire wollte gerade protestieren, als er sich vorbeugte und beschwichtigend die Hände hob.

»Ich verstehe Sie ja. Natürlich hat man Angst, wenn man sich bedroht fühlt. Aber wenn wir jeden bewachen sollten, der mal bedroht wurde, dann hätten wir in unserem Land mehr Polizeibeamte als Kartoffelkäfer. Es geht ganz einfach nicht. Glauben Sie mir bitte. Das ist keine Ungefälligkeit.«
Er gähnte wieder und rieb sich die Augen. »Kaffee?«
Claire betrachtete die ölig schwappende, nachtschwarze Brühe in der Glaskanne und lehnte dankend ab.
»Wenn Ihre Freundin solche Angst hat, dann kann sie einen unserer Beamten bitten, bei einem Gespräch mit ihrem Exfreund dabei zu sein; das natürlich.«
»Danke.«
»In aller Regel passiert nach Drohungen nichts. Das ist unsere Erfahrung. Denn die Leute erreichen ja auch so, was sie wollen: Terror. Angst machen, einschüchtern.«
»Wie beruhigend.«
Er lachte. »Ich kann Sie nur mit dem Volksmund trösten: Nichts wird so heiß gegessen, wie es gekocht wird.«
»Da wir schon dabei sind: Gebranntes Kind scheut das Feuer!« Sie stand auf.
Er öffnete ihr höflich die Tür und konterte: »Und immer wieder geht die Sonne auf!«
»Das ist aber nicht Volksmund, sondern Schlagertext!«
Er gähnte schon wieder. »Wo ist der Unterschied?«

*

Mitternacht war eben vorbei. Zilli saß auf Claires Sofa und hielt ein Weinglas zwischen ihren Händen. »Weißt du, Claire, ich habe mich nie getraut, dir was aus meinem Leben zu erzählen. Ich habe mich so geschämt.«

»Weshalb?«

Zilli hob die Schultern. »Na ja, man fühlt sich schon komisch, wenn man auf Fragen nach der Vergangenheit so Auskünfte geben müsste wie: ›Mein Exfreund sitzt im Knast, und ich habe ihn verpfiffen.‹ Es kam mir so erbärmlich vor. So unsolide.«

»Was kannst du denn dafür, wenn dein Freund mit dem Gesetz Ärger kriegt?«

»Das meine ich nicht. Wie hört sich das an, dass man seinen Freund verrät?«

Das war typisch für Zilli. Bei »unsolide« hatte sie nicht an den bürgerlichen Moralkodex gedacht, sondern an den der Freundschaft. Claire empfand ein flüchtiges Schamgefühl. Zilli nahm ihr Glas, drehte es im Lampenschein und beobachtete die Lichtreflexe. »Ich dachte, wenn ich nicht drüber rede, erledigt es sich vielleicht irgendwann einmal von selbst. Die Angst. Und die Erinnerung. Ich habe einfach versucht, diesen Koffer zu schließen, aber es ging natürlich nicht. Mit wem hätte ich denn reden können? Ich hatte zu niemandem mehr Vertrauen.«

Sie schwieg eine Weile, dann blickte sie Claire wieder an. »Ich bin schon lange vor Hermann zur Einzelkämpferin geworden. Ich hatte nur *ein* Programm im Kopf: nicht so zu werden wie meine Mutter oder wie meine Schwester

Marlene. Verjammert und versoffen.« Zilli betrachtete Claires Bücherwand. »Ich hätte gerne die Handelsschule besucht oder sogar das Gymnasium. Ich denke, ich hätte das auch geschafft. Aber mit sechzehn musste ich alleine für meinen Lebensunterhalt aufkommen. Wochentags Fleischwurst im Ring abwiegen, Kisten schleppen und sonntags kellnern. Da ist es dann schon mal passiert, dass ich mich selbst mit dem verkehrten Vornamen angeredet habe. Ich konnte nicht mehr aufhören zu arbeiten, wie ein aufgezogenes Räderwerk. Und Marlene und Mutter – na klar hat mir das gestunken, aber ich konnte sie ja nicht hängen lassen.«

Also hatte Zilli ihre Familie durchgefüttert.

Claire beobachtete die kräftige Frau. Zilli saß vorgebeugt auf dem blauen Sofa, hatte die Hände ineinander verschränkt und erzählte sachlich von schlimmen Dingen, so wie man beschreibt, was sich in einem Schuhputzkasten befindet.

Claire sprach nicht, hörte nur zu. Sie fand es eigenartig, diese alte Zilli zu sehen und einer neuen Zilli zuzuhören. Es kam ihr vor, als habe ihr Zilli nun die immer verweigerte zweite Hälfte eines Fotoalbums gezeigt. Unter dem fröhlich beklebten Schutzumschlag lauerten Verletzungen, Sehnsüchte und Schrecken, die in gerader Linie zu Hermann geführt hatten. Jetzt war das Bild vollständig. Claire räusperte sich. »Übrigens, ich komme mit zu deinem Hermanntreff und setze mich an einen Nebentisch. Ich werde einen solide gebauten Kollegen mitbringen. Er ist Französischlehrer, aber er sieht aus wie ein Türsteher aus dem Frankfurter Bahnhofsviertel.«

Zilli schaute zu Boden. »Danke dir. Kann gut sein, dass ich das Angebot annehme.«

»Das ist kein Angebot, meine Liebe, das wird so gemacht. Du träumst doch wohl, wenn du glaubst, ich ließe dich alleine in so eine Situation segeln.«

»Du redest wie eine strenge Lehrerin, Frau Sandmann.«

»Rat mal, was ich bin, Frau Kuhl.«

Zilli atmete tief durch. »Was soll ich Hermann denn überhaupt fragen? Tach, Hermann, willste mich immer noch alle machen oder kann ich mich mit viertausend Euro rauskaufen?«

»Weiß ich auch nicht, Zilli. Es geht hauptsächlich darum, erst mal die Lage zu sondieren.«

»Hauptsache, nicht mehr weglaufen«, sagte Zilli dumpf. »Ich meine, die Idee, ihn einfach zu treffen und zu fragen, was er von mir will, die hatte ich schon öfter. Den Stier bei den Hörnern packen. Eigentlich ist das auch meine Art. Aber wenn ich daran denke, könnte ich mir vor Angst in die Hose machen.«

»Kann ich gut verstehen. Aber du hast es ja gemerkt: Vor etwas, das im Kopf stattfindet, kann man sich nicht verstecken. Auch wenn du im hintersten Winkel vom Amazonasdelta einen Kiosk aufmachst und dich zum Mann umoperieren lässt. Ich weiß, es ist leicht gesagt, aber schau deiner Angst ins Gesicht. Der Weg aus der Angst führt mitten durch sie hindurch.«

»Hermann ist nicht kalkulierbar«, entgegnete Zilli. »Das macht es so furchtbar schwierig. Was kann er wollen? Ich weiß nicht, was knapp sieben Jahre Knast aus einem Menschen machen können.«
»Ich auch nicht«, entgegnete Claire. »Es hat keinen Sinn zu spekulieren, Zilli. Du wirst ihn anrufen und machst einen Treffpunkt aus. Und wenn er eintrudelt, sitzt du allein an einem Tisch und wir sechzig Zentimeter weiter. Ohne dass er was mitkriegt, natürlich. Burkhard und ich spielen Liebespaar, er freut sich schon drauf!« Claire grinste, wurde aber sofort wieder ernst. »Wenn du willst, holen wir uns noch einen Polizeibeamten dazu, in Zivil natürlich. Dann hast du sogar drei Mann Rückendeckung. Und wenn Hermann wissen will, warum du dich mit ihm verabredet hast, dann sagst du ihm ganz einfach, dass du diese Drohung mit der Postkarte vor sieben Jahren überflüssig fandest. Der Rest ergibt sich dann schon. Ich denke, es wird sich herausfinden lassen, ob er noch etwas von dir will oder nicht.«
Zilli nickte. Aber sie zitterte. Claire setzte sich neben sie und nahm sie in den Arm.
Zillis Stimme war belegt: »Vorsicht, Frau Sandmann, ich bin Nettigkeiten von großen Leuten kaum gewöhnt. Könnte sein, dass ich jetzt flenne.«
»Denn flenn du man«, entgegnete Claire, denn das sagte ihre Hamburger Großmutter auch immer.

12

Die Deutschen«, dozierte Armand im Café du Port, »schicken ihre Kinder mit einem Hammer ins Bett. Ich vermute, das sind alte, barbarische Riten. Die Kraft des Hammers soll auf den kleinen Germanen übergehen, *voilà,* die Erklärung für ihre Streitlust. Aber dass sie es auch bei den Mädchen machen?«

Josette war mit Krücken aus dem Krankenhaus entlassen worden, und Simons schwere Erkältung war überstanden. Jetzt hockte er fast den ganzen Tag bei Josette in der Küche. Sein Bedürfnis nach Zuneigung und Beachtung, nach Süßigkeiten und Höhlengefühl hatte ihn nahtlos von Mechthild zu Josette wechseln lassen, ohne dass er große Unterschiede empfand. Josette war nicht so weich wie Mechthild, sie war hager und klein, redete ununterbrochen, französisch natürlich, stopfte ihm ständig irgendetwas in den Mund. Simon genoss diese ungeteilte Aufmerksamkeit.

Armand beobachtete den kleinen Jungen halb mit großväterlicher Zuneigung, halb mit wissenschaftlichem Interesse. Legte man ihm einen großen oder einen kleinen Hammer ins Bett? Armand beschloss, Gertrude zu fragen.

Diesmal war es Simon, dem die fremde Sprache zuflog wie ein zahmer Vogel. Kein Wunder, im Gegensatz zu Käthi hörte er den ganzen Tag Französisch. Und Käthi hätte sich sowieso gesperrt. Sie war mit ihrer Seele noch in Portugal. Simon wurde gezielt mit Kuchen und ungezielt mit Vokabeln gefüttert. Er sog die fremden Wörter auf wie ein Schwamm. Nach nur einem Tag hatte er Armand einen Namen gegeben: Onkel Merdaloh. Als er ihn abends bei Gertrude erwähnte, fiel sie vor Lachen fast vom Stuhl, weil ihr schnell klar wurde, dass Simon Armands ständiges *»merde alors«,* Scheiße noch mal, einfach zu seinem Namen gemacht hatte.
Gertrude war mit den Kindern jetzt seit einigen Tagen allein. Käthi sprach nicht viel. Es war Gertrude ganz recht. Sie hatte Kinder gern, war aber nicht an sie gewöhnt. Käthi suchte nicht dauernd Gertrudes Nähe, aber sie mochte an ihr genau denselben Zug wie an Onkel Paco: Gertrude nahm sie ernst. Niemals trällerte sie in hohem Ton: »Ja, was hast DU denn da Feines gemalt?«
Käthi saß lange am Küchentisch, Pacos Hammer neben sich auf der Sitzbank, und zeichnete oder malte. Aber immer, wenn Gertrude einen Blick auf die Bilder werfen wollte, legte Käthi ihre Arme darauf und sagte: »Nein. Nicht gucken.«
Gertrude nahm eine Milchtüte aus dem Kühlschrank. »Magst du auch einen Kakao?«
»Meinetwegen.«
Nach ein paar Minuten stellte Gertrude einen dampfenden

Becher auf den Tisch und betrachtete das dünne, gescheitelte Haar des Kindes. Käthi schaute auf. Es war der Gesichtsausdruck eines Wesens, das sich ratlos und verloren in einer riesigen Halle umsieht, in der nichts, aber auch gar nichts den Blick fesseln kann. Gertrude setzte sich neben Käthi, unterdrückte den Impuls, sie anzufassen, weil sie instinktiv wusste, dass Käthi das jetzt nicht wollte.

Käthi malte Buchstaben. Dann legte sie den Bleistift hin, wandte sich mit ernstem Gesicht an Gertrude: »Wie wird der Name von deiner Katze geschrieben?«

»John. Das ist ein englischer Name. J – O – H – N.«

Wie auf Bestellung hüpfte der elegante Kater auf den Tisch, legte sich in voller Breite auf den Block und schnurrte. Käthi betrachtete ihn mit einem schmalen Lächeln.

»Ich kann aber so nicht schreiben, Katze. John.« Ob in Paris gerade eine Ampel ausfiel, war John genauso egal. Er rollte sich auf die Seite. Mäuse sind zum Fressen da, warme Sessel zum Hineinlegen und Menschen zum Katzenstreicheln. Und du ganz besonders. Na mach schon.

»Du liegst auf meinem Malblock.«

John gähnte.

Da gab Käthi auf und lauschte entzückt den Geräuschen, die John von sich gab, als sie sein Fell streichelte. Es erinnerte sie an das gleichmäßige Surren der Zentralheizung in Tante Zillis alter Wohnung. Käthi nahm den schweren Brummer vorsichtig in beide Arme. John legte sich wie ein Pelzcollier um ihre schmale Kinderbrust. Gertrude war überrascht. Zilli und Käthi schienen dieselben Katzenhände zu haben. Käthi rutschte langsam von der Küchenbank, öffnete die Verandatür mit dem Ellbogen und trat hinaus in den winterlich kalten Garten, das immer noch schnurrende Pelzbündel in den Armen. Der heftige Wind zauselte ihre Haare durcheinander, ließ sie aussehen wie ein Radieschen; sie fror. Aber es war ein angenehmes Frieren. Hier war alles so klar. Warme Katze, kalte Luft. Dunkler Himmel, helle Fenster. Aus dem Wohnzimmer des Schleusenhauses gegenüber fiel gelber Schimmer auf den Fluss, fast sah es aus, als schlingere eine kleine Flotte Teelichter über das Wasser. Käthi vergrub ihr Gesicht in Johns Fell. Der hatte es gut. Der war hier zu Hause. Und sie?

Gertrude betrachtete vom Küchenfenster aus die kleine Gestalt. Käthis verwaschenes Flanellkleid, das ihr bis zu den Waden reichte, flatterte im Wind. Der Lieblingspullover mit den viel zu langen Ärmeln hing herunter wie ein Kartoffelsack.

Merkwürdig, fand Gertrude. Wie konnte ein Kind gleichzeitig einsam *und* getröstet aussehen? Aber so war es.

*

Marlene Kuhl lag hier seit einigen Tagen zur Beobachtung, mit Blick auf eine blattlose Pappel, und war froh, dass sie endlich Besuch bekam. Zilli saß am Bett ihrer jüngeren Schwester und hielt ihre Hand. Marlene hatte enorm an Gewicht verloren und sah erschreckend gealtert aus.

»Er war da«, sagte sie plötzlich. »Reg dich nich auf, Zilli, er war bei mir zu Hause. Kurz bevor sie mich wieder inne Klinik getan haben.«

Zilli wurde blass.

»Er stand auf einmal im Flur und wollte wissen, wo du bist. Ich hab gesagt, wüsst ich nich.«

»Hat er dir das geglaubt?«

»Ich weiß nich. Kann sein, kann nich sein.«

Zilli lehnte sich zurück und versuchte, der inneren Spannung entgegenzuwirken. Herrgott, eigentlich war Hermanns Frage doch normal. Aber dass er sich überhaupt bei Marlene meldete, hieß, dass er etwas wollte. Marlene war die einzige Adresse aus der Vergangenheit, die Hermann kannte, die einzige Verbindung zu Zilli, die noch existierte.

»Marlene, ich überschreibe dir übrigens einen Sparbrief, wenn du wieder hier raus bist.«

»Danke, Zilli. Un dann wollte er wissen, ob du Geld hättest; hat er einfach graderaus so gefragt. Un ich hab gesagt, nee, du hättest nix. Im Gegenteil, du hättest Schulden, auch bei mir, und ich wär mit dir total verzankt, weil ich noch zweitausend von dir kriege und du gibst die mir immer nich zurück. Und ansonsten hätten wir keinen Kontakt mehr und ich wüsste von überhaupt nix irgendwas. Also kein Wort vom Haus und vom Laden und so.«

»Gut gemacht, Marlene!«

»Un ich hab gesagt, du wärs aber jetzt mit irgendeinem ausländischen Kellner ersmal innen Süden. Weißte, die Geschichte, die ich Käthis Vater vor ein paar Monaten erzählt hab. Dieselbe Geschichte. Ich dachte, doppelt hält besser.« Marlene legte erschöpft den Kopf auf das Kissen zurück.

»Du bist ein Goldstück, Marlene.«

Marlene hatte sich geistesgegenwärtiger verhalten, als Zilli es ihr je zugetraut hätte. Trotzdem, es war keineswegs sicher, dass er Marlene glaubte. Zilli war wieder übel vor Angst. Aber sie riss sich zusammen, sie wollte der geschwächten Marlene keine Furcht zeigen.

»Dein EKG ist besser geworden, hat der Arzt gesagt«, log Zilli. Marlene hob die Hand und ließ sie wieder fallen. »Ich weiß nich«, erwiderte sie langsam. »Fühlt sich komisch an, mein Herz. Wie was Fremdes. Manchmal wie heißes Blech.«

»Morgen komm ich wieder«, Zilli erhob sich. »Und demnächst hole ich die Kleinen zurück, du willst sie doch bestimmt endlich wiedersehen.«

Marlene nickte. »Wenn man hier so rumliegt, dann denkt man viel dran. Wär schon schön. Die sind da gut aufgehoben in Frankreich?«

»Besser geht's nicht.«

Marlene griff mit etwas Mühe nach einer Postkarte, die auf ihrem Nachttisch lag. »Guck mal, Zilli! Von Käthi! Die Karte kam wohl gestern, die Nachbarin hat sie mir gebracht.«

Zilli erschrak. Käthi musste vergessen haben, was Zilli ihr eingeschärft hatte Kurz vor ihrer Abreise nach Bonn hätte sie es ihr noch einmal sagen sollen. Kinder vergaßen. Und Gertrude war auch nicht informiert. Sie hatte schlichtweg nicht daran gedacht. Vielleicht auch deshalb nicht, weil ihr die paar Tage bei Gertrude so wunderbar ruhig und normal erschienen waren. Aber immer noch keine offene Post an Marlene, sämtliche Korrespondenz lief im geschlossenen Umschlag über Zillis Anwalt. Auf Käthis Postkarte sah man die Brücke von Chimeray, dahinter noch einen Zipfel von Florifère, markiert mit einem großen Kreuz aus blauem Kugelschreiber. Marlene betrachtete die Aufnahme, die das Dorf im Sommer zeigte. »Un da wart ihr? Un da sind die Kinder noch?«

Zilli nickte. Marlene legte den Kopf schief. »Schön!«

Zilli nahm die Karte und drehte sie um. »Liebe Mama! Hier ist eine Katze die heist John und es ist hier nicht so schön wie in Portugal aber auch gans nett. Tante Zilli sol zurückkommen da wo das Kreutz ist Gertrudes Haus da wone ich. Gertrude malt Bilder mit Öhlfarbe Simon wird dik die Joset stopft dem immer Schokolade in den Hals. Deine Käthi«

Marlene nickte zufrieden. »Simon is tüchtig gewachsen, was, Zilli?« Sie hob den Kopf. »Zilli, mir liegt was auf der Seele.«

Zilli setzte sich wieder.

»Wenn mit mir was ist … du weißt schon, du steckst die Kleinen doch nich im Waisenhaus?«

Zilli schluckte. Sie versuchte, die düsteren Visionen ihrer Schwester mit fröhlichem Gesicht zu verdrängen: »Also erstens: Unkraut vergeht nicht. Krank sind wir alle mal, Marlene. Zweitens: Ich werde Käthi und Simon niemals weggeben. Das schwör ich dir. Und drittens: Ich würde sie mittlerweile auch ganz gern behalten, wenn du wieder hier raus bist. Wenn ich mal wieder einen eigenen Laden habe, sind die Kleinen einfach öfter unter Aufsicht. Bei deinen Putzstellen ist das ja viel schwieriger. Aber da reden wir noch drüber.«

Marlene nickte. »Muss ich nich jetzt entscheiden, oder? Und wenn ich hier raus bin, will ich nix mehr saufen. Na ja, wir sehn mal.«

»Marlene … ich würde die Postkarte ganz gerne mitnehmen, für alle Fälle.«

Marlenes Gesicht blieb unverändert, aber in ihren Augen standen plötzlich Tränen.

»Schon gut. Lass sie aber nicht offen rumliegen. Bis bald, Kleene.« Zilli verbarg die Postkarte sorgfältig in der Nachttischschublade, drückte ihrer Schwester einen Kuss auf die Wange und schloss leise die Tür.

»Wie viel Weiber rufen hier denn noch an?«, rülpste das Rippenhemd ins Telefon, als Zilli sich am nächsten Morgen zwang, die Nummer zu wählen, die auf einem gelben Zettel stand. Wie lauernde Skorpione mit erhobenem Stachel sahen sie aus, die Zahlen mit der Dortmunder Vorwahl.

»Kannza mal deine Nummer geben. Wie heißte denn?«

»Sagen Sie ihm, Zilli hätte angerufen. Und ich melde mich später noch mal.« Zilli legte auf und versuchte, ihren rasenden Puls wieder unter Kontrolle zu bekommen. Der ganze Vormittag war so zerhackt worden: in Ruhephasen und in

Versuche, ihn zu erreichen. Drei-, viermal noch rief sie an, den immer unhöflicheren Rülpser am Telefon, der von Stunde zu Stunde undeutlicher lallte.
Und dann hob Hermann ab. Zilli schoss ein kalter Blitz durch den Magen, als sie seine Stimme hörte. Sie zwang sich, den Hörer nicht aufzulegen.
»Ja?«
»Ich bin's. Zilli.«
Schweigen. Dann: »Und? Was willst du?«
»Wissen, wie es dir geht.«
Wieder Schweigen. Dann ein kurzes, scharfes Lachen. »Wie nett von dir. Wie geht es einem Exknacki, der sieben Jahre um sich herum nur Mauern gesehen hat? Wie geht es so einem Menschen, na, Zilli, wie?«
Diesmal schwieg Zilli.
»Ich hatte lange Zeit nachzudenken. Lange Zeit. Wo steckst du?«
»In Bottrop«, log Zilli.
»Bei deinem Kellner?«
»Hermann, ich will mit dir reden.«
»In zwei Stunden. Um drei in der Kneipe zum Kanal.«
»Das geht nicht. Ich kann erst am späten Nachmittag. Gegen …«
Zilli wandte sich stumm zu Claire. Claire spreizte die erhobene Hand.
»Gegen fünf.«
Claire nickte.

Das Publikum in der Dortmunder Hafenkneipe »Zum Kanal« war nicht besonders fein. Am Ecktisch saß eine Frau, deren lange rote Haare oben auf dem Kopf zu einem Gebilde zusammengezurrt waren, das man in Bahnhofsgegenden »Tussipalme« nennt. Sie trug ein T-Shirt mit Leopardenmuster und einen zu engen Rock. Ihr Eyeliner war schief, sie rauchte. Ihren glatzköpfigen Freund schmückte eine schwere Goldkette, er hatte den Arm um sie gelegt und lachte gelegentlich dröhnend. Jedem, der einen interessierten Blick auf den verrutschten Rocksaum seiner Freundin warf, schickte er einen Blick, der ahnen ließ, dass man besser nicht ein zweites Mal auf die schwarze Netzstrumpfhose schaute. Am Nebentisch saß eine weitaus unauffälligere Frau mit rotbraunem Haar. Sie war Ende vierzig, trug einen braven weißen Rollkragenpullover und karierte Hosen. Sie rührte in einem Glas Pfefferminztee und sah alle zwei Minuten auf die Uhr. Um viertel nach fünf erhob sie sich und ging zur Toilette. Sie wusch sich die Hände, kühlte ihre Wangen und versuchte ruhig zu atmen.
Als Zilli zurückkam, saß jemand an ihrem Tisch. Ihre Knie wurden weich. Sie zwang sich, nicht den Blick der ordinären Rothaarigen zu suchen, und ging langsam auf Hermann zu. Schweigend zog sie ihren Stuhl zurück, setzte sich und schaute ihm in die Augen.
Sieben Jahre. Er hatte graue Haare bekommen, die Falten von der Nase bis zu den Mundwinkeln hatten sich verschärft, die Augenbrauen waren so dicht wie immer, die Augen schienen tiefer in ihren Höhlen zu liegen.

»Na?« Er zog einen Mundwinkel hoch, aber es war kein Lächeln. Auch kein halbes.
»Du wolltest mir sagen, wie es dir geht.«
»Falsch. Du wolltest wissen, wie es mir geht.« Er beugte sich blitzschnell vor und schaute ihr starr in die Augen. Er sprach leise. »Warum? Du hast mich in den Knast gebracht und willst anschließend wissen, wie mir deine Kinderlandverschickung bekommen ist. Gut, Zilli. Ich hab mich gut erholt. Sogar für die Hotelkosten ist der Staat aufgekommen.«
Das Gelächter des bulligen Kettchenträgers am Nebentisch war verstummt. Hermann schaute sich um. »Ist dein Kanake hier?«
Gut. Diesen Teil der Geschichte glaubte er.
»Wenn du von meinem Freund sprichst, nein. Hermann, was sollte diese Postkarte?«
»Welche Postkarte?«
»Du weißt genau, wovon ich rede. Du hast mich bedroht.«
»Ich war zwar lange im Urlaub, aber Ansichtskarten habe ich nicht verschickt.«
Zilli öffnete ihre Handtasche und warf eine sieben Jahre alte Postkarte auf den Tisch.
Hermann griff nach ihr, ohne den Blick von Zilli abzuwenden, las laut: »Genieße deine Geburtstage, solange es noch geht.« Er blickte sie wieder an. Seine Augen waren kalt. »Nette Karte. Und? Hast du deine Geburtstage genossen?«
Sie antwortete nicht. Dann setzte sie sich gerade. »Lass mich in Ruhe, Hermann. Für alle Zeiten.«

»Natürlich lasse ich dich in Ruhe. Ich finde dich zum Kotzen. Du interessierst mich nicht mehr, Zilli.«
Zilli glaubte sich verhört zu haben.
»Das Einzige, was ich brauche, ist Geld.«
Natürlich.
»Hast du welches?«
»Nein.«
Hermanns Augen verengten sich. »Das hat mir deine Schwester auch schon erzählt. Und das mit dem ausländischen Kellner auch. War ein langer Text für eine besoffene Frau.« Hermann erhob sich. »Na dann. Ich muss jetzt gehen.« Er legte seine Hand auf ihre Schulter. »Krieg ich deine Adresse?«
»Warum, wenn ich dich ankotze?«
Langsam drückten seine Finger zu, bis es plötzlich schmerzte. Sie fasste nach seinem Handgelenk, nahm seine Hand von ihrer Schulter und fixierte ihn. »Hermann, ich war bei den Bullen. Wenn du mich nicht in Ruhe lässt – man hat ein Auge auf dich. Und ich geh sofort wieder hin.«
»O ja, darin hast du ja Übung. Ich weiß.« Er warf eine Münze auf den Tisch. »Für mein Bier.«
Das Dortmunder Pils hatte seine Schaumkrone längst verloren und stand unberührt vor dem leeren Stuhl. Die Kneipentür fiel zu. Zilli starrte auf das Bier. Nach einer Viertelstunde verließen drei Gestalten die Kneipe »Zum Kanal« und stiegen in einen dunkelblauen BMW. Kollege Burkhard war trotz seines schnellen Wagens kein Raser. Ihm zu folgen war wegen seines rücksichtsvollen Fahrstils ein

Vergnügen, sogar mit einem alten Gebrauchtwagen, den man in ein paar Bastelstunden notdürftig zum Laufen gebracht hatte. Nach zwei Stunden rollte der dunkelblaue BMW gemächlich die Autobahnabfahrt zur Bonner Südstadt hinunter.

Zilli saß auf dem Rücksitz und fühlte sich wie nach einem schmerzlosen Aufprall, betäubt und schwer.

»An welcher Straßenecke soll ich Sie rauslassen, Frollein?«, witzelte Burkhard und tätschelte Claires schwarzbestrumpftes Knie.

Claire zog den zu kurzen Rock erneut herunter. »So 'ne Straßenecken gibt's gar nicht in Bonn, Sie! Und ich bin nicht das, wofür Sie mich halten, Sie! Oder ich bin es doch, aber dann kostet das zweihundert.«

»Ist das nicht bisschen viel? Ich meine, für zweihundert krieg ich doch was Frischeres als eine gebrauchte Studienrätin!«

»Burkhard, hast du früher in den Semesterferien als Zuhälter gejobbt?«

Burkhard lachte. »Wie sieht's aus, wollt ihr noch auf einen Wein mitkommen? Lena freut sich.«

Zilli schwieg. Sie starrte abwesend auf die Straße.

»Lass mal, Burkhard, so will ich deiner Frau nicht gegenübertreten.« Claire klappte den Spiegel auf der Beifahrerseite herunter und beäugte sich. »Muttergottes! In diesem Aufzug sollte ich mal ins Landesamt für Besoldung gehen und nachfragen, welche Sorte Nebenverdienst man als Lehrerin versteuern muss!«

Burkhard hielt vor Claires Haustür. Zilli reichte ihm vom Rücksitz aus die Hand. »Es hat mir so geholfen, dass Sie dabei waren. Ich danke Ihnen ganz herzlich.«
»Die Spezialtruppe kam ja gar nicht zum Einsatz. Sie haben also doch zu viel Gespenster gesehen. Aber umso besser. Alles Gute, Frau Kuhl.«
Zilli stieg aus dem Auto, steif wie nach einer langen Bergwanderung. Plötzlich fiel ihr etwas ein. Sie bedeutete Burkhard mit einem Handzeichen, noch einen Moment zu warten. Ihr Lieferwagen war unter der Straßenlaterne geparkt. Direkt vor Claires Haustür. Die Aufschrift »Windisch & Co« leuchtete in sattem Grün, darunter »Feinkost vom Feinsten«, darunter die nicht mehr gültige Telefonnummer. Zilli öffnete die Seitentür ihres Wagens, holte eine unverpackte Flasche mit golden schimmernder Metallkapsel heraus und reichte sie Burkhard durchs Fenster.
»Oh! Veuve Cliquot! Das wird ein glücklicher Abend für Lena. Aber eigentlich sollten wir die zusammen aufmachen, Frau Kuhl.«
»Ach wissen Sie, mir ist heute mehr nach Doppelkorn. Nach doppeltem Doppelkorn.«

»Hör mal, Zilli. Ich erwarte nicht von dir, dass du jetzt glücklich bist. Nach allem, was du mir von ihm erzählt hast, finde ich seine Reaktion auch ziemlich seltsam.«
Nach einem improvisierten Essen saßen sie im Wohnzimmer und tranken einen Wein. Zilli wirkte immer noch ratlos und verwirrt. Claire beugte sich vor und versuchte

beider Gedanken zu sortieren. »Sieh es mal sachlich, Zilli. Erstens: er weiß nicht, dass du Geld hast. Zweitens: wenn er auf Rache, auf Gewalt aus gewesen wäre, hätte er versucht, dich woanders zu treffen. Jedenfalls nicht in einer Kneipe mit zwei Dutzend Zeugen. Er weiß noch nicht einmal, wo du wohnst. Und außerdem: Du hast dich bei ihm gemeldet, nicht umgekehrt.«

»Aber er war vorher bei Marlene, wollte wissen, wo ich stecke.«

»Er hatte Marlene ja auch klipp und klar gesagt, warum. Er braucht mal wieder Geld. Aber da du nichts hast, ist auch nichts zu holen, ganz einfach. Er darf nur nicht erfahren, dass das nicht stimmt.«

Zilli nickte. »Du hast ja Recht. Aber meine Angst kann nicht einfach abfallen wie eine Kruste. Sie sitzt so tief.«

»Sie wird auch nicht abfallen, aber sie wird sich langsam verlieren.«

»Es ist nur so komisch, dass dieser Wahn, dieser Albtraum sich auf einmal im Nichts auflösen soll.«

»Zilli, du vergisst, dass dich der reale Hermann nur ein einziges Mal wirklich bedroht hat. Alles andere, das Monster, den Mörder, das riesengroße Hermanngespenst, hast du in deinen Angstnächten selbst gebaut. Hermann weiß, dass er sofort die Polizei an den Hacken hätte, wenn dir etwas passiert. Wer so lange im Knast war, hat keine Lust, wieder da zu landen. Er ist nicht blöd, das sieht man.«

Zilli nickte. Sie schien etwas freier zu atmen.

»Wie soll es eigentlich weitergehen, Zilli?«

»Ich fahre morgen nach Frankreich und hole die Kinder. Ich möchte, dass Marlene sie jetzt sofort wiedersieht, denn ich glaube, das braucht sie. Ich werde mit den Gören für ein paar Monate in eine möblierte Wohnung ziehen, ich hab mich schon drum gekümmert. Mitwohnzentrale. Von dort aus suche ich mir dann etwas Gescheites.«
»Aber Weihnachten sind wir bei Gertrude, das ist doch versprochen, oder, Zilli? Sie hat uns alle eingeladen.«
»Wenn es Marlene so gut geht, dass ich sie allein lassen kann. Es ist zwar ein bisschen viel Hin-und-her-Fahrerei, aber das ist mir ein Weihnachten auf Florifère wert. Die Kinder werden ihren Spaß haben, und ich möchte ihnen etwas gönnen nach alldem. Wir fahren am Tag vor Heiligabend dann zusammen runter, Frau Sandmann, wie wär's? Wir nehmen meinen Lieferwagen. Der reicht für uns, da passt eine Fußballmannschaft rein.«
»Du kennst die Kosmetikkoffer meiner Freundin Edda nicht, Frau Kuhl.«
»Ach du Heiliger, was ist das denn für eine Schnepfe?«
»Wart's ab, Zilli. Irgendwie habe ich im Gefühl, dass ihr beiden etwas miteinander anfangen könnt.«

*

Der Dezembermorgen war, wie so oft im Rheinland, eher ein zu dunkler, verregneter Frühlingsmorgen. Es war fast warm. Die beiden Frauen im Bäckerladen hatten alle Hände voll zu tun, denn vor dem ehemaligen Lebensmittel-

geschäft »Windisch & Co.« befand sich eine Straßenbahnhaltestelle.
»Danke, Schmuckstück. Wann hast du Feierabend?«
Der Kunde zwinkerte der jüngeren Verkäuferin zu, die ihm ein Brötchen mit Salami und einen Henkelbecher über den Tresen schob. Sie äugte frostig zurück: »Macht zwei achtzig.« Anmache am frühen Morgen, von einem mindestens fünfzigjährigen Knacker, der aussah, als habe er in seiner Wetterjacke geschlafen. Was die Kerle sich immer einbildeten. Sie wandte sich dem nächsten Kunden zu, einem jungen Mann: »Guten Morgen, Jonas! Wie geht's?«
»Gut, Schmuckstück!« Die beiden jungen Leute kicherten.
Nach einer halben Stunde hatte der Mann in der Wetterjacke den dritten Kaffee geschluckt, jetzt war es im Laden deutlich ruhiger, die erste Stoßzeit war vorbei. Der Mann schob den leeren Becher über den Tresen, würdigte die junge Verkäuferin keines Blickes mehr, sondern hofierte die ältere Bedienung, eine mollige Schwarzhaarige, die aussah, als ginge sie gerne zum Kegeln.
Der Kunde lächelte sie höflich an. »War hier nicht früher ein Feinkostladen? Windisch oder so? Ich hab hier mal gewohnt, ist aber schon was her.«
»Und wo wohnen Sie jetzt?«, fragte sie neugierig.
Er schien einen Moment zu zögern. »In Norwegen. Ich arbeite auf einer Ölbohrinsel. Hab hier nur meine Mutter besucht.«
Die Verkäuferin sah ihn bewundernd an. Irgendwie sah er aus wie ein Abenteurer.

»Schöne Brosche haben Sie da!« Er blickte ihr tiefer in die Augen.
Sie griff nach ihrem Blusenkragen. Ölbohrer verdienten sehr, sehr gut, erinnerte sie sich. Er musste so in ihrem Alter sein. »Aquamarin«, erklärte sie stolz.
»Und wie war das mit dem Laden von Windisch und Co.?«
Sie ordnete ihre Haare. »Der alte Windisch hatte seiner Verkäuferin damals Haus und Laden vermacht. Danach hatte sie hier einen Delikatessenladen draus gemacht. Ganz schön teuer. Aber es lief gut. Und dann hat sie den Laden verkauft. Kuhl, ja. Zilli Kuhl. Kannten Sie die?«
Der Mann zog seine Stirn kraus. »Ja, ich glaube. Aber nur flüchtig. So eine fette Rotblonde, kann das sein?«
Die junge Verkäuferin unterbrach unwirsch: »Frau Waggermann, einer muss hier die Brötchen aus dem Ofen holen. Allein bedienen und mich auch noch um den Ofen kümmern, geht nicht!«
Die Schwarzhaarige streifte Asbesthandschuhe über, holte ein Blech aus dem Backofen und kippte die heißen Brötchen in einen Korb. Sie wandte sich ihm wieder zu. »Also die Frau Kuhl war aber nicht fett. Die war dünner als ich.«
»Ich bitte Sie! Sie haben doch eine Spitzenfigur!«
Statt einer Antwort lächelte sie viel sagend. Er lächelte zurück, irgendwie sah es aus, als würde ein Raubvogel grinsen. Doch, das mit der Ölbohrinsel musste unbedingt stimmen. Frau Waggermann hatte mal einen Abenteuerfilm über eine brennende Bohrinsel gesehen, mit Absprüngen

aus Hubschraubern und todesmutigen Männern im gelben Overall, deren Gesichter rauchgeschwärzt …
»Also richtig vererbt, das Haus? Was ist denn so was wert?«
Er ließ nicht locker. Nach weiteren zehn Minuten verließ Hermann Rogatzke die Bäckerei um einige Informationen reicher. Auch um die Mitteilung, dass Frau Waggermann nicht mehr verheiratet war, einen Wohnwagen mit Dauerstellplatz an der Ahr besaß und heute um fünfzehn Uhr Feierabend hatte, was ihn aber nicht so brennend interessierte, wie Frau Waggermann dachte. Dass Zilli bei der rothaarigen Schlampe wohnte, wusste er jetzt. Dass sie Geld hatte, auch. Und es gab in Zillis Umfeld offenbar betuchte Leute, die BMW fuhren und hübsche Reihenhäuser bewohnten. Es gab Champagner als kleine Aufmerksamkeit und blinkende Lieferwagen. Aber da sie ihr Testament vermutlich nicht zu seinen Gunsten gemacht hatte, nützte ihm eine für immer verstummte Zilli herzlich wenig. Eine bedrohte Zilli würde zu den Bullen laufen und Hermann wollte nie, nie wieder in seinem Leben hinter einer Tür hocken, zu der er keinen Schlüssel hatte.
Wie kam er an Zillis Geld? Vielmehr, an sein Geld. Denn es stand ihm zu, es war Verdienstausfall, Schmerzensgeld, Entlohnung für Verrat, für Mauern, für Türen, die mit metallischem Nachhall fast sieben Jahre lang hinter ihm zugefallen waren. Hermann setzte sich in sein altes Auto und fuhr nach Köln. Die Schwester, das war Zillis einziger Schwachpunkt, da konnte man den Hebel ansetzen. Wie, wusste er noch nicht. Es würde sich schon ergeben.

Niemand öffnete. Hermann fluchte. Es war früher Vormittag, wahrscheinlich schlief die versoffene Kuh noch. Er klingelte noch einmal. Jemand kam aus der Haustür. Hermann fing die Tür auf, bevor sie wieder zuschlug, und fuhr mit dem schmutzigen Aufzug in den sechsten Stock. Er kannte den Weg. An Marlenes Tür klingelte er noch einmal, noch fünfmal. Schweigen. Aus der Wohnungstür nebenan steckte eine ältere Frau den Kopf heraus. Sie hatte malträtierte Haare von zu vielen Heimdauerwellen, wie gewelltes Stroh stand es von ihrem Kopf. »Die is wieder inne Marienklinik, die Frau Kuhl! Waren Sie nich schon mal hier, letzte Woche?«

Hermann nickte. »Ich bin ein guter Freund von der Marlene.«

Die Alte grinste höhnisch. »Na, davon gibs ja genuch.«

»Und das kleine Mädchen? Sie hat doch ein Kind.«

Die Nachbarin musterte ihn ausgiebig. »Na, so gut kennense Ihre Freundin wohl doch nich, junger Mann. Die hat zwei Kinder. Die zwei Kleinen, die sind aber schon ne ganze Zeit weg. Wahrscheinlich wars Jugendamt mal hier, die Malene hat mir aber nix gesagt. Wennse nich im Krankenhaus war, war se meistens blau und da redet se einen Haufen Scheiße. Keine Ahnung.« Sie schlug die Tür wieder zu.

Zilli prüfte den Ölstand, wischte sich die Hände an einem Papiertaschentuch ab und ging wieder ins Haus. Die Uhr zeigte halb eins. Auf dem Tisch standen noch die Kaffeetassen des gemeinsamen Frühstücks, daneben lag die Michelinkarte mit der Übersicht der französischen Autobahnen. Sie schuf mit einigen Handgriffen Ordnung. Wenn sie in einer halben Stunde aufbrach, konnte sie am späten Abend in Florifère sein. Diesmal freute sie sich auf die lange Fahrt. In der Tür wandte sie sich noch einmal um und betrachtete den großen Grashüpfer aus Pappmaché, der mit seinen Riesenaugen den Eingang bewachte. Es konnte losgehen. Sie schulterte die Reisetasche, als das Telefon klingelte. Es erinnerte sie daran, dass sie vergessen hatte, Claires Anrufbeantworter einzuschalten. Sie hob ab.

Zwanzig Minuten später stand Zilli fassungslos in der Tür zu Marlenes Krankenzimmer. An der Stelle, an der ihr Bett gestanden hatte, war eine große Lücke. Eben schoben zwei Schwesternhelferinnen ein neues Bett in das Zimmer, es war frisch bezogen und lag unter einer großen Klarsichtfolie, wartete auf den nächsten Kunden dieser Gesundheitsfabrik, die vereinzelt Glück, aber auch so viel Schrecken produzierte.

Der Arzt, der ihr die Nachricht am Telefon mitgeteilt hatte und der ihr jetzt gegenüberstand, war nicht derselbe, der ihr im Frühsommer so überheblich begegnet war. Der Mediziner schien übernächtigt, hatte seine Brille abgenommen und rieb sich die Schläfen. Er hatte es in all den Jahren seiner Arbeit als Krankenhausarzt nicht geschafft, Schmerz und Elend seiner Patienten an sich abgleiten zu lassen.

Er fasste Zilli am Oberarm, bugsierte sie zur Besucherecke und bedeutete ihr, sich zu setzen. »Frau Kuhl, ich weiß, wie schwer das ist. Es sind nur dumme Worte, ich weiß, dass jetzt nichts, gar nichts hilft. Vielleicht nur so viel: Sie hat sich nicht gequält. Es war eine schwere Herzattacke, und es ging schnell. Ihre Schwester war heute Vormittag zufällig für längere Zeit allein in dem Zimmer, die Bettnachbarin war in der Patientencafeteria. Als sie zurückkam und begriff, was los war, hat sie geklingelt, die Stationsschwester war sofort da, und zwei Minuten später haben wir versucht zu reanimieren. Wir haben sie nicht mehr zurückholen können.«

Zilli blickte ihn starr an. »Warum bin ich nicht eine Stunde früher gekommen?«

»Sie hätten nichts verhindern können. Es war auch für uns nicht abzusehen, Frau Kuhl. Sonst hätte ich sie doch auf die Intensivstation verlegt, aber das war nach den Befunden der letzten Tage nicht nötig.«

Zilli blickte müde auf.

Der Arzt setzte seine Brille schon wieder ab und rieb sich diesmal die Augen. »Ich habe mich gestern Abend mit Ihrer Schwester noch unterhalten. Sie hat mir einiges erzählt über Sie und die Kinder und wie froh sie ist, dass die Kleinen in guten Händen sind. Denken Sie daran, Frau Kuhl, mit dieser Tröstung ist sie gegangen, nicht mit Angst und Schrecken.«

Zilli nickte, aber die Worte erreichten sie kaum.

»Ich sage auf der Station Bescheid, damit Sie die Sachen Ihrer Schwester abholen können.«

»Danke, Herr Doktor.«

Er nahm ein drittes Mal die Brille ab. Für einen Moment glich er einer traurigen Schildkröte. »Frau Kuhl, das Leben ist selten tröstlich. Es ist vorwiegend schwer.« Der Arzt erhob sich. »Es klingt vielleicht billig, was ich jetzt sage, aber es ist die Wahrheit, und Sie haben das mit Sicherheit auch schon einmal erfahren: Mag es jetzt auch noch so finster sein, irgendwann wird wieder eine Stunde dabei sein, die heller ist als die hier. Machen Sie's gut und denken Sie daran, dass Ihre Schwester jetzt von oben erleichtert zusehen kann, dass ihre Kinder nicht im Heim landen, Frau Kuhl.« Er setzte die Brille wieder auf, nickte ihr noch einmal zu, segelte mit offenem Kittel den langen Gang hinunter und wurde von der Fabrik verschluckt.

Die Stationsschwester bemühte sich um Geduld, denn langsam ging es ihr auf die Nerven, dass diese Verwandte der heute verstorbenen Marlene Kuhl keine anderen Sorgen hatte als irgendeine Ansichtskarte, die angeblich im Nachtschränkchen gelegen hatte.

»Frau Kuhl, wir haben das Eigentum Ihrer Schwester hier in die Tüte gepackt. Bei uns kommt nichts weg. Und Ausweis und Geld sind da! Ach, Frau Pachulke, kommen Sie doch mal. Haben Sie heute in Zimmer vier eine Ansichtskarte gesehen oder vielleicht weggeworfen?«

Die Putzfrau schüttelte energisch den Kopf. »Ich hab eine alte Zeitung vom Nachttisch weggeräumt, weil ein Becher mit Pfefferminztee umgefallen war. Und die Schublade stand weit offen. Da war alles ganz nass und durcheinander,

auf dem Nachttisch. Tja, dass da ne Ansichtskarte in der Zeitung gesteckt hat, ist gut möglich. Aber ich kann ja jetzt nicht jede verdreckte Zeitung auseinander nehmen, ob da noch Aktien oder Geburtsurkunden oder Postkarten drinstecken, so viel Zeit haben wir hier nicht.«
»Schon gut, Frau Pachulke, schon gut. Frau Kuhl, Sie entschuldigen uns, wir haben so viel zu tun.«
»Bitte, nur noch eine Frage: Hatte meine Schwester heute Morgen Besuch?«
»Hier war heute Vormittag der Teufel los, und ich zähl die Besucher nicht. Zwei Stationshilfen sind ausgefallen. Nein, ich glaube, es war niemand bei ihr.«

★

Zilli und Claire standen in dreckigen Trainingshosen im Flur der Kölner Hochhauswohnung und wischten noch einmal über den Türrahmen. Die Wohnung war vertragsgemäß renoviert, die frisch gestrichenen Wände ließen sogar für einen Moment die Tristesse der restlichen Umgebung vergessen. Eine ältere Frau in einem dunkelblauen Kunststoffanorak, einen braunen Häkelschal um die strohigen Haare geschlungen, schlurfte den Gang entlang. An Marlenes Wohnungstür blieb sie stehen.
»Tach, Frau Kuhl. Sie hab ich ja lang nich mehr gesehen. Ja, so endet mal alles. Hatse sich doch totgesoffen, die Malene«, lautete die feinfühlige Begrüßung.
Zilli wandte sich um. »Tag, Frau Lommertzheim.«

»Wann is denn dat Begräbnis?«
»Das war vor drei Tagen, Frau Lommertzheim.«
»Ach. Un wat haben Sie mit dem Telefonbänkchen jemacht, dat mit dem Stickmuster drauf?«
»Das haben wir der Caritas gegeben.«
»So. Als ob die dat bräuchten. Dabei hab ich der Malene immer wat zujesteckt, mal Zijaretten, mal wat zu essen.«
»Sie sind wirklich ein guter Mensch. Tut mir Leid, aber weg ist weg. Und jetzt müssen wir uns leider beeilen, gleich kommt jemand von der Wohnbaugesellschaft zur Abnahme und wir müssen im Bad noch mal über die Kacheln. Wiedersehen, Frau Lommertzheim. Ach, Moment noch, sagen Sie, war hier eigentlich mal ein Herr und hat sich nach Marlene oder nach mir erkundigt?«
Die Nachbarin beäugte Zilli. »Ihre Schwester kannte ja einige Herren, ich weiß auch nich mehr, wann wer da war.«
»Haben Sie jemand erzählt, in welchem Krankenhaus Marlene lag?«
»Wie komm ich dazu? Seh ich aus wie eine Klatschtante?«
Genau so und noch schlimmer, dachte Zilli. »Auf keinen Fall, Frau Lommertzheim. War nur so eine Frage. Tschö dann.«
Zilli schloss die Tür. Sie verdrehte die Augen. Claire hatte sich im Schneidersitz mitten in der ehemaligen Küche niedergelassen und gönnte sich eine Dose Bier vom Kiosk am Hochhaus. Zilli setzte sich ächzend neben sie und öffnete eine zweite Dose. »Ich hoffe, sie sagt die Wahrheit. Es wäre nicht auszudenken, wenn Hermann …«

»Zilli, das glaube ich nicht. Die Postkarte hat bestimmt in der dreckigen Zeitung gesteckt. Mach dich nicht verrückt.«
Zilli trank einen Schluck Bier. »Wahrscheinlich hast du Recht. Ich will jetzt kein neues Gespenst aufbauen. Nervös macht es mich trotzdem. Ach, Frau Sandmann, wie soll ich dir nur danken. Ohne dich hätte ich das hier nicht geschafft, diese Bude in ein paar Tagen aufzulösen und zu renovieren.«
»Was heißt auflösen, Zilli. Es war doch eh alles für den Müll.«
»Bis auf dat schöne Telefonbänkchen.« Zilli imitierte Frau Lommertzheim.
»Aber dat war auch fürn Müll«, ergänzte Claire.
Zilli trank einen Schluck Bier und sah sich in der kahlen Wohnung um. »Ich kann es immer noch nicht glauben, Claire. Sie hatte so ein Scheißleben, die Arme.«
»Das haben wohl die meisten Alkoholiker. Du hast doch für sie getan, was du konntest.«
»Wenn jemand tot ist, hat man immer das Gefühl, es war nicht genug.« Zilli leerte die Dose und drückte sie zusammen. »Claire, ich habe solche Angst, es den Kindern zu sagen. Vor allem Käthi. Wie viel Simon begreift, weiß ich nicht. Ich werde morgen nach Frankreich zurückfahren und bleibe dann gleich dort, bis Weihnachten. Aber ich werde es ihnen erst danach sagen.«

13

Gertrude schraubte den Deckel auf den Kanister mit dem harzig duftenden Balsamterpentinöl und trat durch die Ateliertür auf den Vorplatz ihres Hauses, in die kalte Dezemberluft.

Eine Gestalt in schwarzem Kapuzenmantel stieg aus einem Mercedes und näherte sich, Margot Morisseau. »Meine Liebe, wie geht es Ihnen?«

Sie war, der Jahreszeit angemessen, ländlich elegant gekleidet, wie eine englische Internatsdirektorin. Gertrude beobachtete Margot Morisseau. Wieder fiel ihr auf, wie sehr sich Mutter und Tochter äußerlich ähnelten. Allerdings fehlte Margot das Flackernde, Unruhige. Bei ihr dachte man eher an polierten Granit.

»Mögen Sie einen Kaffee?«

Margot nickte gnädig. Gertrude eilte in die Küche. »Margot Morisseau zu Besuch und mach uns bitte einen Kaffee, meine Liebe«, sagte sie halblaut.

Josette nickte. Es gab eine erprobte Vereinbarung zwischen ihnen.

»Wie geht es Odile?«, fragte Gertrude unschuldig, als sie die Ateliertür wieder hinter sich schloss.

Margot fixierte sie, ihr Tonfall war inquisitorisch: »Gertrude, was wissen Sie über Odile und François?«
Gertrude setzte sich auf einen Hocker und sah Margot in die Augen. »Margot, ich spare mir jetzt einleitende Gesprächsornamentik. Odile hat Drogenprobleme. François war dieser Aufgabe nicht gewachsen. Sie braucht Hilfe. Professionelle Hilfe.«
Margots Mund war bleistiftdünn, bevor sie ihn öffnete. »Drogenprobleme! Passen Sie auf, was Sie da sagen, Gertrude. Odile trinkt ab und zu mehr, als sie sollte, aber das tun wir doch alle, zumindest in diesem Alter haben wir es getan.«
»Sie wissen genau, wovon ich rede, Margot!«
Margot warf ihre Handschuhe auf den Steinboden. »Ich hatte eine bildschöne, intelligente Tochter, jetzt sitzt da ein verdrehtes Wesen, das ich kaum noch wiedererkenne. Erst hat François sie seelisch ruiniert, und dann wendet er sich einer anderen Frau zu. Wissen Sie eigentlich, wer die neue Freundin ist?«
Gertrude ging nicht auf ihre Frage ein. »Margot, ich bitte Sie, wie kommt diese absurde Interpretation zustande?«
»Sie hat neuerdings furchtbare Angstanfälle. Sie trägt Tausende Euro zu einem Analytiker. Und sie war immer so ein unkompliziertes, fröhliches Mädchen.«
Gertrude war versucht zu lachen, aber sie verschränkte die Arme und beugte sich vor. »Margot! Es stimmt nicht, was Odile Ihnen erzählt. Sie wissen selbst ganz genau, dass Odile schon lange Probleme hat. Odiles Verhalten war

auch in der Zeit vor François ziemlich bizarr.« Gertrude beugte sich noch ein Stück vor und versuchte, in Margots Augen zu blicken. Aber Odiles Mutter tat so, als bemerke sie es nicht, sondern starrte auf den Boden, auf die Lederhandschuhe, die mit ihren abgespreizten schwarzen Fingerlingen einer dicken Spinne glichen. Gertrudes Stimme blieb sachlich: »Odiles Problem heißt nicht François.«

»Jetzt warte ich nur noch darauf, dass Sie meine Erziehungsfehler aufzählen, Gertrude. Was ich bei Odile alles versäumt habe. Was für ein Unsinn! Welche junge Frau hat keine Probleme?«

»Kokainsucht gehört nicht gerade zu den durchschnittlichen Entwicklungsphasen eines jungen Menschen.«

Margot war bei dem Wort »Kokain« zusammengezuckt. »Das ist ja ungeheuerlich, Gertrude. Wie kommen Sie dazu, das zu behaupten? Ich habe Sie immer für eine zuverlässige Freundin gehalten.«

Das ist mir neu, dachte Gertrude. Sie lehnte sich zurück und betrachtete ihr Gegenüber. »Margot, haben Sie die hohen Analytikerrechnungen eigentlich gesehen?«

»Was soll diese Frage?«

Gertrude sprach weiter, ohne sich irritieren zu lassen: »Überprüfen Sie doch einfach mal, ob das Geld wirklich auf dem Konto eines Arztes landet.«

»Wollen Sie etwa behaupten, dass Odile mich belügt?«

»Ja«, entgegnete Gertrude schlicht. »Aber das habe ich Ihnen doch schon einmal gesagt. Ich würde das bei einer Drogenabhängigen allerdings nicht in die Kategorie ›moralische

Verfehlung‹ einordnen. Sie braucht das Geld, um ihrem täglichen Abgrund zu entkommen, obwohl sie natürlich immer weiter abgleitet. Margot, Sie müssen ihr helfen.«
Margot stützte ihr Kinn grazil auf ihre rechte Hand und musterte Gertrude. »Wenn ich Sie nicht so gut kennen würde, liebe Gertrude, würde ich Ihnen jetzt Bösartigkeit unterstellen. Aber vielleicht bringen Sie in Ihrem Alter da doch einiges durcheinander.«
Gertrude schaffte es noch eben, ihre Aggression zu zügeln. »Vielleicht bin ich ja uralt, Margot, aber eines habe ich immer noch: einen starken Bezug zur Realität. Offensichtlich im Gegensatz zu Ihnen.«
Josette klopfte mit dem Fuß an die Tür. Gertrude stand auf, öffnete und verdrehte die Augen zum Himmel. Sie nahm der humpelnden Josette das Kaffeetablett ab und stellte es auf den kleinen Besuchertisch.
»Gertrude!« Josette hatte schon wieder die Türklinke in der Hand. »Du denkst daran, dass du in …«, sie sah auf ihre Armbanduhr, »… in fünf Minuten dieses wichtige Gespräch mit deiner Straßburger Galerie hast, ja? Sonst ist Madame Joëssel auf und davon in den Wintersport.«
Gertrude nickte dankbar. Sie nahm einen Schluck Kaffee und beobachtete ihr verstummtes Gegenüber.
Margot hob den Kopf. »Ich möchte Sie nur eindringlich davor warnen, solche Gerüchte im Dorf zu verbreiten. Wenn Sie mir schaden, schaden Sie auch dem Wohl der Gemeinde.«
»Sie meinen, Ihren Wahlchancen. Ich interessiere mich

nicht besonders für Ihren politischen Ehrgeiz, Margot. Mir ging es um Odile.«

»Und Sie wollen François natürlich decken. Ich kann mir schon denken, warum. Kommt Ihre deutsche Freundin, die Rothaarige, Weihnachten wieder zu Besuch?«

Aha. Hatte sie also schon Witterung aufgenommen. Aber wie sie wollte. Themenwechsel fanden unter diesem Dach nur statt, wenn die Hausherrin damit einverstanden war. Und es gab jetzt weiß Gott ein wichtigeres Thema als die Diskussion darüber, wer wessen Bett neuerdings wärmte. Dazu war die Zeit zu schade. Diese Form von Blindheit machte Gertrude rasend. Gertrude reagierte nicht auf die Frage, sondern stellte ihre Kaffeetasse laut ab. »Auf Wiedersehen, Madame Morisseau.«

Margot erhob sich. »Dann wünsche ich Ihnen ein amüsantes Weihnachten und ein gelungenes Silvesterfest.« Sie blieb so höflich, als hätte dieser Hinauswurf nicht stattgefunden. »Auf Wiedersehen!« Sie öffnete die Ateliertür zur Straße und verschwand.

Gertrude antwortete nicht und wandte sich der Staffelei zu. An Arbeit war jetzt nicht mehr zu denken. Fluchend wusch sie benutzte Pinsel aus, warf verschmutzte Stofflappen in den Mülleimer.

Warum, warum ließ Margot ihre Tochter im Stich? O ja: die Wahl zur Stadträtin. Macht, gesellschaftliche Position, das Ansehen der Familie Morisseau. Wie beschränkt, wie widerlich. Gertrude gab die Arbeit für heute endgültig auf und setzte sich mit ihrem Kaffee auf die Ateliercouch.

Wieder knirschten Reifen. Diesmal aber lachten Kinderstimmen.

»François!«, brüllte Käthi. *»Bonjour merci!«* François hatte die Kinder schon zum zweiten Mal mit zu einem Hausbesuch genommen. Bauernhöfe und Katzen und Schafe fand Käthi immer interessant. Der neue Onkel, der Freund von Claire, war nett, auch wenn man ihn kaum verstand. Was er alles konnte! Heute hatte er auf eine kranke Kuh eingeredet. Und sie dabei behandelt. Es war eigentlich eklig, weil er an ihrem Bein herumschneiden musste und das Geschwür blutete. Die Kuh war aufgeregt gewesen, der Bauer hatte sie angeschnauzt, weil sie sich anfangs nicht untersuchen ließ. Aber François sprach leise auf sie ein, so als sei die Kuh eine nette alte Tante, die man etwas aufmöbeln musste, weil sie ihr Gebiss verlegt hatte. Und nach zehn Minuten war die Kuh ganz ruhig geworden. Käthi hätte es schwören können: Die kranke Kuh sah sogar ein bisschen fröhlich aus.

Käthi hatte eigentlich immer Kartenabreißerin im Kino werden wollen. Jetzt überlegte sie zum ersten Mal, dass ihr dieser Beruf hier besser gefiel. Außerdem, wenn man später einmal richtig Französisch verstand, konnte man gleich bei François in die Lehre gehen, und das fand sie ungeheuer praktisch.

Doch, Käthi ging es besser. Die wichtigste Sache aber war: »John!« Käthi stolperte ohne anzuklopfen ins Atelier. »Wo ist John?«

»Hallo, Käthi!« Gertrude setzte ihre Tasse ab. Käthi stand in

der geöffneten Tür, hinter ihr hopste Simon herum, der Wind blies braune Blätter ins Atelier.
»Mach die Tür zu, Kind.«
»Porte fermée«, krähte Simon und hing sich an die Türklinke.
»Darf ich dich einen Moment stören?« François erschien hinter den Kindern und begrüßte Gertrude mit erhobener Hand.
»Natürlich. Ich bin ja bloß eine Hobbymalerin. Geh zu Josette und lass dir die Flasche Cognac geben, dann setz dich zu mir.« François gehorchte artig und schloss die Tür hinter sich. Käthi, immer noch in ihrem Anorak, hatte den dicken, schwarzweißen Kater längst im Arm und schmuste. Sie stellte sich vor die Staffelei und betrachtete Gertrudes halb fertiges Bild. Es zeigte eine Rückenfigur vor einer geöffneten Tür, durch die man wiederum in einen Garten blicken konnte. Dieses große Bild war nach einer kleinen Zeichnung entstanden, die Jacques von Gertrude vor dreißig Jahren gemacht hatte. Käthi legte den Kopf schief. »Sieht komisch aus«, urteilte sie. »Wer ist das? Warum hast du den Rücken von der Frau gemalt und nicht das Gesicht? Ich will wissen, wie die von vorn aussieht.«
»So wie ich«, antwortete Gertrude.
Käthi drehte sich um und musterte Gertrude. »Nee, Gertrude. Du bist viel dicker.«
Gertrude lachte. »Ich war mal viel dünner, Käthi. Das bin wirklich ich. Vor dreißig Jahren.«
»Ich weiß nicht.« Käthi sprach langsam. »Was ist das, wo die Frau … wo du draufguckst? Dahinter ist Licht, aber

man kann nicht sehen, wo es herkommt, weil du davor stehst.«

»Ich schaue auf das Sonnenlicht, das sich im Wasser spiegelt. Na ja, durchsichtig kann ich die Figur ja nun nicht malen, Käthi.«

Aber Käthi schien unzufrieden.

François kam mit der Flasche Cognac und Gläsern zurück. Er strich Käthi flüchtig über die Haare. Käthi und Simon schnupperten dem Kuchenduft nach, den François aus der Küche hereintrug, und verschwanden. François setzte sich neben Gertrude auf die Liege. Als ihm einfiel, welche Geschichte ihn mit diesem Möbel verband, lächelte er eine Sekunde lang. Das Lächeln verflog, als er in seiner Brusttasche nach einem mehrfach gefalteten und bereits stark verknitterten Brief fingerte. »Lies!«

Gertrude überflog das Schreiben mit der schnörkellosen Anrede: »François!«

Es war von Margot. Sie teilte ihm kurz und bündig mit, dass er binnen sechs Wochen das gesamte Geld auf einen Schlag zurückzuzahlen habe, andernfalls würde er sich in absehbarer Zeit auf eine Zwangsversteigerung der Praxiseinrichtung gefasst machen müssen. Und sie erhöhe hiermit die Miete um den maximalen Prozentsatz. Gertrude ließ den Brief sinken.

»Sie will dich fertig machen. Das war zu erwarten. Was jetzt?«

François wühlte in seinen Taschen auf der Suche nach einem zerdrückten Päckchen Zigaretten. Die Spannung war an seiner Körperhaltung abzulesen. »Ich weiß es nicht, Gertrude. Ich habe schon längst inseriert, aber ich sehe keine großen Chancen. Diese Praxis war unglaublich teuer. Vermutlich werde ich sie in sechs Wochen verlieren und damit auch meine Arbeit. Und für Jahrzehnte verschuldet sein, denn bei einer Zwangsversteigerung wird niemals so viel herauskommen, dass ich meine Schulden decken kann.«

»Macht es Sinn, mit Odile zu reden?«

»Du kennst sie doch. Selbst wenn sie mir morgen zusichert, sich mit aller Kraft für mich einzusetzen, kann sie das übermorgen schon vergessen haben – oder sie macht sogar das genaue Gegenteil.«

»Lass mich nachdenken, François. Irgendwie muss dir doch zu helfen sein. Ich kann dir etwas leihen, allerdings nicht alles. So viel habe ich nicht flüssig.«

»Nein, Gertrude«, entgegnete François entschieden. »Danke, aber das will ich anders lösen. Keine neuen Schulden. Und wenn ich in die totale Pleite trudele – *tant pis*. Dann soll es eben so sein. Dann fahre ich Taxi oder ernähre mich von den Pilzen des Waldes.« Er fand seinen Scherz nicht besonders witzig, das war ihm anzusehen.

»Scheißdreck.« Gertrude starrte gegen die Wand. »Ich hatte gerade Besuch von Madame. Ich habe versucht, ihr die dunkle Brille von der Nase zu nehmen, aber sie will nicht begreifen, dass Odile kokst.«

»Sie weiß es also?«

»Ja. Sie weiß es. Aber sie will es nicht wissen.«

⋆

Normalerweise begann der kalte Winter in Chimeray erst Ende Januar. In diesem Jahr brach die Kälte pünktlich mit dem 23. Dezember herein. Die Sonne, die am späten Morgen den ersten Farbhauch auf die helle Sandsteinbrücke malte, schien selbst zu frieren. Der Himmel war frostig blass, Eiskristalle überzogen die blattlosen Bäume.

Auf Florifère roch es nach Weihnachten. Josette buk Plätzchen, Pasteten und Kuchen, als stünde eine längere Belagerung unmittelbar bevor. In den Gästezimmern hatte sie längst die Betten bezogen, getrocknete Lavendelblüten in offenen Porzellanschalen zerrieben, damit die Räume dufteten. Es war wie in alten Zeiten, es war wundervoll. Aber alles dauerte doppelt so lange. Sie humpelte, hatte Schmerzen.

Die Einsicht, dass Gertrudes Haus zu groß geworden war, dass sie einfach nicht mehr so laufen und arbeiten konnte wie vorher, wuchs nur langsam. Madame Zilli hielt sich zurück, aber Josette registrierte sehr wohl, dass der Salon schon gesaugt war, wenn sie es gerade tun wollte, dass in den Waschkörben keine schmutzige Wäsche mehr lag, dass jemand schon morgens um sieben das gesamte Atelier geputzt hatte.

»Erhol dich doch, Zilli!«, sagte Gertrude, wenn Zilli ihrer Unzufriedenheit Ausdruck verlieh, denn sie hätte gerne mehr getan. Also flickte sie Wäsche und entstaubte Kellerregale, ähnlich wie in Portugal suchte sie sich die Arbeit, nur ohne furchtsames Getriebensein.

»Josette ist auf dem Weg, ihre Grenzen zu erkennen. Aber

sie muss es selbst merken, Zilli. Jemand, der sich immer wie ein Rädchen gedreht hat, kann nicht plötzlich stillstehen.« Zilli und Josette gerieten nicht aneinander, weil Zilli sich sehr diskret verhielt, aber manchmal musste sie sich zusammenreißen. Zum Beispiel, wenn sie beobachtete, wie Josette einen schweren Emailbräter in den Keller trug und ihn auf jeder zweiten Stufe absetzte, weil sie, am Geländer festgekrallt, verschnaufen musste. Wollte man ihr helfen, war nur ein kurzes *»Laissez, Madame!«* – Lassen Sie! zu hören.

Für die Weihnachtsvorbereitungen hatte Josette eindeutige Signale gesetzt: das war ihr Auftritt. Zu sehr beflügelte sie die Aussicht auf das summende Getriebe einer großen Weihnachtstafel, an der jeder ihre Arbeit loben würde. Gertrude hatte sich dazu entschlossen, ein Weihnachten *à l'allemande* zu feiern, mit Heiligabend, Tannenbaum, Bescherung und großem Festessen am ersten Weihnachtstag. Kurz: mit allem Drum und Dran. Der Kinder wegen.

Im Atelier rannte Gertrude mit dem Telefonhörer immer im Kreis um ihre Staffelei herum.

»Dann sehe ich euch heute Abend, Claire? Natürlich verstehe ich, dass du gleich weiterfährst zu François. Du lieferst deine Freundin Edda hier ab und kommst dann vermutlich erst zum Frühstück, was? Wie, mein Tonfall ist unnötig süffisant? Wenn ich daran denke, was man in eurem Alter so alles treibt, kann er gar nicht süffisant genug sein.« Gertrude grinste in den Hörer, dann seufzte sie tief. »Ach, Claire, ich habe Kummer. Ich muss mit dir über meine Arbeit reden, ich stecke immer noch in einer Sackgasse. Irgendetwas gefällt mir an meinem neuen Werk nicht, aber ich weiß nicht, was. Darüber sprechen wir morgen. Fahr vorsichtig, liebes Kind.«

Gertrude legte den Hörer auf, wandte sich wieder ihrer Arbeit zu.

Käthi stand plötzlich in der Tür. Langsam ging sie auf die Staffelei zu und blieb einen Meter davon entfernt stehen, die Hände auf dem Rücken verschränkt. Gertrude wandte sich plötzlich um und erschrak, als sie das Kind bemerkte: »Jesus, du schleichst wie ein Indianer, Käthi!«

Käthi nickte, setzte sich auf einen Hocker und betrachtete das Bild. »Die Frau verdeckt ja immer noch das Licht auf dem Wasser.«

Plötzlich hielt Gertrude inne. Mit zwei Schritten war sie an dem großen Arbeitstisch und griff nach einem leicht getönten Blatt Ingrespapier. Der Farbton kam der Grundfarbe des Raumes auf der Staffelei am nächsten. Sie hielt das Blatt in kurzem Abstand vor die Rückenfigur, sodass sie verdeckt wurde und der Mittelpunkt des Bildes wieder annähernd hell war. Sie kniff ein Auge zu.

Das war es.

Weg mit der Figur! Die wunderbar klare Geometrie der Räume, die Schachtelung der geöffneten Flügeltüren, die Durchblicke, Fenster, schließlich die Lichtexplosion auf dem Wasser, ein Licht, das wie der Übergang in eine andere Welt war – die Figur hatte von alldem abgelenkt, störte. Aber weil die Gestalt das Thema, der Gegenstand von

Jacques' Skizze gewesen war, hatte Gertrude sie fraglos übernommen. Während der Arbeit an diesem Bild war sie so tief in ihre glückliche Vergangenheit mit Jacques eingetaucht, dass sie keinen Moment darüber nachgedacht hatte, auf die Figur zu verzichten. Aber längst hatten sich die anderen Bildelemente selbstständig gemacht, hatten der Rückenfigur ihren Sinn genommen. Das Licht war zum eigentlichen Thema geworden, ohne dass Gertrude es gemerkt hatte.

Aber Käthi hatte es gesehen.

Gertrude war aufgeregt. Sie würde dem kleinen Mädchen wahrscheinlich nicht in vollem Umfang erklären können, was an seiner Beobachtung so wichtig war, aber sie hatte das dringende Bedürfnis, Käthi eine Freude zu machen, eine Riesenfreude. Sie zog das Kind zu sich heran. »Käthi, du hast Recht mit der Figur. Du hast Recht! Es ist wunderbar, dass du das gesehen hast. Deshalb will ich dir etwas schenken. Du bekommst von mir dein Weihnachtsgeschenk schon heute. Mach mal die Augen zu.«

Nach einer Minute sagte Gertrude: »Und jetzt mach sie wieder auf!«

Käthi schaute verwundert im Atelier umher. Aber sie konnte nichts entdecken, kein Paket, keine bunte Tüte. Plötzlich lachte sie. »Hast *du* dem John die rote Schleife um den Schwanz gebunden, Gertrude?«

Der dicke Kater strich dem Kind um die Beine. Sie hob ihn hoch, und er begann zuverlässig wie ein Spielzeugmotor zu schnurren.

»Ja, hab ich.«
»Und wo ist das Geschenk?«
»Denk mal nach, Käthi!«
Käthi begriff immer noch nicht.
»Was bindet man normalerweise um ein Geschenk, Käthi?«
»Goldene Kordel. Oder eine rote Schl…«
Sie blickte Gertrude ungläubig an. Die alte Frau nickte. Ein Gefühl stieg in Käthi hoch wie bunte Kugeln, die schließlich explodieren und nur eines freilassen: Freude. Reine Freude. Und die Kugeln stiegen und stiegen.

Die Place Richelieu war von Laternen erleuchtet, aber die meisten Bürgerhäuser aus dem neunzehnten Jahrhundert lagen im Dunkeln, schienen das Licht der Straßenlaternen zu schlucken. Das Messingschild »François Gilliot, Vétérinaire« schimmerte schwach. Nur der allerneugierigste Besucher, der durch die nie verschlossene Toreinfahrt zur Rückseite des großen Hauses gelangte, konnte sehen, dass ein Licht in einem Zimmer zur Hofseite brannte. François hatte einen wenig benutzten Raum mit Regalen und einer Schlafcouch möbliert und wohnte hier nun schon seit einigen Wochen, zwischen Fachliteratur und medizinischem Verbrauchsmaterial.
Auf einem Karton neben der Couch standen eine Flasche Crémant und zwei noch halb gefüllte Gläser. François stützte sich auf seinen Ellbogen, das Kinn in der Hand. Mit seinem Finger malte er Ornamente auf Claires nackte Schulter. Das Kerzenlicht flackerte und täuschte Bewe-

gung auf den Körpern vor, aber jetzt lagen beide still, erlöst, erschöpft.

»Ich muss dir etwas erzählen.«

Claire wandte sich um und sah ihn an.

»Ich habe noch etwa fünf Wochen Zeit, meine Schulden zurückzuzahlen«, fuhr François fort. »Sonst wird Margot eine Pfändung einleiten, oder was weiß ich. Ihr Brief liegt da hinten.«

»Um Gottes willen, Francois!« Sie setzte sich erschrocken auf.

François zuckte mit den Schultern. »Wenn eine Dame Morisseau einmal nicht bekommt, was sie will, dreht sie durch.«

»Und jetzt?«

»Und jetzt muss ich Ihnen etwas Wichtiges mitteilen, Madame Sandmann.« François sah sie eine Weile stumm an. Dann räusperte er sich und erklärte ungewohnt feierlich: »Ich habe mich dazu entschlossen, nach Deutschland zu gehen. Schulden kann ich überall haben.«

Claire schloss die Augen und lachte. »Das ist nicht wahr, oder? François, ich kann mir das einfach nicht vorstellen, du in Deutschland.«

»Ich auch nicht, aber ist das wichtig? Ich möchte nur nicht mehr von dir getrennt leben, das ist das Einzige, was ich mir nicht mehr vorstellen will. Ich werde eben Deutsch lernen – o Gott – und mir in Bonn oder Köln eine Stelle suchen, es wird sich schon etwas finden. Letzten Monat bin ich bei euch alle vier Meter in Hundescheiße getreten, also gibt es auch genügend Haustiere, die verarztet werden müssen.«

»Ich liebe deine Logik«, entgegnete Claire. »Aber ich will nicht, dass dich alle Kühe der Touraine vermissen. So, und jetzt zeige ich dir etwas.«
Sie stand auf, kramte in ihrer Tasche und zog den Durchschlag eines Formulares heraus. François starrte das Papier verständnislos an. »Was ist das? Ein deutsches Formular, das sehe ich. Wahrscheinlich die Ausreisegenehmigung für deine deutsche Hälfte, die einen Franzosen liebt und die nicht mehr als fünfunddreißig Kilo wiegen darf und den europäischen Normen für stapelbare Haferflockenkartons entsprechen muss. Und darunter sind noch mal acht Exemplare. In Gelb, Rosa und Hellblau. Ihr macht doch immer solche Sachen, ihr Deutschen.«
»Genau, mein Liebling. Das ist ein Formular für eine Sondervergnügungssteuer. Deutsche Kunstlehrerinnen, die es mit Franzosen treiben, müssen die entrichten. Davon werden Heime für gestrandete Tierärzte gebaut.«
François studierte das Papier noch einmal. »Jetzt sag schon, geheimnisvolles Wesen. Was ist das?«
Claire reichte ihm sein Glas. »Ungefähr zu demselben Zeitpunkt, als du dich entschlossen hast, nach Deutschland zu kommen, habe ich mich entschlossen, nach Frankreich zu gehen. Das ist ein Antrag auf zeitweiligen Abschied von der Schule. Erst einmal für ein Jahr. Ab nächsten Sommer. Dann sehen wir weiter. Er ist unterschrieben, gestempelt und vor allem schon auf seinem Weg. Was machen wir jetzt?«
François lachte. So sehr, dass er das Glas abstellen musste

und sich flach auf das Bett fallen ließ. »Wir gehen eben nach Honduras. Es ist nicht zu fassen.«

»Und was machen wir in Honduras?«

»Dasselbe wie hier. Liebe.«

»Und warum müssen wir dazu nach Honduras?«

»Du hast ja Recht, mein Gott. Womit habe ich so eine intelligente Freundin verdient?«

*

Edda und Zilli hatten sich auf Anhieb so gut verstanden, wie es bei verwandten Naturen manchmal vorkommt. Trotz der drei feinen Kosmetikkoffer, die Edda in ihrem Gästezimmer ausgepackt hatte und deren Inhalt nun ein komplettes Regal füllte. Für Zilli, deren kosmetische Bedürfnisse einen Lippenstift nie überstiegen hatten, waren die teuren Tiegel und Tübchen Gegenstand großer Verwunderung.

»Ich habe immer noch eine außerordentliche Schwäche für die Landwirtschaft. Aber wenn man als Kind zwischen Entenjauche und Kuhscheiße aufwuchs, gibt es bestimmte Abgrenzungsbedürfnisse«, erklärte Edda. Dazu gehörten auch lange Fingernägel, in den absonderlichsten Farben makellos lackiert. Sie hatten abends mit Gertrude am Küchentisch gesessen und bis spät in die Nacht hinein erzählt. Für die kurze Zeit wussten sie bereits erstaunlich viel voneinander.

Es war noch dunkel. Edda wurde wach, weil jemand im Nebenraum Geräusche machte. Zilli raschelte schon seit sieben Uhr in ihrem Zimmer herum, summte halblaut und verpackte Geschenke. Eine Bastelschere fiel klirrend zu Boden. Edda steckte ihren schlafzerzausten Kopf durch die Tür. »Herrgottsakra, Frau Kuhl, wie kann man denn mit Seidenpapier so viel Krach machen wie mit einem Banjo? Weißt du, wie viel Uhr es ist, verdammt?«

»Du siehst aus wie eine Wurzelbürste, Edda. Entschuldigung, aber ich dachte, ich wäre nicht so laut. Die Zwischenwände sind sehr dünn. Deshalb weiß ich auch, dass du schnarchst.«

Edda fror mit ihren nackten Füßen und bibberte. »Ich schnarche nicht«, entgegnete sie beleidigt und klapperte mit den Zähnen. »Das ist undamenhaft.«

»Los, setz dich auf mein Bett und zieh dir die Wolldecke über!«, befahl Zilli. Edda gehorchte gerne. Sie stopfte ein Kissen zwischen sich und die Wand, kuschelte sich in die dicke blaue Bettdecke, und ihre Füße fanden einen noch warmen Platz mitten auf der Matratze. Edda beobachtete Zilli, die gerade eine kleine hellgrüne Wasserpistole auf einem Paket für Simon befestigte. »Wann sagst du es ihnen eigentlich?«

Zilli antwortete nicht sofort. Sie verknotete die Goldkordel und betrachtete prüfend ihr Werk. Dann legte sie das Päckchen beiseite, lehnte sich zurück, faltete die Hände und blickte zum Fenster hinaus, in den noch dunklen Wintermorgen. »Ich weiß es nicht. Ich wollte es ihnen nicht vor Weihnachten sagen. Ich habe Angst davor. Ich weiß nicht, wie viel sie verstehen werden.«

»Sie werden alles verstehen und gleichzeitig nichts begreifen. Ich weiß noch, wie es war, als meine Mutter starb. Ich lebte eine Zeit lang in einer Art Nebenuniversum, ich konnte lachen, albern sein und mit meinen Freundinnen spielen, aber dann gab es plötzliche Anfälle von Zerstörungswut und wüster Trauer, aus denen mich niemand herausholen konnte. Ich verstand nicht, dass ich mir wie immer morgens die Zähne putzen konnte, mit einer Zahnbürste, die meine Mutter noch gekauft hatte, dass mein Vater wie immer an seinem Platz auf der Küchenbank sitzen konnte, nur Mutter saß ihm nicht mehr gegenüber. Das durfte nicht sein, das stimmte nicht. Endgültigkeiten, die das Leben durchschneiden wie ein Messer, begreift man nur langsam.«

Zilli nickte. Sie starrte noch eine Weile in das dunkle Fenster, dann nahm sie wieder Papier und Schere zur Hand.

»Aber ich hatte es doppelt schwer, weil niemand mit mir darüber sprach. Es wurde erst besser, als nach ein paar Monaten eine alte Freundin meiner Mutter kam. Zur Aushilfe.« Edda lachte. »Und dann hat sie erst um meine Hand angehalten und dann um Papas. Ein Glücksfall, meine Stiefmutter! Aber in ein mütterliches Vakuum werden Simon und Käthi gar nicht erst fallen, Zilli. Du bist einfach da, das ist das Wichtigste.«

Eine halbe Stunde später, in der noch verwaisten Küche, saßen sie sich gegenüber und tauchten Nusstaler in ihren Kaffee. »Was hast du jetzt vor?«, fragte Edda und nuckelte an einem Josette-Keks.

»Das nächste Kapitel aufzuschlagen. Neuer Laden oder was weiß ich. Mir wird schon etwas einfallen.«
»Und die Männer?«
»Zilli und die Männer ist ein Haufen Kleingedrucktes voller Tücken. Ich hefte es erst mal zu den alten bezahlten Rechnungen. Jedenfalls werde ich keinem Mann auf der Welt auch nur noch einen Cent leihen, nie mehr.«
»Würdest du mir Geld leihen?« Edda schlürfte ihren Kaffee.
»Wie viel brauchst du?« Das kam ganz sachlich und ohne eine Sekunde des Zögerns.
Edda legte ihre Hand auf Zillis Hand. »Nichts. Ich bin stinkreich, Zilli. Also für bäuerliche Verhältnisse. Ich habe einen Erbhof im Kreuz und besitze noch ein paar kleine Grundstücke. Die Rabls sind seit ein paar Jahrhunderten Bauern. Wenn ich Geld brauche, verkaufe ich halt einen Zipfel Voralpen, und das war's dann wieder. Ich hab dich das bloß gefragt, weil ich eine besondere Definition von Freundschaft habe.«
»Und welche?«
»Wenn ich nachts um drei mit einem Koffer vor deiner Tür stehen kann, du mir sofort zweitausendfünfhundert Euro leihst und ich sechs Wochen bei dir wohnen darf, dann bist du meine Freundin.«
Zilli dachte einen Moment nach. »Das ist eine ziemlich ulkige Definition von Freundschaft, aber sie deckt alles Wesentliche ab. Doch, ja, ich glaube, du hast Recht.«
»Und?«
»Und was?«

»Könnte ich das bei dir machen?«
Zilli schien etwas auszurechnen. Sie schlug Edda auf die Schulter. »Ungefähr hundertzweimal. Dann wäre ich blank. Allerdings …«
»Allerdings was?«
»Mach es vielleicht nicht jede Nacht um drei. Ich kann seit ein paar Tagen wieder durchschlafen und ich genieße das so.«

Josette hatte sich übernommen. Sie lag mit übelster Laune im Bett. Sie konnte seit dem späten Vormittag einfach nicht mehr laufen. Die Schmerzen waren zu stark. Heute Nachmittag wollte der Arzt den fast ungebrauchten Rollstuhl seiner Schwiegermutter vorbeibringen, damit Josette zumindest an der Weihnachtsfeier teilnehmen konnte.
Armand war im Moment nicht zu beneiden.
»Nein!«, fauchte Josette und fuchtelte empört mit den Armen. »Dieser rote Bagger ist zu klein. Fahr sofort zurück nach Montrichesse und tausche ihn um. Der Junge soll schließlich eine Freude haben. Was will er mit so einem winzigen Blechmist? Wo hast du deinen Kopf, Monsieur de Marseille?«
Armand seufzte. »Gut, ich fahre also mit Madame Zilli noch einmal nach Montrichesse, aber dann muss ich anfangen zu kochen, meine Liebe. Morgen gibt es Puter mit Obstfüllung, das ist ein aufwändiges Rezept, ich muss früh anfangen.«
Josette, die gerade ihre rosa Steppdecke zurechtzog, er-

starrte. »Bitte, Armand? Was? Du willst den Puter mit Obst füllen? Brätst du Geflügel oder belegst du eine Torte? Morgen sitzen keine Matrosen oder Hottentotten um den Tisch, Monsieur le Curé kommt nach der Messe, Gertrude ist Feinschmeckerin und Madame Zilli kocht ja angeblich auch so gut und . . .«

Aber Armand war nicht nur ein begnadeter Theoretiker, er war auch ein geschickter Pädagoge. Er legte seiner gebrechlichen, aber ohne Unterlass keifenden Gattin einen Schreibblock auf die Steppdecke, einen Stift dazu und meinte milde: »Schreib alles genau auf, mein Liebling. Vergiss nur ja nichts. Ich hänge den Zettel in die Küche und mache alles, was du mir befiehlst.«

Josette begann mit der Puterfüllung: »Speck« notierte sie. Kastanien, fette Bauernwurst – sie hatte ihre festen Vorstellungen davon, wie ein ländlicher Truthahn zu servieren war. Ein Löffel von der Füllung, und man krachte durch den Stuhl wie ein Meteorit. Armand verließ fröhlich summend das Schlafzimmer und wusste, dass er nun eine halbe Stunde ganz für sich allein haben würde. Sollte sie schreiben, was sie wollte, solange es sie ruhig stellte. Armand hatte wieder künstlerische Küchenvisionen, wie früher. Tatsächlich war seit Josettes Krankenhausaufenthalt seine alte Leidenschaft erwacht, er hatte durchgesetzt, jeden Sonntag zu kochen, und ertrug Josettes ununterbrochene Verbesserungsvorschläge mit Geduld. Diesmal hatte ihn eine Kostprobe von Zillis exotischem Pflaumenchutney dazu angeregt, ein Geflügelrezept herauszukramen, das er als Schiffs-

koch geliebt hatte. Er schnupperte an dem geöffneten Schraubglas. Das hatte Madame Zilli gekocht? Erstaunlich. Limonen, Kardamom, Koriander … was war das noch? Ein bisschen rauchig, ein bisschen süß, wie die Erinnerungen an seine Matrosenjahre, Bilder von weitem Horizont, salzverkrusteten Schiffstauen und bunten Sarongs. Jugend.
Er zog einen Rohrstuhl mit Plastikbezug heran, setzte sich an seinen Küchentisch, goss sich erst einmal einen kleinen Roten ein und träumte, die Nase über dem offenen Schraubglas, wie andere über alten Fotografien.

»Schau mal, Simon, das Christkind hat ein Haar verloren!« Edda hob etwas Silbriges vom Treppenabsatz auf. Simon beäugte den glitzernden Faden. Käthi schleppte den schnurrenden John durch den Flur. »Quatsch, Edda, das ist Lametta, das sieht doch ein Blöder!«
Aber dem Zauber der Erwartung konnte sich Käthi auch nicht entziehen. Das Wohnzimmer war abgeschlossen. Die Kinder hatten strengstes Gartenverbot, denn von dort aus konnte man ungehindert sehen, was im großen Raum passierte. Und es roch so gut im ganzen Haus. Heute Mittag hatte es nur Käsebrote gegeben, auf die Hand, und eine Tasse Malzkaffee. Und jetzt war erst vier Uhr.
Sie hockten zusammen in Eddas kleinem Gästezimmer, auf dem Bett. Da Armand in der Küche keine fremden Götter neben sich duldete und Edda beim Baumschmücken maßlos ungeschickt war, hatte sie die Aufgabe übernommen, die Kinder bis zur Bescherung zu beschäftigen.

»Meine lieben, guten Kleinen!«, begann sie ihre Ansprache. »Hört auf alles, was Tante Edda sagt, sonst bin ich leider gezwungen, euch zu verdreschen. Ich bin heute Nachmittag hier, um ein bisschen Heiligkeit zu verbreiten, und deshalb erzähle ich euch eine Weihnachtsgeschichte.«

»Aber was mit Bankräubern oder Verbrechern«, verlangte Käthi. »Oder sollen wir nicht lieber spielen? Und dann komme ich mit meinem Hammer und haue den Räuber k.o. Du spielst den Räuber, Edda. Du heißt Hermann.«

»Nein, ich!«, kreischte Simon. »Ich bin Hermann!«

»Halt die Fresse, du bist das Polizeiauto!«

Simon fing schon mal vorsichtshalber an wie ein Martinshorn zu heulen. »Lalülalüüü …«

»Nein!«, schrie Käthi. »Doch noch nicht!! Erst muss Edda die Tankstelle überfallen, dann komme ich! Ich bin der Supermann und ich heiße Johnfitz.«

»Wie?«, fragte Edda.

»Johnfitz, der Supermann.«

»Auch Johnfitz, ich bin auch Johnfitz!« Simon plärrte.

»Ruhe im Karton!«, brüllte Edda. »Ich erzähle euch jetzt, wie ich als kleines Mädchen in ein Eisloch im Kochelsee gefallen bin. Der ist in Bayern. Da bin ich nämlich geboren. Und ich wäre fast ertrunken.«

Das hörte sich gut an. Simon verstummte. Käthi lehnte sich an Edda, zog ihre Pulloverärmel ganz lang und wickelte sie um die Knie. »Und wer hat dich rausgeholt?«, fragte sie.

»Bestimmt Tante Zilli, *merci madame«,* antwortete Simon.

Claire und Gertrude schmückten einen Tannenbaum mit Kiefernzapfen und Hopfenranken, die sie am Morgen noch schnell mit Goldlack besprüht hatten. Irgendwo in einem Wandschrank hatte Gertrude eine Tüte mit billigem Modeschmuck entdeckt, und nun baumelten klirrende Ohrringe und Glasperlenketten mit defektem Verschluss an den Zweigen. Gertrude opferte ein Stück Futterstoff. Es roch leicht nach Mottenpulver, war aber rot und schillerte. Claire riss den Stoff in Streifen und faltete dramatische Schleifen, die sie mit Blumendraht auf dem Baum befestigte. Zilli zupfte das Tischtuch zurecht und sah auf.

»Jessas, Sandmann, diese Stoffschleifen sind gefährlich. Habt ihr wenigstens Elektrokerzen? Du kennst doch Simon. Der kleine Kerl kann bis zu drei Meter breit werden, wenn es darum geht, irgendetwas umzustoßen.«

»Claire, geh doch mal bitte zu Josette und frag sie, ob ich so etwas besitze!«, bat Gertrude. Claire verließ den Raum, und plötzlich war es ganz still im großen Wohnzimmer. Zilli setzte sich an das Tischhaupt, auf Gertrudes Matronatsstuhl, und betrachtete ihr Werk. Armand hatte für heute nur ein kleines Essen vorbereitet. Das große Fressen, *la Grande Bouffe,* wie er sagte, war für morgen angekündigt. Aber auch jetzt funkelten an jedem Platz geschliffene Gläser, das polierte Silberbesteck blitzte auf der weißen Tischdecke, verbreitete die Behaglichkeit und den Frieden oft benutzter, solider alter Gegenstände. Zilli stützte das Kinn in beide Hände. Ankommen. Zu Hause sein. Wieder eigene vier Wände haben.

Gertrude betrachtete sie. »Das gäbe ein interessantes Bild, Zilli, wie du da sitzt, allein vor all den herrenlosen Tellern am gedeckten Tisch.«
Wie ertappt sah Zilli auf. »Hat was vom letzten Abendmahl, nicht? Na ja, vom vorletzten. Übermorgen packe ich die Kinder unter den Arm und fahre zurück, Gertrude.«
»Schon? Was macht eigentlich dein Gespensterhermann, Zilli?«
»Es war gut, dass die Konfrontation stattgefunden hat. Hermann ist kleiner geworden. Ich hoffe, er schrumpft weiter.«
»Natürlich wird er das.« Sie machte eine kleine Pause. »Zilli, ich werde dich vermissen.«
»Eigentlich würde ich auch noch gerne hier bleiben, Gertrude. Aber ich mache mir um Käthi Gedanken. Sie fängt schon wieder an, sich zu Hause zu fühlen. Simon ist überall da zu Hause, wo ich bin. Oder wo es viel Süßes zu essen gibt. Wenn ich ihn nicht bald aus Josettes Fängen befreie, wird er fett wie ein Karpfen. Und Käthi muss zur Schule, bald natürlich.« Zilli spielte mit dem Griff einer Silbergabel, sodass sie auf und nieder wippte. »Erst nehme ich ihr den Onkel Paco weg, dann Gertrude und Florifère. Ich weiß nicht, ob sie das alles so schnell verkraftet. Aber was soll ich machen? Ich muss schließlich wieder arbeiten. Und ich muss den Kindern nach Weihnachten sagen, dass ihre Mutter nicht mehr lebt.« Zilli putzte sich die Nase.
Gertrude legte die restlichen Stoffflicken zusammen und setzte sich zu Zilli an den Tisch. »Käthi hängt nicht so intensiv an Florifère oder an mir. Ich hab sie oft genug

beobachtet. Sie hängt an John. Und der Zickenkater liebt sie. Sie darf ihn mitnehmen.« Gertrude hustete und zupfte an ihrer Gartenweste.

Zilli starrte sie an. »Gertrude! Also stimmt es, was Käthi mir erzählt hat. Ich habe das für eine Wunschphantasie gehalten. Du kannst dich doch nicht von deinem liebsten Hausgenossen trennen.«

»Doch, kann ich. Du wirst es nicht glauben, Zilli, aber mittlerweile trenne ich mich immer leichter, von allem Möglichen. Vor allem, wenn ich weiß, dass ich entweder viel Geld dafür bekomme oder jemandem eine Freude machen kann. Außerdem, wenn Claire ab nächsten Sommer hier wohnt, habe ich ein neues Haustierchen.« Sie legte ihre Hand auf Zillis Schulter. »Aber noch einmal, Zilli, ich fände es schöner, wenn du hier bliebest. Ich habe unbedingtes Vertrauen zu dir. Wie wär's jetzt mit einem Sherry? Oder einem Porto? In zwei Stunden kommt das Christkind. Und das habe ich noch nie ohne Fahne begrüßt.«

Eddas Vorrat an schlimmen Erlebnissen und Beinahe-Todesfällen aus ihrer Kindheit war aufgebraucht. Jetzt begann Käthi sich zu langweilen.

»Wir machen Gertrude und Claire eine Überraschung. Und Tante Zilli auch«, schlug Edda vor. »Wie wäre es, wenn du dich als Engel verkleidest und ein Weihnachtsgedicht aufsagst? Von drauß' vom Walde komm ich her und ich muss …«

»… furchtbar pullern sehr. All überall auf den Tannenspit-

zen sah ich ’nen goldnen Pisspott sitzen.« Käthi quietschte vor Vergnügen. »Das hab ich letztes Jahr in der Schule gedichtet, da mussten Robert und ich so Engel an der Krippe spielen.«
»Robert?«
»Ist mein Freund. Und Frau Astmann ist eine ziemlich blöde Lehrerin, und wir mussten das da aufsagen, und da haben der Robert und ich was anderes gedichtet. Und wir haben es immer in der Straßenbahn aufgesagt, und dann sind ein paar Omas ausgerastet. Bloß meine Mama nicht, die hat sich kaputtgelacht.« Sie starrte einen Augenblick lang ins Leere. »Lebt deine Mama noch, Edda?«
Edda verneinte. »Meine Mutter ist gestorben, als ich noch ziemlich klein war.«
»Meine lebt aber noch.«
Edda hatte plötzlich einen Kloß im Hals. Sie hustete, strich Käthi übers Haar. »Aber ich habe eine Stiefmutter, Käthi.«
»Wie Schneewittchen?«
Edda lachte. »Nein, Käthi. Ich habe eine nette Stiefmutter. Sie lebt auf dem Bauernhof, auf dem ich geboren bin. Und sie kann Kühe melken und Traktor fahren.«
»Kann ich da mal hin?«
»Klar, warum nicht. Sie hat gerne Besuch.«
»Ist der Bauernhof in Deutschland?«
»Na ja, so ungefähr. In Bayern.«

Die Tür zum Salon ging vorsichtig auf. Es war Claire, die in ein paar Minuten die Kinder mit einer kleinen Glocke hereinlocken sollte. Claire setze sich einen Moment lang in Gertrudes Lesesessel. Claire spürte das Wesen des Hauses so intensiv, wie sie es im Sommer gefühlt hatte, das Haus war ein Du. Und es sprach mit ihr. Nichts, was man hätte aufschreiben und wiederholen können, sondern eher etwas, das wie Musik war, wie Töne, unmittelbarer als Worte. Die Wände von Florifère waren voll Leben. Gesprochenes, Gesungenes, Gedachtes hatte sich in ihnen festgesetzt und führte jetzt eine eigene, geheime Existenz, die sich nur dem vermittelte, den das Haus dazu einlud.

Draußen auf dem Flur wurde es unruhig. Die Kinder wisperten, scharrten mit den Füßen, jetzt standen dort Gertrude, Josette in ihrem Rollstuhl, Edda, Armand und François. Claire griff nach der Glocke mit dem rot lackierten Holzstiel. Sie klingelte. In diesem Augenblick wusste sie plötzlich, dass dieses kleine Glockengeläute ebenfalls von den Wänden verschluckt wurde. Und dass in vielleicht dreißig, vierzig Jahren eine andere junge Frau dieses helle Geräusch wahrnehmen würde, nicht mit den Ohren, sondern mit einer wachen Seele.

Claire klingelte noch einmal. Die Unruhe vor der Tür nahm zu. Claire stand auf, stellte sich neben die Flügeltür, deren gerippte Verglasung nur den Blick auf verzerrte Schatten und Bewegungen zuließ, und klingelte ein drittes Mal. Die Türe öffnete sich, sieben erwartungsvolle Gesichter blickten Claire an.

Käthi trat als Erste in den festlich beleuchteten Raum. Edda hatte ihr eine lange weiße Bluse über den roten

Sweater und die Spielhose gezogen und einen Reif aus Goldpapier auf den Kopf gesetzt. Ein Paar Flügel aus weißem Zeichenkarton wackelten unsicher auf Käthis Rücken. Sie glich eher einer großen Motte als einem Engel.

Simon blieb mit runden Augen unvermittelt im Durchgang stehen, sodass Gertrude fast über ihn fiel. Der unverhüllte rote Krakenarm eines Baggers lachte ihn an. Bevor er sich allerdings auf seinen Geschenkeberg stürzen konnte, hatte ihn Tante Zilli am Wickel und zwang ihn, gesittet die allgemeinen fröhlichen Weihnachtsumarmungen abzuwarten und schließlich der Rezitation seiner großen Schwester zu lauschen. Erwartungsvoll gruppierten sich die Erwachsenen vor der Terrassentür, gegenüber stand der Tannenbaum, vor ihm baute sich jetzt gerade Käthi auf. Edda flüsterte letzte Regieanweisungen in Käthis Ohr, dann stellte sie sich neben Josette und Armand, die gespannt und gerührt auf das kleine Mädchen blickten. Josette, aufgeregt und fein gemacht, saß im Rollstuhl der Schwiegermutter des Dorfarztes, ertrug tapfer ihre Schmerzen. Sie zupfte an Armands Hemdkragen und an ihrem dunkelblauen Sonntagsrock, räusperte sich, als müsse sie selbst jetzt eine Rede halten.

Käthi hob die Arme. »Von drauß' vom Walde komm ich her!«, schrie sie den verwunderten Armand an. »Und ich muss sagen, es weihnachtet sehr!«, brüllte der Mottenengel. Edda hatte ihr eingeprägt, laut und deutlich zu sprechen.

François stand hinter Claire, verbarg sein Gesicht in ihren

Haaren und fragte leise, mit unterdrücktem Lachen: »Was erzählt sie da?«

»Allüberall auf den Tannenspitzen«, Käthi ruderte weiter mit den Armen, um das »Allüberall« gestisch angemessen zu betonen. Der linke Papierflügel fiel herunter. »Mist«, sagte der heftige Engel und hob seinen Flügel auf. Jetzt kicherte auch Gertrude. Käthi empfand das nicht etwa als Geringschätzung ihrer dramatischen Kunst, sondern fühlte sich ermuntert. »Allüberall auf den Tannenspitzen«, wiederholte sie, »da sah ich gooooldene Lichtlein sitzen.« Sie zog mit dem rechten Arm eine imaginäre Sternenbahn und drehte sich fast um ihre eigene Achse. Der rechte Pappflügel fiel herunter. Jetzt lachten alle. Josette hielt sich ein Papiertaschentuch vor den Mund. Es war den fremden Lauten nicht zu entnehmen, ob es sich hier um ein lustiges Gedicht handelte oder um seriöse deutsche Lyrik, nur eigenwillig interpretiert.

Armand kam aus dem Staunen nicht mehr heraus. Wie viel heidnische Fröhlichkeit sich doch die militärisch pingeligen Deutschen konserviert hatten! Hammer im Bett und gebrüllte Heiligengedichte, bis sich der Baum bog – Armand dachte an einen Fernsehbeitrag über deutsche Folklore. Wie die krachledernen Herren sich die Schenkel weich geklopft und anschließend Germaninnen herumgeschleudert hatten, schwer besohlte, breite Damen in dicken schwarzen Trachtenröcken, die an frühchristliche Tonnengewölbe erinnerten – wahrlich Nachfahren des hammerwerfenden Thor. Gut, es war nicht sonderlich elegant, aber erwartete man Eleganz von den Teutonen? Und diese zarte Blondine, diese Edda, kam sogar mitten aus Bavière, den rustikalsten Gefilden, die Deutschland zu bieten hatte, erstaunlich, erstaunlich. Wenn er sich recht erinnerte, stammten diese gewalttätig aussehenden Kulttänze von dort. Auch Claire passte eigentlich nicht so recht in das Tableau der hammertragenden Nibelungen oder felsbrockenschleudernden Lederhosenträger. Aber Claires Mutter war ja Französin, von daher sicher die Anmut trotz aller Handfestigkeit.

Armand drehte sich nach Claire um, sah, dass François hinter ihr stand und in vertrauter Geste die Arme um sie geschlungen hielt. Er musste plötzlich husten, so sehr verwirrte ihn dieser Anblick. Mit dem Ellbogen stieß er Josette an und flüsterte ihr etwas ins Ohr. Josette drehte sich ebenfalls unauffällig um, musterte den Tierarzt und seine neue Liebe aus den Augenwinkeln, wandte sich wieder Käthi zu und nickte befriedigt. Doch, ja. Das gefiel ihr. Das gefiel ihr sogar sehr. Claire passte besser zu François als das verdrehte Kind dieser arroganten Margot.

»Josette und Armand hatten uns gerade im Visier«, flüsterte François. »Morgen weiß man in ganz Chimeray von uns.«

Käthi unter dem Tannenbaum mühte sich redlich. »Und oben aus dem Himmelstor …«

Käthi formte aus Daumen und Zeigefingern je ein Brillenglas und setzte es sich vor das Gesicht – »… sah mit großen Augen das Christkind hervor, und wie ich so strolcht durch den finsteren Tann, da spricht mich das Christkind, … also das Christkind an: He, Ruprecht, hör mal, finstrer Gesell …«

Käthi ließ plötzlich die Arme sinken, wandte sich an Edda und erklärte aufgebracht: »Wir sind vielleicht blöd. Ich bin ja überhaupt kein Engel, ich bin doch Knecht Ruprecht!«

Alle lachten. Die Franzosen auch, obwohl sie den Inhalt der Beschwerde nicht verstanden.

»Ist doch egal«, beschwichtigte Edda.

»Das ist überhaupt nicht egal! Hast du schon mal einen Knecht Ruprecht mit Flügeln gesehen?«

»Die sind doch jetzt sowieso ab«, mischte sich Zilli in die dramaturgische Diskussion.

»Oder mit Heiligenschein?«, zeterte Käthi und zerrte sich den Goldreif vom Haar. Sie warf ihn auf den Fußboden. »Scheiße!«

Das Wort verstand sogar Armand. Er lachte.

»Ich brauch einen Kartoffelsack und eine Rute!«

»Das ist jetzt zu spät.« Edda wurde energisch.

»Dann hör ich auf!« Käthi riss sich wütend die weiße Bluse herunter.

»Was hat sie?«, erkundigte sich Josette.

»Es ist eine künstlerische Identitätskrise«, erklärte Claire dem französischen Teil der Zuschauer. »Sie will nicht mehr.«

»Schade, ich glaube, sie ist begabt.« Armand klatschte, dann applaudierten alle.

»Aufhören zu klatschen!«, brüllte Käthi wütend und trampelte auf den Papierflügeln herum, griff nach einem Teller voller Bonbons und begann, sie durch den Raum zu schleudern. »Alaaf! Kölle Alaaf!«, schrie Simon, »Kamelle!« Es drohte auszuufern.

»Ruhe!« Schließlich rettete Edda die Zeremonie, indem sie ein Machtwort sprach: »Schluss, lasst das! Herrgottsakra, ich will's a bisserl heiliger!« Sie packte Käthi am Wickel und begann mit wohltönender Stimme, geschult vom Kocheler Kirchenchor, »O du fröhliche« anzustimmen. Zilli, Claire und Gertrude sangen mit, schließlich auch Käthi. Das alte Weihnachtslied schaffte es, die deutlich spürbaren Ansätze karnevalistischer Anarchie bei den beiden kölschen Kindern aufzulösen und ein gewisses Quantum weihnachtlicher Grundstimmung herzustellen.

»So!« Gertrude hob die Stimme. »Jetzt ist Bescherung für die Kinder, und wir trinken ein Glas Champagner!« Simon schoss katapultartig auf die Pakete zu und begann den bunten Berg umzupflügen.

Zu gastronomischer Hochform lief Armand erst am nächsten Tag auf. Hatte er sich am Heiligen Abend noch auf ein bescheidenes Ragout fin beschränkt, wollte er heute seine Kür laufen. Josette würde zuerst eifersüchtig, dann stolz auf ihn sein. Der erste Weihnachtstag war diesmal also mindestens so aufregend wie sein erster Tag auf hoher See. Er stand in Gertrudes Küche und hob eine braun gebackene Pastete aus einer weißen Porzellanform. Nur einer von sechs Gängen. Es war wundervoll. So musste sich ein Eiskunstläufer fühlen, der in schlafwandlerischer Sicherheit seine Pirouetten drehte und wusste, dass er den Pokal abräumen würde.

Mit seiner rauen Stimme donnerte Armand frei improvisierte Lieder aus seiner Kindheit: »... *Chevaliers de la Table Ronde... une femme sur mes genoux, une femme, oui oui oui, une femme, non non non, une femme, une femme ...*«, und raspelte im Rhythmus des Liedes vom lebenslustigen Ritter frische Orangenschale in die duftende Bitterschokolade, die langsam im Bain-Marie dahinschmolz wie der Chevalier unter den Händen seiner vielen Mätressen. Armand nahm den Probierlöffel. Er wollte dezent eine *Crème Chantilly* nachzuckern, als er merkte, dass die blauweiße Blechdose leer war. Und im Vorratsschrank war auch nichts mehr. Alles hatte er besorgt, alles: getrocknete Morcheln, Safranfäden erster Güte, indonesisches Zitronengras – aber kein Gramm Zucker. *Mon Dieu!* Ausgerechnet Zucker fehlte. Armand war eben doch bloß ein Genie und keine umsichtige Hausfrau.

Dafür schlenderte Käthi in die Küche, den dicken John auf dem Rücken.

Armand zeigte Käthi die leere Dose. *»J'ai besoin de sucre«*, erklärte er.

Käthi blickte auf. »Die ist leer, die Dose.«

»Du sucre«, wiederholte Armand, zeigte auf die Sahne und gab dem Mädchen einen Probierlöffel voll.

Käthi kostete. »Da muss Zucker rein!«, diagnostizierte sie.

Armand nickte. »Zucker« hatte er verstanden. *»Du sucre, sucre!«* Er zog Käthi zum Fenster, zeigte auf das erleuchtete

Schleusenhaus auf der anderen Flussseite, drückte ihr die leere Dose in die Hand und wiederholte: *»Du sucre. Va chercher du sucre chez Claude et Jacqueline!«*
Alles klar. Käthi zog den dicken roten Anorak über und steckte ihr Gesicht in die Öffnung der Blechdose. »Düdüsückre, düdüsückre«, sang sie und freute sich über den komischen, hohlen Klang. Drei Minuten später blickte Armand zufällig aus dem Küchenfenster. Käthi lief, offensichtlich laut singend, durch den dunkelnden Nachmittag über die Sandsteinbrücke nach St Geoffroy, zur Schleuse. Dabei schwang sie mit der rechten Hand ihren Hammer fröhlich im Kreis. In der linken trug sie die leere Blechdose. Und John lief mit hoch erhobenem Schwanz hinter ihr her. *Bizarre, ces allemands,* dachte Armand.
Ulkig, die kleine Motte, dachte auch Claire, als sie mit Huli und Lotte auf der Seite von St Geoffroy am Ufer entlangtrabte und die singende Käthi mit ihrem maunzenden Weggenossen auf der Brücke erblickte. Blöd, die Katze, dachte Lotte und schaute betont zur Seite.
Schau an, die Halbgermanin, dachte Madame Margot, die in elegantem Jogginganzug geradewegs auf Claire zulief. Claire wandte den Blick von Käthi auf der Brücke und schaute unmittelbar in ein Paar kühle Augen. Margots Mund lächelte freundlich. »Ah, Mademoiselle …, entschuldigen Sie, ich habe Ihren Namen vergessen.«
Claire brauchte zwei Zehntelsekunden, um ihren Unwillen über diese Begegnung zu beherrschen und freundlich zurückzulächeln. Den hast du garantiert nicht vergessen,

du Eiswürfel. »Sandmann, Madame, Claire Sandmann. Ich wünsche Ihnen schöne Weihnachten.« Claire nickte und wollte weitergehen.
Aber Madame Morisseau hatte noch etwas zu sagen. »Es scheint so, dass man François' Auto in diesen Tagen häufig auf Florifère sieht. Lassen Sie sich nur eines gesagt sein, *Mademoiselle«,* und sie zog die Silben des letzten Wortes betont in die Länge, »François liebt Ausflüge. Es wäre nicht sein erster. Odile und ich sind gewissermaßen daran gewöhnt. Aber er liebt es auch, wieder dahin zurückzukehren, wo seine echten Bindungen sind. Und seine Verpflichtungen. *Bonsoir, Mademoiselle* … jetzt habe ich schon wieder Ihren Namen vergessen!« Sie nickte und lief federnd in Richtung Montrichesse, dessen Burgruine wie ein abgebrochener Drachenzahn in der Winterdämmerung böse grüßte.
Claires Herz pochte heftig, aber sie war dennoch seltsam erleichtert: Sie hatte Angst gehabt vor dieser Begegnung, jetzt lag sie hinter ihr. Unverschämt, bissig, aber Madame Morisseau war einfach eine unangenehme Frau, mit der man nichts mehr zu tun haben wollte. »Es wäre nicht sein erster Ausflug!« Lächerlich. Durchsichtig und primitiv. Von solchen Stichen wollte sie sich nicht verletzen lassen. Claire rannte das letzte Stück nach Florifère, schnell und unbewusst geduckt. Aber das Projektil saß schon. Und sein Gift wirkte.

Eine halbe Stunde vor dem großen Essen war auf Florifère längst festlich gedeckt.

»Du lieber Gott, wir kommen aus dem Feiern und Fressen überhaupt nicht mehr raus!« Zilli rückte das Besteck gerade. Im kleinen Salon nebenan hatte Edda gerade eine Privatvorstellung. Sie lieferte eine nicht ganz unkomplizierte Beschreibung ihrer Kindheit auf dem bayrischen Bauernhof. Der Curé, seiner Haushälterin entronnen, saß direkt neben ihr und lauschte entzückt ihrem Schulfranzösisch. Oder vielmehr dem, was Eddas bayrischer Akzent davon übrig ließ. Alle paar Minuten musste Edda fragen: »Du, Claire, was heißt denn ›Kuhscheiße‹ auf Französisch? Wie sagt man: ›Ich bin in die Mistgabel getreten‹?«
François amüsierte sich über diese Blondine, deren rustikale Anekdoten in unübersehbarem Widerspruch zu ihrer zierlichen Erscheinung standen. Er amüsierte sich so sehr, dass ihm nicht auffiel, wie gedrückt Claire wirkte. Ihm fiel auch nicht auf, dass sie ihn ein paar Mal Hilfe suchend anschaute. Edda zog alle Blicke auf sich. Der Curé war dunkelrot vor Lachen und wischte sich den Schweiß von der Stirn, Josette hatte ihre Schmerzen vergessen und juchzte wie ein Schulmädchen. Gerade, als Edda mittels Salzstreuer und Korkenzieher vorführen wollte, wie sie als Elfjährige mit einem Heugespann die dörfliche Bushaltestelle zum Einsturz gebracht hatte, tauchte Armand auf und fragte nach Käthi und der Zuckerdose. Das Kind war gegen halb fünf zu Claude und Jacqueline gelaufen.
Jetzt war es halb sieben.
»Käthi!«, schrie Zilli in die Dunkelheit des Gartens. »Käthi!«
Aber es blieb still.

»*Mais non*, sie ist mit dem Zucker sofort wieder zurückgegangen!« Claudes Telefonstimme klang erstaunt.
Gertrude legte den Arm um Zillis Schultern. »Ruhig, Zilli. Es gibt tausend Möglichkeiten, wo sie stecken kann.«
»Wir suchen sie. François, du gehst auf dem linken Ufer Richtung Montrichesse. Edda und ich gehen auf dem rechten Ufer und dann in den Wald von Saint Geoffroy.«
Claire zog ihre Wetterjacke über. Edda war fast genauso blass wie ihr weißer Angoraschal.
Gertrude stand schon an der Tür. »Ich laufe Richtung Chenonceaux, Claude Berbessou wird mich sicher begleiten.«
Josette rollte mit ihrem Stuhl näher. »*Mon Dieu*, ich hoffe, die Kleine ist nicht in den Fluss gefallen.«
Es war gut, dass Zilli sie nicht verstand, denn Zilli war grau wie Beton und fast genauso starr. Das Telefon klingelte in ebender Sekunde, als Gertrude die Klinke in der Hand hielt, um die Tür zu schließen. Sie warf fluchend ihre Handschuhe auf den Boden. »Was?«, hörte man sie schreien. Auf Deutsch. »Wen?«
Dann stapfte sie zurück in den Flur. Mit gefurchter Stirn sah sie Zilli an. »Am Telefon ist Hermann, Zilli. Dieser Hermann.«
Claire riss die Augen auf. Hermann. Was wollte er denn noch? Woher kannte er die Telefonnummer von Florifère? O Gott.

14

Gertrude, Edda und Claire hatten denselben Gedanken in derselben Sekunde. Claire wehrte François, der nichts verstand, aber wissen wollte, warum den vier deutschsprachigen Frauen der Schock im Gesicht stand, mit ungeduldiger Geste ab. Mit zwei Schritten war sie bei Zilli und drückte die Mithörtaste. Edda stand neben Zilli und lauschte so angestrengt, dass sie in Sekundenschnelle Kopfschmerzen bekam.

»Du hast mir dein Geld verschwiegen, du Schlampe.«

Claire drückte noch einmal auf einen Knopf, diesmal auf die Aufnahmetaste.

»Du hast mich belogen, so wie deine Schwester, das versoffene Miststück. Wie hast du das denn geschafft, dieses Haus? Zusammengevögelt, was? So gut warst du doch nie im Bett, Zilli.«

Hermann lachte. Im Hintergrund ein Aufschrei: »Tante Zilli!«

Ein Klatschgeräusch, ein dumpfer Fall, dann wimmerte jemand. Zilli musste sich festhalten. »Hermann, ist das Kind bei dir? Hast du Käthi? Hermann, wenn du ihr etwas tust, bringe ich dich um, ich bringe dich um!«

Zilli hatte geschrien.
»Halt die Schnauze, Schlampe. Hör mir zu. Ich weiß, dass du Geld hast. Ich weiß sogar, dass du reiche Freunde hast. Deine rothaarige Nutte aus Bonn hat ein eigenes Haus, und der Kasten, in dem du jetzt steckst, ist auch nicht wertlos. Nur der kleine Hermann hat kein Haus. Er will auch keins. Er hat genug Wände gesehen. Ich will genau eine halbe Million Euro. So etwa fünfunddreißigtausend für jedes Haftjahr, das ich dir verdanke. Das ist ausgesprochen preiswert. Wenn du die Polizei einschaltest, kriegst du die Kleine besonders schnell zurück, nur hat sie dann vorher einige Zeit unter Luftmangel gelitten. Und ab jetzt läuft der Sand durch die Uhr. Besorge den Schotter sofort, Dreckstück. Ich melde mich.«
»Hör zu, es ist Feiertag!«, schrie Zilli. »Wie soll ich hier an so viel Geld kommen? Die Banken haben geschlossen!«
Er hatte schon aufgelegt.
Sie schluchzte dumpf, ließ sich auf einen Hocker fallen, sprang in der nächsten Sekunde auf wie ein rasendes Tier, unsichtbar gefesselt. »Wie soll ich hier an Geld kommen? Wie? Ich habe nur zweihundertvierzigtausend. Knapp die Hälfte.«
Edda fasste Zilli am Oberarm. »Verliere jetzt nicht die Nerven, Mädchen, du bist nicht allein. Ich helfe dir.«
Claire hatte den Franzosen übersetzt, was geschehen war. Der Curé wollte sofort die Polizei einschalten, aber Zilli leistete so vehementen Widerstand, dass niemand wagte, gegen ihren Willen zu agieren. Schließlich musste man

Hermanns Drohung ernst nehmen. François war blass. Stumm saß er auf seinem Sessel, vornübergebeugt, die Fingerspitzen zusammengelegt, und sah so finster aus, dass es förmlich knisterte. Der Curé wandte sich an Zilli, fing noch einmal an: »Bitte, Madame, besinnen Sie sich. Schalten Sie die Polizei ein!«
Sie verstand ihn natürlich nicht, nur das Wort *police,* und schrie den verdutzten Geistlichen auf einmal an: »Halten Sie den Mund! Halten Sie um Gottes willen Ihren Mund!«
Edda nahm den Curé beiseite und entschuldigte sich für Zilli, aber er verstand. Er kannte viele Gesichter der Verzweiflung. Bedrückt verabschiedete er sich. »Ich werde für Sie alle beten.«
Claire nickte ihm zum Abschied zu und versuchte ein Lächeln, aber es misslang. In der Tat, ein Gebet war das Einzige, was auch ihr eingefallen war.
François sprang auf. »Ich ertrage das nicht!« Er sprach leise, nur zu Claire. »Es ist wahrscheinlich Wahnsinn, die Polizei einzuschalten. Und es ist Wahnsinn, sie nicht einzuschalten. Was kann man denn machen?«
»Das Geld organisieren. Warten, bis er wieder anruft.«
»Warten kann ich nicht gut. Und Geld habe ich auch keins. Ich könnte irgendjemand über den Haufen schießen.«
»Bitte hör auf, François. Ich weiß doch auch nicht, wohin mit meiner Angst.« Claire blickte ihn nicht an.
Er griff nach seiner Jacke. »Ich muss raus, Claire, ich werde sonst verrückt. Ich komme wieder. Aber ich weiß nicht, wann.« Er ging, ohne sie noch einmal zu umarmen, ohne

ihr noch einmal in die Augen zu sehen. Jeder hatte seine eigene Art, mit der Situation umzugehen. Claire verstand, dass sich François bewegen musste, aber sie fühlte sich verlassen, als die Tür hinter ihm zufiel. Warum hatte er nicht gefragt, ob sie mitkommen wollte?

Plötzlich ertrug sie die Spannung nicht mehr, zog ihre Winterjacke an und pfiff nach den Hunden. Vielleicht wurde der Kopf klarer, wenn man die kalte Luft spürte. Sie warf die Haustür zu und war erleichtert, das Telefongespenst hinter sich lassen zu können.

Im Wohnzimmer von Florifère starrte man minutenlang die Wände an. Josette und Gertrude wisperten, Edda dachte nach, dass die Luft um sie zu vibrieren schien, und Zilli stand bleich und starr mitten im Raum, wie ein deplatziertes Möbel.

Armand hob die Nase. Wenn es stimmte, was er roch, war ihm zum ersten Mal in seinem Leben ein Puter angebrannt. Er rannte in die Küche, zog das Geflügel mit der malaysischen Obstfüllung und der verkohlten Haut aus dem Backofen und öffnete das Küchenfenster. Wenn er das Kind nicht zum Zuckerholen fortgeschickt hätte, säße es jetzt mit allen Freunden an der großen Tafel, würde lachen und essen. Armand setzte sich an den Küchentisch, barg sein Gesicht in den Händen. Er überschlug das Guthaben auf seinem Konto. Es reichte genau für das, was er Josette zum nächsten Geburtstag schenken wollte. Einen Wollmantel mit Pelzkragen. Er weinte.

Im hell erleuchteten Pfahlhaus war Odile eben dabei, ein paar Kleidungsstücke in eine Reisetasche zu werfen, als jemand an die Haustür klopfte. Das Klopfen hatte etwas Gewaltsames, Überlautes. Es war nicht normal. Vorsichtig ging sie in die Küche. Glücklicherweise brannte hier kein Licht, und man konnte von hier aus die Eingangstreppe übersehen.

François. Merkwürdig.

Er hatte doch jetzt Besuch von seiner Liebsten, dieser rothaarigen Halbgermanin. Odile hatte Claire gestern Morgen aus der Praxis kommen sehen, als sie zu einem unangenehm frühen Zahnarzttermin in Amboise unterwegs gewesen war. Wenn eine Frau um diese Uhrzeit und ohne Haustier unter dem Arm aus François' vorübergehender Wohnung trat, konnte das eigentlich nur eines bedeuten. Sieh an. Das Rätsel um die unbekannte Geliebte war also gelüftet. Es hatte sie tatsächlich beschäftigt. François und die frankophone Deutsche mit den schlampigen Flatterhaaren mussten ihre Liaison schon im Sommer begonnen haben. Und nun? Hatte er jetzt etwa Sehnsucht nach ihr, nach Odile? Was auch immer, egal. Sie hatte momentan keine Lust auf François. Pfeifend schlenderte sie in ihr marmornes Badezimmer und suchte nach einem violetten Nagellack, den sie mitzunehmen gedachte.

François klopfte weiter. »Odile, verdammt, mach auf! Ich muss mit dir reden!«, brüllte er. Sie hielt einen Moment inne und begutachtete sich im Spiegel. Natürlich war sie attraktiver als diese germanische Riesenfrau. Und Claire war mindestens fünf Jahre älter. Odile hatte Claires Hände noch gut in Erinnerung. Nicht breit, aber kräftig und sehnig. Kurze Fingernägel, ein bisschen dreckig, eine lange, verschorfte Schramme wie von einem Werkzeug. Aber vermutlich passte das besser zu François. Draußen brüllte es weiter.

»Ich weiß, dass du da bist. Odile, ich brauche deine Hilfe! Mach auf!!!«

Interessant. Ihre Hilfe. Wahrscheinlich ging es um die Praxis, also um Geld und um Margot. Aber François' Finanzprobleme gingen sie nichts an. *Er* hatte sich schließlich dazu entschlossen, die für alle bequeme Lösung aufzugeben. Ihre Mutter saß jetzt förmlich auf jedem Cent, und Odiles Ausreden mussten immer phantasievoller sein. So wie heute. Odile hatte vor, für eine Woche zu verschwinden und bei einer guten Freundin in Nantes abzutauchen. Sie hatte ihrer Mutter erzählt, dass sie sich eine Wohnung in Bordeaux suchen würde, für ein bevorstehendes Engagement am Theater. Dieses Angebot aus Bordeaux war ihr vorgestern auf den Tisch geflattert. Eine repräsentative Wohnung musste es natürlich sein, denn eine Odile Morisseau würde den Intendanten zum Cocktail einladen und natürlich die Pressekontakte pflegen. Das verstand Maman sehr gut. Und neue Garderobe brauchte man, natürlich. Das war dann alles in allem eine runde Summe für die Trittleiter zum Erfolg. Aber das verstand Maman auch. Das, was Odile täglich brauchte, war teuer. Warum das Ganze dann als Flop enden würde, warum das Geld fort war und wie sie das ihrer Mutter erklären konnte, würde ihr später einfallen. Ach, da war er ja, der Nagellack.

»Odile! Bitte! Es geht um Leben und Tod!« Jetzt schlug er mit den Fäusten gegen das Holz und wäre fast der Länge nach hingeschlagen, als sie die Haustür plötzlich aufriss. François taumelte, und einen Moment lang dachte Odile, er habe getrunken.

»Leben und Tod, mein Lieber? Du übertreibst!«

»Es geht um die Kleine, Odile, die immer mit Gertrudes Kater herumläuft.«

O ja, Odile erinnerte sich. Sie hatte das Kind einige Male in Chimeray gesehen. Odile fand Kinder enervierend, aber dieses Mädchen hatte ihr gefallen. Es wirkte fast wie eine kleine Hexe, wie es da immer von der dicken Katze begleitet über die Brücke lief, in einer Hand einen Hammer. Einige Züge an Käthi erinnerten die große Odile an die kleine Odile. Irgendwann einmal hatte es sogar ein kurzes Gespräch gegeben. Sie waren sich an der Brücke begegnet. Odile konnte drei Brocken Deutsch.

» 'allo du! Gertrude Katz?«

»Nein, John ist meine Katze.«

»Wie 'eiß du?«

»Käthi.«

»Ah, Kéthi.«

»Und du?«

»Ich 'eiß Odile.«

»Odil? Hab ich noch nie gehört, so einen Namen. Odil!«

»Eine französische Name!«

»Odil, Odol, Odul«, sang Käthi. *»Au revoir,* Odil, Odidil!« Und Käthi war winkend davongehüpft. Käthi hatte nicht die Fragilität, die die kleine Odile gehabt hatte. Ein Kind, das auf ein Trümmergrundstück passte, nicht in den gepflegten Garten einer Villa. Aber Käthi hatte bereits jetzt mehr Liebe erfahren als Odile in ihrem ganzen Leben. Das spürte Odile Morisseau, und nach dieser kurzen Begegnung hatte etwas in Odile geschmerzt, so geschmerzt, dass sie zu Hause, im Pfahlhaus, sofort nach ihrem Autoschlüssel griff, ihre Pelzjacke anzog und nach Tours raste. Dort gab es Neonlichter, Lärm und drei, vier Lokale, in denen sie mit Namen begrüßt wurde.

François berichtete, fast atemlos, gequält. Odile saß auf dem schwarzen Samtsofa mit den Löwentatzen, kaute auf einem Zahnstocher herum, ließ ihn ausreden, dann fragte sie: »Ist der Mann gefährlich?«
»Ich kenne ihn nicht, Odile. Nach dem, was Käthis Tante erzählt, jedenfalls nicht zu unterschätzen.«
»Mon Dieu, was für eine Geschichte. Faszinierend. Aber ich sage dir eines, François, ich werde Maman nicht auf Geld ansprechen.«
»Warum nicht?«
»Weil ich selbst welches brauche, und im Moment ist das viel. Ich habe Schulden.«
»Odile, kannst du es nur dieses eine Mal schaffen, nicht an dich zu denken? Es geht um das Leben eines kleinen Mädchens, das muss dich doch berühren.«

»Doch, ja, das berührt mich sogar ungemein«, entgegnete Odile und schlürfte einen Schluck Tonic durch einen bunten Plastikstrohhalm. Sie hob den Kopf, sprach mit dem Strohhalm zwischen den Zähnen: »François, ich sage dir, was Maman machen wird. Und zwar, ob ich mit ihr rede oder nicht. Sie wird keinen Cent herausrücken und euch an die Polizei verweisen. Dafür verwette ich meinen Kopf.«

»Mein Gott, das Geld ist doch da, Odile. Es darf doch nicht an der Kälte einer Egomanin liegen, dass Käthi das nicht überlebt! Aber vermutlich ist Margot das egal. Ich könnte kotzen.«

»Hör mir zu!« Odile stand auf und zog den Reißverschluss ihrer Ledertasche zu. »Ich kenne Margot Morisseau sehr, sehr gut. Ich habe sie in Situationen kennen gelernt, die mich nur eines lehrten: Maman kann ungeheuer großzügig sein. Vorausgesetzt, sie bekommt etwas dafür. Und es gibt eine Sache, die ist ihr genau so wichtig wie Geld: ihr Prestige. Deshalb glaube ich …«

»Odile, bitte!« François war aufgesprungen. Er hielt es nicht mehr aus. »Ich habe keine Geduld, über die psychische Struktur deiner Mutter zu sinnieren.«

»Das solltest du aber. Sonst kommen wir nicht weiter.«

Odile Morisseau zündete sich eine Zigarette an und starrte auf das glutrote Köpfchen, aus dem der blaue Rauch schlangenhaft nach oben stieg. Plötzlich grinste sie böse. »Hör zu: Alles, was ich tun kann, ist, meine Reise um einen Tag zu verschieben. Ich habe eine Idee, und sie hat sogar mir dir zu tun, mein Lieber.«

»Kann ich irgendwie helfen?«

»O nein, besser nicht. Abwarten. Lass die liebe Odile mal machen. Es gibt Momente, in denen mein Hirn außerordentlich inspiriert ist.«

»Odile, bitte rede nicht in Rätseln. Ich bin mit den Nerven fast am Ende.«

»Du hast dich noch nie auf mich verlassen, nicht wahr? Mach doch einfach mal den Test und tu es. Geh jetzt.« Sie stand abrupt auf.

Er folgte ihr zögernd. Plötzlich hielt sie mitten im Raum inne, griff nach seinem Kragen, zog ihn zu sich herunter, schlang ihre Arme um seinen Hals und küsste ihn mit solcher Heftigkeit, dass es einer Attacke gleichkam. Er erwiderte den Kuss in einem wirren Impuls von Spannung und Aggression.

»Oh, es geht ja noch!«, sagte sie atemlos. »Verzeihung, Herr Veterinär. Ich wollte nur noch einmal eine kleine Markierung setzen. Eine letzte. Einmal noch sollst du nach meinem Parfum riechen. *Bonne nuit,* François. Und grüße deine Brunhilde von mir.« François schüttelte benommen den Kopf und fuhr sich mit beiden Händen durch das Gesicht. Langsam schloss er die Haustür hinter sich. Odile schaute ihm spöttisch nach.

Als François die Brücke passierte, war ihm, als liefe Claire mit ihren Hunden geradewegs in die dunkle Zone des Uferpfades, aber dann versperrte ihm das Ortsschild von Chimeray die Sicht. François unterdrückte den Impuls, wieder nach Florifère zurückzukehren. Er hatte anderes vor und lenkte seinen Wagen auf die Höhe des Forêt d'Amboise.

*

Käthi hockte in einer Ecke des Wohnwagens. Es war kalt. Der Mann hatte ihr eben ein belegtes Brot hingeworfen. Es war in Folie verpackt und sah aus wie die Sandwiches, die Tante Zilli auf der langen Fahrt von Portugal nach Frankreich an den Autobahnraststätten gekauft hatte. Aber sie konnte nichts essen. Im Wohnwagen war es ziemlich dunkel. Die Fenster waren von innen mit dünnen Sperrholzplatten zugenagelt.

Sie kauerte stumm auf dem schmutzigen Polster mit den braunen Feuchtigkeitsflecken. Der Mann saß am anderen Ende des Wohnwagens an einem Tisch, den man herunterklappen konnte. Auf dem Tisch lag eine Taschenlampe. Er riss ein langes Brot in Stücke und biss ab und zu in eine Salami. Dazu trank er Rotwein aus der Flasche. Er schaute sie nicht an, sondern las in einer Zeitung.

»Ich muss mal.«

Der Mann fluchte. Er stand auf und öffnete die kleine Tür, hinter der sich ein winziges Gelass verbarg. »Scheiß mir nicht den Wagen zu!« Seine Stimme war flach und scharf. Käthi schloss die Tür hinter sich. Sie zitterte. Ihr Kopf fühlte sich blind an, kalt, wie aus Glas. Durch eine kleine Klappe weit oben fiel trübes Winterlicht. Es war also schon Tag. Sie setzte sich auf die völlig verschmutzte Campingtoilette. Ihr linker Arm schmerzte, aber sie würde um keinen Preis Onkel Pacos Hammer aus dem Anorakärmel ziehen. Der Eisenkopf drückte ihr in die Rippen, der Hammerstiel versteifte ihren Arm, aber der Mann hatte bis jetzt noch nichts gemerkt. Wahrscheinlich, weil der Anorak so dick war. Er hatte John in den Bauch getreten. John hatte aufgeheult. Hoffentlich war er noch gesund. Wie einen nassen Sack hatte er sie gepackt, am Fuß der Brücke, auf der Seite von Chimeray. Die Zuckerdose war dabei hingefallen, der ganze Zucker lag jetzt auf der Straße. Niemand hatte sie gesehen, es ging so schnell.

Das Auto hatte einfach neben ihr gebremst. Der Mann war einfach herausgesprungen, hatte die Autotür aufgerissen, sie gepackt und auf den Rücksitz geworfen. Einfach so. Sie waren lange gefahren, vielleicht eine Stunde oder noch länger. Sie hatte keine Möglichkeit gehabt auszusteigen. Er war fast immer sehr schnell gefahren. Und es war schon dunkel, man konnte nicht sehen, wo man war, die fremden Namen waren schwer zu lesen. Dann waren sie irgendwo gelandet, wo es Wald gab und keine Straßenlaternen mehr. Er hatte sie wieder herausgeholt und hier in diesen Wohnwagen geschleppt. Gestern Abend hatte er mit Tante Zilli telefoniert. Und sie hatte nach Tante Zilli gerufen. Er hatte sie geschlagen, so fest ins Gesicht geschlagen, dass sie nicht mehr wagte, ein Wort zu sagen. Seitdem war Käthi völlig verstummt.

Außer gerade eben. Aber sie hätte sonst in die Hose gemacht und sich darüber so geschämt, dass sie es nicht ertragen hätte. Seit gestern Abend, seit der Ohrfeige, hatte er sie in Ruhe gelassen. Er hatte ihr eine verstunkene Decke übergeworfen. Sie hatte geträumt. Von Robert und von der Schule, sie war stundenlang mit Robert Straßenbahn gefahren. Die Bahn hatte keine Türen gehabt. Schließlich war sie wach geworden, hatte wieder begriffen, wo sie war, und geweint. Aber leise.

Durch das Klofenster da oben passte sie nicht. Man konnte es auch nicht richtig aufmachen.

Hermann Rogatzke hob den Kopf. Er stand auf, setzte sich noch einmal die Flasche an den Hals und knallte sie zurück auf den Tisch. Wie lange blieb sie denn noch da drin? Er riss die Tür zur Toilette auf und verzog das Gesicht. Scheißgeruch im Raum war ihm verhasst. Er hatte sieben Jahre lang Scheißgeruch im Raum gehabt.

Das Kind hockte immer noch auf der Brille, winzig, mit Riesenaugen wie eine Stubenfliege, sah ihn an. Er warf die Tür wieder zu, öffnete vorsichtig die Außentür des Wohnwagens, nachdem er sich vergewissert hatte, dass niemand in Sichtweite war. Draußen war es noch etwas kälter als drinnen, aber die Luft war besser.

Hierher kam niemand. Der völlig verdreckte, offenbar seit Jahren nicht mehr benutzte Wohnwagen stand auf dem Gelände eines verfallenen Hofes, halb zugewachsen von einer verwilderten Thujenhecke, umgeben von einer noch intakten Backsteinmauer. In fünfzig Meter Distanz begann der Wald. Das nächste Dorf war sechs, sieben Kilometer entfernt, auf den Weiden war kein Vieh zu sehen, und für einen Jäger war der Hof nicht von Interesse. Sein Auto hatte französische Kennzeichen, er hatte sie irgendwo in Metz auf einem Schrottplatz geklaut. Der Wagen stand ein paar hundert Meter entfernt, am Rand des Waldes an der Route Nationale, zwischen einigen abgestellten Anhängern auf einem Parkplatz, unauffällig. Trotzdem durfte das hier nicht lange dauern. Es gab verstreute Gehöfte in der Umgebung, und er wollte nicht riskieren, von einem herumstreifenden Bauernbengel entdeckt zu werden. Hermann Rogatzke schloss die Tür. Das Kind kauerte wieder in seiner Ecke.

Hermann setzte sich an den Tisch und überprüfte den Akku seines Handys. Es würde noch eine Weile reichen. Er setzte sich noch einmal die Flasche an den Hals. Aber er durfte nicht zu viel trinken, diesmal nicht.

Käthi tastete nach der Plastikflasche, die er neben das Polster geworfen hatte. Sie trank einen Schluck, noch einen. Der Hals tat weh. Es war so furchtbar kalt. Bei dem Gluckergeräusch der Flasche blickte der Mann auf.

Sie hatte ihr Brot nicht gegessen. Umso besser. Er packte sie, sie wurde völlig starr. Er klebte ihre Hände, die Handgelenke und die Finger zusammen, mit gelben Streifen von einer Rolle, klebte ihr auch einen breiten Streifen über den Mund. Sie starrte ihn an. Wieder diese Riesenaugen. Einen Moment lang stieg etwas in ihm hoch, ein vergessener Impuls.

»Kriegst du durch die Nase Luft?«, fragte er.

Das Kind nickte.

Er zögerte einen Moment, dann fesselte er auch ihre Fußgelenke. Er griff nach einer löchrigen Steppdecke und warf sie über das Kind.

An der Tür drehte er sich noch einmal um, schien kurz zu überlegen. Mit mürrischem Gesicht zog er die eklige Decke wieder fort und legte seinen eigenen, warmen Daunenschlafsack auf Käthi. Dann verschwand er.

Hermann hielt seine klamme Hand an das Gebläsegitter oben auf dem Armaturenbrett. Der Motor wurde langsam warm. Hinter der Waldgrenze bog er auf die Route Nationale. Drei Kilometer weiter gab es einen Truck Stop, einen Selfservice, der heute wieder geöffnet hatte. Genauso wie die Banken. In Frankreich gab es nur einen Weihnachtsfeiertag. Ein heißer Kaffee und einmal gründlich Händewaschen waren angenehme Aussichten. Danach würde er Zilli anrufen, ein zweites Mal. Die Spannung in seinem Kopf nahm zu. Dass die Planung und Durchführung dieser Sache für ihn vielleicht ein, zwei Nummern zu groß waren, diesen Gedanken gestattete er sich nicht. Er war immer klüger gewesen als alle um ihn herum.

Das hier war die einmalige Chance, sich mit genügend Geld abzusetzen. Eine halbe Million Euro war zwar heutzutage nicht mehr besonders viel Geld. Und nicht in einem Land wie Deutschland. Aber eine halbe Million von privat konnte Zilli offensichtlich ohne Weiteres aufbringen, weil sie bereits die Hälfte besaß und Freunde mit genügend Schotter hatte. Hermann wollte nicht das Risiko eingehen, dass Zilli wegen eines zu hohen Lösegeldes zu viele Leute einschalten musste, dass die Organisation des Geldes zu lange dauerte. Man musste realistisch bleiben. Er würde ohnehin nicht mehr nach Deutschland zurückkehren, sondern da untertauchen, wo man billig leben konnte. Wo man mit einer halben Million Euro noch der King war.

Scheißdreck, dass dieser Blödsinn in Frankreich abgewickelt werden musste. Unnötig schwierig. Aber es ging nicht anders. Auf der anderen Seite war es nicht unpraktisch: Er war bereits in dem Land, von dem ein angenehm unübersichtliches Schlupfloch nach draußen führte: der Hafen von Marseille. Ja, das wäre gut: Seeluft. Im Hafen von Marseille gab es nicht nur Fisch zu kaufen, das wusste er. Und es wurden nicht überall die Papiere von Seeleuten unters Mikroskop gelegt. Seeluft und dann ein Land mit Sonne.

Er schreckte hoch, als die Bedienung mit einem feuchten Tuch den verklebten Tisch reinigte, an dem er vor wenigen Minuten mit seiner Kaffeeschale Platz genommen hatte. Eine Horde Jugendlicher parkte draußen vor dem Truck Stop unter Getöse ihrer Harleys; jetzt kamen sie in ihrer rotschwarzen Kluft herein, laut und unruhig wie Paviane.

Er drehte sich zum Fenster, sodass er die schweren Maschinen sehen konnte. Das hatte er sich als Jugendlicher gewünscht: eine Harley. Mit seinen Kumpels auf der Harley durch die Gegend fahren. Einen saufen gehen, wann man es wollte, und nicht, wann man zufällig Geld hatte. Die hier sahen alle nach Geld aus. Wie konnte man denn mit zwanzig ein Motorrad finanzieren, das so ein Schweinegeld kostete? Auf den Arsch sollten sie sich legen mit ihren Maschinen, diese reichen Scheißer. Er wandte sich wieder seinem Kaffee zu.

Einen Moment lang hatte er geglaubt, Käthi würde ihn wiedererkennen. Aber damals war sie erst zwei gewesen. Es wäre auch egal gewesen. Trotzdem, etwas saß quer bei dieser Vorstellung. Er hatte sie auf den Schultern durch den Duisburger Zoo getragen.

Hermann Rogatzke schlürfte den erkaltenden Milchkaffee und vermied jeglichen Blickkontakt mit anderen Gästen der Imbissbude. Er hatte das Kind geschlagen, als es nach Tante Zilli schrie. Hermann ließ kaum noch Gefühle zu, aber es tat ihm so etwas wie Leid. Er hatte in diesem Moment selbst unter unglaublichem Druck gestanden, hatte sich abreagiert. Kinder berührten einen Punkt in ihm, der sich merkwürdig anfühlte. Im Knast war jemand gewesen, der wegen der massenhaften Verbreitung von Kinderpornos saß. Hermann hatte ihm den Aufenthalt nach Kräften versüßt. Kinderschänder gehörten an den Galgen, wenn es nach ihm gegangen wäre. Und nicht nur nach ihm; die meisten Kollegen im Knast waren seiner Ansicht. In der informellen Hierarchie der Gefängnisinsassen rangierten Mörder – wohlgemerkt, keine Kindesmörder – ganz oben und Kinderschänder ganz unten. Wenn man einmal im Knast gelandet war, tat es gut, sich zumindest dieser Sorte Verbrecher moralisch überlegen zu fühlen. Hermann hatte in der Hierarchie mit seinem soliden Raub mit Todesfolge eine Mittelposition eingenommen. Obere Mitte, denn er ließ die anderen spüren, dass er intelligenter war als die meisten Kollegen, körperlich stark und im Großen und Ganzen frei von echten emotionalen Störfeldern. Er war vorbestraft gewesen, als er in den Knast wanderte, aber jetzt hatte er zum ersten Mal in seinem Leben für lange Zeit gesessen. Saß und saß und machte den Hass auf Zilli zu einem kalten Lebensinhalt.

Manchmal hatte Hermann, das Kind, nachts geträumt, Zilli würde ihn in ihren Armen wiegen, aber dann hatte sie ihn ins Feuer geworfen. Zillis Gesicht und das Gesicht seiner eigenen Mutter legten sich auch in seinen Tagträumen übereinander wie die Zweifachbelichtung eines Dias. In den Knastjahren hatte er versucht, eine Menge zu lernen, sein Deutsch, sein Englisch zu verbessern. Ein Satz aus einer Kurzgeschichte hatte sich merkwürdigerweise in sein Gehirn eingebrannt: *She touches a soft spot of my soul.* Dieser Ausdruck war besonders haften geblieben: *soft spot.* Kinder waren der *soft spot* seiner Seele, sofern zwischen diesen verhärteten Narben so etwas noch seinen Platz behaupten konnte.

Er wollte fort, wollte das alles loswerden, den Blick der gequälten Stubenfliege, den Druck. Hermann versuchte, seine halb erstickten Regungen vollends zum Schweigen zu bringen. Das Geld musste her, spätestens morgen musste er es haben. Jetzt war es kurz nach acht. Die Banken machten in einer knappen Stunde auf. Zeit für den nächsten Anruf. Er würde Zilli zunächst einmal bis Mittag Zeit geben.

Und dann noch mal anrufen. Wenn sie es bis dahin hatte, umso besser. Sie sollten ein bisschen rotieren, Zilli und ihre reichen Freunde. Scheißer, alle.

Zu demselben Zeitpunkt saßen auf Florifère alle in der Küche. Niemand hatte geschlafen. Auf Florifère konnte niemand schlafen. Auf Florifère konnte niemand etwas essen. Auf Florifère durfte niemand telefonieren und so die Leitung blockieren.

Zilli saß neben dem Apparat und bewachte das Telefon seit gestern Abend. Manchmal, und es waren qualvolle Momente, hatte es geklingelt. Leute, die Gertrude sprechen wollten: der Galerist, eine Schweizer Cousine, der Wirt vom Schlossrestaurant Montrichesse, bei dem sich Gertrude mit ihren Freunden für Silvester angemeldet hatte. Gertrude brachte dann jedes Gespräch in acht Sekunden zu Ende.

Claire stellte ab und zu einen Beruhigungstee neben Zilli, den sie kalt werden ließ. Auch nicht in den schlimmsten Nächten ihrer Flucht hatte sie sich so blutleer, so kraftlos gefühlt. Es war, als sei ihr Lebensnerv angeschnitten. Es gab Augenblicke, in denen Zillis Gedanken in ihre Bonner Vergangenheit abtauchten. Käthi, die im roten Anorak um die Hausecke biegt. Käthi, die auf die Strohbiene pustet. Käthi, die wieder die Fußmatte angekokelt hat. Für Bruchteile von Sekunden war Ruhe in Zillis Seele, dann wieder das Bewusstsein der Gegenwart, grausamer Moment.

John war heute Nacht wieder aufgetaucht. Er schien verstört. Gertrude sagte zum hundertsten Mal: »Oh, Katze, warum kannst du nicht reden?« Aber John wusste nicht viel. Er wusste, dass sein kleiner Streichelmensch nicht mehr da war, und verkroch sich in den Bauernschrank. Zwischendurch versuchten sie die fehlenden Teile des Mosaiks zu finden, um zu begreifen, wie Hermann nach Florifère hatte finden können.

»Die Karte von Käthi, die ich in Marlenes Gepäck vermisst habe, die muss er in die Finger gekriegt haben. Und das heißt, dass er bei ihr im Krankenhaus war.« Zilli sah schrecklich aus. »Möglicherweise hat er Marlene umgebracht! Wenn das stimmt, dann werde ich nicht rasten und ruhen, bis er wieder sitzt, aber für immer. Ja, natürlich war er bei Marlene. Hat sie ausgequetscht, bedroht. Und sie hat daraufhin ihren Anfall gekriegt und ist gestorben. Dieser Mörder. Dieses Dreckschwein.« Zilli merkte nicht, dass sie einen stabilen Cromarganlöffel wie ein Stück Silberdraht verbog. »Hermann hat wirklich nachgedacht. Schlau nachgedacht. Meine schwache Stelle sind die Kinder. Vor allem Käthi. Und er kennt sie sogar. Er wusste genau, wie ich an ihr hänge, noch von früher.«

Claire wurde erst jetzt bewusst, wie naiv und unvorsichtig sie sich damals alle verhalten hatten. Sie massierte ihre Schläfen. »Ich vermute, er ist uns von Dortmund nach Bonn gefolgt. Hat rausgekriegt, dass du bei mir wohnst. Und auch die Sache mit dem Laden. Weißt du noch, wie du Burkhard zum Dank einen Champagner aus deinem Lieferwagen geholt hast? Der Lieferwagen mit deiner alten

Adresse war für ihn wie eine Visitenkarte auf Rädern. Er hat uns wahrscheinlich observiert und danach Erkundigungen eingezogen.«

»Ich habe mich verhalten wie eine gottverdammte Idiotin.« Zillis Stimme hatte einen Klang, als käme sie durch ein verkratztes Metallrohr.

»Ich habe dir gottverdammt idiotische Ratschläge gegeben, Zilli.«

Claire konnte sich selbst im Moment schwer ertragen. Durch den schwarzen Filz ihrer Angst, durch die Mauer ihrer Schuldgefühle drang kein Wort des Trostes oder der Relativierung. Die fieberhaften Bemühungen, das Geld zusammenzubekommen, liefen schon die ganze Nacht. Aber auf Claires Seele lastete noch ein anderes Gewicht. François war vor ein paar Minuten auf Florifère eingetroffen, aber sie hatte ihn nicht begrüßt. Er sah vollkommen erschöpft aus und schien ihre distanzierte Haltung nicht zu registrieren, er schien fast überhaupt nichts mehr wahrzunehmen. Edda führte von Josettes Anschluss aus Telefongespräche mit Menschen, die sie zunächst mit »Grüß Gott, Anderl« ansprach, und dann kam sie sofort zur Sache.

Dazwischen telefonierte Gertrude mit der Schweiz. Edda und Gertrude konnten weit mehr als die zweite Hälfte des Lösegeldes zusammenbringen, nur steckte Eddas Geld in Grundstücken und festgelegten Papieren. Und vor allem: in Deutschland. Solche Transaktionen telefonisch zu organisieren war schwierig. Gertrudes Geld ruhte unter eidgenössischer Verwaltung in ihrem Heimatland, ebenfalls langfristig festgelegt. Nichts, was man binnen weniger Tage ohne Komplikationen loseisen konnte. Sie bekamen fast überall dieselbe Auskunft: Das größte Problem war, dass man den Banken für eine beschleunigte Regelung aufdecken musste, warum das Ganze so dringend war wie eine Notoperation. Aber wer wollte dann noch garantieren, dass die Polizei außen vor blieb? Denn darauf bestand Zilli, panisch und eisern zugleich.

Zilli hatte als Einzige ihr gesamtes Geld auf dem Girokonto. Solange sie befürchtet hatte, von einer Stunde auf die andere fliehen zu müssen, hatte sie sich auf keinerlei Festlegung eingelassen. Und sie hatte ihr Konto bei einer internationalen Bank, die in Tours eine Verbindungsbank besaß. Ihr Geld konnte frühestens morgen abgeholt werden. In Deutschland war Feiertag.

Bei Edda würde es noch mindestens einen weiteren Tag dauern. Aber jede Stunde Verzögerung bedeutete eine weitere Stunde Qual für Käthi. Hier musste jemand einspringen, der liquide war und vor allem: der in Frankreich saß.

Margot.

»Das könnt ihr vergessen«, meinte François und zündete sich eine Zigarette an. Die fünfte an diesem Morgen. Er hatte heute früh ein Schild an die Praxistür gehängt: »Wegen Krankheit geschlossen.« Er hatte sich ein frisches Hemd angezogen, aber den Anrufbeantworter, dessen Signallampe hektisch blinkte, nicht abgehört, war sofort wieder nach Florifère gefahren. Seine Augen waren rot umrändert; alle paar Minuten sah es aus, als schliefe er ein, nur um sich mit einem Ruck wieder in die Gegenwart zu holen.

»Ich war übrigens bei Odile und habe sie bearbeitet, damit sie auf Margot einwirkt.«

Claire zog eine Augenbraue hoch, aber er sah es nicht. Sie beachtete ihn immer noch nicht, aber wenn er sie gerade nicht ansah, suchte sie nach Spuren in seinem Gesicht. Wie diese Spuren aussehen sollten, wusste sie selber nicht.

»Sie habe selbst viele Schulden«, fuhr François fort, »so viele, dass sie für jemand anders ganz bestimmt nicht um Geld fragen würde, war die Antwort.«

Edda kniff voll Abscheu die Augen zusammen. Claire betrachtete ihre Hände.

Die sechste Zigarette steckte in seinem Mund. »Immerhin hat sie mir in Aussicht gestellt, dass sie etwas für uns tun will. Nur was, das hat sie nicht gesagt. Und ich soll mich zum ersten Mal in meinem Leben auf sie verlassen.«

»Wer weiß, vielleicht sollte man dieses Angebot nicht unterschätzen«, meinte Gertrude. Claires Augen waren trübe. Sie hob den Kopf, blickte François kühl an. Er zog fragend die Augenbrauen zusammen. In dieser Sekunde klingelte das Telefon. Vier Erwachsene stürmten gleichzeitig in den Flur. Zilli hob ab. Kleine Pause.

Dann seine rattige Stimme: »Ich treffe euch heute Nachmittag, Zilli. Euch beide: dich und die Reisetasche voll Geld.«

»Wir haben es noch nicht zusammen, Hermann, wir tun, was wir können!«, schrie Zilli.

»Beeilung. Bleib schön am Telefon sitzen. Und du weißt ja: ein Wort zu den Bullen, und …« Aus dem Telefon kam ein Geräusch wie zersplitternde Walnussschalen. Er legte wieder auf. Es war zwanzig nach acht. Das Telefon klingelte wieder. Diesmal griff Gertrude nach dem Hörer. Es war Odile. »Hör mir zu«, unterbrach sie Gertrude, als diese sie aus der Leitung scheuchen wollte. »Gertrude, ich bin informiert. François war doch hier. Pass gut auf: Geh bitte jetzt sofort über die Brücke und klingele bei meiner gütigen Mutter. Auf diese Idee wirst du ja ohnehin schon gekommen sein. Bitte sie um das, worum du sie bitten wolltest, und warte einfach ab. Lass dich nicht abwimmeln. Und sage ihr bloß nicht, dass ich dich angerufen habe.« Sie legte auf, bevor Gertrude nachfragen konnte.
»Ich gehe jetzt zu Margot Morisseau.« Gertrude griff nach ihrer dicken Wolljacke. Sie schob den Unterkiefer vor, als müsse sie einen Boxkampf durchstehen.

Trotz des frühen Morgens war Margot Morisseau perfekt frisiert, trug Perlen, einen Kaschmirspencer und eine tadellos gebügelte weiße Bluse zu einem Tweedrock. Sie musterte die zerzauste Gertrude, die heute Morgen aussah, als habe sie im Schuppen auf einem Holzstoß genächtigt.
»Sie träumen doch wohl, meine Liebe. Fünfhunderttausend Euro sind etwa drei Millionen Franc. Das habe ich doch nicht griffbereit.«
Gertrude glaubte ihr kein Wort, das war klar zu sehen.
»Davon abgesehen«, fuhr Madame Morisseau fort, »selbst

wenn ich sie hätte: meine Antwort lautet nein. Sie sollten diese Sache den Leuten überlassen, die damit umgehen können, nämlich der Gendarmerie.«

»Der Täter ist unberechenbar, Margot. Wir können nicht riskieren, dass die Gendarmerie eingreift. Jedenfalls noch nicht. Noch bestehen alle Chancen, dass das Kind gesund zurückkommt. Aber wenn er merkt, dass wir uns nicht an seine Bedingungen halten, kann es gut sein, dass er durchdreht.«

»Und das ist der Exfreund Ihrer Freundin Madame Zilli? Merkwürdiger Bekanntenkreis, den sie da hat, finden Sie nicht, meine Liebe?«

Gertrude hätte ihr am liebsten ins Gesicht geschlagen. O ja, das war der richtige Moment, sich für den unverschämten Verdacht zu revanchieren, eine Morisseau hätte etwas mit Drogen zu tun. Margot genoss es.

»Es geht um ein Menschenleben, Margot. Für Sie ist es ein Anruf bei der Bank. Vielleicht auch ein kleiner Besuch. Sie haben alle Sicherheiten, die man sich nur denken kann: Florifère, mein ganzes Geld und das nicht unbeträchtliche Vermögen von Madame Edda Rabl.«

Nicht zu vergessen das Haus von Claire, aber das schluckte Gertrude lieber hinunter. Margot hatte schon ungute Witterung in Richtung Claire aufgenommen.

Gertrude starrte sie eindringlich an. »Ein kleines Mädchen muss gerettet werden, Margot. Und Sie werden keinerlei finanziellen Schaden erleiden, dafür stehe ich gerade. Allein, was ich in der Schweiz an Aktien habe, reicht aus, um zwei Lösegelder zu zahlen. Herrgott, Margot, Sie wissen doch selbst, dass ich eine erfolgreiche Malerin bin! Aber ich komme nicht so schnell an das Geld. Es muss sofort etwas passieren. Und ich weiß, dass die Familie Morisseau seit zwei Generationen Kunde bei der Banque d'Amboise ist und dass Sie mit dem Direktor Tennis spielen. Margot. Bitte! Sie gehen keinerlei Risiko ein.«

»Nein, meine Liebe, daraus wird nichts, fürchte ich.«

Gertrude stand auf. Sie musste sich bezwingen, dieser selbstgefälligen Dame nicht an die Gurgel zu gehen. Im goldgerahmten Spiegel, der über dem Kaminsims hing, sah sie eine uralte Frau mit grauem Haar, einer schlampigen Wolljacke und einer Hornbrille.

In diesem Moment wurden sie von der Haushälterin unterbrochen. Ein Telefonat aus Tours, für Madame. Es sei dringend.

Margot erhob sich. »Ich glaube, wir haben alles Wesentliche gesagt, meine Liebe!«

»Nein, das haben wir nicht!«, entgegnete Gertrude grimmig. Sollte diese verblasene Kuh sie doch mit der Kehrschaufel beseitigen lassen; sie blieb hier, bis sie alles ausgereizt hatte, was ihr einfiel. Und sie war noch lange nicht am Ende. Wo blieb Odile?

Gertrude wanderte zum Fenster und schaute auf den Park der Villa, den François und sein Vater vor über zwanzig Jahren angelegt hatten. Die dürren Winteräste staken in einen Himmel, der die Stirn zu runzeln schien. Gertrude konnte ihre innere Spannung kaum bewältigen. Sie trommelte mit den Fingern auf der Fensterbank herum und kniff die Lippen zusammen. Eine schmale Tür, die zum hinteren Korridor in den Seitentrakt der Villa führte, wurde geöffnet. Odile sah vorsichtig durch den Spalt. Sie wirkte ungewöhnlich wach. »Ssst! Gertrude!«

Gertrude sah auf.

Odile winkte sie hektisch zu sich. Offensichtlich wollte sie nicht in den Salon kommen. »Maman weiß noch nicht, dass ich hier bin, ich werde gleich so tun, als wäre ich zufällig vorbeigekommen, aber erst, wenn du wieder weg bist.«

Odile griff in ihre Jackentasche und schob Gertrude ein festes Stück Papier in die Hand. Es war ein Foto. »Schau dir das an, Gertrude. Du kannst es nicht behalten, denn ich muss es auf der Stelle wieder in das Geheimfach ihres Schreibtisches zurücklegen, wo ich es gerade herausgeholt habe. Sie weiß nicht, dass ich es kenne. Sie wird nach diesem Gespräch sofort nachschauen, ob es noch da ist.«

Gertrude betrachtete das Foto. Als sie begriff, was sie da sah, riss sie die Augen auf. Die Farben waren rötlich verschossen, aber das Motiv war immer noch gut zu erkennen. Der etwa siebzehnjährige François und die etwa fünfunddreißigjährige, schöne Margot. Das Bett war ebenso schlicht wie das Kostüm, das beide trugen – sie lagen nackt in einem Kornfeld. François hatte das idiotische Grinsen eines Angetrunkenen. Er saß aufrecht neben der offensichtlich schlafenden Margot. Vermutlich hatte François es mit Selbstauslöser aufgenommen. Gertrude drehte das

Foto herum. Mit Bleistift war eine Jahreszahl notiert. Das Bild war fast zwanzig Jahre alt. So alt wie der Park der Villa.
»Das ist nicht wahr!« Gertrude starrte Odile an und wusste nicht, ob sie lachen sollte. Odile verzog den Mund. »Ich weiß, dass meine Mutter niemand anbrennen ließ, der breite Schultern und einen hübschen Hintern hatte. Heute ist sie ein bisschen wählerischer. Leider habe ich kein Foto von Maman und dem Präfekten oder von Maman und dem Direktor der Banque d'Amboise.«
Gertrude hielt Odile das Foto hin. »Odile, kann ich nicht einen Abzug davon bekommen?«
»Viel zu umständlich. Hör mir zu!« Sie beugte sich vor, wisperte Gertrude ein paar Sätze ins Ohr, fuhr hoch, als sie Schritte hörte. »Scheiße! Meine Freundin aus Tours hat sie ja nicht lange ans Telefon fesseln können. Aber du hast verstanden, Gertrude?«
»Vollkommen, Odile. Du bist ein Schatz!«
Odile zuckte mit den Schultern, grinste und schloss leise die Tür.
Margot kam in den Salon. Gertrude stand exakt an demselben Platz, vor dem Spiegel am Kamin, den Rücken zum Raum. Sie schien sich während der letzten drei Minuten nicht bewegt zu haben.
Mit unwilligem Gesicht nahm Margot wieder Platz in ihrem Ledersessel. »Ich wiederhole, Gertrude: Ich habe alles gesagt. Also.«
»Margot, haben Sie eigentlich überhaupt ein Gewissen?«
Die gespiegelte Dame ließ eine Augenbraue hochschnellen

und erhob sich. »Liebe Gertrude, ich muss mir solche Fragen nicht stellen lassen. Sie werden unverschämt. Und ich finde es unverantwortlich, was Sie da treiben. Ich kann nicht unterstützen, dass Sie die Gendarmerie nicht einschalten. Für diesen Dilettantismus zeichne ich nicht. Gerade zum Wohle des Kindes sollten Sie sich an unsere tüchtige französische Gendarmerie wenden. Tut mir Leid. Adieu, Gertrude, ich habe zu tun.«

Gertrude schloss die Augen und sammelte sich. Dann drehte sie sich langsam um und sah Margot, die bereits die Türklinke in der Hand hielt, fest in die Augen. »Was macht der Wahlkampf, Margot?«

Margot Morisseau zuckte irritiert mit den Lidern, entgegnete dann aber geschäftsmäßig: »Danke der Nachfrage. Ich habe bei den Wahlveranstaltungen recht gute Resonanz, vor allem bei unseren Winzern und den mittelständischen Unternehmen.«

Gertrude lehnte sich an den Türrahmen. »Das verdanken Sie sicher nicht nur Ihrem Charme, Margot, was?«

Margot ging in Abwehrstellung. Sie wusste nicht, womit sie zu rechnen hatte.

»Das hat auch etwas mit dem guten Ruf Ihrer Familie als Hüter konservativer Werte zu tun, meine Liebe, nicht wahr?«

Margot duckte sich unwillkürlich, aber nicht wie jemand, der sich kleiner machen will, sondern wie jemand, der zum Sprung ansetzt. »Wagen Sie es nicht, Gertrude, mit Ihrem breiten Schandmaul irgendetwas über meine Tochter und ihre angeblichen Probleme zu verbreiten. Das könnte übel für Sie ausgehen.«

»Ach, Sie drohen mir? Das ist ja interessant. Was wollen Sie denn mit mir machen? Mich vergiften?«

»Wenn Sie Odile in den Schmutz ziehen, werde ich Sie sofort verklagen.«

»Keine Sorge, Madame Morisseau. Das würde ich schon um Odiles willen nicht tun. Aber ich mache mir trotzdem Sorgen um Ihren Wahlkampf! All Ihre konservativen Wähler! Was würden die sagen, wenn man in diesem linken Schandblatt, der *Voix démocratique,* auf einmal ein wunderhübsches Foto von Ihnen sehen würde! Übermorgen ist Mittwoch. Da kommt die neue Ausgabe, glaube ich. Margot Morisseau in ihren besten Tagen, Seite an Seite mit einem siebzehnjährigen, sichtbar alkoholisierten Hilfsgärtner! Und im allerhübschesten Kostüm, das denkbar ist! Bukolisches Idyll im Kornfeld, mit Selbstauslöser!«

Margot verlor ihre Gesichtsfarbe. Aber sie beherrschte sich. »Haben Sie das Foto von Odile?«

Gertrude verneinte erstaunt. »Ach, es gibt also noch einen Abzug davon? Schau an! Nein, nein, Madame, mein Abzug befindet sich seit zwanzig Jahren in Jacques' Safe. François hat ihm das Foto gegeben, als er mit Jacquo und mir über diese Affäre sprach. Vernichten wollte er das Foto nicht, aber offensichtlich auch nicht bei sich haben. Oh, Sie sind ihm damals sehr unter die Haut gegangen, das weiß ich noch: Soll ich mit ihr durchbrennen, Gertrude?, hat er mich gefragt.« Gertrude lachte auf. *»Mon pauvre petit* *idiot*, habe ich damals zu ihm gesagt. Und Sie sehen ja so gut aus auf dem Foto, meine Liebe. Jaja. Eine schöne Dreißigjährige knackt einen jungen Mann wie eine Haselnuss. Warum auch nicht? Ich war auch mal jung.«

»Sie wissen seit zwanzig Jahren, dass François und ich eine Affaire hatten?«

Gertrude nickte. »Das und noch viel mehr. Ihr Gatte war ja ein gern gesehener Gast bei uns, das haben Sie doch nicht vergessen, Margot.« Jetzt grinste sie breit, zufrieden mit der Rauchbombe, die sie gerade geworfen hatte und die sich wie ein nebliger Teppich ausbreitete. Margot beherrschte sich. Natürlich gab es noch andere Dinge, die nicht an die Öffentlichkeit gelangen durften. Was konnte Gertrude wissen? Der verstorbene Monsieur Morisseau war ein verdammter Idiot gewesen. Vor allem, wenn er getrunken hatte. Sentimental und geschwätzig. Was hatte er dem lieben Jacquo und der lieben Gertrude noch so alles erzählt? Warum das Pfahlhaus keine Baugenehmigung gebraucht hatte? Wie damals beim Bau der Schwimmhalle von Aimur-sur-Cher die Auftragsvergabe zustande gekommen war? Familie Morisseau hatte sich jedenfalls an diesem Projekt gesundgestoßen. Themen, die beim Wahlkampf, dieser schon fast gewonnenen Schlacht, nicht an die Öffentlichkeit durften. Wie hieß doch der Slogan? »Werte wahren, Morisseau wählen.« Wenn jemand als Symbol und Leitfigur konservativer Werte gelten konnte, dann Margot Morisseau.

»Sie wollen mich also erpressen, Gertrude.«

Gertrude schaute sie aus freundlichen Augen an. »Es ist ein Vergnügen, mit intelligenten Menschen zu reden. Und deshalb verstehen Sie auch, dass sich mein Tarif gerade eben erhöht hat. Die Bedingung dafür, dass das Foto von meinem Safe in Ihren übersiedelt, ist eine zweifache. Erstens: Wir beide fahren jetzt sofort zur Banque d'Amboise. Zweitens: Sie verlängern die Frist, die Sie François gesetzt haben, um ein Jahr und nehmen die Mieterhöhung zurück.«

Margot schwieg. Sie machte nicht den Eindruck einer Frau, die gerade Einblicke in die Abgründe menschlicher Psyche erhalten hatte. Gertrude schien sich vielmehr auf einem Terrain zu bewegen, auf dem sich Margot gut auskannte.

»Bedenken Sie, meine Liebe: Sie gehen bei beiden Forderungen absolut kein finanzielles Risiko ein. Sie werden Ihr Geld zurückbekommen, das wissen Sie. Aber das Risiko, dass Ihre politische und natürlich auch gesellschaftliche Karriere übermorgen zu Ende ist, das ist hoch.«

Einen Moment lang glaubte Gertrude, der blinkende Gegenstand, nach dem Margot griff, sei eine kleine Pistole. Aber es waren Margots Autoschlüssel.

15

Zilli legte den Telefonhörer auf. Sie zitterte stark, mit rudernden Bewegungen, über die sie keine Kontrolle mehr zu haben schien. Gertrude und Edda schauten sich besorgt an. Edda hatte auf einem großen Zettel mitnotiert: *Geld gebündelt, in einer Reisetasche. Uhrzeit: Punkt fünfzehn Uhr. Ort: Bushaltestelle hinter Saint Cyr de Touraine. Fünfzig Meter weiter rechts ein Feldweg. Da parken.* Weitere Anmerkungen von Hermann – aber die hatte Edda nicht notiert: »Und noch mal, Zilli, keine krummen Touren. Wenn dir jemand folgen sollte: ich merke es sofort. Mein Kollege ist mit dem Kind zusammen im Versteck. Wenn du die Bullen einschaltest, hört dein putziges Patenkind auf telefonische Anweisung sofort auf zu atmen.«

»Nie im Leben hat der einen Komplizen.« Gertrude zwang Zilli, einen schwarzen Tee zu trinken, bevor sie sich ans Steuer setzte. »Dazu ist die Summe viel zu niedrig. Komplize! Schwachsinn.«

Zilli blieb stumm. Sie wirkte erfroren wie eine Pflanze im Winter, die alle Kräfte nach innen konzentriert.

»Und wenn du mich unter einer Wolldecke im Lieferwagen versteckst?«, fragte Edda.

Zilli verneinte stumm.
»Aber, Zilli, das gäbe dir vielleicht ein Gefühl von Sicherheit!« Edda insistierte.
»Ach, Edda, nun nerv doch Zilli nicht unnötig. Du wirst auch nichts gegen ihn ausrichten können.« Claires Stimme war ungewohnt schroff.
Eddas Antwort klang auch gereizt. »Ich hatte nicht vor, ihn im Nahkampf zu erlegen. Ich wollte nur nicht, dass Zilli alleine ist.«
»Du tröstest aber nicht, du nervst.« Claire knallte eine Tasse auf den Tisch und goss sich den dritten Kaffee ein. Edda öffnete den Mund, um zurückzugiften, aber mit einem Blick auf Zilli unterließ sie es. Zilli stand auf und griff nach dem Autoschlüssel. Gertrude nahm eine Tafel Schokolade aus dem Küchenschrank und hielt Zilli fest. »Das wird gegessen, Zilli.«
Zilli schüttelte wieder den Kopf. Gertrude öffnete die Schokolade, brach sie in mehrere kleine Stücke, schob sie zu Edda und Claire. »Eure Nerven liegen blank, Kinder. Zilli, das ist eine ganz schöne Strecke bis Saint Cyr, und du hast seit vierundzwanzig Stunden nichts gegessen. Willst du etwa kollabieren? Also iss das jetzt.«
Zilli gehorchte.
Claire, Gertrude und Edda standen auf dem Kiesplatz von Florifère. Es war ein dunkler Tag, gleich würde es regnen. Zilli bestieg ihren Lieferwagen und legte die blaue Nylontasche auf den Beifahrersitz. Sie startete den Motor. In derselben Sekunde setzte eine merkwürdige Starre ein.

Es war eine gnädige Einrichtung der Natur, diese Sorte Halblähmung, mit der man sich bewegen, auf Reize reagieren und somit funktionieren konnte; aber das Bewusstsein der Gegenwart lief nur auf kleinster Stufe mit. Sozusagen stand-by.
Hermann hatte vor drei Minuten angerufen, jetzt hatte sie noch genau eine Dreiviertelstunde Zeit. Den Gedanken an Stau oder Ähnliches verbot sie sich. Sie konnte Hermann telefonisch nicht erreichen, er hatte ihr seine mobile Telefonnummer natürlich nicht gegeben.
Die drei Freundinnen standen noch eine Weile auf dem Vorplatz. Gertrude hob das Gesicht in den grauen Himmel und schloss die Augen, Claire starrte stumm auf die blattlosen Trauerweiden, Edda verschränkte ihre Arme, als hielte sie sich an sich selber fest. Es begann zu regnen, die Frauen wandten sich langsam zur Haustür. Claire schielte nach rechts. Edda hob eben ihr Gesicht, um sich den Schal fester um den Hals zu binden. Ihre Blicke trafen sich, widerwillig. Claire gab sich einen Ruck. »Tut mir Leid, mein Ton von eben, Edda. Ich weiß nicht mehr, wohin mit mir.« Sie verstummte.
Edda legte ihre Hand auf Claires Arm. »Schon gut, Sandmann. Ich bin auch nicht mehr ganz die Alte. Wir sind wohl alle etwas durchgedreht.«
Edda war in dem Durcheinander nicht entgangen, dass François heute Vormittag nach einem kurzen Wortwechsel mit Claire einfach verschwunden war. »Ich habe im Moment keine Nerven für solche Dinge, bitte, Claire«,

hatte er gesagt. Nicht aggressiv, sondern erschöpft. Mehr hatte Edda nicht verstanden.

*

Saint Cyr de Touraine war kein besonders aufregendes Pflaster, vor allem nicht im Winter. Im Sommer sah das ganz anders aus. Die Touristen besuchten die romanische Kapelle, die wundertätige Statue des Dorfheiligen, versperrten mit ihren Autos die Einfahrten der Privatgaragen, und am Ufer des kleinen Badesees lagerten Nudisten; ein paar Herren aus dem Pariser Föhnfrisurmilieu hatten einmal versucht, im Zwei-Sterne-Restaurant »Montaigne« die Zeche zu prellen. Eric Petitjean, der freundliche Commandant der Gendarmerie von Saint Cyr, und seine drei Kollegen konnten sich während der Saison über Langeweile nicht beklagen. An diesem Dezembertag, so kurz nach Weihnachten, gähnte der Commandant pausenlos.
Für Abwechslung sorgte lediglich Madame la Marquise, die in dem kleinen Schloss außerhalb des Dorfes wohnte. Dort wurde nach Ansicht der Marquise regelmäßig gestohlen. In neunundneunzig Prozent der Fälle hatte Madame la Marquise vergessen, dass der Nerz beim Kürschner war oder die wertvolle barocke Tischuhr mit dem goldenen Neptun beim Uhrmacher. Meistens allerdings hatte die Marquise einfach etwas verlegt und rief aufgeregt bei Petitjean an. Dann musste er ausrücken und Diebstähle protokollieren. Heute Mittag hatte sie bereits in der Gendarmerie angeläutet.

Drei Minuten später rief Monsieur le Marquis, ihr Sohn an und informierte Commandant Petitjean, Madame la Marquise habe ihre Rubinbrosche offensichtlich nicht richtig an der Bluse befestigt, das Schmuckstück sei wohl in die Kaffeetasse gefallen, auf deren Grund es gerade wieder aufgetaucht sei.

Eric Petitjean gähnte schon wieder.

Dann klingelte das Telefon noch einmal. Madame la Marquise. Wo er denn bliebe. Der Commandant erklärte ihr höflich, was ihr Sohn soeben berichtet hatte.

»Aber darum geht es doch gar nicht mehr!«, rief die Dame. »Ich möchte, dass Sie sofort kommen! Der Teppich in der Eingangshalle ist verschwunden, der wunderbare Täbris. Er ist einwandfrei gestohlen worden. Ich verlange, dass Sie das zu Protokoll nehmen!«

»Gut, gut, ich komme, Madame la Marquise, in ein paar Minuten.«

»Ich erwarte Sie aber sofort, Monsieur le Commandant, das ist nicht irgendein Vorleger.«

»Ich habe gerade ein wichtiges Protokoll zu beenden, aber sobald ich damit fertig bin, werde ich kommen. *Bonjour, Madame.*«

Er legte unsanft auf. Dass Madame der Ansicht war, sie lebe noch im Ancien Régime und dürfe ihn entsprechend herumkommandieren, wollte ihm nicht in den Kopf. Immerhin war Monsieur le Marquis ein umgänglicher Mensch, der ihm nach getaner Arbeit meist eine kubanische Zigarre und etwas Hübsches aus geschliffener Karaffe anbot. Es war ihm offensichtlich peinlich, wie Frau Mutter sich gebärdete. Jeder im Dorf wusste, dass die Marquise eine geborene Bürgerliche war, die sich blaublütiger benahm als alle hundertachtzig engeren Verwandten väterlicherseits, und dabei gab es unter den Vorfahren derer von Saint Cyr sogar dreieinhalb veritable Kreuzritter. Der fast vierte Kreuzritter hieß »Antoine la moitié« – Anton die Hälfte – und war von einem grimmigen Türken im Jahre 1249 halbiert worden. Das naiv-dramatische Ölgemälde aus dem Jahr 1586, das diese Familienanekdote illustrierte, hing in der Bibliothek und wurde vom jetzigen Marquis de Saint Cyr, einem feinsinnigen Junggesellen in seinen frühen Fünfzigern, gerne kommentiert.

Auch Commandant Petitjean bewunderte das Bild regelmäßig, denn »Anton die Hälfte« glich seinem Patenonkel, obwohl genau auf diesen eigentlich »Anton der Doppelte« gepasst hätte.

Petitjean schloss seufzend die Computerdatei mit dem Patiencespiel, trank seinen Kaffee und verließ das Dienstgebäude, vor dem Kollege Baudry schon mit dem Streifenwagen wartete. Die Temperaturen waren nicht mehr eisig, aber das Wetter war scheußlich heute. Dunkelgrau schoben sich die Wolken des atlantischen Tiefausläufers über die Touraine. Vielleicht würden sie noch vor dem Regen im Schloss sein.

Oben auf der Anhöhe, am Ortsausgang kurz hinter der Bushaltestelle, bemerkten die beiden Gendarmen einen weißen Lieferwagen, der in der Einmündung des Feldwegs parkte, der genau zum entlegenen Hof von Baudrys Schwiegervater führte. Ein paar Meter davon entfernt stand am Straßenrand ein dunkler Ford in Fahrtrichtung. Der Motor lief, eine Seitentür war geöffnet. Ein Mann warf ein Paket oder eine Tasche auf den Sitz, knallte die Beifahrertür zu, sprang in den Wagen und fuhr los. Der Commandant registrierte gerade noch eine Frau, die Anstalten machte, zum weißen Lieferwagen zurückzugehen, als er sah, dass das Nummernschild des dunklen Personenwagens offensichtlich nur noch an einer Schraube hing. Ein paar Meter noch, und der Fahrer würde es verlieren, ohne es zu bemerken. Das wäre ärgerlich.

»Baudry, fahr mal hinterher, der ist gleich sein Schild los!«

Baudry nickte und beschleunigte, fuhr am weißen Lieferwagen vorbei.

Beide Gendarmen hörten nicht, dass hinter ihnen die Frau entsetzt aufschrie, blickten nicht zurück, sahen nicht, dass sie auf einmal auf der Fahrspur stand und mit den Armen ruderte. Baudry und Petitjean merkten nur, dass der Fahrer des dunklen Wagens ebenfalls beschleunigte. Und zwar so stark, dass in Petitjean der Jagdinstinkt erwachte.

»Hinterher, Baudry. Da ist was faul. Was hat der denn?«

Der fremde Wagen begann zu rasen. Baudry drehte auf. Petitjean gab ein Zeichen, Baudry setzte die Warnleuchten in Gang. Er kannte die Landstraße wie ein Bobweltmeister die olympische Abfahrt. Die ganze lange Allee vom Dorf bis zum Château de Saint Cyr jagten sie hinter dem Ford her. Kurz hinter dem Wegekreuz, an der Einmündung der geschotterten Schlosszufahrt, war eine verdammt gefährliche Kurve. Dort standen drei Walnussbäume. Der Ford hielt mit unverminderter Geschwindigkeit auf die unübersichtliche Stelle zu, vor der mit dramatischer Beschilderung gewarnt wurde. Petitjean fluchte, Baudry gab dem Raser vor ihnen Warnsignale mit der Lichthupe, schaltete herunter, und beide sahen in einer Sekunde kalten Entsetzens voraus, was gleich geschehen würde. Petitjean stand der Schweiß auf der Stirn.

Mit schrillem Geräusch versuchten die Bremsen, das Unvermeidliche aufzuhalten. Aber es *war* das Unvermeidliche, der Ford krachte mit fast unverminderter Geschwindigkeit in den ersten Nussbaum. Das Getöse war entsetzlich. Das Getöse und das Bewusstsein, dass niemand einen solchen Aufprall überleben konnte.

Der Marquis de Saint Cyr war nicht nur passionierter Landwirt und Hobbyhistoriker, er sprach auch ein leidlich gutes Deutsch, denn er hatte während seiner drei Heidelberger Semester eine Schwäche für Erich Kästner entwickelt und fast alles von ihm gelesen. Die Ernsthaftigkeit und der Humor des Dresdner Moralisten ließen den Marquis diesen oft spürbaren Riss in der deutschen Nachkriegsseele besser verstehen.

Jetzt saß der Marquis neben Zilli, Petitjean gegenüber, und übersetzte dem Commandant, was er wissen musste. Der Marquis, der im Moment des Unfalls gerade das defekte Gittertor der Schlosseinfahrt überprüft hatte, war Augenzeuge gewesen und hatte sich, nachdem die fassungslose Zilli an der Unfallstelle angelangt war, als Übersetzer zur Verfügung gestellt. Dass es sich hier nicht um einen normalen Verkehrsunfall handelte, war allen in derselben Sekunde klar, als sich Unmengen von Geldscheinen wie welkes Laub auf der nassen Straße festsetzten.

»Ah, Chimeray, Madame Birnbaum«, sagte der kunstsinnige Marquis.

Er wandte sich an Petitjean. »Ich kenne Madame Birnbaum. Erstaunliche Dame.«

»Also können wir die Angaben von Madame Birnbaum ernst nehmen, es handelt sich wirklich um Kidnapping?«, fragte Petitjean. Er hatte gerade ausführlich mit Florifère telefoniert, seine Kollegen aus Montrichesse waren schon auf dem Weg zu Gertrude.

»Aber absolut.« Der Marquis wiederholte die Frage, die Petitjean vor zwei Minuten an Zilli gestellt hatte. »Was hatte Ihnen Monsieur Rogatzke gesagt?«

»Ich sollte sofort zurückfahren und auf seinen Anruf warten. Er wollte mich nach Ablauf von zwei Stunden anrufen und mir sagen, wo Käthi ist.« Zilli atmete scharf ein, als hätte sie starke Schmerzen. Sie blickte ihren Übersetzer an. »Ich habe solche Angst. Ich habe solche Angst, dass er seinen Komplizen angerufen hat, dass er Käthi …«

Sie stockte. Es ging nicht, dem Wort die Macht des Gesprochenen zu verleihen. »Er sagte nämlich, dass er das sofort tun würde, falls ihn die Polizei verfolge. Er ging doch bestimmt davon aus, dass ich die Gendarmerie alarmiert hatte, als der Streifenwagen ihn verfolgte.« Zilli lehnte sich erschöpft zurück.

»Bei so einem Tempo hat kein Mensch die Möglichkeit, ein Handy zu bedienen«, ließ Petitjean sie über den Marquis wissen. »Aber wir haben alles sichergestellt, was den Unfallwagen anbelangt – wenn ein Handy dabei ist und wenn es möglicherweise noch funktioniert, dann hätten wir auch die zuletzt gewählte Nummer gespeichert. Dann sieht man ja, mit wem er gesprochen hat.«

»Aber dann wissen wir immer noch nicht, wo sie ist.« Zilli verzog das Gesicht, schloss die Augen und weinte.

Der Marquis de Saint Cyr nahm bekümmert ihre Hand. Der adelige Übersetzer, in bravem blauem Pullover und dunklem Anzug, war eine eher unauffällige Erscheinung: Seine schütteren Haare hatte der Wind durcheinander gebracht, er glich in diesem Moment einem traurigen Wachhund, der seinen lädierten Schutzbefohlenen aufmerksam beobachtet.

»Vertrauen Sie der Gendarmerie, Madame, man wird die Kleine finden«, sagte er, aber es klang hilflos. Es klopfte an der Tür des Dienstraumes. Edda trat ein, blickte zunächst orientierungslos um sich, sah Zilli, nahm sie in den Arm und wiegte sie wortlos, wie man ein Kind tröstet.

Auf Florifère ertrugen es Gertrude und Claire nicht, auch nur eine Sekunde lang sitzen zu bleiben, nachdem die Gendarmerie aus Montrichesse ihr Verhör beendet hatte.

»Ich Idiot!«, sagte Claire zum zehnten Mal an diesem

Nachmittag. »Ich habe Zilli auch noch geraten, sich mit Hermann in Verbindung zu setzen. Ich bin verantwortlich für diese ganze Scheiße. Ich habe ihr zugeredet, in diese Katastrophe zu laufen. Ich könnte mich ohrfeigen. Frau Lehrerin weiß alles, hat immer einen schlauen Spruch auf den Lippen und für alles eine Lösung parat.«

»Ach, hör auf, Claire, ich habe ihr doch dasselbe gesagt. Wir konnten doch nicht wissen, dass es ein Fehler war, Hermann zu treffen. Und wahrscheinlich hätte er sie auch so gefunden. Außerdem, du hättest Zilli erleben müssen, als sie hier aus Portugal ankam. Sie war völlig neurotisiert vor Angst. Sie *musste* sich mit ihm konfrontieren.«

Claire lief durch die Küche, immer im Kreis.

Gertrude fasste sie am Arm. »Die einzig richtige Therapie war doch, den Stier bei den Hörnern zu packen!«

»Aber nicht immer gewinnt der Torero! Und für Käthis Schicksal bin auch ich verantwortlich. Ich gehe jetzt mit Lotte das Kind suchen!« Claires Stimme flackerte. Lotte fiepte unruhig. Gertrude drehte sich plötzlich um und sah Claire in die Augen. »Es ist im Moment vermutlich unwichtig, aber was ist zwischen François und dir vorgefallen?«

»Frag einfach François und Odile, die können dir das besser erklären. Odile hat sich ihren Tierarzt zurückgekauft. Vielleicht hat sie dann großzügig noch das Lösegeld draufgelegt.«

»Du spinnst, Claire. Das Lösegeld hat Margot lockergemacht, Odile hat mir dabei geholfen.«

»Und wie?«
»Ich habe ihr versprochen, keine Details zu erzählen.«
Claire fuhr sich mit beiden Händen über die Stirn. »Ich habe gesehen, wie sie sich gestern Abend mit Leidenschaft in den Armen lagen, und heute Nacht war François nicht in Amboise, denn ich habe ihm den Anrufbeantworter voll gequakt und er hat nicht reagiert.«
»Das glaube ich nicht, Claire. Ich bin sicher, dass du dich irrst.«
»Ich weiß, was ich gesehen habe«, entgegnete Claire kurz. »Aber all das muss warten, bis wir Käthi gefunden haben. Es gibt im Moment Wichtigeres als das Triebleben französischer Veterinäre.« Sie putzte sich die Nase und zog ihren Anorak an. Gertrude schwieg. Die Probleme Erwachsener mussten jetzt geduldig Schlange stehen, bis man für sie Zeit hatte. Auch wenn sie Magenschmerzen kosteten. Gut, dass Claire das Foto und seine Geschichte nicht kannte. Odile hatte Gertrude um Schweigen gebeten, damit ihr Margot als Geldquelle erhalten blieb. Claire wäre im Normalfall sicher nicht eifersüchtig auf die Vergangenheit gewesen, aber in dieser sensiblen Situation …
Gertrude griff nach ihrer Winterjacke. »Vermutlich ist es idiotisch«, sagte sie, »aber ich komme mit.« Sie nahmen einen Pullover von Käthi, ließen Lotte daran riechen: »Such Käthi, Lotte, such!«

Sie fanden nichts, keine Spur. Immerhin kosteten die Kilometer, die sie an diesem Nachmittag kreuz und quer durch

den Forêt d'Amboise liefen, viel körperliche Energie, die sonst ihren unguten Weg in noch mehr Selbstvorwürfe und Liebeskummer gefunden hätte. Zumindest gab es eine gute Nachricht: Es hatte kein Telefonat mit einem angeblichen Komplizen gegeben. Hermann hatte zuletzt mit Florifère gesprochen. Um 14.12 Uhr. Aber man hatte in seinem Reisegepäck die Postkarte von Käthi gefunden.
Als Zilli auf der Kommandantur von Saint Cyr davon erfuhr, ging ein Ruck durch ihren Körper. Wie hatte Marlenes letzte Stunde ausgesehen? Aber die Angst um Käthi schob sich sofort vor alle Schreckensbilder und ließ vorläufig noch keinen Raum für anderes, neues Entsetzen.
»Wo werden Sie mit der Suche beginnen, Commandant?«, fragte der Marquis.
»Wir untersuchen und ermitteln zunächst entlang der Strecke Chimeray–Saint Cyr, das ist das Nächstliegende, dann ziehen wir die Kreise weiter.« Commandant Petitjean hatte bereits dafür gesorgt, dass die Drähte heißliefen. Aber das Kind konnte natürlich auch ganz woanders sein. Dass Käthi in genau 77 Kilometer Gegenrichtung in einem Wohnwagen kauerte, ahnte niemand. Es war ein Wettlauf mit der Zeit.
»Eigentlich können Sie und Madame Zilli jetzt nach Hause fahren«, erklärte Commandant Petitjean nach der langen Vernehmung. Edda hatte die Rolle der Übersetzerin übernommen, aber der Marquis war sitzen geblieben. Diese Sache ging ihm nahe, je mehr er darüber erfuhr.
»Ich werde Käthi suchen!«, sagte Zilli.

Commandant Petitjean schüttelte den Kopf. »Lassen Sie das besser, Madame, Sie sollten sich schonen«, ließ er übersetzen. »Wir durchkämmen jeden Quadratmeter.«
Zilli reagierte nicht, sondern zog ihre Daunenjacke über. Edda schaute die beiden Männer an, hob die Schultern. Sie wickelte sich in ihren Tweedmantel. »Ich komme mit, Zilli.«
Draußen, auf dem Gang vor dem Dienstzimmer des Commandant, nahm der Marquis Edda am Arm. »Ich werde Sie begleiten, Mesdames«, sagte er halblaut. »Man sollte nichts unversucht lassen. Ich schlage vor, wir beginnen hinter meinem Grundstück. Es gibt eine kleine Höhle unterhalb der Hügelkette von Saint Cyr und noch so ein paar Schlupfwinkel. Wir sollten nur auf keinen Fall der Gendarmerie in die Quere kommen.«
Sie hatten gerade den Parkplatz vor der Gendarmerie erreicht, als der Commandant dem Marquis durch das offene Bürofenster zuwinkte: »Madame la Marquise am Telefon! Sie ruft noch einmal an wegen des Teppichs in der Eingangshalle. Angeblich hat man ihn gestohlen. Können Sie etwas dazu sagen, Monsieur le Marquis?«
Der Marquis raufte sich die Haare. »Sagen Sie bitte meiner Mutter, er sei in der Reinigung. Sie hat die Leute gestern selbst angerufen und empfangen. Und sagen Sie ihr bitte, ich wäre beim Bürgermeister wegen unseres Komitees ›Blühendes Dorf‹. Und es könnte lange dauern.«
Commandant Petitjean grinste und nickte.

16

Heute früh war der Mann verschwunden, dann nach ein paar Stunden zurückgekehrt und hatte ihr die Klebestreifen abgenommen, damit sie das Sandwich doch noch essen konnte. Es war Mittag, wie sie auf seiner Uhr sah.
»Musst du aufs Klo?«
Sie war also noch einmal auf dieses Jaucheloch gegangen. Als sie wieder zurück auf ihren Platz schleichen wollte, sagte der Mann: »Sie holen dich heute hier raus, aber es dauert noch.« Käthi hatte ihn nur angestarrt, nichts zu sagen gewusst. Er hatte einen ganz dunklen Blick, wie jemand, der wild war – und auch Angst hatte.
Dann hatte er sie wieder mit Klebestreifen gefesselt. Wieder hielt Käthi die Arme steif von sich, als er ihre Handgelenke verklebte, wieder merkte er nichts von dem Hammer. Er klebte ihr einen Streifen über den Mund. Er umwickelte die Fußgelenke, aber nicht so fest wie vorher. Dann nahm er seine Reisetasche und den Schlafsack. Das sah aus, als würde er nicht mehr wiederkommen. Kurz vor dem Verlassen des Wohnwagens drehte er sich noch einmal um. »Sie holen dich noch heute hier raus«, wiederholte er. Dann war er verschwunden.

Claire, erschöpft von der erfolglosen Suche nach Käthi, trank einen Baldriantee und hoffte auf seine Wirkung, aber genauso gut hätte sie versuchen können, sich auf einem Kaktus zu entspannen. Wenn sie nicht an Käthi dachte, dachte sie an Margots Giftpfeil, an die Silhouette der beiden Gestalten, ihren leidenschaftlichen Kuss, an die vergeblichen Anrufe. Zwischendurch meldete sich ihr Verstand, der ihr signalisierte, dass es eine Erklärung geben musste. Aber die Angst um Käthi, der ziehende Schmerz, wenn sie an François dachte, versetzten sie in einen Zustand, der keinen rationalen Gedanken zuließ und der körperlich kaum zu ertragen war.
Es dunkelte. François hatte sich seit dem Morgen nicht mehr gemeldet. Die plötzliche Vision eines kleinen Körpers, gekrümmt irgendwo auf einem Waldweg liegend, ließ Claire aufspringen und nach ihrem Autoschlüssel suchen. »Gertrude, ich muss einfach noch einmal weg. Ich halte es nicht aus. Ich fahre mit dem Auto und ich nehme Lotte mit.«
»Fährst du zu François?«
»Nein. Ich weiß sowieso nicht, wo er steckt. Ich will es nicht wissen.«
»Pass auf dich auf, Clärchen.« Gertrude umarmte sie stumm und entließ sie in die Dämmerung, sah den roten Schlussleuchten ihres Autos nach. Sie wandte sich um, seufzte tief. Aus einem plötzlichen Impuls heraus wählte sie François' Nummer. Es klingelte lange. Dann meldete sich seine dunkle Stimme, deren erotische Schwingung Gertrude

immer gern hörte: »François Gilliot ist im Moment leider …« Gertrude legte auf und starrte auf die kaltgrüne Leuchtdiode des Telefons.

Als der Mann den Wohnwagen verlassen hatte, begann für Käthi die zunächst hoffnungsvolle Zeit des Wartens. Zwei-, dreimal war sie ganz sicher, Motoren und Stimmen zu hören, und ihr Herz wurde leicht. Dann wieder Stille, grausame Stille. Die Zeit war unvorstellbar zäh. Sie war wie grauer Schleim.
Ihr ganzer Körper schmerzte, der Hammer drückte ihr in die Rippen, das Halsweh wurde schlimmer. Jetzt machte das Luftkriegen Probleme. Die Nase war verstopft, verrotzt. Käthi versuchte zu schnauben, wischte sich die Nase an dem stinkenden Polster und warf sich in einem verzweifelten Impuls hin und her. Zwischendurch blieb sie still liegen und dämmerte vor sich hin, tierhaft stumpf. Sie hatte kein Zeitgefühl. Es schien, dass der Mann vor einer Ewigkeit verschwunden war. Es begann wieder zu dunkeln, man konnte fast nichts mehr sehen.
Käthi wand sich über die Polster wie ein Wurm. Der Hammer schmerzte mittlerweile furchtbar beim Vorwärtsrobben. Schließlich war sie am Ende der Liegefläche angekommen. Plötzlich fiel sie auf den Boden, stieß sich heftig den Kopf. Der Schreiimpuls, der Schmerz, das Weinenwollen und nicht können war schrecklich mit diesem verklebten Mund.
Sie blieb eine Weile liegen, bis der Schmerz nachließ, aber

er hatte sie wach und zornig gemacht, ihre beginnende Lethargie durchbrochen.
Sie bewegte die Fingerspitzen. Sie glitten über raues, schartiges Holz. Das musste die Kante des Unterschrankes sein. Sie hatte die verquollenen Einbaumöbel im Halbdämmer betrachtet, als es draußen noch hell gewesen war. Langsam führte sie ihre verklebten Gelenke an der schrundigen Splitterkante des Möbelstückes vorbei, immer wieder. Vielleicht konnte man so den scheiß Klebestreifen durchscheuern. Es war unendlich mühsam, denn sie konnte wegen des Hammers ihre Arme nicht anwinkeln. Mit scharfem Schmerz fuhr ihr ein Splitter in die Haut. Der Schrei glich dem Geräusch eines ertrinkenden Tieres. Sie zerrte verzweifelt ihre verklebten Hände auseinander, vergebens. Nichts tat sich.

Ziellos fuhr Claire durch das Dorf, dann auf die Route Nationale, bog in Richtung Vierzon ab und versuchte der Spannung ihres Körpers Herr zu werden. Autofahren war für sie in Stresssituationen immer das beste Mittel, denn sie musste sich gezwungenermaßen auf etwas anderes konzentrieren. Die Ruhe, die sich einstellte, war vorübergehend und seltsam starr, aber sie tat wohl. Dann wieder die grausame Angst, dass Käthi vielleicht nicht mehr lebte. Claire zwang sich, keine Bilder zu entwerfen. Die Sehnsucht nach François ließ sie einen Moment lang aufschluchzen. Kalte Wut packte sie. Auf Margot, auf Odile, auf François. Auf Menschen, die Menschen kauften. Auf ihn, der sich kaufen ließ. Aber es konnte doch nicht stimmen! So sehr konnte sie sich nicht in ihm getäuscht haben. Wieso aber hatte er heute morgen ein Gespräch umsegelt? Wieso hatte er Odile in den Armen gehabt?

Wieso, wieso, Claire?!

Schließlich hatte er sich schon einmal kaufen lassen. Adieu, Florifère, Frankreich. Das beantragte Urlaubsjahr konnte man auch in Australien verbringen, allein zwar, aber es würde ein neuer Anfang sein. Die Gedanken begannen sich im Kreis zu drehen. Die Bilder wirbelten durcheinander. Odile und François, im hellen Wohnzimmer, eng umschlungen, für jeden Spaziergänger auf dem Uferweg sichtbar. »Es wäre nicht das erste Mal« – Margots kalte Augen. Und schließlich wieder Käthi, irgendwo in einem Verschlag, halb erfroren vor sich hin dämmernd.

»Schluss damit, Sandmann!«, brüllte sie sich selbst an und umklammerte das Lenkrad noch fester. Lotte bellte erschrocken, sie war ohnehin verwirrt durch Claires finstere Wolke und versuchte Claires rechtes Ohr zu lecken. Bei manchen Problemen half das ganz gut, das wusste Lotte. Aber diesmal begann Claire zu weinen, und Lotte winselte nach einer Weile mit.

Plötzlich, aus einem Impuls heraus, bog Claire von der Route Nationale ab und raste eine dunkle Route Départementale entlang. Erst als die Scheinwerfer ein verwittertes Restaurantschild mit dem Namen »Relais de Talleyrand« beleuchteten, fuhr sie langsamer und entdeckte auf einem Meilenstein die Ziffer 956, sah auf der Karte nach und wusste, dass sie sich ganz nahe an dem Waldstück befand, in dem sie mit Gertrude im Sommer einen Picknicktag wie aus Kinderzeiten verbracht hatte, an einem kleinen Waldsee, mit Freunden und Hunden. Und ohne François, es war in der Zeit vor ihrer Liebe gewesen. Es musste eine unbewusste Handlung gewesen sein, ausgerechnet hier abzubiegen. Hier hatte sie es zum letzten Mal erlebt: Glück ohne ihn, Lachen ohne ihn.

Sie parkte das Auto in der Einmündung eines finsteren Waldweges. Der Wind war stärker geworden, Äste peitschten auf das Autodach, Lotte hüpfte auf den Beifahrersitz und drängte sich an ihre traurige Claire. Claire liebkoste den Hund, vergrub ihr Gesicht in Lottes Fell, verharrte so minutenlang. Schließlich stieg Claire aus, ließ Lotte noch einmal an Käthis Pullover schnüffeln, schrie: »Such, Lottchen, such, such!«, dann rannte sie den finsteren Waldweg hinunter, rannte und schrie, schrie, so laut sie konnte, lief fort, vor sich selbst, vor François und der Angst.

Es war stockfinster. Käthi erschrak auf einmal, denn sie hörte kratzende Geräusche. Gab es in Frankreich gefährliche wilde Tiere? Sie war steif vor Kälte, vor Angst. Aber sie musste weiter an den Klebefesseln sägen, weiter, weiter. Käthis kleiner Körper bewegte sich heftig hin und her, blinde Wut packte sie. Wo waren sie, die scheiß Erwachsenen? Warum holte sie niemand hier raus? Und man hatte doch angeblich einen Schutzengel. Saß der jetzt gemütlich

mit zusammengeklappten Flügeln auf der Campingbank und lachte sich schief? Sah ihr zu? Sie ließ sich keuchend auf den Rücken fallen, zerrte wild an den Handfesseln. Nichts. Sie weinte.
Wieder erschwerte ihr die verstopfte Rotznase das Atmen. Sie wischte ihre Nase an der Anorakschulter ab, bewegte noch einmal verzweifelt die Handgelenke, obwohl sie vor Schmerzen fast verrückt wurde. Die Klebstreifen schienen etwas nachzugeben.
Ja, es stimmte!
Irgendwie konnte sie die Hände anders bewegen als vorher. Die zähe Überlebensenergie erwachte wieder. Käthi robbte sich dichter an die kaputte Schrankseite und setzte ihre Schabearbeit an der splitterigen Kante fort. Die Klebestreifen wurden langsam, aber sicher vom rauen Holz durchtrennt.
Es schien Stunden zu dauern. Eine halbe Ewigkeit. Der Stumpfsinn der immer gleichen Bewegung erzeugte sogar so etwas wie Wärme in ihrem Körper.
Und dann ging der Klebestreifen an der schartigen Schrankkante doch noch kaputt. Einen Moment lang ließ sie die Arme herunterhängen, dann wand und drehte sie ihre Hände, bekam die Streifen mit den Fingern zu fassen und riss sie ab, zog endlich auch das Pflaster vom Mund. Es war eine unendliche Erleichterung, laut zu weinen, auch wenn der Klebstreifen ihr beim Abreißen die Lippe kaputtgemacht hatte. Sie tastete nach den Fußgelenken, schaffte es nach langem Zerren, das Klebeband Stück für Stück zu

entfernen, und stand schließlich nach über vierundzwanzig Stunden wieder richtig auf den Beinen. Wackelig, im Dunkeln, eingesperrt, aber sie konnte sich bewegen.
Raus hier. Raus hier. Käthi zog erleichtert den Hammer aus dem Ärmel. Einen Moment lang setzte sie sich auf den Boden und rieb die stark schmerzende Stelle an ihren Rippen. Der Metallkopf des Hammers war ganz warm. Käthi umfasste den Holzstiel, stand mühsam wie ein verklebtes Insekt wieder auf, tastete nach der Tür, nahm Onkel Pacos Hammer in beide Hände und prügelte auf das Schloss ein. Es sprang auf, aber die Tür ließ sich nur einen Spaltbreit öffnen. Der Mann hatte sie von außen mit Draht verschnürt. Käthi heulte mit offenem Mund, es war ein wütendes Greinen. Spucke lief auf den Anorak. Sie prügelte weiter auf die Tür ein, aber sie merkte bald, dass die Tür zu dick war, der Kunststoff zu stabil. Erschöpft ließ sie den Hammer sinken, setzte sich wieder auf den Fußboden. Sie musste an Onkel Paco denken, an den Tag, an dem sie sein Abschleppauto hätte verbeulen dürfen.
Wo war Tante Zilli?
Warum kam niemand?
Wieder rappelte sie sich auf. Sie konnte nichts sehen. Sie tastete sich durch den Raum, kletterte auf die Polsterbank im hinteren Teil des Caravans. Dort hatte ihr Entführer am Morgen noch gesessen. Sie erinnerte sich daran, dass direkt über die Sitzbank eine große Spanplatte genagelt war, an deren rechter Seite vor ein paar Stunden noch ein Streifen grauen Tageslichts geschimmert hatte. Ein Fenster also.

Aber jetzt! Jetzt zerschlug sie Onkel Pacos blinkendes Auto, zerschlug das dunkle Auto, auf dessen Rücksitz sie der Mann geworfen hatte, zerschlug den Küchentisch von Florifère und Gertrudes Atelierfenster, Tante Zillis Ladeneinrichtung und Mamas gesamte Wohnung. Mit wachsender Wut hieb Käthi auf die Sperrholzverkleidung des Fensters ein. Drinnen und draußen waren die Dunkelheit und die Angst. Aber draußen war auch die Freiheit. Irgendwo musste ein Haus sein, in dem gelbes Licht brannte, vielleicht war Florifère ja in der Nähe. Sie würde es suchen. Die Spanplatte fiel zu Boden, durch das marode Fenster sah man plötzlich den Mond. Dann kam auf einmal das Fenster im Ganzen herunter, die morschen Angeln hielten es nicht mehr.
Käthi kletterte durch das Loch nach draußen. Ihre Füße trafen auf einen wackeligen Stapel uralten Brennholzes, die Freiheit war eiskalt, aber sie roch gut. Der Wind hatte zugenommen, aber Käthi ließ ihren Anorak offen, keine Zeit, keine Zeit, fort von hier, heim zu Tante Zilli, aber wo war sie? Wo waren Leute? Gute Leute? Die Wolken gaben ab und zu den Mond frei, sie fand das Tor zum Feldweg schnell, ließ das ummauerte Grundstück hinter sich, begann zu rennen, fiel hin, weinte, rappelte sich auf, tastete nach dem Hammer, begann zu rufen. Nach hundert Metern war das offene Land zu Ende, hier begann der dunkle Wald. Käthi zögerte, doch sie hatte Angst umzukehren, wieder an dem verlassenen Gehöft vorbeizulaufen, Angst, der Mann könne doch wiederkommen und sie fesseln, sie

erneut in diesem verstunkenen kalten Wohnwagen einsperren. Der verlassene Hof brütete schwarz vor sich hin, wie ein Monster, das unversehens sein Maul aufreißen würde und jeden verschluckte, der es wagte, sich ihm zu nähern.

»Tante Zilli!! Tante Zilli, wo bist du?« Käthi schrie und schluchzte, dann sank sie in die Knie und überließ sich zum ersten Mal der Schwäche, die jetzt immer mehr nach ihr griff.

*

Die Marquise war entsetzt, als ihr Sohn abends nicht pünktlich zum Diner am Tisch saß. Als er dann mit halbstündiger Verspätung doch noch erschien, war er nicht etwa umgezogen, sondern trug schmutzige Gummistiefel, vor allen Dingen aber war er in Begleitung von zwei Frauen. Deren Schuhwerk war ebenfalls lehmverkrustet, ihre Jacken und Mäntel mit dürren Ästchen und Blättern gespickt. Auf die Haartracht der beiden weiblichen Individuen war das Wort Frisur nicht mehr anwendbar. Die ältere, molligere der beiden Frauen sah zum Fürchten aus: Augen wie ein gramvoller Uhu, fahrige Gesten, gebückte Haltung.

Ob der Sohn die beiden Damen irgendwo auf dem Privatgelände aufgegriffen hatte, bei einer Ungesetzlichkeit? Aber nein, er war ausgesucht höflich, stellte sie seiner Mutter vor, bat die Haushälterin um warme Getränke und zeigte den Damen das Gästebadezimmer im ersten Stock.

Als Zilli und Edda im Bad verschwunden waren, wandte sich die Marquise ihrem Sohn zu.
»Bitte, Etienne, kläre mich auf! Haben wir neuerdings fahrende Damen am Tisch, gibt es heute Abend Zigeunermusik – oder was ist dir dabei eingefallen?« Die Marquise stützte sich auf ihren Krückstock und war zutiefst erbost. Etienne de Saint Cyr war ein netter Sohn, insgesamt auch recht fügsam, aber manchmal unabhängiger, als man vermutet hätte. Mit wenigen Worten erklärte er seiner Mutter den Sachverhalt, teilte ihr seinen Entschluss mit, die Damen zum Diner einzuladen und sich gegebenenfalls auch darum zu kümmern, dass sie wohlbehalten wieder auf Florifère landeten. Die Marquise war eine eifersüchtige Mutter; Frauen wurden auf Saint Cyr nur geduldet, wenn sie den Boden putzten oder Brötchen lieferten. Der Marquis hatte immer schon seine – im Übrigen nicht sehr zahlreichen – Affairen aus dem Schloss ausgelagert.
Nun war es aber auch so, dass sich die Marquise meistens ungeheuer langweilte. Immerhin, diese Kidnappinggeschichte, die ihr Sohn da erzählte, war eine interessante Angelegenheit. Madame de Saint Cyr beschloss, die Damen fürs Erste wohlwollend zu behandeln, sie aber genau im Auge zu behalten.
Zilli sah aus, als würde sie gleich lautlos zu einem grauen Staubhäufchen zusammensinken. Blicklos für all die kostbaren Zeugnisse der alten Familie stolperte sie die Treppe hinunter, gestützt von Edda, die durchaus wahrnahm, wo sie gelandet war. Vom unteren Treppenabsatz blickte man

durch die weit geöffneten Türen in den Speisesalon. Zilli stockte.
»Ich kann da nicht am Tisch sitzen, Edda. Ich kann da jetzt nicht sitzen und Wein trinken und höflich aussehen. Ich wäre am liebsten einfach nicht da, nicht hier und nicht in meinem Körper und nirgends. Bitte, lass mich irgendwo sitzen, iss du etwas, ich kann nicht.«
Es bedurfte keinerlei Erklärungen, der Marquis bugsierte Zilli zu einem großen Lehnsessel, ließ ihr eine Tasse Verbenentee bringen und legte sein Telefon auf einen kleinen Tisch neben sie. Edda bemerkte diese Geste, sie berührte sie. Zilli würde Commandant Petitjean nicht verstehen, wenn er anrief, aber der Marquis wollte ihr damit einen wie auch immer gearteten Draht zu Käthi verschaffen. Zilli blickte starr auf das Telefon, dann auf ihre Hände. Edda beobachtete sie voll Sorge.
Edda nahm den Platz ein, den ihr die Marquise mit einer Geste anwies, und blickte, wenn sie den Kopf hob, genau auf einen toten Fasan, der auf einem Ölgemälde neben Beutehasen und Rebhühnern baumelte. Der nachgedunkelte Firnis verdüsterte das nicht eben erheiternde Motiv noch mehr. Daneben pflügte ein Dreimaster durch aufgewühlte See in Richtung eines Stilllebens voller Trauben, Äpfel und Pfingstrosen. Nicht nur der schlecht gemalte Laubfrosch in der unteren rechten Ecke des Obstbildes verriet, dass die Vorfahren des Marquis an dieser Stelle gespart hatten. Die Bilder waren außerordentlich mittelmäßig, das sah sogar Edda, die keine berufene Kunstkennerin

war. Aber die gediegene Eleganz des übrigen Mobiliars, die Stofftapeten, das blinkende Kristall und die wie ein mürrischer Falke herüberäugende alte Dame hätten normalerweise sogar eine selbstbewusste Edda eingeschüchtert. Jetzt kreiste Eddas Sorge allerdings einzig und allein um Zilli und das kleine Mädchen; vier Stunden vergeblicher Suche hatten sie erschöpft. Edda war verzweifelt, müde und hungrig. Und ob sie auf die Marquise einen vorteilhaften Eindruck machte oder nicht, war Edda im Moment vollkommen gleichgültig.

»Und Sie sind die Tante dieses Kindes?«, fragte die Marquise.

»Nein, Madame. Ich bin die Freundin.«

»Und Sie haben einen Beruf?«, fragte die Marquise. Was für eine Frage in dieser Situation. Sie wusste doch, was geschehen war. Edda blickte sie an, als hätte die Marquise gefragt: »Atmen Sie auch nachts?«

»Aber natürlich.«

»Und was machen Sie?«

»Ich bin Physiklehrerin.«

»Ah ja. Und was arbeitet Ihr Mann?«

»Ich bin nicht verheiratet.«

Edda beschloss, das Essen schnell hinter sich zu bringen. Es war gut, sich nach dieser Kälte aufzuwärmen, es war gut zu fühlen, dass es im Leben auch normale Dinge gab, aber die unpassenden Fragen der Marquise begannen sie anzustrengen. Die Marquise hob den Löffel mit der safrangelben Fischsuppe zum Mund und wandte trotzdem keinen Blick von ihr. Diese nicht mehr ganz junge Lehrerin wirkte zwar mitgenommen, aber insgesamt durchaus repräsentabel. Sie war exquisit gekleidet für eine gewöhnliche Bürgerliche, Madame la Marquise kannte sich aus. »Geschieden?«

»Nein, Madame.«

»Und was macht Ihre Freundin beruflich?«

Der Marquis warf seiner Mutter einen mahnenden Blick zu, den sie allerdings nicht bemerkte.

»Sie handelt mit Lebensmitteln. Und sie ist ebenfalls nicht verheiratet. Und auch nicht geschieden.«

Die Marquise hob den Kopf und zwinkerte irritiert. »Interessant. Beide nicht verheiratet. In diesem Alter.«

Edda schwieg und löffelte die Suppe. Sie mochte Fischsuppe nicht, aber die Wärme des Essens tat ihr gut, in demselben Maße, wie ihr die Neugier der Alten auf die Nerven ging. Sie wünschte sich, dass dieser diskrete und höfliche Mann die Tischunterhaltung übernehmen möge. Edda blickte ihn an und lächelte zaghaft.

»Eigentlich müsste Petitjean gleich anrufen, wenigstens einen Lagebericht geben.« Der Marquis reichte Edda den Brotkorb. Sie dankte, nickte und meinte: »Vielleicht ist das Versteck hier ganz in der Nähe, es muss doch einen Grund haben, dass Zilli ihm gerade hier das Geld übergeben sollte.«

»Wo haben Sie das Lösegeld her?«, fragte die Marquise. »Mit Ihren Berufen verdienen Sie doch nicht viel.«

Edda reagierte nicht sofort.

»Und?«, fragte die Marquise und musterte Edda neugierig.

Edda maß sie mit prüfendem Blick. Diese alte Frau war nicht besonders intelligent und offensichtlich vollkommen taktlos. Und Edda wünschte dringend, dass sie schwieg. »Mein Onkel ist Chef der Deutschen Bank, Madame Zilli besitzt Deutschlands führende Pralinenfabrik, und ich habe geerbt.«

Der Marquis blickte auf, sah Eddas Gesichtsausdruck und verstand. Bitte frage jetzt nicht, warum er dann nur eine halbe Million Euro wollte, dachte Edda.

Die Marquise deutete mit der Gabel auf Edda. »Und wieso dann nur eine halbe Million Euro?«

»Das weiß ich auch nicht«, antwortete Edda. »Vielleicht war es einfach ein besonders dummer Entführer. Besonders dumme Menschen gibt es ja überall.«

»Wenn Sie geerbt haben, was war dann Ihr Vater?«

»Maman, ich glaube, Mademoiselle Edda ist erschöpft.« Der Tonfall des Marquis war unüberhörbar energisch, aber es nützte nichts.

Der mürrische Falke ließ sein Opfer nicht los. »Hatte er auch etwas mit der Bank zu tun?«

Edda legte ihr angebissenes Brotstück an den Tellerrand. »Entschuldigen Sie, aber ich glaube, ich bin satt. Ich werde mit Zilli jetzt nach Florifère zurückfahren, ich habe einfach keine Ruhe. Mein Vater …«, sie war aufgestanden und wandte sich an die Alte, »… mein Vater hatte in Bayern vier große Nachtclubs und trat selbst dort auf. Im Dirndl. Er war Transvestit. Und jetzt entschuldigen Sie mich bitte, Madame, und vielen Dank für Ihre Gastfreundschaft.«

Edda hatte kein französisches Äquivalent für den Begriff »Dirndl« gefunden und war beim deutschen Wort geblieben. Die Marquise blickte sie mit Indignation und Unverständnis an, während sich der Marquis über seinen Teller beugte. Ihm war ein Hechtklößchen von der Gabel gefallen. Edda fand es seltsam, dass sie jetzt fähig war, so aggressiv und zugleich albern zu sein, aber starke emotionale Energien nahmen manchmal merkwürdige Wege der Entladung. Sie musste plötzlich an ihre Großmutter denken, die immer behauptet hatte, dass auf Beerdigungen am meisten gelacht wurde. Bei der Gedankenverbindung »Käthi und Beerdigung« befiel Edda auf einmal ein Schwindel, sie hielt sich an der Tischkante fest. Sie spürte, sie war am Rande ihrer Fassung angelangt. »Entschuldigen Sie, Monsieur le Marquis!« Sie wischte sich die Stirn mit der Leinenserviette. »Aber ich habe furchtbare Angst.«
»Ich verstehe Sie. Ich fühle mit Ihnen, das sind keine leeren Worte.« Er stand auf, legte seine Serviette gefaltet an ihren Platz und erklärte seiner Mutter: »Ich fahre die Damen jetzt nach Hause.«
»Ich fahre selbst«, sagte Edda. »Vielen Dank, Monsieur le Marquis, ich schaffe das schon.«
Der Marquis blickte sie besorgt an. »Ich weiß nicht, ob das klug ist.«
»Etienne, wenn wir das Filet warm halten sollen, wird es zäh!«, unterbrach seine Mutter.
»Das wäre ganz unverantwortlich, Maman. Ich schlage vor, du lässt es auskühlen.«

Er schob seinen Stuhl zurück an den Tisch und wollte eben in die Eingangshalle, als das Telefon klingelte. Mit zwei Schritten war der Marquis am Apparat. Zilli sprang auf, griff nach dem Hörer in seiner Hand, er wehrte mit einer beruhigenden Handbewegung ab, lauschte kurz, stellte eine schnelle Frage und gab Zilli die eine, die zentrale Information: Er lächelte. Und nickte dabei. Zilli liefen sofort die Tränen über das Gesicht. Er lauschte weiter, nickte wieder, legte auf und sagte: »Es geht ihr gut! Sie wird in einer halben Stunde wieder auf Florifère sein.«

In den nächsten fünf Minuten schaffte es Edda, eine Lautstärke in dem noblen Salon zu produzieren, die er seit Dezennien nicht mehr erlebt hatte. Die Marquise auch nicht. Edda fiel dem Marquis um den Hals, küsste ihn rechts und links auf die Wangen, was ihm außerordentlich gut zu gefallen schien. Sie juchzte und heulte, fiel Zilli um den Hals, dann der Haushälterin und aus Versehen auch der Marquise. Dann grapschte sie nach ihrem Autoschlüssel, riss den Mantel vom Garderobenhaken und warf Zilli die Jacke zu, die sie in der Aufregung liegen gelassen hätte.

In der Tür wandte sie sich noch einmal um und sagte auf Deutsch: »Danke, Marquis, danke, danke. Und hängen Sie doch die scheußlichen Fasane und den schiefen Laubfrosch im Esszimmer ab, dahin gehört ein Bild von Edward Hopper, mit hohem Himmel und Meer, mit einem Leuchtturm und viel Licht. Meine Freundin Claire hat so ein Bild zu Hause, und ich liebe es so. Das wäre wie ein drittes Fenster in Ihrem Salon. Ach, entschuldigen Sie, ich rede

Blödsinn, ich bin so durcheinander. Sie waren so gut zu uns!«
Der Marquis nickte lächelnd und blickte Edda nach, als sei sie das vierte Fenster.

*

Claire hatte genug geschrien. Sie fühlte sich leer, aber besser als vorher, konnte wieder klare Gedanken fassen. Sie wischte ihre Tränen fort und schaute auf das leuchtende Display des Handys. Es war schon fast halb zehn. Zeit, nach Florifère zurückzukehren. Plötzlich schoss Lotte wie ein Komet in die Dunkelheit, bellend verschwand sie im schwarzen Wald. Claire schrie und pfiff, aber Lottes Gebell wurde dünner, entfernte sich. Verdammte Scheiße!
»Lotte, komm sofort hierher! Lotte!!«
Lotte war ein ungewöhnlich diszipliniertes Hund. Auf ein Gebrüll, das derart über den gewohnten Dezibel lag, hätte sie normalerweise reagiert. Lotte im nachtschwarzen Wald suchen, das war genau das, was noch gefehlt hatte.
Lotte wusste auf einmal, dass sie sich ganz nah an der schwarzen Wolke befand. Der schwarzen Wolke, die seit zwei Tagen über all ihren lieben Menschen hing und ihre Stimmen verändert hatte. Es war ein unsichtbares Band, das sie in den Wald zog, ein Band, dem ihre feine Nase folgte. Es roch nach dem Kind mit der hellen Stimme.
Es vergingen bange fünf Minuten, in denen Claire aufgeregt rief und nach ihr pfiff. Da kam sie! Gott sei Dank, sie kam zurück. Bellend, springend, aufgeregt. Claire legte sie

erleichtert an die Leine. Aber es war nicht möglich, Lotte zur Umkehr zu bewegen. Sie zog und bellte, bellte und zog, und Claire begriff endlich, was sie wollte, obwohl sie begann, sich zu fürchten. Plötzlich war sie erfüllt mit unsinniger Hoffnung. Hatte Lotte etwa das Kind gefunden? Lotte gebärdete sich wie eine Hündin, die ihr Junges in höchster Gefahr wusste und unbedingt zu ihm wollte.

Die Schwärze des Waldes hatte zugenommen, jetzt befanden sie sich in einem Gebiet mit Nadelbäumen, weniger Mondlicht als zuvor drang durch die dichten Zweige. Auf einmal markierte schwaches Licht das Ende des Waldstückes, und Claire konnte in einiger Distanz offenes Feld sehen.

Und dann hörte sie das Rufen der kleinen Stimme. Claire stürzte zum Waldrand. Das Kind mit dem Hammer hatte sich wieder aufgerappelt, humpelte auf dem grasnarbigen Weg geradewegs in den schwarzen Wald, rief: »Lotte! Lotte! Komm zurück!«, und weinte laut. Es schrie auf, als der Hund an ihm hochsprang, aber da war schon Claire, setzte sich mitten auf den lehmigen, kalten Weg und wiegte das Kind in ihren Armen. Fast bekam Claire keine Luft, so fest klammerte sich Käthi um ihren Hals, als suche sie Halt vor einem drohenden Sturz in die Tiefe. Minutenlang blieben sie so sitzen, Claire liebkoste das schmutzige kleine Mädchen, streichelte es, gab sinnlose, weiche Laute von sich, Trösteworte ohne Sinn, aber mit Wirkung. Lotte leckte Käthis Wange und hörte nicht auf, ihren Fund zu beschnüffeln.

Das Erste, was Käthi sagte, war: »Ich hab mich selber da rausgehauen! Selber rausgehauen!«

Es brauchte eine Stunde, bis Käthi in der Küche von Florifère saß und sich nicht entscheiden konnte, ob sie essen, heulen oder lachen sollte. Sie saßen um sie herum wie um ein begehrtes Sanktuarium, den Schrecken noch im Gesicht, dennoch glänzend vor Freude, alle. Käthi kaute abwechselnd auf einem kalten Kotelett und einer Tafel Nussschokolade herum, François hatte rote Augen, putzte sich auffällig oft die Nase und fuhr ihr dauernd über die Haare, bis es Käthi zu viel wurde und sie unwillig den Kopf schüttelte. Man lobte und tätschelte Lotte, fütterte sie mit erstklassigen Filethappen, bis sie zu platzen drohte.
Claire, wirres Haar, verheulte Augen, verschmutzte Kleidung, saß neben Käthi und erzählte die Ereignisse der letzten zwei Stunden bereits zum dritten Mal. Käthi sprach kaum ein Wort, sah alle paar Sekunden in die Runde, als habe sie Angst, dieses Bild könne wieder versinken. John lag quer über Käthis Schoß; sie streichelte ihn unablässig und wechselte nur die Hand, um einen Schluck Kakao oder wieder einen Bissen Kotelett zu nehmen oder Lotte und Huli zu kraulen. Der Curé stand auf einmal in der Tür, legte den Kopf schief und breitete die Arme aus, ein dicker, alter Engel. Josette fuhr in ihrem Rollstuhl unablässig im Kreis herum und lud immer noch ein Lebensmittel auf dem Küchentisch ab.
»Wann kommt Tante Zilli?«

Gertrude blickte auf die Uhr. »Sie sind unterwegs, Käthi. Ich denke, in spätestens zehn Minuten.«
Armand hob ein ums andere Mal die Hände und murmelte: »Unglaublich, das. Unglaublich!« Claire verzog plötzlich das Gesicht, stand auf und verschwand eilig durch die Küchentür in den Garten. François wechselte einen Blick mit Gertrude und folgte ihr.
»Käthi, wie wäre es, wenn du jetzt in die Badewanne steigst und dich dann in ein warmes Bett legst? Du kriegst nämlich eine dicke Erkältung, das hört man!« Käthi nickte, blieb aber stumm sitzen, blickte wieder um sich, eindringlich, als könne sie die vergangenen vierundzwanzig Stunden, die so seltsam und schrecklich aus dem bisher Erlebten herausfielen, nicht in der Wirklichkeit verankern. Sie versuchte immer wieder, den Schrecken des Verlassenseins mit der Wärme der Gemeinschaft zu bannen.
»War Hermann böse zu dir, Käthi?«
Käthi sah Gertrude groß an. »Das war Hermann? Der Hermann, vor dem Tante Zilli abgehauen ist?«
Gertrude nickte.
»Er hat mich geschlagen. Als er mit Tante Zilli telefoniert hat.« Käthi biss wieder in ihre Schokolade. »Hat die Polizei den erwischt?«
»Ja«, entgegnete Gertrude. Dass Hermann auf so schreckliche Art ums Leben gekommen war, wollte Gertrude dem Kind jetzt nicht erzählen. So gut kannte sie sich mit Kinderseelen nicht aus. Ob Käthi seinen Tod als ausgleichende Gerechtigkeit betrachten würde, so wie der Tod

eines Bösewichts im Märchen von Kindern meist mit Befriedigung akzeptiert wurde, oder ob er für sie ein weiterer schwarzer Schrecken sein würde – das wusste sie nicht.

»Und er hat mich in das Auto geschmissen. So!« Sie packte Simons Bär am Kragen seines roten Pullovers und warf ihn quer durch den Raum in die Ecke. Die Franzosen schienen auch ohne Übersetzung zu verstehen, was das Kind gerade beschrieb. Simon stand plötzlich in der Tür, schlaftrunken im Pyjama, rieb sich die Augen und suchte nach seinem Bär. In der Aufregung der Ereignisse hatte man ihn trotz Protest ohne seinen Tröster schlafen gelegt. Er sah, dass der Bär auf dem Fußboden lag, barg das Lieblingstier und kletterte nach Besichtigung der Gesamtlage ohne weiteren Kommentar auf Josettes Schoß.

»Mon Dieu!«, seufzte Armand. *»Et tout ça pour un peu de sucre!«*

Simon, Fachmann für Französisch, wachte auf. *»Du sucre, du sucre«*, sang er und schwang seinen Bären durch die Luft. Käthi wandte den Kopf und betrachtete ihren Bruder unwillig.

Es gab in ihrem Leben einen ähnlichen Singsang, mit dem alles angefangen hatte, und sie wollte ihn gerade jetzt nicht hören: »Halt die Fresse, Simon!«

Es hörte sich fast schon wieder normal an.

François fand Claire nicht sofort, aber dann entdeckte er sie neben dem Schuppen, auf einem Holzstoß kauernd, die Knie fest umschlungen. Er trat zu ihr, strich über ihre zerzausten Haare. »Claire, was ist eigentlich geschehen? Wa-

rum warst du heute Morgen so böse und siehst mich auch jetzt kaum an? Was ist los?«
Sie schwieg.
»Claire, bitte. Habe ich etwas ausgefressen?«
Sie wandte ihren Kopf nicht, aber im schwachen Schein der Terrassenbeleuchtung sah François, dass sie weinte. Sie räusperte sich, hob das Gesicht, ihre Stimme zitterte. »Es wäre fairer gewesen, mich darüber zu informieren, dass eure Beziehung keineswegs beendet ist.«
François schnappte nach Luft. »Wovon redest du, Claire?«
»Ach, François, erspar mir doch diesen würdelosen Dialog.«
»Nein, das tue ich nicht. Würdelos!« François setzte sich erschöpft auf eine Holzkiste. »Claire, ich begreife einfach überhaupt nichts.«
Claire wischte sich die Tränen an ihrem Ärmel ab. Sie sah ihn nicht an. »Kennst du indonesisches Schattentheater, François? Grelles Licht und große Gefühle?«
»Claire, bitte!!! Ich bin genau so erschöpft wie ihr alle, vielleicht noch etwas mehr, denn ich habe heute Nacht nicht geschlafen.«
»Das glaube ich dir aufs Wort«, entgegnete sie spöttisch.
Er sprang auf. »Auch wenn du die Heldin des Abends bist: Wenn du seltsames Geschöpf jetzt nicht augenblicklich erzählst, was in dich gefahren ist, haue ich dir eine runter.«
»Ich bitte darum, das erleichtert mir den Abschied. Ich fahre morgen zurück!« Claire brach in Tränen aus, als sie ihre eigenen Worte hörte.
Jetzt nahm er ihr Gesicht in beide Hände und blickte in

ihre müden Augen: »Claire, bitte, ich verstehe wirklich nichts. Warum weinst du? Von welchem Schattentheater sprichst du?«

»Ich habe euch gestern Abend in Odiles großem Wohnzimmer gesehen, als ich mit den Hunden gelaufen bin. Eng umschlungen habt ihr da gestanden, ihr seid förmlich ineinander gekrochen. Und dann habe ich später in Amboise angerufen, und zwar ungefähr zehnmal. Und du warst nicht da. Die ganze Nacht lang. Und auf einmal kann die Sippe Morisseau heute Morgen das Lösegeld lockermachen. Komisch, nicht? Ach, François, lassen wir es doch. Behalte deine Praxis, behalte Odile, und damit hat es …«, die Stimme knickte ab wie ein müder Grashalm.

»Madame Sandmann«, seine Stimme war noch dunkler als sonst, »wo nimmst du eigentlich all die Phantasie her? Du kannst sofort damit anfangen, dir eine Entschuldigung auszudenken. Diese Entschuldigung sollte lang sein und kompliziert, meine Liebe. Und jetzt stell augenblicklich deine zwei Gehirnwindungen auf Empfang. Mehr als zwei können es nämlich nicht sein. Was wirklich passiert ist, werde ich dir jetzt erklären.«

Er zog ein Messtischblatt aus der Innentasche seiner Jacke. Es war feucht, verknittert und über und über mit neongrünem Textmarker beschmiert. »Hier, mein dämlicher kleiner Liebling, diese detaillierte Karte von Montrichesse und Umgebung bin ich gestern Nacht und heute zentimeterweise abgekrochen. Mal mit, mal ohne Gendarmerie. Als Nächstes wäre der Wald an der D 956 dran gewesen, wir

hätten Käthi also irgendwann gefunden. Wenn du Zeugen brauchst, kann ich dir eine Liste von mindestens sechs Bauern geben, denen ich letzte Nacht begegnet bin. Und die Gendarmerie von Montrichesse wird sich auch freuen, mal zur Abwechslung ein Eifersuchtsdrama aufklären zu können. Zu deinem Schattenspiel: Ich habe Odile eine Stunde lang bearbeitet, etwas für Käthi zu tun. Dann, kurz bevor ich ging, fiel sie mir um den Hals und küsste mich, um, wie sie sagte, eine ›letzte Markierung‹ mit ihrem fürchterlich penetranten Parfum anzubringen. Sie findet dergleichen originell. Sie hat mir sogar Grüße an dich aufgetragen! Hätte ich sie in die Ecke schubsen sollen? Ich wollte, dass sie uns hilft. Und das hat sie offensichtlich getan. Nur, Madame Sandmann, danach habe ich mich nicht ins Bett unserer Schneeprinzessin begeben, sondern bin durch schlammige Felder gerobbt. Und heute Morgen war ich viel zu müde, um zu begreifen, was du mir von Margot erzählen wolltest. Es hörte sich so verwickelt und verdreht an, und ich konnte einfach nicht mehr. Was bitte hat Margot dir gesagt?«
»Dass du gewohnheitsmäßig fremdgehst und dass du zu Odile zurückkehren würdest, weil du, weil du das immer getan hättest.« Claire sprach leise, jetzt fiel die ganze, kalte Seelenkruste mit einem Mal ab, sie begann zu schluchzen, sprang auf.
François hielt sie fest. »Ach richtig, das hatte ich vergessen zu erwähnen: die achtundsiebzig Affairen, die ich neben Odile hatte und nach denen ich immer wieder geläutert

unter die Fittiche der Sippe Morisseau gekrochen bin. Claire, du bist auf den blödesten aller Tricks hereingefallen. Aber ich gebe zu, auf einen wirkungsvollen.«

»Vor allem in Kombination mit dem Rest!« Claire rieb ihre Stirn an seinem Ärmel.

»Du siehst aus wie ein verrotztes Straßenkind. Putzig.« Er verstummte, hielt sie umschlungen und legte seine Wange auf ihren Kopf. Dann meinte er: »Etwas mehr Vertrauen hättest du haben können, Claire.«

»Was hättest du denn gedacht?«, fauchte sie und befreite sich aus seiner Umarmung. »Ich in den Armen von irgendeinem wilden Kerl, mitten im erleuchteten Wohnzimmer von Florifère?«

»Ich hätte gar nichts gedacht. Ich hätte euch beide mit meinem Betäubungsgewehr niedergestreckt, weißt du, das Ding, das man zur Umsiedelung von Nashörnern benutzt. Und dann hätte ich euch aneinander gefesselt und im Brunnen von Margot Morisseau aufwachen lassen.«

»Ach ja«, beschwerte sich Claire, »und ich darf noch nicht einmal misstrauisch werden?«

»Doch, schwachsinniger Liebling, sei eifersüchtig, sei misstrauisch, alles, was du willst. Komm, wir hauen ab nach Amboise. Ich muss einfach schlafen, aber du sollst dabei sein. In meiner Abwesenheit scheinst du ja immer idiotische Theorien zu entwickeln. Egal. Hauptsache, du liebst mich.«

⋆

Vor der Villa Morisseau standen so viele Autos wie sonst nur bei einem großen Familienfest. Allerdings fiel ein größerer Wagen mit dem Logo eines Fernsehsenders etwas aus dem Rahmen. Junge Herren mit langen Locken schwärmten über den Vorplatz der Villa, schleppten Kabel und Mikrofone. Odile schien einige Mitarbeiter des Fernsehteams zu kennen. Man wollte sie bei dem Interview dabeihaben, etwas fürs Auge mochte das Publikum immer.
Im englischen Ledersessel vor dem Kamin saß Gertrude und lächelte strahlend in die Kamera. »Nun, natürlich teile ich nicht Madame Morisseaus politische Ansichten, und das weiß sie. Umso höher muss man es ihr anrechnen, dass sie ohne Zögern, aus reinem, angewandtem Christentum, so viel finanzielle Hilfsbereitschaft zeigte und uns spontan das Lösegeld geliehen hat.«
Margot Morisseau lächelte ebenfalls in die Kamera, bescheiden und gütig. Schwenk auf die bildschöne Tochter, die madonnenhaft die Augen aufschlug und dem Publikum verriet: »Mamans Lebensprinzip ist die Hilfsbereitschaft, kein Zweifel. Sie war schon immer so.«
Margots rechtes Augenlid zuckte für eine Hundertstelsekunde, denn es war nicht ganz sicher, wie dieses Interview enden würde. Odile war eine Wundertüte, man wusste nie, was als Nächstes kam. Deshalb sprach Margot schnell dazwischen. »Das war doch keine Frage. Es ging um ein Menschenleben, was zählt dann das Geld? Die Sorge um den Mitmenschen ist ja auch der zentrale Punkt meiner politischen Arbeit, denn ich habe vor, in der …«

»Und genau deshalb kann ich es ja auch kaum glauben, dass Ihre Partei die Mittel für die Jugendarbeit von St Geoffroy und Chimeray streichen will!«, unterbrach Gertrude und grinste hinterhältig.

»Aber das hat doch niemand gesagt!«, widersprach Madame Morisseau hoheitsvoll.

»Ich habe Sie und Ihre Parteikollegen aber so verstanden, Madame. Bei der letzten Versammlung der Winzergenossenschaft. Überflüssige soziale Maßnahmen sollten gestrichen werden, darunter auch …«

»Madame Birnbaum, das ist so nicht richtig. Natürlich müssen wir sparen, aber …«

»Entschuldigen Sie, können Sie uns darüber informieren, in welcher Beziehung Sie zu dem kleinen deutschen Mädchen stehen, Madame Birnbaum?« Die junge Reporterin war jetzt für eine Zehntelsekunde in Großaufnahme zu sehen, dann wechselte die Kamera zu Gertrude. Hoffentlich würde die Alte jetzt nicht schon wieder von Jugendarbeit quasseln, denn das musste natürlich geschnitten werden.

»Es ist die Nichte einer sehr guten Freundin. Und Sie werden verstehen, dass wir das Kind nach diesen Ereignissen vor der Öffentlichkeit abschirmen.«

Eine Stunde später, als sich der letzte Fernsehmensch verabschiedet hatte und Gertrude nach ihrer Windjacke suchte, stand Madame Morisseau plötzlich hinter ihr an der Garderobe und sagte leise, aber in scharfem Tonfall: »Das Foto, Madame Birnbaum.«

Man war zu den Nachnamen zurückgekehrt.

Gertrude drehte sich lächelnd um. »Es gibt nur eins. Und das muss bei Ihnen sein.«
Margot wich einen Schritt zurück. »Ich warne Sie. Wenn Sie versuchen sollten, mich aufs Kreuz zu legen ... Oder steckt doch Odile dahinter?«
Plötzlich stand Odile im Flur. »Geht es um mich, Maman?«
Margot Morisseau hatte auf einmal rote Flecken im Gesicht. »Odile, bitte lass uns einen Moment allein!«
Odile näherte sich Gertrude und stellte sich so vor sie, dass Margot ihr Gesicht nicht sehen konnte. »Machst du meiner Mutter irgendwelche Schwierigkeiten, Gertrude? Das ist aber nicht nett.« Sie war wirklich eine exzellente Schauspielerin, denn in ihrer Stimme lag nicht ansatzweise der Schimmer des Vergnügens, das sich auf ihrem Gesicht breit machte.
Gertrude spielte mit. »Ich mache gar nichts, Odile. Ich habe erreicht, was ich wollte, und damit ist für mich die Sache erledigt. Das Foto, Madame Morisseau, hat mir François vor zwanzig Jahren gezeigt, als er zu Jacques und mir kam, um über die Angelegenheit zu reden. Danach hat er es Ihnen gegeben. Da habe ich es das letzte Mal gesehen, allerdings habe ich es nie vergessen. Ich könnte es malen, so plastisch habe ich es vor Augen, in der Tat, ich ...«
»Was für ein Foto?«, unterbrach Odile.
»Also bitte!« Margot hob die Stimme, aber Gertrude schnitt ihr das Wort ab und wandte sich erneut an Odile: »François hat schon als Siebzehnjähriger bemerkt, dass die Schwimmhalle von Aimur-sur-Cher einen Erosionsschaden hatte. Er

machte damals ein Foto, um es deinem Vater zu geben, denn die Firma Morisseau hatte doch die Schwimmhalle gebaut. Aber man hat versäumt, sich darum zu kümmern.«

»Erosionsschaden?« Odile schlug die Hände zusammen. »Kann das Ganze einstürzen, mein Gott?«

»Na ja, theoretisch schon. Es ging all die Jahre gut, aber man weiß ja nie. Aber ich kann mir nicht vorstellen, dass deine Mutter damit einverstanden ist, dass etwas, das schon so lange besteht, nun wie ein Kartenhaus zusammenfällt, oder?«

Odile amüsierte sich königlich, und Gertrude hatte nun Mühe, ernst zu bleiben. Sie nestelte mit gesenktem Kopf an ihrem Reißverschluss herum, wickelte sich einen verfilzten Wollschal um den Hals und wandte sich zum Gehen. In der Tür drehte sie sich noch einmal um.

»Ach, François lässt grüßen und für den Aufschub danken, Madame. *Mon Dieu,* deine Mutter ist wirklich ein außerordentlich gütiger Mensch, Odile. Da hast du Glück gehabt!«

»Ich weiß, ich weiß!« Odile winkte Gertrude nach. Nun war der Spott in ihrer Stimme unverhüllt, aber Margot Morisseau war schon im Haus verschwunden. Odile folgte ihr summend. Wunderbar. Die Gage für diesen Auftritt würde großzügig ausfallen.

17

Es war still. Gertrude trat von der Staffelei zurück und nickte. Die Rückenfigur war übermalt, übrig blieben das Licht und die Ruhe von Florifère. Noch nie hatten ihre Bilder eine so klare Architektur gehabt wie dieses hier, es war, als ordne sich alles, was sie bisher gemalt hatte, neu. So wie ihr Leben, immer wieder.

Aus der Küche drangen jetzt entfernt Stimmen. Jemand lachte, Geschirr klapperte. Simon stellte eine Frage, man konnte es am Singsang des letzten Wortes hören. Es roch schwach nach Thymian und Gebratenem, heute war Armands Kochtag. Draußen fiel die Dämmerung wie ein Bühnenvorhang. Es war ein heller Wintertag gewesen, jetzt trieben Wolken vom Atlantik über das kleine Dorf. Übermorgen begann das neue Jahr.

»Stör ich?« Claire war ins Atelier gehuscht und stellte sich neben Gertrude, vor das große Bild.

Gertrude lachte. »Ja, du störst!«

Claire wollte mit einer entschuldigenden Geste das Atelier verlassen, aber Gertrude hielt sie am Arm fest. »Kind, komm setz dich. Ich kann nicht mit Kunstlicht arbeiten, also muss ich ohnehin aufhören.«

»Es ist so verdammt gut geworden. Wie machst du das, dass sich nichts bewegt und dass trotzdem eine Energie in den Formen ist, die einem gleich in den ganzen Körper geht?«

»Ganz einfach: mal irgendein Bild, frage Käthi, was du besser machen könntest, und setze ihre Kritik um.«

Claire verschränkte ihre Arme, betrachtete das Bild noch eine Weile, dann wandte sie sich um. »Sie ist schon ein ungewöhnliches Kind. Sie sitzt den ganzen Tag in der Küche und zeichnet oder malt. Immer dasselbe. Gefesselte Kinder in Wohnwagen, dunkle große Autos und zwischendurch schwarzweiße Katzen in Bernhardinergröße.«

»Käthi wird es schaffen«, sagte Gertrude entschieden.

»Woraus schließt du das?«

»Keine Ahnung. Ich weiß es ganz einfach. Käthi ist jetzt schon ein kleiner Leuchtturm auf festem Fuß.«

Claire umarmte Gertrude plötzlich. »Weiß du was? Wenn ich daran denke, dass ich in einem knappen halben Jahr bei dir einziehe, könnte ich quietschen vor Freude.«

»Ich freu mich auch, Claire.«

»Und ich habe Pläne, soo viele Pläne und Ideen.«

»Plan du ruhig, Kind. Es kommt sowieso immer anders.«

Edda trat ins Atelier. Sie hatte den letzten Satz gehört. »Ihr sollt bitte schön unmittelbar sofort zu Tisch, Armand kreischt schon. Es gibt Soufflé als Vorspeise, und ihr wisst, wie das aussieht, wenn man drei Sekunden zu spät kommt.«

Gertrude hatte es plötzlich sehr eilig, und Edda sagte halblaut zu Claire: »Wie wahr. Es kommt wirklich immer anders. Das heißt, ich hoffe es diesmal sogar inständig.«

»Was meinst du?«, fragte Claire und zögerte an der Küchentür.

Edda fasste sie am Arm und grinste verschwörerisch. »Ich habe eben einen Anruf bekommen. Ein gewisser Etienne aus dem Dörfli Saint Cyr. Ich soll ihm morgen helfen, im Esszimmer einen gerahmten Druck von Edward Hopper richtig zu justieren.«

»Nein!«

»Doch!«

»Fährst du?«

»Natürlich. Um dort einen Hopper aufhängen zu können, muss er seine Mutter unter Äther gesetzt haben, und das will ich mir ansehen.«

*

Zilli stand an der Küchentür, die auf die Veranda hinausführte. Im linken Arm hielt sie eine Schüssel, in der sie mit langsamen Bewegungen einen Kuchenteig rührte. Der heimelige Geruch von Butter und Vanille stieg ihr in die Nase.

In ein paar Tagen nach Köln. In eine möblierte Übergangswohnung. Dann das Schwerste: Fragen nach der Mama. Vorsichtige Erklärungen. Viele neue Fragen. Unbekannte Klassenkameraden. Den Anschluss an die alten Schulfreunde hatte Käthi verloren. Simons Spielzimmer

würde nicht mehr Gertrudes Garten oder Josettes Küche sein, sondern ein Wohnzimmer mit fremden Möbeln im vierten Stock; hinten Müllcontainer, vorne die Straßenbahn. Simon machte seit ein paar Wochen kaum noch ins Bett. Würde er verstehen, warum er nicht mehr in Josettes Küche wohnen konnte?
Und sie selbst, Zilli. Einzelkämpferin, wie gehabt. Zilli setzte sich an den Küchentisch, stützte das Kinn in die Hände und betrachtete Jacques' Portrait. Was für Augen dieser Mann hatte! Jemand, der mehr sah als die anderen. Im Grunde genommen Augen wie Gertrude. Durchaus nicht immer gütig. Durchaus das Gesicht eines Menschen, der wutentbrannt Teller durch die Gegend warf, wenn ihm danach war. Starker Gegner, guter Freund. Freunde. Jetzt hatte sie Freunde. Und es kamen immer neue hinzu. Edda, François, auch wenn sie ihn kaum verstand. Und sie durfte von nun an mit ihrer Geschichte leben, sie hatte eine erzählbare Vergangenheit, sie musste sich nicht mehr abschotten, aus Angst, entdeckt zu werden. Warum eigentlich noch Einzelkämpferin, wie gehabt?
Gertrude, auf der Suche nach ihrem Elf-Uhr-Kaffee, trat in die Küche. »Ja, Zilli, hältst du eine kleine Morgenandacht?«
Zilli nippte an ihrem Kaffee und schwieg. Zwei Blaumeisen landeten auf dem hölzernen Terrassengeländer und turnten darauf herum. Gertrude beobachtete sie, dann wandte sie sich an Zilli: »Josette liegt übrigens schon wieder im Bett. Es war alles zu viel für sie. Langsam sieht sie

es selbst ein. Ich glaube, sie wird hier nicht mehr arbeiten können.«
Zilli nickte. »Es muss hart für sie sein, zu sehen, dass Edda in drei Minuten etwas erledigt, für das sie mittlerweile eine halbe Stunde braucht. Zum Beispiel vier Töpfe abzutrocknen. Ich habe Josette gestern beobachtet. Sie hangelt sich zentimeterweise an den Schränken entlang, dann muss sie sich sofort wieder setzen.«
Gertrude öffnete eine Packung Kekse und schüttete sie auf einen Teller. »Zilli, ich habe keine Ahnung, wie das hier weitergehen soll, wenn ihr in drei Tagen alle abreist. Ich bin gerade in einer Arbeitsphase, die mich vollkommen fordert.«
Zilli rührte in ihrem Kaffee. »Ich versteh schon, Gertrude.«
»Nein, ich fürchte, das tust du nicht. Dieses große Anwesen braucht eine gute Organisatorin. Das Schicksal winkt im Moment mit einer Riesenzaunlatte, werte Frau Kuhl. Was nicht heißt, dass du dich auf Jahre festlegst. Und du bekommst ein anständiges Gehalt. Was das Problem mit Käthi und der Schule anbelangt: Ich habe schon mit dem Curé gesprochen, ganz unverbindlich, natürlich.«
Zilli musste grinsen.
»Er würde Käthi so unterrichten, dass sie nach angemessener Zeit Anschluss an die französische Elementarschule bekäme«, fuhr Gertrude fort.
Plötzlich tauchte Käthi im Garten auf. Sie bemerkte die beiden Frauen in der Küche nicht. Käthi trug einen Wollpullover von Gertrude, der ihr bis zu den Kniekehlen

herunterhing, dicke Strumpfhosen und Gummistiefel. Auf ihrer Schulter hockte John; neben ihr tänzelte Huli und stieß mit der Schnauze ständig nach ihrer Hand.

Gertrude deutete auf Käthi.

Zilli lächelte. »Davon ein Werbefoto, und man könnte Kekse aus Sperrholz verkaufen.«

»Er tut ihr unendlich gut, der Umgang mit Tieren«, sagte Gertrude mit Nachdruck. »Gerade jetzt, wo sie dieses Trauma zu verkraften hat, bräuchte sie eine Konstante.«

Zilli nickte. »Ach ja. Gebe ihr der Herrgott noch eine lang anhaltende Leidenschaft für Kleintiere. Bevor sie ihre Sehnsüchte auf irgendwelche pickeligen Stimmbrüchler zu übertragen beginnt.« Dann wurde sie wieder ernst. »Ich weiß, dass sie an der Hermanngeschichte noch kauen wird. Und ich weiß, wie wohl sie sich hier fühlt. Mit dir und dem Haus und François. Sie mag ihn. Sie ist immer auf der Suche nach einem Ersatzvater.«

»Das ist auch normal. Aber kommst du nicht auch mal auf den Gedanken, dass du selbst eine Rekonvaleszente bist? Mein Gott, durch was für Höllen du gewandert bist! Zilli, gönn dir doch eine unbegrenzte Zeitspanne auf Florifère.«

Zilli blickte eine ganze Weile in den Garten. Schließlich lächelte sie breit. »Wir werfen eine Münze.«

»Das ist nicht dein Ernst, Zilli! Bei so einer Entscheidung!«

Aber Gertrude stand auf und wühlte in einer Schublade voller Krimskrams. Schließlich hielt sie einen alten amerikanischen Vierteldollar in die Höhe.

»Ich werfe ihn«, sagte Zilli.

»Und was ist Adler, was ist Kopf?«
»Adler heißt Florifère.« Zilli schnappte sich den Vierteldollar und warf ihn in die Luft. Er kickte auf die Tischkante, rollte auf den Fußboden und verschwand auf Nimmerwiedersehen in einer breiten Ritze zwischen zwei ausgetretenen Bodendielen.
Gertrude klatschte in die Hände und juchzte: »Das war mein Haus! Das war das höhere Orakel! Florifère hat dich geschluckt, Zilli.« Aber dann hielt sie Zilli am Ärmel fest. »Was hättest du gemacht, wenn die Münze mit der Kopfseite nach oben gefallen wäre?«
»Dann hätte ich sie schnell mit dem Fuß in die Dielenritze gekickt.« Sie hob die Schultern und blickte Gertrude mit fast kindlichem Ausdruck an. »Ich war mir nicht so sicher, was ich wirklich wollte, Gertrude, hier bleiben oder nach Deutschland zurückkehren. Vielleicht habe ich auf ein Zeichen gewartet. Auf ein Zeichen von Florifère. Und das habe ich eben bekommen.«

*

Der zweite Januarmorgen kündigte sich durch einen rötlichen Schimmer am Himmel an. Im Atelier räumte Gertrude gerade schmutzige Kaffeebecher zusammen, die sie am Tag zuvor vergessen hatte. Es klopfte, die Ateliertür zur Straße ging auf, ohne dass Gertrude *»Entrez!«* gerufen hatte. Odile. Sie trug einen Pelzmantel, roch stark nach ihrem Stichflammenparfum und hielt eine Einkaufstasche in der rechten Hand. Sie schüttelte ihr Haar in Form, gab Gertrude einen Kuss auf die Wange und stellte die Tasche ab, in der es wackelte. Gertrude erwiderte den Kuss. »So früh am Morgen, *dis donc!* Was ist denn los?«

Odile lachte. »Ich war überhaupt nicht im Bett. Ich komme gerade aus Tours, wir haben ein bisschen in meinem Appartement gefeiert. Freunde.«

In der Tat, sie hatte immer noch eine kräftige Alkoholfahne.

»Hast du einen Kaffee für mich?«

»Nur Tee.«

»Auch gut.«

Gertrude setzte sich neben Odile auf die Atelierliege und goss zwei Becher Earl Grey aus einer Thermoskanne ein. In der Tasche kratzte es.

»Gute Güte, was hast du denn da?«

»Ein südamerikanisches Mittagessen.«

»Wie bitte?«

Odile schob die Tasche mit dem Fuß näher. »Ich habe gehört, dass sie in Ecuador eine Delikatesse sein sollen.«

Gertrude beugte sich über den Beutel und blickte hinein. Auf dem Taschenboden hockte inmitten eines Heubüschels und vieler kleiner Knödel ein arg gerupftes Meerschweinchen.

»Ach je, wo hast du denn dieses Straßenkind aufgelesen?«

»Ich habe es einer Freundin weggenommen, die sich nie darum kümmert. Ich möchte, dass du es Kéthie gibst. Also zum Spielen, nicht zum Braten. Sie scheint doch eine Schwäche für Tiere zu haben.«

»Gib es ihr doch selbst!«
»Ach nein, ich mag das nicht. Mach du das. Danksagungen und Kinderknickse, das liegt mir nicht. Gertrude, ich wollte mich von dir verabschieden. Ich gehe nach Bordeaux.«
»Was? Aber das ist ja toll! Was sagt Margot dazu?«
»Keine Ahnung. Sie redet nicht mehr mit mir.«
»Was ist denn passiert?«
Odile fing plötzlich an zu lachen. Es klang ehrlich belustigt. »Ich und zwei Freunde, wir waren gestern Nacht noch ziemlich lange auf der Gendarmerie von Montrichesse. Sie haben uns dabei erwischt, als wir Mamans Wahlplakate mit roten Streifen überklebt haben, auf denen stand: ›Wählt keine Reaktionäre!‹ Ein Freund von mir hatte mich gefragt, ob ich ihm kleben helfen könnte. Mir ist Mamans Politik eigentlich scheißegal, aber ich fand es irgendwie originell. Und nüchtern war ich auch nicht.«
Gertrude prustete ihren halben Teebecher auf den Boden. »Nein!«
»Doch, es stimmt. Du musst unbedingt morgen früh die Zeitung kaufen und sie mir nachschicken, das will ich lesen. Es hat einen Riesenkrach gegeben, und Maman hat mich finanziell vor die Tür gesetzt.« Sie lachte immer noch.
Gertrude war plötzlich wieder ernst geworden: »Aber was machst du jetzt, Odile? Du musst doch von irgendwas leben?«
»Ja, natürlich. Ich habe eben mit Bordeaux telefoniert. Ich

werde das Engagement annehmen. Ich werde arbeiten. Was sonst?«

»Aber …«

»Du meinst, mein Schneevergnügen? Tja, das wird zum Problem. Ich habe keine Ahnung. Ich möchte auch gar nicht viel weiter denken. Außerdem, das Haus in der Rue Saumon gehört mir, mit Brief und Siegel. Ich werde es vermieten. Und wenn ich muss, verkaufe ich es.«

Gertrude erhob sich und zog Odile zu ihrem neuen Bild, das fast vollendet war. Nach einer Weile hob Odile in unbestimmter Geste die Hände, ließ sie wieder sinken. »Es ist ganz anders«, sagte sie. »Ganz anders als deine früheren Farbkaskaden, deine Strichwirbel mit ihren Gebirgen und Höhlen aus Farbe. Diese Ruhe! Und du bist eine Lichtfängerin, Gertrude. Das ist doch der Blick vom Flur durch den Salon auf den Garten, nur ohne Möbel. Ohne Terrasse, ohne jedes Dekor.«

»So sah es hier aus, als Jacques und ich den mittleren Trakt umgebaut haben, in dem Jahr, als wir uns kennen lernten. Es war anfangs alles ganz kahl. Aber es war so schön, es lag so viel Verheißung darin, diese Leere zu gestalten.«

»Und jetzt bist du dahin zurückgekehrt.«

»Ja.«

»Du bist eine Große, Gertrude.«

»Du auch, Odile. Aber genau die Anlage zum Großen kann einen zerstören, wenn man sie nicht lenken kann.«

Odile wanderte zum Atelierfenster mit Blick auf den Garten. »Ich werde es in Bordeaux merken. Der Bruch mit

Maman ist …« Gertrude öffnete den Mund, wollte Odile gerade unterbrechen, aber Odile redete weiter, »… ist eine Chance, das wolltest du doch sagen, oder?«
Gertrude nickte und umarmte sie. »Ich wünsche dir Erfolg, Odile, und in deinem Fall den Schutz der griechischen Götter. Die Damen und Herren hatten ja Verständnis für Kunst und Räusche aller Art. Also, geh mit den Göttern, meine Liebe. Und melde dich bei mir. Du bist mir immer willkommen. Wir alle danken dir. Du warst großartig.«
Odile drückte Gertrude fest an sich, versteckte das Gesicht an ihrem faltigen Hals. Dann nestelte sie an den oberen drei Mantelknöpfen herum, aber Gertrude sah, dass ihre Augen feucht waren. Ohne ein weiteres Wort ging sie und schlug die Tür hinter sich zu. Der neue Bewohner von Florifère wackelte in seinem Gehäuse.
»Gleich, du Taschenkacker, gleich. Dich gibt's erst nach dem Essen als Extrafreude, und ich glaube, Simon sollte dich kriegen. Er muss ja auch mal im Mittelpunkt stehen.«

Sommerepilog

»Einmal im Leben wie ein König unter dem äußeren Pfeiler der Brückengalerie des Schlosses Chenonceaux durchfahren. Mit Champagner und Fähnchen, und Armand soll Posaune blasen!« Das war der alte Wunschtraum, und Claude Berbessou hatte es geschafft, heute sollte der Traum wahr werden.

Der Schleusenwärter von Chimeray hatte die vergammelte »Britain's Glory« restauriert, jetzt schaukelte das Boot vor der Schleuse auf dem sommerlich glänzenden Cher. Claude hatte unzählige Freunde zur Schiffstaufe gebeten. Amerikanische Touristen in bunten Bermudas, holländische Radfahrer mit Sommertourengepäck, die alle erfreut dachten, auf ein öffentliches Volksfest gestoßen zu sein, ließ man in dem Glauben.

»Britain's Glory« war mit Blumenkränzen geschmückt, aber das Boot hieß gar nicht mehr »Britain's Glory«, sondern sollte in ein paar Minuten von Jacqueline, der aufgeregten Schleusenwärterin, auf den großartigen Namen »Gloire de Touraine« getauft werden.

Es hatte Kämpfe gegeben. Claude war für »King Kong« gewesen, Jacqueline für etwas Hübsches, Sanftes, wie

»Rose« oder »Belle de Chimeray«. Armand als alter Seemann schließlich hatte den Namen durchgesetzt, bei dem man an einen Dreimaster unter vollen Segeln, hundert Matrosen und eine Galionsfigur mit gelungenen Rundungen dachte, eben die »Gloire de Touraine«.
Armand stand auf wackeligen Beinen an Deck, denn die Feierlichkeiten hatten bereits gestern Abend auf Florifère ihren Anfang genommen. Heute sollte er mit Claude und Jacqueline die Jungfernfahrt bestehen und dabei Posaune spielen. Ausgerechnet Posaune. Aber er hatte die französische Nationalhymne geübt, sehr sogar, denn er wusste, dass ihm ganz Chimeray bei der Marseillaise auf die Marseiller Finger sehen würde. Die ganze Besetzung aus dem Café du Port, die Stammzuhörer aller seiner Theorien, der Curé, sie waren alle erschienen. Seine Josette, etwas blass und kränklich zwar, aber in einem Seidenkleid und auf Krücken, neben ihr Simon, einen Zipfel ihrer Sommerjacke fest in seiner Faust. Er hieß in ganz Chimeray bereits *le petit de Josette,* der Kleine von Josette. Zilli hatte ihre liebe Mühe zu verhindern, dass er nicht der »Dicke von Josette« wurde. Und dahinten standen Gertrude, François und Claire. Edda und Claire waren gestern hier angekommen, die Sommerferien hatten begonnen.
Wobei Claire diesmal nicht zu Besuch kam, sondern mit etlichen Kisten und Koffern auf Florifère eingezogen war. Zunächst für ein Jahr. Aber wenn man das so bei Licht betrachtete, vielmehr im Licht der Touraine, dann sah das mit Claire und François gut aus. Armand setzte sein blank

poliertes Instrument ab und betrachtete Claire wohlwollend. Sie sah so ungemein jung und sommerlich aus, wie sie da in hellem Kleid und weißen Turnschuhen am Schaltkasten der Schleuse stand und strahlte.

Die große Liebe zu finden hielt Armand für relativ einfach. Er hatte sie als Matrose ziemlich häufig gefunden. Die große Liebe vom hell brennenden Feuer in den Aggregatzustand eines mehr oder weniger ständig wärmenden Lichtes umzuwandeln, *das* war die Kunst. Irgendwie schien auch das in der Touraine leichter zu sein als anderswo. Hierher waren schon viele Leute für ein Jahr oder ein halbes gekommen und hatten nach zwanzig Jahren verwundert auf den Kalender gestarrt. Er selbst war das beste Beispiel dafür.

»O nein, *ma chère*, bitte die Champagnerflasche nicht ans Boot knallen!« Claude hob besorgt die Augenbraue. »Kann sein, dass ich das Boot dann ausbeulen muss, die ›Gloire de Touraine‹ ist nicht so stabil wie die ›Mayflower‹.«

Jacqueline Berbessou öffnete den Champagner also auf gewohnte Weise. Das Publikum wurde ruhiger. Mit großer Geste, aber doch auch mit dem Bedauern der sparsamen Hausfrau schüttelte sie den Champagner, der in hoher Fontäne über den Bug sprühte. Der Segensspruch und die Namensgebung gingen unter im Hurra der Zuschauer. Lotte und Huli bellten im Chor, Claude zog seine Frau an Deck und gab Käthi eine Hand. Sie hüpfte in das Boot, John folgte ihr mit einem Satz. Claude und Jacqueline hatten sie zu dieser Ehrenfahrt eingeladen. *»Et ton chat, John?«*, fragte Jacqueline und deutete mit Zeichensprache an, dass es dem schwarzweißen Großkater vielleicht schlecht werde könne.

»Il ne degueule pas, mon chat«, antwortete Käthi, »meine Katze kotzt nicht!« Jacqueline lachte und lobte das Kind. In einem halben Jahr konnte man tatsächlich verdammt viel Französisch lernen, vor allem, wenn der Curé jeden Abend in der Küche auftauchte, Käthi mit Vokabeln voll stopfte und sich selbst anschließend mit Zillis Essen. Die ruhige Autorität des Curé, seine Fähigkeit, auf jede Frage eine Antwort zu finden, machten ihn für Käthi zum lebensphilosophischen Berater. Es gelang ihm, Käthis diffuses Trauergefühl um die Mutter in einen transparenten Abschied zu wandeln, in eine konkrete Form zu kleiden.

Der Curé hatte Käthi erzählt, dass ein Mensch nicht unbedingt mit seinem Körper da sein musste, wenn man mit ihm reden wollte. Und es war erstaunlich, dass Käthi auf Florifère mit ihrer Mutter öfter und intensiver sprach als zu deren Lebzeiten. Vielleicht lag es daran, dass Mama als Engel immer zuhörte. Zu Lebzeiten war sie nicht zuverlässig ansprechbar gewesen.

Jetzt stand Käthi mit wehenden Haaren am Bug der »Gloire de Touraine«, in ihrem mausigen Kindergesicht zeichneten sich erste Konturen des Erwachsenwerdens ab. Ihr Blick hatte sich verändert, die ungeteilte Offenheit war einer beobachtenden Schärfe gewichen, die weiche Rundung des Kinns war verschwunden. Käthis Gesicht war noch schmaler geworden, sie war ein gutes Stück gewachsen. Sie schien niemanden aus der Menge anzusehen, hielt

sich an der Kajütleiter fest und sah so abenteuerentschlossen aus, als schaukele das Boot zwischen Krokodilrücken auf dem Amazonas und nicht auf dem friedlichen Cher.
François machte die Leinen los, und alle sahen zu, wie das Boot langsam in die offene Schleuse glitt, mit Posaune, Armand, Käthi und Kater und einer aufgeregten Schleusenwärtersfrau in rosa Chiffon. Claude stand am Steuer mit dem heroischen Gesicht eines Vasco da Gama. Auf ein Zeichen setzte Claire das Schleusentor in Gang.
Einen Moment lang wurde die Aufmerksamkeit der Zuschauer durch einen dunkelblauen Mercedes abgelenkt, der mitten auf der Sandsteinbrücke hielt. Von dort oben hatte man einen besonders guten Blick über das bunte Bild. Die meisten Zuschauer erkannten den Herrn, der jetzt am Brückengeländer stand. Es war der konservative Bürgermeister von Montrichesse, neben ihm tauchte eben Madame Margot Morisseau auf, die neue konservative Stadträtin von Montrichesse. Beide nickten von dort oben wie vom Grußbalkon des Buckingham-Palastes.
Das Boot glitt aus der Schleuse, mit dem Strom in Richtung Chenonceaux. Armand setzte die Posaune an und spielte feierlich die ersten Takte der Marseillaise. *»Allons enfants de la …«*
Bei *»patriiiiiiee …«* erspähte Armand die Repräsentanten der erzkonservativen Kommunalregierung, die in Kürze den Bau einer breiten Durchgangsstraße durch Chimeray beantragen wollte. Einer Straße, die über die alte Sandsteinbrücke führen musste, die natürlich dann verschwinden

würde. Bei *»le jour de gloire eeeeest …«* wechselte Armand plötzlich die Geschwindigkeit seines Vortrages. Aber nicht nur die, denn nach weiteren drei Takten merkte auch Josette, dass halb Chimeray lachend die städtischen Würdenträger beobachtete, wie sie wohl auf die alte Hymne der italienischen Kommunisten reagieren würden, die Armand nach einem eleganten Überleitungstakt jetzt immer lauter vom Deck der »Gloire de Touraine« schmetterte: *»Avanti popolo, alla riscossa, bandiera rossa … trionfera …«* Der kommunistische Lokführer aus St Geoffroy kannte den Text zur Gänze auswendig und sang lauthals mit.

»He, *Monsieur le Maire!«,* schrie plötzlich jemand von Armands Freunden aus dem Café du Port. »Demnächst sind Sie da oben in Lebensgefahr! Vierspurig! Sssssst!! Sssssst!!« Und der Schreihals imitierte vorbeirasende Autos. Madame Morisseau lächelte eisern weiter, der Bürgermeister hatte es jedoch plötzlich eilig.

Jemand anders aber, dessen Abstammung allein eigentlich schon eine Ablehnung der Kommunistenhymne garantiert hätte, amüsierte sich köstlich über Armand. Der dreiundzwanzigste Marquis de Saint Cyr lachte über die anarchische Ader des alten Seemanns, der aufrecht und stolz an Deck der »Gloire de Touraine« stand, die sich mit der Strömung schnell entfernte.

Vor dem Marquis stand eine kleine Blondine in pinkfarbenem Seidenkostüm, sah aus wie die angenehme Version einer amerikanischen Präsidentengattin und lachte sich ebenfalls halb schief. Die vertraute Geste, mit der sie auf einmal nach dem Arm des Marquis griff, ließ vermuten, dass ihre Themenbereiche eine über tote Ölfasane und Hopper'sche Leuchttürme hinausgehende Erweiterung erfahren hatten.

»Das ist der erste Mann in meinem Leben, der mich genauso nimmt, wie ich bin«, hatte Edda ihren Freundinnen erklärt. »Ich bin eine Mischung aus Highheels und Kuhscheiße. Und wer das begreift und schätzt, darf auch ruhig sechzehn Jahre älter und adelig sein. Was die noble Mama anbelangt – natürlich ist sie ein Scheusal. Aber ich bin viel intelligenter als sie. Das macht's einfacher. Und wenn es nötig ist, rede ich mit der Marquise Tacheles. Auf Bayrisch.«

Gertrude schenkte Freunden und Fremden den Hauswein der Familie Berbessou ein. Neben Gertrude stand Zilli, braun gebrannt, in Safarishorts und gestreifter Schürze, und bot gerade dem Curé Käsewürfel und Selbstgebackenes an.

»Voulez-vous fromage?«

»Voulez-vous du *fromage«,* verbesserte der Curé, der sich nicht nur Käthis Weiterbildung auf die Fahne geschrieben hatte. Während der Curé Zilli erzählte, warum und wann es *»du fromage«* oder *»de la tarte«* hieß, leerte Edda die Platte mit den Käsewürfeln, die der Curé gerade nicht essen konnte, weil er redete.

Jetzt prostete Edda ihren Freunden mit einem Plastikbecher zu und sprach mit vollem Mund. »Das will ich einfach nicht glauben«, meinte sie mit einem Blick auf die helle Sandsteinbrücke. »Die können doch das schöne Dorf und das Flussufer nicht so verschandeln, diese Leute. Da ich mit dem Gedanken spiele, von Deutschland nach Frankreich zu gehen, will ich es hier so hübsch wie vorher!«

Der Marquis putzte seine Brille mit Hingabe. »Sollte der Erhalt dieser Brücke mit deiner Übersiedelung nach Frankreich verbunden sein, als Conditio sine qua non, meine Liebe, dann werde ich mich wohl an den ersten Brückenpfeiler schmieden lassen, wenn die Bulldozer anrücken.«

Edda nickte befriedigt und wandte sich Gertrude zu. »Du würdest das Ereignis dann bitte für die Ahnengalerie festhalten? In Öl natürlich, nicht in Polaroid.«

Gertrude blinzelte. Sie war nicht mehr ganz nüchtern. »Soll ich Euer Hochnobel vor oder nach der Bulldozerattacke malen?«

Der Marquis spann den Gedanken weiter. »Du meinst, ›Etienne den Platten‹ neben ›Anton die Hälfte‹ für die Ahnengalerie?« Edda nickte erfreut. Der Marquis entriss Edda den letzen Käsewürfel und meinte: »*We are not amused.* Grausame Freundin, ich werde mich jetzt betrinken und du musst mich zurückfahren.«

»Das mache ich liebend gerne, Marquis, aber erst morgen früh, denn heute Abend wird auf Florifère weitergefeiert, und ich bin schon jetzt nicht mehr ganz nüchtern. Wir werden für dich im Ostflügel unseres Anwesens eine standesgemäße Luftmatratze aufblasen, und wenn dich friert – die Verworfenheit deutscher Physiklehrerinnen kennt keine Grenzen. Ich schlafe drei Türen weiter.«

»So ist's recht«, nickte Gertrude, »und was die Brücke anbelangt, hpsss«, Gertrude hatte einen Schluckauf, »... aus der Durchgangsstraße wird nichts. Ich weiß doch jetzt, wie Erpressungen funktionieren. Es ist ganz einfach. Wir Schweizer können nicht nur Armbanduhren bauen, o nein. In jedem Schweizer ruht ein Abgrund.«

*

»Mein Gott, Gertrude, einundsiebzig und immer noch saublöd!«
Gertrude betrachtete sich in dem Spiegel neben der Ateliercouch. Sie sah heute Vormittag nicht besonders frisch aus. In einem Wasserglas sprudelte eine Aspirintablette. Daneben dampfte eine Kanne Assam auf einem Stövchen. Nicht nur die »Gloire de Touraine« war gestern in Berührung mit Alkohol gekommen. Gertrude war nicht regelrecht betrunken gewesen, aber der Sommerabend und die laue Luft hatten so im Kopf geprickelt, dass man die Wirkung des Weines nicht mehr richtig berechnen konnte. Das berühmte Glas zu viel hatte sie mit dem Marquis geleert, der gegen Mitternacht völlig aus dem Häuschen geriet und sich wegen der Sandsteinbrücke – dieses Kleinods französischer Baukunst! – in Hitze redete, Madame Morisseau aus dem Bett holen und zur Rede stellen wollte. François konnte ihn nur mit Mühe davon abhalten.
Armand stand indessen auf der Terrasse und dozierte über eine neue Theorie zum Alkoholkonsum. »Also, wenn man

im Leben einmal Drogen genommen hat, formt sich eine Art Drogenzentrum im Kopf. Wenn man dieses Drogenzentrum aber starker Sonne aussetzt, kann es schrumpfen. Das gilt übrigens auch für Alkoholiker.« Armand setzte wieder seine wissenschaftliche Miene auf.

»Ach, deshalb nimmst du deine Mütze nie ab«, sagte der Curé. »Du willst gar nicht, dass die Sonne dein Drogenzentrum austrocknet.«

»Ich? Ich bin doch kein Alkoholiker. Seit Hunderten von Jahren werden wir in Marseille mit einem genetischen Leberschutzstoff geboren, der so genannten *protection marseillaise.* Die verhindert, dass der normale Bürger aus Marseille …«

»Seit vierzig Jahren, Monsieur le Curé, seit vierzig Jahren diese Geschichten. Wie soll das ein Mensch aushalten, frage ich, wie?« Josette hob ihre Hände. »Und dabei hätte ich, Monsieur le Curé, ich hätte …«

Armand nahm die Pfeife aus dem Mund. Hier wurde gerade das besteinstudierte Stück der Touraine gespielt, mit Gertrude in der Nebenrolle. »Und dabei hätte deine Josette, sie hätte …«, unterbrach Gertrude kichernd, »… sie hätte den dicksten …«

»Nein, den allerdicksten …« Armand rollte das »r«.

» … den allerdicksten was?«, fragte der Marquis unkundig, aber dennoch textgerecht dazwischen.

»… Weinbauern aus Montrichesse heiraten können!« Das kam im Chor von Claire, Gertrude und dem Curé. Das Gelächter stob in die Sommernacht, hoch über Florifère in

den Himmel. Und diesmal konnte Zilli mitlachen, ohne dass jemand übersetzen musste.
Kurz, es war ein Abend gewesen, der einen mittelschweren Kater allemal rechtfertigte. Deshalb war Gertrudes Laune auch heute Morgen so fröhlich, wie es ihr Kopfschmerz zuließ. Außerdem war heute ideales Licht zum Arbeiten, ein Dunstschleier und ein kühler Westwind gaben dem Sommermorgen eine hellgraue Leichtigkeit.
Gertrude hob eine neu gespannte Leinwand auf die Staffelei und betrachtete die Skizze, die sie vor zwei Tagen angefertigt hatte. Wieder ein Großformat. Immer klarere Formen, immer näher zum Wesentlichen. Einen Moment lang schloss Gertrude die Augen und lauschte den Geräuschen um sich herum. In der Scheune rumpelte Armand mit irgendwelchen Holzbrettern. Im Haus klapperte leise Geschirr, jemand saugte Staub.
Dann wurde der Staubsauger abgestellt, und Zillis Stimme drang durch die Tür. »Claire! Wo ist denn dein Autoschlüssel?«
»In meiner Windjacke. Wo willst du hin?«
»Zum Supermarkt und zur Post nach Montrichesse. Ich brauche Linsen und Seifenpulver, und Gertrude möchte Briefmarken. Soll ich dir etwas mitbringen?«
»Ja! Diese ferkelig guten Kekse mit Orangenfüllung. Aber nur eine kleine Packung.«
»Alles?«
»Alles. Nein, warte, Edda wollte … was war es noch mal?«
»Wo steckt Edda?«

»Sie fährt gerade ihren Froschkönig zum Schloss zurück.«
»Ach ja, der gute Etienne! Was da wohl draus wird?«
»Das große Vielleicht, Zilli. Wie bei mir. Wie bei jedem. Tränen, Kröten oder im Glücksfall Prinzen.«
Gertrude hatte dem kurzen Dialog gelauscht. Sie musste an den Tag in Bonn denken, an den Abend in Claires Garten vor ungefähr einem Jahr, als sie Claire nach Florifère gelockt hatte. Es war keine unschuldige Ferieneinladung gewesen, Gertrude hatte wissen wollen, ob »Claire und Florifère« genauso eine glückvolle Verbindung werden konnte wie »Gertrude und Florifère«. Dieses Haus sollte eines Tages nicht auf dem Pappschild eines Immobilienmaklers zum Verkauf stehen, es war ein Wesen, das in die richtigen Hände gehörte. Claire hatte diese Hände. Gertrude war nicht wichtig, ob die Erbin von Florifère eine Blutsverwandte war. Seelenverwandtschaft hatte für Gertrude immer ein größere Rolle gespielt als jegliche Familienbande. Das Haus hatte Claire sofort geduzt, und Claire hatte diese Auszeichnung verstanden. Eines Tages sollte sie hier leben, mit dem Menschen, den sie liebte, so, wie Gertrude es getan hatte. Aber was auch immer das Leben ihr bringen sollte, Kröten oder Prinzen, es würde unter dem Dach von Florifère geschehen. Florifère war kein großes Vielleicht, Florifère war eine schützende Konstante. In Gertrudes Sekretär, in der obersten Schublade rechts, lag ein grüner Umschlag, den Claire eines Tages finden sollte. Gertrude atmete den Teeduft, der aus der Tasse stieg, und freute sich auf ihren Arbeitstag im Atelier.

Noch einmal neue Bilder. Entleerte Räume, Licht.
Zwischendurch Orangenkekse.
Und Tee.
Katzen, Kinder, Freunde.
Frühling, Sommer, Herbst und dann der lange Winter.
Eines Tages.
Irgendwann.
Jetzt noch nicht.

DANKE, DANKE, DANKE ...!!!

Ich danke dem Schleusenwärter Claude Berbessou (Touraine) für seine Anregungen, Commandant Eric Petitjean von der Gendarmerie Taulignan (Provence) für seine wertvollen Informationen und beiden für die Erlaubnis, ihre Namen verwenden zu dürfen. Danke auch an Frau Ingeborg Mues und an Frau Karin Graf für ihre professionelle Hilfe.

Dann sind da die Lieben, die sich mein Gejammer angehört haben, meine noch unfertigen Ideen, die mir wahlweise Trost gespendet, Kaffee oder Taschentücher gereicht haben, die mich inspiriert, mir Modell gestanden, mich kritisiert und bestätigt haben, mich in jedem Fall jeder auf seine Weise unterstützten. Danke an:

Carina Bauer, Kerstin Becker, Christian Becker, Regina Behbahani, Rainer Bielfeldt, Edda Biesterfeld, Petra Bogdan, Birgit Brandt, Reiner Brothuhn, Kerstin Duhme, Reinhild Elle, Anna und Hermann Engelbrecht, Egon Flaig, Erna Gschaider, Burkhard Heim, Helmut Herles, Katrin Höhmann, Veronika Jeske, Karina Kellermann, Eva Kölling, Frau Koeplin, Gertraude Lütter, Jürgen Lütter, Mathias Metzner, Katja Noll, Fiona von Pölnitz, Julia

Rabl, Momo Rabenschlag, Eveline Staehelin, Frau Schöttler, Jan Schaa, Barbara Seidel, Michael Seidel, Marlis Thalmann, Gabriele Türmer, Rainer Türmer, Birgit Tramnitz, Michael Tramnitz, Irma Wengler, Therese Wiesner und Helga Zitzen.

Für moralische Unterstützung und Durststreckenambulanz möchte ich mich ganz besonders bedanken bei meiner lieben Freundin Silvia Fuhs, bei Rosemarie Lösch, bei meinen Autorenkollegen Susanne Fülscher und Thomas Maxeiner, bei Frau Christiane Landgrebe, bei meinen großartigen Freunden Gila und Morton Ehudin und bei der weisen Frau Dr. Christiane Dahlhaus.

Für kreative Kritik Dank an meine nahöstliche Freundin Diana Procop (blond, schön UND intelligent!), an Ulrike Czermak, Anja Iven und David Eisermann.

Ein besonders dicker Dank geht an die beste Popsong- und Musicaltexterin, die ich kenne: Edith Jeske aus Hamburg. Sie hat mir bei der Hatz auf die Titelidee sehr geholfen, ebenso wie das große Musicaltalent Pascal Illi (Schweizer UND schnell!) und charming Gudula Geuther vom DeutschlandRadio.

Gros bisou et merci an meine liebe Berliner Bretonin Agnès Joëssel für ihre frankophone Beratung. Frau Christine ten Napel-Hartmann, Berlin, danke ich für ihr Einfühlungsvermögen und für immer neue Wegweiser.

Andrea Wagener von Droemer Knaur ist die lustigste und netteste E-Mail-Seelsorge, die ich kenne, danke!

Und da gibt es eine Lektorin, die erfunden werden müsste,

wenn es sie nicht schon gäbe, ein Glücksfall für jede Autorin: Carolin Graehl vom Droemer Knaur Verlag. Herzlichen Dank für konstruktive Kritik, gute Ideen und eine überaus erfreuliche Zusammenarbeit!
Und danke an meinen Mann Georg, der meine Arbeit mit Liebe und Verständnis unterstützt.